历代笔记小说大观

虞初新志

［清］张潮 辑　王根林 校点

图书在版编目(CIP)数据

虞初新志/(清)张潮辑;王根林校点.—上海:
上海古籍出版社,2012.11(2023.6重印)
(历代笔记小说大观)
ISBN 978-7-5325-6382-1

Ⅰ.①虞… Ⅱ.①张…②王… Ⅲ.①笔记小说—作
品集—中国—清代 Ⅳ.①I242.1

中国版本图书馆 CIP 数据核字(2012)第 045454 号

历代笔记小说大观

虞初新志

[清]张潮 辑

王根林 校点

上海古籍出版社出版、发行

(上海市闵行区号景路 159 弄 1-5 号 A 座 5F 邮政编码 201101)

(1) 网址:www.guji.com.cn
(2) E-mail:guji1@guji.com.cn
(3) 易文网网址:www.ewen.co

常熟文化印刷有限公司印刷

开本 635×965 1/16 印张 19 插页 2 字数 260,000
2012 年 11 月第 1 版 2023 年 6 月第 11 次印刷
印数:18,001—19,050
ISBN 978-7-5325-6382-1
I·2536 定价:48.00 元
如有质量问题,请与承印公司联系

校 点 说 明

《虞初新志》二十卷,清初张潮辑。张潮(1650—?),字山来,号心斋,歙县(今属安徽)人。以岁贡考选,授翰林院孔目,在任时,综合辑录清初各家著述为《昭代丛书》。另外尚辑有《虞初新志》、《檀几丛书》(与王晫同辑),著有《心斋杂俎》、《心斋诗钞》、《花影词》等。

虞初原是西汉武帝时人,曾据《周书》改写为小说性质的《周说》九百多篇,其名遂被后人当作小说的代称。明代有人辑集南北朝至唐代的传奇小说三十一篇,取名《虞初志》,张潮有感于该书收辑范围太窄,便广收当时八十多家共两百二十多篇作品,辑成本书,取名《虞初新志》。从文体看,该书的主体部分是传记小说,又收了一些游记散文。所收作品的作者,多为清初名家,文章寓意深刻,文笔老到,对后世产生较大影响,以至出现《虞初续志》、《虞初志补》、《广虞初志》等诸多续书,形成了一个系列。

据作者自序,本书的辑集始于康熙二十三年(1684),经过十几年时间,方告完成。现存最早的版本,是康熙三十九年(1700)刻本,到乾隆庚辰(1760),诒清堂予以重刊,重刊时又增收五篇作品。咸丰元年(1851)嬛嬛山馆又将它重梓刊行。现在流行较多的,是民国时进步书局刊刻的《笔记小说大观》石印本。今以嬛嬛山馆本为底本,校以其他诸刻本标点分段,凡底本错讹,皆据校本径改,不出校记。

自　叙

　　古今小说家言,指不胜偻,大都饾饤人物,补缀欣戚。累牍连篇,非不详赡,然优孟叔敖,徒得其似,而未传其真。强笑不欢,强哭不戚,乌足令耽奇揽异之士心开神释、色飞眉舞哉!况天壤间灏气卷舒,鼓荡激薄,变态万状,一切荒诞奇僻、可喜可愕、可歌可泣之事,古之所有,不必今之所无,古之所无,忽为今之所有,固不仅飞仙盗侠、牛鬼蛇神,如《夷坚》、《艳异》所载者为奇矣。此《虞初》一书,汤临川称为小说家之"珍珠船",点校之以传世,洵有取尔也。独是原本所撰述,尽撅唐人轶事,唐以后无闻焉,临川续之,合为十二卷。其间调笑滑稽,离奇诡异,无不引人着胜,究亦简帙无多,搜采未广,予是以慨然有《虞初后志》之辑,需之岁月,始可成书,先以《虞初新志》授梓问世。其事多近代也,其文多时贤也,事奇而核,文隽而工,写照传神,仿摹毕肖,诚所谓"古有而今不必无,古无而今不必不有"。且有理之所无、竟为事之所有者,读之令人无端而喜,无端而愕,无端而欲歌欲泣,诚得其真,而非仅得其似也。夫岂强笑不欢,强哭不戚,饾饤补缀之稗官小说,可同日语哉!学士大夫酬应之余,伊吾之暇,取是篇而浏览之,匪惟涤烦祛倦,抑且纵横俯仰,开拓心胸,具达观而发旷怀也已。康熙癸亥新秋,心斋张潮撰。

凡 例 十 则

　　文人锐志钻研，无非经传子史；学士驰情渔猎，多属世说稗官。虽短咏长歌，允称游戏；即填词杂剧，备极滑稽。未免数见而不鲜，抑亦常谈而多复。兹集效《虞初》之选辑，仿若士之点评。任诞矜奇，率皆实事；搜神拈异，绝不雷同。庶几旧调翻新，敢谓后来居上。

　　《虞初志》原本，不载选者姓名；汤临川《续编》，未传作者氏号，俱为憾事。或属阙文载考，宛委余编。虞初为汉武帝时小吏，衣黄乘辆，采访天下异闻，以是名书。亦犹志怪之帙，即《齐谐》以为名；集异之书，本《夷坚》而著号。

　　一切选家，必以作者年代为准；百凡评次，鲜以其事时世为衡。如《史记》追溯三代以前，而《选》文止称一字，曰"汉"是也。故志中之事，或属前时，而纪事之人，实生当代，自应入选，讵可或遗。

　　一事而两见者，叙事固无异同，行文必有详略。如《大铁椎传》，一见于宁都魏叔子，一见于新安王不庵，二公之文，真如赵璧隋珠，不相上下。顾魏详而王略，则登魏而逸王，只期便于览观，非敢意为轩轾。

　　赖古堂《藏弆》、《结邻》诸选，汇其人之文，专系于姓名之下；蜩寄斋《尺牍》、《新语》三编，别其文之类，分叙于卷页之中。固云整整齐齐，未觉疏疏落落。今兹选错综无次，庶不涉于拘牵；且其事荒诞不经，无庸分大门类。读书之暇，展卷尽可怡神；倦息之余，披翻自能豁目。

　　序爵序齿，从来选政所无；或后或先，总以邮筒为次。不能虚简以待，亦难缩地以求。随到随评，即付剞劂之手；投函投刺，勿烦酬酢之劳。次第未可拘拘,知交定称尔尔。

文自昭明而后,始有《选》名;《书》从匡、郑以来,渐多笺释。盖由流连欣赏,随手腕以加评;抑且阐发揄扬,并胸怀而迸露。兹集触目赏心,漫附数言于篇末;挥毫拍案,忽加赘语于幅余。或评其事而慷慨激昂,或赏其文而咨嗟唱叹。敢谓发明,聊抒兴趣;既自怡悦,愿共讨论。

鄙人性好幽奇,衷多感愤。故神仙英杰,寓意《四怀》;外史奇文,写心一《启》。予向有才子佳人英雄神仙《四怀》诗及《征选外史启》。生平幸逢秘本,不惮假抄;偶尔得遇异书,辄为求购。第愧搜罗未广,尤惭采辑无多。凡有新篇,速祈惠教。并望乞邻而与,无妨举尔所知。

是集只期表彰轶事,传布奇文;非欲借径沽名,居奇射利。已经入选者,尽多素不相知;将来授梓者,何必尽皆旧识。自当任剞劂之费,不望惠梨枣之资。免致浮沉,早邮珠玉。

海内名家,尚多未传之作;坊间定本,俱为数见之书。幽人素嗜探奇,尤耽考异。此选之外,尚有嗣选《古世说》、《古文尤雅》、《古文辞法传集》、《布粟集》、《壮游便览》诸书,次第告竣,就正有道。凡有缪盭,幸赐教言。

                                心斋主人识于广陵之诒清堂

目　　录

虞 初 新 志

〔清〕张 潮 辑

王根林 校点

卷　一

姜贞毅先生传

魏　禧_{冰叔}

公名垛，姓姜氏，字如农，山东莱阳人也。高祖淮，以御寇功拜怀远将军。父泻里，诸生，崇祯癸未，北兵破莱阳，泻里守城死，幼子三，子妇一女，皆殉节。事闻，赠泻里光禄寺卿，予祭葬，谥忠肃。

公之将生也，王母李感异梦，其生衣胞皆白色。三岁失乳，母杨太孺人置水酒床头，夜起饮之，一瓿立尽。万历乙卯，山东大饥，盗蜂起，公时九岁，与兄圻夜读，书声咿唔不绝。盗及门，叹息去。年二十，补诸生第一。明年乡试，经义中式，主司以五策指斥崔、魏摈之。崇祯庚午，举于乡，往见中表李笃培。李负清正名，谓公曰："子富贵何足异，士大夫立身，要当为朝廷任大事耳。"公敬而受之。明年，举进士，出倪文正元璐门，殿试赐同进士出身，授知密云县。未行，改仪征县。

公为政廉仁，十年无所取于民，不受竿牍。客至，去，题其馆壁曰："爱民如子，嫉客若仇。"尝捐俸请托，免泗洲修河夫五百名，百姓不知也。又请革过闸粮船牵夫，著为令。旧例，掣盐封引，仪征令皆有赂，公独绝之，商人感激，为代备修河银一万两。下车日，廉得大憨董奇、董九功等，置于法，窝访之，害遂除。袁公继咸备兵扬州，见，下堂揖之曰："吾间行真州，见先生听断，不觉心折矣。"辛巳，改礼部仪制司主事。明年，巡抚南直隶朱公大典，疏表公贤劳，上谕一体考选，因目阁臣曰："有臣如此而不用，朕之过也。"三月，上御弘政门召见，应对称旨，擢礼科给事中，赐糕果汤饼。公既拜官，五月中，条上三十疏，上每采纳。十一月，东方告急，公受诏分守德胜门，自元勋以下，惮公不敢归休沐。

时宰相大贪婪，都御史刘公宗周有《长安黄金贵》之疏，宰相惧，卸其罪于言官。又欲引用逆辅□□相表里,为奸恶,公上疏极论"罪在大臣,不在言官"。并及涿州知州刘三聘疏荐□□事,触首辅怒。又有"上谕代人规卸,为人出缺,陛下果何见而云然",及"二十四气蜚语腾闻清禁,此必大奸巨憝恶言官不利于己"等语。上大怒,闰十一月二十三日,御皇极门,召见群臣,谓"埰欺肆,敢于诘问朕何所见。二十四气之说,不知所指何人何事,着革职,锦衣卫拿送北镇抚司打问"。时行人司副熊开元面劾首辅,既以补牍语不相应,同时下狱,几死,后并得赦。

初,公下北镇抚司狱三日,勺水不得入口,冰雪交积,公僵卧土室,无襦被,身婴三木,血流贯械,九卿台省屡疏救,不报。(阙二十二字)例凡一椑敲五十,一夹敲五十,杖二十,名曰"一套"。公既备刑,谳狱者必欲得二十四人姓名以报上。公以诸人皆正人,恐祸不已,忍死弗肯列。气垂绝,唯以指染口血书死字。卧阶下,半日稍苏,清弘令尉灌酒一杯,使毕谳,公终不肯承。疏入,上大怒,谓考击缓,情实未当,诘责卫司官,令再讯。一椑一夹,各敲八十,杖三十。俄出密谕一小纸曰:"姜埰、熊开元即取毕命,只云病故。"卫臣骆养性具奏,有曰:"即二臣当死,陛下何不付所司书其罪,使天下明知二臣之罚。若生杀出臣等,天下后世谓陛下何如主?"又密言于诸大臣,而都御史刘宗周上殿力争,自辰至午不肯退。上怒其执拗,非对君礼,将下有司治罪。既矜其耄,特革职,放归田。金都御史金公光宸,奏宗周清直,愿以身代宗周。上怒,以为雷同罔上,夺职谪籍。而兵部侍郎马公元飚、都给事吴公麟徵,开陈大指,婉辞规劝,上心为少移。旋出密旨谕卫司"缴昨旨毋行",于是公及开元始得移刑部狱矣。刑部尚书徐公石麟拟附近充军,上怒,公、开元各杖一百。

是日,特遣大珰曹化淳、王德化监视,众官朱衣陪列午门外西墀下,左中使、右锦衣卫各三十员,下列旗校百人,皆衣襞衣,执木棍。宣读毕,一人持麻布兜,自肩脊下束之,左右不得动,一人缚其两足,四面牵曳,唯露股受杖。头面触地,地尘满口中,杖数折,公昏绝不知人。弟垓,时官行人,口含溺吐公饮之。名医吕邦相夜视公曰:"杖青痕过膝者不治,吾以刀割创处,七日而痛,为君贺矣。"半月,去败肉斗许,乃苏。邦相曾活黄公道周廷杖,京师号"君子医"也。大珰复命,上曰:"二臣顾何言?"曰:"二臣言皇帝尧、舜,臣得为关龙逄、比干足矣。"上曰:"两人舌强犹尔!"明年春,莱阳破,公父死于难,垓请身系狱,而释埰归治丧,不许。台省亦交章请释公,上曰:"垓在。"七月疫,上命刑部清狱,公暂出,上召见刑部,以墨笔乂埰、开元名曰:"此两大恶,奈何释之!"于是再入狱。十二月,首辅伏诛,有新参请释二臣者,上曰:"朕怒二臣,岂为罪辅哉?"不许。

甲申正月,闯贼猖獗,阁臣李建泰奉命督师山西,上御正阳门,行推毂礼。建泰请释埰、开元,上报"可",谪公戍宣州卫。公过故乡,哭光禄公。闻京师陷,上殉社稷,公恸哭南之戍所。未至,弘光即位,赦,公遂留吴门不肯归。会马士英、阮大铖用事,大铖往被垓劾,必杀公兄弟,复窜走。丁亥,避地徽州,绝食,樵子宋心老时以菜羹啖之,或徒步数十里,走吴孝廉家得一饱。祝发黄山丞相园,而自号敬亭山人,盖不敢忘先帝不杀恩也。后还吴门,终僧服,不与世人接。二子安节、实节,才,亦不令进取。戊子,奉母归莱阳,母疾甚,公默祷,愿减算延母。山东巡抚重公名,下檄招公,公故坠马以折股,召疡医,竹篼舁之,使者归报。公夜驰还江南,自号宣州老兵。尝欲结庐敬亭山,未果。癸丑夏,公疾病,呼二子谓曰:"吾受命谪戍,今遭世变,流离异乡,生不能守先墓,死不能正丘首,抱恨于中心。吾当待尽宣州,以终吾志。"越数日,则曰:"吾不能往矣,死必埋我敬亭之麓。"口吟《易箦歌》一章,呕血数升而殁,时年六十有七。遗命碑碣神主不题故官;棺用薄材,不营佛事。二子皆遵行之。

葬敬亭日,远近吊者如市,同人私谥曰贞毅先生。公隐居后,多著述,自选所为诗文,刻《敬亭集》,藏于家,绝不示人。传甲申以来殉节诸贤曰《正气集》,自题己亥后诗文曰《馎饦集》,又著《纪事摘缪》,皆藏之。

魏禧曰:公有赠禧序及《见怀》诸诗,皆未出。公死,而公二子乃写寄禧山中也。予客吴门,数信宿公,每阴雨,公股足骨发痛,步趾微跛踦。哀哉!北镇抚司狱廷杖立枷诸制,此秦法所未有,始作俑者,罪可胜道哉!宣城沈寿民曰:《谥法》秉德不回曰孝,经曰事君不忠,非孝也。公死不忘君，全而归之，可以为孝矣。宜谥曰贞孝。

　　金棕亭曰：余游黄山，访先生祝发处，山僧犹藏手迹数纸。诗格豪放，字画遒劲，真希世宝也。以魏公文、姜公事，作《新志》压卷，足令全书皆生赤水珠光。

大 铁 椎 传　　　　魏 禧冰叔

　　大铁椎，不知何许人。北平陈子灿省兄河南，与遇宋将军家。宋，怀庆青华镇人，工技击，七省好事者皆来学，人以其雄健，呼宋将军云。宋弟子高信之，亦怀庆人，多力善射，长子灿七岁，少同学，故尝与过宋将军。时座上有健啖客，貌甚寝，右胁夹大铁椎，重四五十斤，饮食拱揖不暂去。柄铁折叠环复，如锁上链，引之长丈许。与人罕言语，语类楚声，扣其乡及姓字，皆不答。既同寝，夜半，客曰："吾去矣。"言讫不见。子灿见窗户皆闭，惊问信之。信之曰："客初至，不冠不袜，以蓝手巾裹头，足缠白布，大铁椎外，一物无所持，而腰多白金，吾与将军俱不敢问也。"子灿寐而醒，客则鼾睡炕上矣。

　　一日，辞宋将军曰："吾始闻汝名，以为豪，然皆不足用，吾去矣。"将军强留之，乃曰："吾尝夺取诸响马物，不顺者辄击杀之，众魁请长其群，吾又不许，是以雠我，久居此，祸必及汝。今夜半，方期我决斗某所。"宋将军欣然曰："吾骑马挟矢以助战。"客曰："止。贼能且众，吾欲护汝，则不快吾意。"宋将军故自负，且欲观客所为，力请客，客不得已，与偕行。将至斗处，送将军登空堡上，曰："但观之，慎勿声，令贼知汝也。"时鸡鸣月落，星光照旷野，百步见人。客驰下，吹觱篥数声。顷之，贼二十余骑四面集，步行负弓矢从者百许人。一贼提刀纵马奔客曰："奈何杀吾兄？"言未毕，客呼曰："椎！"贼应声落马，人马尽裂。众贼环而进，客从容挥椎，人马四面仆地下，杀三十许人。宋将军屏息观之，股栗欲堕。忽闻客大呼曰："吾去矣。"但见地尘起，黑烟滚滚，东向驰去，后遂不复至。

　　魏禧论曰：子房得沧海君力士，椎秦皇帝博浪沙中，大铁椎其人与？天生异人，必有所用之。予读陈同甫《中兴遗传》，豪俊侠烈魁奇之士，泯泯然不见功名于世者，又何多也！岂天之生才不必为人用与？抑用之自有时与？子灿遇大铁椎为壬寅岁，视其貌，当年三十，然则大铁椎今四十耳。子灿又尝见其写市物帖子，甚工楷书也。

　　张山来曰：篇中点睛，在三称"吾去矣"句。至其历落入古处，如名手画龙，有东云见鳞西云见爪之妙。

徐 霞 客 传　　　王思任季重

　　徐霞客者，名宏祖，江阴梧塍里人也。高祖经，与唐寅同举，除名，寅常以倪云林画卷偿博进三千，手迹犹在其家。霞客生里社，寄情郁然，兀对山水，力耕奉母。践更徭役，蹙蹙如笼鸟之触隅，每思飏去。年三十，母遣之出游，每岁三时出游，秋冬觐省，以为常。东南佳山水，如东西洞庭、阳羡、京口、金陵、吴兴、武林，浙西径山、天目，浙东五泄、四明、天台、雁宕、南海、落迦，皆几案衣带间物耳。有再三至，有数至，无仅一至者。其行也，从一奴，或一僧，一杖、一襆被，不治装，不裹粮，能忍饥数日，能遇食即饱。能徒步走数百里，凌绝壁，冒丛箐攀援下上，悬度绠汲，捷如青猿，健如黄犊。以釜岩为床席，以溪涧为饮沐，以山魅、木客、王孙、玃父为伴侣。儚儚粥粥，口不能道词。与之论山经，辨水脉，搜讨形胜，则划然心开。居平未尝錾朗为古文辞，行游约数百里，就破壁枯树，燃松拾穗，走笔为记，如甲乙之簿，如丹青之画，虽才华之士，无以加也。游雁宕还，过陈木叔小寒山，木叔问："曾造雁山绝顶否？"霞客唯唯。质明，已失其所在。十日而返，曰："吾取间道，扪萝上龙湫三十里，有宕焉，雁所家也。攀绝磴上十数里，正德间白云、云外两僧团瓢尚在。复上二十余里，其颠罡风逼人，有麋鹿数百群，围绕而宿，三宿而始下。"其与人争奇逐胜，欲赌身命，皆此类也。

　　已而游黄山、白岳、九华、匡庐，入闽，登武夷，泛九鲤湖，入楚，谒玄岳，北游齐鲁、燕冀、嵩雒，上华山，下青柯坪，心动趣归，则其母正属疾，啮指相望也。母丧服阕，益放志远游。访黄石斋于闽，穷闽山之胜，皆非闽人所知。登罗浮，谒曹溪，归而追石斋于黄山，往复万里，如步武耳。由终南背走峨眉，从野人采药，栖宿岩穴中，八日不火食。抵峨眉，属奢酋阻兵，乃返，只身戴釜，访恒山于塞外，尽历九边扼塞。归过予山中，剧谈四游四极，九州九府，经纬分合，历历如指掌。谓昔人志星官舆地，多承袭傅会，《江》、《河》二经，山川两戒，自纪载来，多囿于中国一隅。欲为昆仑海外之游，穷流沙而后返。小舟如叶，大雨淋湿，要之登陆，不肯，曰："譬如涧泉暴注，撞击肩背，良足快耳。"

丙子九月，辞家西迈，僧静闻愿登鸡足，礼迦叶，请从焉。遇盗于湘江，闻被创死，函其骨，负之以行。泛洞庭，上衡岳，穷七十二峰，再登峨眉，北抵岷山，极于松潘。又南过大渡河，至黎雅，登瓦屋、晒经诸山，复寻金沙江，极于犁牛徼外。由金沙南泛澜沧，由澜沧北寻盘江，大约在西南诸夷竟，而贵竹滇南之观，亦几尽矣。过丽江，憩点苍、鸡足，瘗静闻骨于迦叶道场，从宿愿也。由鸡足而西，出玉门关数千里，至昆仑山，穷星宿海，去中夏三万四千三百里。登半山，风吹衣欲堕，望见外方黄金宝塔。又数千里，至西番，参大宝法王。鸣沙以外，咸称夷国，如述庐阿耨诸名，由句不能悉。《西域志》称沙河阻远，望人马积骨为标识，鬼魅热风，无得免者。玄奘法师受诸魔折，具载本传。霞客信宿往返，如适莽苍。还至峨眉山下，托估客附所得奇树虬根以归，并以《溯江纪源》一编寓予。言《禹贡》岷山导江，乃泛滥中国之始，非发源也。中国入河之水，为省五，入江之水，为省十一。计其吐纳，江倍于河。按其发源，河自昆仑之北，江亦自昆仑之南，非江源短而河源长也。又辨三龙大势，北龙夹河之北，南龙抱江之南，中龙中界之，特短，北龙只南向半支入中国，惟南龙磅礴半宇内，其脉亦发于昆仑，与金沙江相并南下，环滇池以达于五岭。龙长则源脉亦长，江之所以大于河也。其书数万言，皆订补《桑经》郦《注》及汉、宋诸儒疏解《禹贡》所未及，予撮其大略如此。

霞客还滇南，足不良行，修《鸡足山志》，三月而毕。丽江木太守，饷饟粮，具笋舆以归，病甚，语问疾者曰："汉张骞凿空，未睹昆仑，唐玄奘、元耶律楚材，衔人主之命，乃得西游。吾以老布衣，孤筇双屦，穷河沙，上昆仑，历西域，题名绝国，与三人而为四，死不恨矣。"予之识霞客也，因漳人刘履丁，履丁为予言：霞客西归，气息支缀，闻石斋下诏狱，遣其长子间关往视，三月而返。具述石斋颂系状，据床浩叹，不食而卒。其为人若此。梧下先生曰：昔柳公权记三峰事，有王元冲者，访南坡僧义海，约登莲花峰，其峰届山趾，计五千仞，为一旬之程。既上，篝烟为信。海如期宿桃林，平晓，岳色清明，伫立数息，有白烟一道，起三峰之顶。归二旬而元冲至，取玉井莲落叶数瓣，及池边铁船寸许遗海，负笈而去。元冲初至，海谓之曰："兹山削成，自非驭风冯云，无有去理。"元冲曰："贤人勿谓天不可登，但虑无其志耳。"霞客不欲以张骞诸人自命，以元冲拟之，并为三清之奇士，殆庶几乎？霞客纪游之书，高可隐几，余属其从兄仲昭雠勘而存之，当为古今游记之最。

霞客死时，年五十有六。西游归，以庚辰六月卒，以辛巳正月葬江阴之马湾，亦履丁云。

张山来曰：叙次生动，觉奇人奇情，跃跃纸上。快读一过，恍如置身蓬莱三岛，不必更读霞客游记矣。

秋 声 诗 自 序　　　　林嗣环铁崖

彻呆子当正秋之日，戢门简出，毡有针，壁有衷甲，苦无可排解者。然每听谣诼之来，则濡墨吮笔而为诗，诗成，以《秋声》名篇。适有数客至，不问何人，留共醉。酒酣，令客各举似何声最佳。一客曰："机声、儿子读书声佳耳。"予曰："何言之庄也。"又一客曰："堂下呵驺声、堂后笙歌声，何如？"予曰："何言之华也。"又一客曰："姑妇楸枰声最佳。"曰："何言之玄也。"

一客独嘿嘿，乃取大杯满酌而前曰："先生喜闻人所未闻，仆请数言为先生抚掌，可乎？京中有善口技者，会宾客大宴，于厅事之东北角，施八尺屏障，口技人坐屏障中，一桌，一椅，一扇，一抚尺而已。众宾团坐。少顷，但闻屏障中抚尺二下，满堂寂然，无敢哗者。遥遥闻深巷犬吠声，便有妇人惊觉欠伸，摇其夫语猥亵事。夫呓语，初不甚应，妇摇之不止，则二人语渐间杂，床又从中戛戛。既而儿醒大啼，夫令妇抚儿乳，儿含乳啼，妇拍而呜之。夫起溺，妇亦抱儿起溺。床上又一大儿醒，狺狺不止。当是时，妇手拍儿声，口中呜声，儿含乳啼声，大儿初醒声，床声，夫叱大儿声，溺瓶中声，溺桶中声，一齐凑发，众妙毕备。满座宾客，无不伸颈侧目，微笑嘿叹，以为妙绝也。既而夫上床寝，妇又呼大儿溺，毕，都上床寝，小儿亦渐欲睡。夫齁声起，妇拍儿亦渐拍渐止。微闻有鼠作作索索，盆器倾侧，妇梦中咳嗽之声，宾客意少舒，稍稍正坐。忽一人大呼火起，夫起大呼，妇亦起大呼，两儿齐哭。俄而百千人大呼，百千儿哭，百千狗吠，中间力拉崩倒之声，火爆声，呼呼风声，百千齐作。又夹百千求救声，曳屋许许声，抢夺声，泼水声，凡所应有，无所不有。虽人有百手，手有百指，不能指其一端；人有百口，口有百舌，不能名其一处也。于是宾客无不变色离席，奋袖出臂，两股战战，几欲先走。而忽然抚尺一下，群响毕绝，撤屏视之，一人，一桌，一椅，一扇，一抚尺而已。嘻！若而人者，可谓善画声矣。"遂录其语，以为《秋声序》。

　　张山来曰：绝世奇技，复得此奇文以传之，读竟，辄浮大白。

盛　此　公　传　　周亮工减斋

　　盛此公，名于斯，南陵人。家故不赀，先世有义声，屋以内多藏书，外多良田。此公年十数龄，即能读等身书，有声邑里。长肆力为古文词，虽不中有司尺度，而声称籍甚。然是时此公但闭户读书，固不出与人见也。会其尊人捐馆舍，乃抗侠好交。邑里人才智咸出此公下，此公乃以为无足语，去而之秣陵，欲尽交东南士，东南士亦愿交此公。此公以为世且乱，吾当见天子，慷慨言当世事，彼经生何足语。会求其人于屠狗间，于是益散金结客，遂为广陵儿所诒。是时边事急，广陵儿讽此公出家赀备公家缓急，此公故慷慨，欲见天子言当世事，乃为所中。久之，事卒不济，而金垂尽，嗒然与世无所合。退而返里闬，里闬又嗤笑之，此公益不复事事，产益落。所为文益不合有司尺度，侘傺无聊，多饮酒，与妇人近，不数年，病矣。少愈，右臂诎伸不已，若指遂不诎伸。此公故工书，丐其书者，辄以左手濡墨，纳右指窍中，见者以为苦，顾其书则益工，时为人据石擘窠书。好为诗，酒后呜呜吟不已。间至秣陵，遴制举义行之，非其志也。

岁在辛未，予自大梁来秣陵省家大人。家大人好此公诗，语亮曰："此间有盛此公，工为诗，儿识之。"亮因以父命往交此公，此公独异予，以为恨不十载前识。明年，此公目病，数明晦，或不能视。予窃忧之，讽其勿读书饮酒，此公曰："如是，不如其遂盲也。"会目病甚，又念母老，乃别予归，意怆然，若不复与予见者。予私以为予当复见之，意以其盲而止耳，孰意遂不复见耶？此公归，吾师静原相公方督学江以北，耳其名，询之郡大夫，郡大夫以盲告。公曰："江以北其不盲者何限耶？"于是邑令盲试之，旅诸士进于郡大夫，郡大夫复盲试之，旅诸士进于公，公大奇之，乃得补博士弟子员。嗟夫，此公盲矣，犹不忘视。屈其二十年锐往之气，俯而与邑之黄口儿扶掖彳亍，旅进旅退，争有司阶前盈尺地而不惭，岂不悲哉，岂不悲哉！试后，犹寄语予曰："盲儿无以慰老亲，子毋嗤。"予为悲恸者久之。因慨夫祖宗立法过严，士即负奇材，抱异质，魁奇特起，不俯首就有司尺度，他途无由进。又慨夫吾师静原相公，能于成格之中破例待人，使既盲之士犹得出而就有司尺度，且不惜阶前盈尺地，与盲士娓娓不休。嗟夫！此固昌黎代张太祝望之当世而不得者，今得之公，岂不甚盛举哉！

又明年癸酉，予自秣陵返大梁，闻此公以目久不愈，愈愤激，家益窘乏，无从得医药，于是遂长盲矣，然呜呜吟如往昔。丐其书者，以笔濡墨纳右指窍中，如其不盲时。此公以手打幅，兔起鹘落，神采奕奕，视不盲时有加，环观者自愧其双眸炯炯也。益好读书，危坐绳床，听他人诵，更番不令休，入耳辄记忆不遗。有所撰述，口授友人，滔滔汨汨，凡数人不能供笔札。尝以书寄予大梁，至数千言，言："子当不长贫贱，他日拥节江上，取道南陵，魁湖之北，桃源之南，予墓在焉。子当登我堂，拜我老母，为我书石曰：盛此公埋骨处。予愿足矣。他则子之事也，予何言。"予得其书，忽忽如失者数日，知此公将不永矣。不数日，凶问至，予为位哭之。会予成进士，官山左，不能即至秣陵。比至秣陵，欲买舟省盛母，会乱甚，又不果行，乃使掾往慰盛母。掾归，为予言盛母年且开八衮，妻倍孝谨，故无子，一女先盛没，一老仆，

樵以供两孀妇，糠豆不赡，裋褐不完，败屋数楹，不蔽风雨，行道见之
咨嗟，而为之友者吊唁阙然。嗟夫，天乎！孰使此公而至此极耶？予
解橐金，复促椽往，赎其田之易与族人者，佐盛母馈粥。市石，檄南陵
令碑其墓。予自书"盛此公埋骨处"，从其生时请也。西蜀蝶庵陈公
时守宛陵，公在大梁，盖常闻予数言南陵盛此公不置，邑属公，公乃檄
令视盛母无恙，手书"盛此公读书处"为额，悬其常危坐绳床侧。复允
予请，以其行谊补郡乘。其读书之屋，盖已受值，期以盛母存殁，不能
待盛妻也。予归其值，祀此公于中，俾其老仆守之。

　　此公好为古文词，盲而死，无子弟为之收拾，故多散乱。其所
著，如《毛诗名物考》三十卷，《休庵杂钞》十卷，《历法》二卷，《舆地
考》十卷，《群书考索》十二卷，今所传者，独《名物考》耳，他皆不传。
予遣椽就其家钞遗书，盛母泣而曰："儿著书咸为人窃去，惟存诗若
干卷。老年人坐则悬之肘，卧则枕之，老年人不即填沟壑者，怜吾
儿并数寸之书亦不传耳。今且托之周君。"予受而泣，因为之次第
寿之梓。

　　嗟夫！此公能文章，而不以文显；好弯弓驰驱，而不以将名；
行谊不愧古人，而不以行征；工为诗，而不以诗辟。黄金既尽，日
徒愤激，退而自悔，又以盲死。筮簟未占，嗣续中绝，老母寡妻，形
影相吊。生平故旧，不为存问，遗书狼藉，行谊莫传。徒存此数卷
之诗，悬命于七十余年母氏之手。使不知此公者，读其诗，以为其
才且尽于此；而知者因其已然，想其未然，咨嗟太息，不能已已。
嗟夫，孰使此公而至此极耶！夫士既不能块然独处，则不得不出
而与人交；与人交不受其益，徒为所害如此。此虽其不慎交游所
致，然孰非天哉，孰非天哉！天为庸流俾长守富贵，少为姱节奇行
者，必阴摧折之，从来久矣，予又何憾于广陵儿哉！此公初名镋，
今《尺牍》中所传盛镋候是也。

　　　张山来曰：古今盲而能文者，自左、卜以下，推吾家张籍。
　　今得此公，亦不寂寞矣。然诸人仅工诗文，而此公复能书，则尤
　　奇也。

汤琵琶传

王猷定于一

汤应曾，邳州人，善弹琵琶，故人呼为"汤琵琶"云。贫无妻，事母甚孝。所居有石楠树，构茅屋，奉母朝夕。幼好音律，闻歌声辄哭，已学歌，歌罢又哭。其母问曰："儿何悲？"应曾曰："儿无所悲也，心自凄动耳。"世庙时，李东垣善琵琶，江对峰传之，名播京师。江死，陈州蒋山人独传其妙。时周藩有女乐数十部，咸习蒋技，罔有善者，王以为恨。应曾往学之，不期年而成，闻于王，王召见，赐以碧镂牙嵌琵琶，令着宫锦衣，殿上弹《胡笳十八拍》，哀楚动人。王深赏，岁给米万斛，以养其母。应曾由是著名大梁间。所至狭邪争慕其声，咸狎昵之，然颇自矜重，不妄为人奏。后征西王将军招之幕中，随历嘉峪、张掖、酒泉诸地，每猎及阅士，令弹塞上之曲。戏下颜骨打者，善战阵，其临敌，令为壮士声，乃上马杀贼。

一日至榆关，大雪，马上闻觱篥，忽思母痛哭，遂别将军去。夜宿酒楼，不寐，弹琵琶作觱篥声，闻者莫不陨涕。及旦，一邻妇诣楼上曰："君岂有所感乎？何声之悲也？妾孀居十载，依于母而母亡，欲委身，无可适者，愿执箕帚为君妇。"应曾曰："若能为我事母乎？"妇许诺，遂载之归。襄王闻其名，使人聘之，居楚者三年。偶泛洞庭，风涛大作，舟人惶扰失措，应曾匡坐弹《洞庭秋思》，稍定。舟泊岸，见一老猿，须眉甚古，自丛箐中跳入篷窗，哀号中夜。天明，忽抱琵琶跃水中，不知所在。自失故物，辄惘怅不复弹。

已归省母，母尚健而妇已亡，惟居旁抔土在焉。母告以："妇亡之夕，有猿啼户外，启户不见，妇谓我曰：'吾待郎不至，闻猿啼，何也？吾殆死，惟久不闻郎琵琶声。倘归，为我一奏石楠之下。'"应曾闻母言，掩抑哀痛不自胜，夕陈酒浆，弹琵琶于其墓而祭之。自是猖狂自放，日荒酒色。值寇乱，负母鬻食兵间。耳目聋瞀，鼻漏，人不可迩。召之者，隔以屏障，听其声而已。所弹古调百十余曲，大而风雨雷霆，与夫愁人思妇，百虫之号，一草一木之吟，靡不于其声中传之。而尤得意于《楚汉》一曲，当其两军决战时，声动天地，瓦屋若飞坠。徐而察之,有金声、鼓声、剑弩声、人马辟易声,俄而无声。久之,有怨而难明者为楚歌声,凄而壮者为项王悲歌慷慨之声,别姬声,陷大泽,有追骑声,至乌江,有项王自刎声,余骑蹂践争项王声。使闻者始而奋,既而恐,终而涕泪之无从也。其感人如此。应曾年六十余,流落淮浦,有桃源人见而怜之,载其母同至桃源,后不知所终。

　　轸石王子曰:古今以琵琶著名者多矣,未有如汤君者。夫人苟非有至性,则其情必不深,乌能传于后世乎?戊子秋,予遇君公路浦,已不复见君曩者衣宫锦之盛矣。明年复访君,君坐土室,作食奉母,人争贱之,予肃然加敬焉。君仰天呼呼曰:"已矣!世鲜知音。吾事老母百年后,将投身黄河死矣。"予凄然,许君立传。越五年,乃克为之。呜呼!世之沦落不偶而叹息于知音者,独君也乎哉?

　　张山来曰:韩昌黎《颖师琴》诗,欧阳子谓其是听琵琶,予初疑之,盖以琵琶未必能如诗中所云之妙也。今读此文,觉尔汝轩昂,顷刻变换,浔阳江口,尚逊一筹耳。

小 青 传 佚 名

　　小青者,虎林某生姬也,家广陵,与生同姓,故讳之,仅以小青字云。姬夙根颖异,十岁,遇一老尼授《心经》,一再过了了,覆之不失一字。尼曰:"是儿蚤慧福薄,愿乞作弟子。即不尔,无令识字,可三十年活尔。"家人以为妄,嗤之。母本女塾师,随就学,所游多名闺,遂得精涉诸技,妙解声律。江都固佳丽地,或诸闺彦云集,茗战手语,众偶纷然,姬随变酬答,悉出意表,人人唯恐失姬。虽素娴仪则,而风期异艳,绰约自好,其天性也。

　　年十六,归生。生,豪公子也,性嘈哝,憨跳不韵,妇更奇妒,姬曲意下之,终不解。一日,随游天竺,妇问曰:"吾闻西方佛无量,而世多专礼大士者何?"姬曰:"以其慈悲耳。"妇知讽己,笑曰:"吾当慈悲汝。"乃徙之孤山别业,诫曰:"非吾命而郎至,不得入;非吾命而郎手札至,亦不得入。"姬自念:"彼置我闲地,必密伺短长,借莫须有事鱼肉我。"以故深自敛戢。妇或出游,呼与同舟,遇两堤之驰骑挟弹游冶少年，诸女伴指点谑跃，倏东倏西，姬澹然凝坐而已。妇之戚属某夫人者，才而贤，常就姬学弈，绝爱怜之，因数取巨觞觥妇，睡妇已醉，徐语姬曰："船有楼，汝伴我一登。"比登楼，远眺久之，抚姬背曰："好光景可惜，毋自苦，章台柳亦倚红楼盼韩郎走马，而子作蒲团空观耶？"姬曰："贾平章剑锋可畏也。"夫人笑曰："子误矣。平章剑钝，女平章乃利害耳。"顷之，从容讽曰："子既娴仪则，又多技能，而风流绰约复尔，岂当堕罗刹国中？吾虽非女侠，力能脱子火坑。顷言章台柳，子非会心人耶？天下岂少韩君乎？且彼纵善遇子，子终向党将军帐下作羔酒侍儿乎？"姬曰："夫人休矣。妾幼梦手折一花，随风片片着水，命止此矣。夙业未了，又生他想，彼冥曹姻缘簿，非吾如意珠，再辱奚为，徒供群口画描耳。"夫人叹曰："子言亦是，吾不子强。虽然，子亦宜自爱。彼或好言饮食汝，乃更可虑，即旦夕所须，第告我无害。"因相顾泣下沾衣，徐拭泪还座，寻别去。夫人每向宗戚语及之，无不咨嗟叹息云。

　　姬自后幽愤凄恻，俱托之诗或小词，而夫人后亦旋宦远方，姬益寥闻，遂感疾。妇命医来，仍遣婢捧药至，姬佯感谢，婢出，掷药床头，叹曰："吾即不愿生，亦当以净体皈依，作刘安鸡犬，岂以一杯鸩断送耶？"然病益不支，水粒俱绝，日饮梨汁盏许。益明妆冶服，拥襆欹坐，或呼琵琶妇唱盲词以遣，虽数晕数醒，终不蓬首偃卧也。忽一日，语老妪曰："可传语冤业郎，觅一良画师来。"师至，命写照，写毕，揽镜熟视曰："得吾形似矣，未尽吾神也。"姑置之，又易一图，曰："神是矣，而风态未流动也。若见我而目端手庄，太矜持故也。"姑置之，命捉笔于旁，而自与姬指顾语笑，或扇茶铛，简图书，或代调丹碧诸色，纵其想会，久之，复命写图。图成，极妖纤之致，笑曰："可矣。"师去，即取图供榻前，爇名香，设梨酒奠之，曰："小青小青，此中岂有汝缘分耶？"抚几而泣，泪雨潜潜下，一恸而绝。时万历壬子岁也，年才十八耳。

　　哀哉！人美于玉，命薄于云，琼蕊优昙，人间一现。欲求如杜丽娘牡丹亭畔重生，安可得哉？

　　日向暮，生始踉跄来披帷，见容光藻逸，衣袂鲜好，如生前无病时，忽长号顿足，呕血升余。徐简得诗一卷，遗像一幅，又一缄寄某夫人。启视之,叙致惋痛,后书一绝句,生痛呼曰:"吾负汝！吾负汝!"妇闻恚甚,趋索图,乃匿第三图,伪以第一图进。立焚之,又索诗,诗至亦焚之,《广陵散》从兹绝矣。悲夫！楚焰诚烈,何不以纪信诳之?则罪不在妇,又在生耳。及再简草稿,业散失尽。而姬临卒时,取花钿数事,赠妪之小女,衬以二纸,正其诗稿。得九绝句,一古诗,一词,并所寄某夫人者,共十二篇。

古诗云:"雪意阁云云不流,旧云正压新云头。米颠颠笔落窗外,松岚秀处当我楼。垂帘只愁好景少,卷帘又怕风缭绕。帘卷帘垂底事难,不情不绪谁能晓?炉烟渐瘦剪声小,又是孤鸿唳悄悄。"

绝句云:"稽首慈云大士前,莫生西土莫生天。愿为一滴杨枝水,洒作人间并蒂莲。""春衫血泪点轻纱,吹入林逋处士家。岭上梅花三百树,一时应变杜鹃花。""新妆竟与画图争,知在昭阳第几名?瘦影自临秋水照,卿须怜我我怜卿。""西陵芳草骑辚辚,内使传来唤踏春。杯酒自浇苏小墓,可知妾是意中人。""冷雨幽窗不可听,挑灯闲看《牡丹亭》。人间亦有痴于我,岂独伤心是小青。""何处双禽集画阑,朱朱翠翠似青鸾。如今几个怜文彩,也向秋风斗羽翰。""脉脉溶溶滟滟波,芙蓉睡醒欲如何。妾映镜中花映水,不知秋思落谁多。""盈盈金谷女班头,一曲骊珠众伎收。直得楼前身一死,季伦原是解风流。""乡心不畏两峰高,昨夜慈亲入梦遥。见说浙江潮有信,浙潮争似广陵潮。"

其《天仙子》词云:"文姬远嫁昭君塞,小青又续风流债。也亏一阵黑罡风,火轮下,抽身快,单单别别清凉界。　　原不是鸳鸯一派,休算做相思一概。自思自解自商量,心可在?魂可在?着衫又捻裙双带。"

与某夫人书云:"元元叩首沥血致启夫人台座下:关头祖帐,迥隔人天,官舍良辰,当非寂度。驰情感往,瞻睇慈云,分燠嘘寒,如依膝下。糜身百体,未足云酬。娣娣姨姨无恙。犹忆南楼元夜,看灯谐谑,姨指画屏中一凭栏女曰:'是妖娆儿,倚风独盼,恍惚有思,当是阿青。'妾亦笑指一姬曰:'此执拂狡鬟,偷近郎侧,将无似娣?'于时角彩寻欢,缠绵彻曙,宁复知风流云散,遂有今日乎?往者仙槎北渡,断梗南楼，猰语哮声，日焉三至。渐乃微词含吐，亦如尊旨云云。窃揆鄙衷，未见其可。夫屠肆菩心，饿狸悲鼠，此直供其换马，不即辱以当垆。去则弱絮风中，住则幽兰霜里。兰因絮果，现业谁深？若使祝发空门，洗妆浣虑，而艳思绮语，触绪纷来，正恐莲性虽胎，荷丝难杀，又未易言此也。乃至远笛哀秋，孤灯听雨，雨残笛歇，谡谡松声，罗衣压肌，镜无干影，晨泪镜潮，夕泪镜汐。今兹鸡骨，殆复难支，痰灼肺然，见粒而呕。错情易意，悦憎不驯，老母娣弟，天涯问绝。嗟乎！未知生乐，焉知死悲？憾促欢淹，无乃非达。妾少受天颖，机警灵速，丰兹啬彼，理讵能双，然而神爽有期，故未应寂寂也。至其沦忽，亦非自今。结缡以来，有宵靡旦，夜台滋味，谅不殊斯。何必紫玉成烟，白花飞蝶，乃谓之死哉！或轩车南返，驻节维扬，老母惠存，如妾之受。阿秦可念，幸终垂悯。畴昔珍赠，悉令见殉，宝钿绣衣，福星所赐，可以超轮消劫耳。然小六娘竟先期相俟，不忧无伴。附呈一绝，亦是鸟语鸣哀。其诗集小像，托陈媪好藏，觅便驰寄。身不自保，何有于零膏冷翠乎？他时放船堤下，探梅山中，开我西阁门，坐我绿阴床，仿生平于响像，见空帏之寂飏。是耶非耶？其人斯在？嗟乎夫人，明冥异路，永从此辞！玉腕朱颜，行就尘土，兴思及此，怆也何如！元元叩首叩首上。"后附绝句云："百结回肠写泪痕，重来惟有旧朱门。夕阳一片桃花影，知是亭亭倩女魂。"生之戚某，集而刻之，名曰《焚余》。

　　张山来曰：红颜薄命，千古伤心。读至送鹦焚诗处，恨不粉妒妇之骨以饲狗也！

　　又曰：小青事，或谓原无其人，合小青二字，乃情字耳。及读吴□《紫云歌》，其小序云："冯紫云，为维扬小青女弟，归会稽马髦伯。"则又似实有其人矣。即此传亦不知谁氏手笔，吾友殷日戒仿佛忆为支小白作，未知是否，姑阙疑焉。

义　猴　传　　　　宋　曹射陵

　　建南杨子石袍告予曰：吴越间有鬈髯丐子，编茅为舍，居于南坡。尝畜一猴，教以盘铃傀儡，演于市以济朝夕。每得食，与猴共，虽严寒暑雨,亦与猴俱,相依为命,若父子然,如是者十余年。丐子老且病,不能引猴入市,猴每日长跪道旁,乞食养之,久而不变。及丐子死,猴乃悲痛旋绕,如人子蹡踊状。哀毕,复长跪道旁,凄声俯首,引掌乞钱。不终日,得钱数贯,悉以绳钱入市中,至棺肆不去。匠果与棺,仍不去,伺担者辄牵其衣裾,担者为舁棺至南坡,殡丐子埋之,猴复于道旁乞食以祭。祭毕,遍拾野之枯薪,廪于墓侧,取向时傀儡置其上焚之,乃长啼数声,自赴烈焰中死。行道之人,莫不惊叹而感其义,爰作义猴冢。

　　张山来曰:有功世道之文,如读《徐阿寄传》。

卷　二

柳　敬　亭　传　　　　　　　　　　　　吴伟业梅村

　　柳敬亭者，扬之泰州人，盖曹姓。年十五，犷悍无赖，名已在捕中。走之盱眙，困甚，挟稗官一册，非所习也，耳剽久，妄以其意抵掌盱眙市，则已倾其市人。好博，所得亦缘手尽。有老人，日为酿百钱，从寄食。久之，过江，休大柳下，生攀条泫然已，抚其树，顾同行数十人曰："嘻！吾今氏柳矣。"闻者以生多端，或大笑以去。后二十年，金陵有善谈论柳生，衣冠怀之，辐辏门，车尝接毂，所到坐中皆惊。有识之者曰："此固向年过江时休树下者也。"柳生之技，其先后江湖间者：广陵张樵、陈思，姑苏吴逸，与柳生四人者，各名其家，柳生独以能著。

　　或问生何师，生曰："吾无师也。吾之师乃儒者云间莫君后光。"莫君言之曰："夫演义虽小技，其以辨性情，考方俗，形容万类，不与儒者异道。故取之欲其肆，中之欲其微，促而赴之欲其迅，舒而绎之欲其安，进而止之欲其留，整而归之欲其洁。非天下至精者，其孰与于斯矣？"柳生乃退就舍，养气定词，审音辨物，以为揣摩，期月而后请莫君。莫君曰："子之说未也。闻子说者，欢咍嗢噱，是得子之易也。"又期月，曰："子之说几矣。闻子说者，危坐变色，毛发尽悚，舌挢然不能下。"又期月，莫君望见惊起曰："子得之矣。目之所视，手之所倚，足之所跂，言未发而哀乐具乎其前，此说之全矣。"于是听者傀然若有见焉，其竟也，恤然若有亡焉。莫君曰："虽以行天下，莫能难也。"

　　已而柳生辞去，之扬州，之杭，之吴，吴最久。之金陵，所至与其豪长者相结，人人昵就生。其处己也，虽甚卑贱，必折节下之。即通显，敖弄无所诎。与人谈，初不甚谐谑，徐举一往事相酬答，澹辞雅对，一座倾靡，诸公以此重之，亦不尽以其技强也。当是时，士大夫避寇南下，侨金陵者万家。大司马吴桥范公，以本兵开府，名好士；相国何文端，阖门避造请，两家引生为上客。客有谓生者曰："方海内无事，生所谈皆豪猾大侠，草泽亡命，吾等闻之，笑谓必无是，乃公故善诞耳。孰图今日不幸竟亲见之乎。"生闻其语慨然，属与吴人张燕筑、沈公宪俱，张、沈以歌，生以谈，三人者，酒酣，悲吟击节，意凄怆伤怀，凡北人流离在南者，闻之无不流涕。

未几而有左兵之事。左兵者，宁南伯良玉，军噪而南，寻奉诏守楚，驻皖城待发。守皖者杜将军弘域，于生为故人。宁南尝奏酒，思得一异客，杜既已泄之矣，会两人用军，事不相中，念非生莫可解者，乃檄生至，进之。左以为此天下辨士，欲以观其能。帐下用长刀遮客，引就席，坐客咸震慑失次。生拜讫，索酒，诙啁谐笑，旁若无人者。左大惊，自以为得生晚也。居数日，左沉吟不乐，熟视生曰："生揣我何念？"生曰："得毋以亡卒入皖，而杜将军不法治之乎？"左曰："然。"生曰："此非有君侯令，杜将军不敢以专也。"生请衔命矣，驰一骑，入杜将军军中，斩数人，乃定。左幕府多儒生，所为文檄，不甚中窾会。生故不知书，口画便宜辄合。左起卒伍，少孤贫，与母相失，请赗封，不能得其姓，泪承睫不止。生曰："君侯不闻天子赐姓事乎？此吾说书中故实也。"大喜，立具奏。左武人，即以为知古今、识大体矣。阮司马怀宁，生旧识也，与左郤，而新用事。生还南中，请左曰："见阮云何？"左无文书，即令口报阮，以捐弃故嫌，图国事于司马也。生归，对如宁南指，且约结还报。及闻坂矶筑城，则顿足曰："此示西备，疑必起矣。"后果如其虑焉。左丧过龙江关，生祠哭已，有迎且拜，拜不肯起者，则其爱将陈秀也。秀尝有急，生活之，具为予言救秀状。始，左病恚怒，而秀所犯重，且必死，生莫得楷梧，乃设之以事曰："今日饮酒不乐，君侯有奇物玩好，请一观，可乎？"左曰："甚善。"出所画己像二，其一《关陇破贼图》也。览镜自照，叹曰："良玉，天下健儿也，而今衰。"指其次曰："吾破贼后，将入山，此图所以志也。"见衲而杖者数童子，从其负瓢笠，且近，则秀也。生佯不省而徐睨为谁，左语之，且告其罪。生曰："若负恩当死，顾君侯以亲信，即入山且令相从，而杀之，即此图为不全矣。"左颔之，其善用权谲、为人排患解纷率类此。

初，生从武昌归，以客将新道军所来，朝贵皆倾动，顾自安旧节，起居故人无所改。逮江上之变，生所携及留军中者，亡散累千金，再贫困而意气自如。或问之，曰："吾在盱眙市上时，夜寒藉束藁卧，扉履踵决，行雨雪中，窃不自料以至于此。今虽复落，尚足为生。且有吾技在，宁渠忧贫乎？"乃复来吴中，每被酒，尝为人说故宁南时事，则歔欷洒泣。既在军中久，其所谈益习，而无聊不平之气无所用，益发之于书，故晚节尤进云。

旧史氏曰：予从金陵识柳生，同时有杨生季衡，故医也，亦客于左，奏摄武昌守，拜为真。左因强柳生以官，笑弗就也。杨今去官，仍故业，在南中亦纵横士，与予善。

张山来曰：戊申之冬，予于金陵友人席间，与柳生同饮。予初不识柳生，询之同侪，或曰："此即《梅村集》中所谓柳某者是也。"滑稽善谈，风生四座，惜未聆其说稗官家言为恨。今读此传，可以想见其掀髯鼓掌时也。

汪 十 四 传　　　　徐士俊野君

汪十四者，新安人也，不详其名字。性慷慨激烈，善骑射，有燕赵之风。时游西蜀，蜀中山川险阻，多相聚为盗，凡经商往来于兹者，辄被劫掠。闻汪十四名，咸罗拜马前，愿作护身符。汪许之，遂与数百人俱，拥骑而行。闻山上嚆矢声，汪即弯弓相向，与箭锋相触，空中堕折，以故绿林甚畏之，秋毫不敢犯，商贾尽得数倍利。而白梃之徒，日益贫困，心忮之，而莫可谁何也。

无几时，汪慨然曰："吾老矣，不思归计，徒挟一弓一矢之勇，跋履山川，向猿猱豺虎之地，以博名高，非丈夫之所贵也。"因决计归。归则以田园自娱，绝不问户外事。而曩时往来川中者，尽被剽掠，山径不通，乃踉跄走新安，罗拜于门外曰："愿乞壮士重过西川，使我辈弱者可强，贫者可富，俾啸聚之徒大不得志于我旅人也。壮士其许之乎？"是时汪十四雄心不死，遂许之曰："诺。"大笑出门，挟弓矢连骑而去。于是重山叠岭之间，复有汪之马迹焉。绿林闻之，咸惊悸，谋所以胜汪者，告诸山川雷雨之神，当以汪十四之头陈列鼎俎。乃选骁骑数人,如商客装,杂于诸商之队而行。近贼巢,箭声飒沓来,汪正弯弓发矢,而后有一人,持利刃向弦际一挥,弦断矢落,汪忙迫无计,遂就擒。

擒入山寨中,见贼党咸持金称贺,然犹意在往劫汪之护行者。暂置汪于空室,絷其手足,不得动,俟日晡取汪十四头,陈之鼎俎,以酬山川雷雨之神。汪忽瞠目,见一美人向汪笑曰:“汝诚豪杰,何就缚至此?”汪且愤且怜曰:“毋多言!汝能救我则救之,娘子军不足为也。”美人曰:“我意如斯,但恐救汝之后,汝则如饥鹰怒龙,夭矫天外,而我凄然一身,徒婉转娇啼,作帐下之鬼,为之奈何?”汪曰:“不然。救其一,失其一,亦无策甚矣。吾行百万军中,空空如下天状,况区区贼奴,何足当吾前锋哉?”因相对慷慨激烈,美人即以佩刀断其缚而出之。汪不遑起谢,见舍旁有刀剑弓矢,悉挟以行,左挈美人,右持器械,间行数百步,遇一骑甚骏,遂并坐其上。贼人闻之,疾驱而前,汪厉声曰:“来,来,吾射汝!”应弦而倒。连发数十矢,应弦倒者凡数十人。贼人终已无可奈何,纵之去。汪从马上问美人姓名,美人泣曰:“吾宦女也。父为兰省给事中,现居京国,今年携眷属至京,被劫,妾之老母及诸婢子尽杀,独留妾一人,凌逼蹂践,不堪言状。妾之所以不死者,必欲一见严君,可以无恨。又私念世间或有大豪杰,能拔人虎穴者,故踌躇至今。今遇明公,得一拜严君,妾乃知死所矣。”汪曰:“某之重生,皆卿所赐。京华虽辽远,当担簦杖策卫汝以行。”于是陆行从车,水行从舟,奔走数千里,同起居饮食者非一日,略无相狎之意。竟以女归其尊人,即从京国返新安终老焉。

老且死,里人壮其生平奇节,立庙以祀,称为汪十四相公庙。有祷辄应,春秋歌舞以乐之,血食至今不衰。

　　张山来曰:吾乡有此异人,大足为新安生色。而文之夭矫奇恣,尤堪与汪十四相副也。

武风子传

方亨咸邵村

武风子者,滇南之武定州人也,名恬。先世以军功官于卫,恬以胄子,少学书,已弃弗学。性好闲,不谋荣利,嗜酒,日惟谋醉,箪瓢屡空,晏如也。凡游艺杂技,过目即知之。滇多产细竹,坚实可为箸,武生以火绘其上,作禽鱼、花鸟、山水、人物,城门、楼阁,精夺鬼工,人奇之。每得其双箸,争购钱数百,于是武生之交戚贫者,因以为利,生顾未尝售也。颇自矜重,一箸成,辄把玩不释,保护如头目。或醉后痛哭悉焚之,醒复悔,悔而复作,然靳不轻与人。好事者每睨其谋醉时,置酒招之,造必尽欢。酒酣,以火与箸杂陈于前而不言,生攘臂起,顷刻完数十箸,挥手不顾也。或于酒中以箸相属,则怒,拂衣出,终身不与之见。或遇贫士及释道者流,告以困穷,辄忻然为之,虽累百不倦。于是滇之士夫或相馈遗,皆以武生箸为重。王公大人游于滇者,不得武生箸即不光。

生固落落儒生耳,未尝以风子名。丁亥之岁,流贼从蜀败奔,假号于滇,滇士民慑于威,披靡以从。生独匿深箐中不出。贼于民间见其箸,异之,遍召不得,因悬赏索之。或告曰:"盍出以图富贵?"生大笑曰:"我岂作奇技淫巧以悦贼者耶?"侦者闻于贼,系之来,至则白眼仰天,暗无一语。贼命作箸,列金帛于前,设醇醪于右以诱之,不应;陈刀锯以恐之,亦不应。贼怒,挥斩之。缚至市曹,而神色自如,终无一语。时贼帅有侍侧者曰:"腐鼠何足膏斧钺?盍纵之,徐徐当自逞其技也。"释之,而生自此病矣。披发佯狂,垢形秽语,日歌哭行市中,夜逐犬豕与处,人遂皆呼"武风子,武风子"云。

及王师定滇,风子病少差,亦稍稍为人作箸以谋醉。人重之逾常时。安定守某者,受贵人属,召为之,不应。守怒,挞之于庭,血流体溃,终不应。自此风子之踪迹无定矣。或琳宫梵舍,或市肆田家,往必数日留,留必作数十箸以谋醉。然出入无时,于是其箸可得而不可得矣。余尝见其箸作《凌烟阁功臣图》者,箸粗仅及绳,而旌旗铠仗,侍从卫列,无不毕具。至褒公、鄂公英姿毛发,道子传神,莫或过之。

其画细如丝,深绀色,入竹分余如镂。

武定太守顾舆山为余言,其作箸时,削炭如笔数十,置烈火中,酒满壶于旁。伺炭末红若锥,左执箸,右执炭,肃肃有声,如蚕食叶,快若风雨。且饮且作,壶干即止。益之复作,饮不用杯杓,以口就壶。不择酒,期醉,醉则伏火而卧。或哭或歌,或说《论语》经书,多奇解。及醒而问之,则他呓语以对。或正作时,酒未尽,忽不知其所往,逾数十日或数月复来,复卒成之。其状貌如中人,年近六十余,拜揖跪起无异。惟与之语,则风子矣。舆山曾作《武异人歌》赠之,故时往还也。但所绘故事,多稗官杂剧,有规以不雅驯者,笑而不答,亦终不易。或曰:"非病风者也,狂人也。"或曰:"其有道者欤? 不然,何富贵不淫、威武不屈耶?"余于是作《武风子传》。

张山来曰:武生岂真风子耶? 不过如昔人饮醇近妇,以寄其牢骚抑郁之态,宜其箸之不轻作也。邵村先生与先君同年,余幼时曾一聆謦欬。癸亥冬,瓜洲梁子存斋以此传录寄。未几而何省斋年伯又以刻本邮示。益信奇文欣赏,自有同心也。

记老神仙事 方亨咸邵村

蜀中刘文季为余言,昔献贼中有所谓老神仙者,事甚怪,能生已死之人,续已断之肢与骨,贼众敬如神明焉。其初被掳时,将杀之,贼掳人,不即杀,审其人,凡一技一艺者皆得免,神仙比能以泥塑像获免,贼中遂以"塑匠"呼之。一日,塑匠涤大釜沃水,析屋为薪燎之,水沸,沸凡数,以一榜左右搅成膏。贼众骇,争相传,献贼闻谓妖人,又将杀之。塑匠曰:"愿一言以死。王不欲成大事耶? 何故杀异士?"献贼异而问之,曰:"臣有异术,能生人。此膏乃仙授,或刀斧,或榜掠受重创者,臣能顷刻完好。"献贼即榜一人,试之立验。献贼残忍,日杀人劓刖人,至笞掠无算。笞凡数百,血肉糜溃,气息仅属者,付塑匠,以白水膏傅之,无不生,且立刻杖而行。军中争趋之,馈遗饮食无虚日,以是衣食囊橐渐充矣。

献贼有爱将某者,攻城,为飞炮所中去其颏,奄奄一息矣。塑匠曰："易与耳。"即生割一人颊，按之，傅以膏，一日而苏，饮啖如未割也。时孙可望在贼为监军，夜被酒，杀一嬖妾，旦行三十里，醒而悔之。道遇塑匠，笑问曰："监军夜来未醉耶？何有不豫色然？"可望告以故。塑匠曰："监军果念其人乎？吾当回马觅之。"可望曰："唉，起营时尸不知何在，想为犬豕啖矣，何从觅？"塑匠曰："监军若令我觅，何物犬豕，敢啖贵人乎？"可望曰："鼠子绐我，汝欲逃耶？我当遣介士押汝觅。"塑匠笑曰："何处觅？觅何能得？"可望怒曰："汝何戏我？"塑匠指道旁舁一毡橐曰："何需觅？即此是也。"可望曰："已朽之骨，何舁之？"塑匠笑谓："监军曷启之？"可望下马解毡，则星眸宛转，厌厌如带雨梨花，帐中之魂已返矣。可望喜噪，一军皆惊。闻于献贼，献曰："此神仙也，当封之。"口封恐众未知，时营大泽中，下令军中，人备一几，以次日集广原。是时贼数十万，令以数十万几累之，择累之最高者，谓"拜仙台"。于是衣塑匠以深衣，巾以纶巾，方履丝绦。塑匠身高六尺，广颡阔面，大有须，望之如世所绘社神者然。命之升台，台高且危，塑匠怯不欲登。献贼令军士各持弓矢，引满以向之曰："不登即射。"塑匠不得已，及其半，憚栗惶惧，而万矢拟之如的，不敢止。勉登其上，献贼令三军释弓矢，罗拜其下，呼"老神仙"者三。于时声震天地，自此不复呼塑匠，而皆曰"老神仙"矣。

老神仙亦自此不轻试其术。有渠贼某者，战败伤足，胫骨已折，所不断者，皮仅寸耳，求老神仙治，辞以不易。某哀号宛转，盛陈金帛以请。老神仙挥之曰："此身外物，吾无需。虽然，吾不忍将军之创也。吾无子，将军能养我乎？"某指天而誓，愿终身父事之。老神仙从容解所佩囊，出小锯，锯断其足上下各寸许，取生人胫，度其分寸以接之，傅以药，不数日而愈。自此贼中凡求其药者，皆不敢侈馈遗，争投身为养子矣。

献贼有幸婢曰"老脚"者，美而慧，善书画，脚不甚纤，因名。凡贼中移会侦发文字皆所掌，献贼嬖之。燕处有所思，老脚见其独坐，私往侍之。贼不知为老脚，疑旁人伺，以所佩刀反手击之，中其腰，折骨，刳腹出肠而死。献贼省之，悔恨恻痛，急召老神仙。老神仙曰："已死不能救。"献贼骂曰："老狡，监军妾不亦已死者乎？汝不能救，当杀汝以殉。"老神仙逡巡曰:"需时日乃可。"献贼急欲其生,限三日,老神仙请期三七,比以酒合药灌之一匕,喉间即格格有声。老神仙贺曰:"可救矣,七日当复。"因取水润其肠,纳腹中,引针缝之,傅以药,夹以木板,约以绳,果七日而老脚步履如常时。

及献贼死,贼众溃,从蜀奔滇。生平素德于老神仙者,卫之来滇。永历至,贼众多为伪王侯,老神仙啸傲王侯间,拥厚赀,辟室城东隅,累石成山,凿井为池,旁植花木,蓄朱鱼数百头。客至,浮白呼鱼出水以娱。醉则高歌而卧,不顾也。迄永历奔缅甸,老神仙从之行。及腾越,居常向空咄咄,若有所诉。

一日,谓文季云:"吾老矣,将奈何?"文季曰:"等死耳,公何惜。但公之异术素靳不与人,致绝其传,是可惜。"老神仙曰:"吾非靳也。吾师授我时,有戒也。"因讯其所授之由,曰:"某陈姓,河南邓州人,名家子。少尝入乡塾,性不乐章句,塾侧有塑神佛者,时就与嬉,塾师时扑责之。归而父母复责以不学,不能耐,遂出亡怅怅无所适,因祷于关帝,得一签云:'他日王侯却并肩。'自顾一丧家子,何得并肩王侯哉?然神不诬我,与王侯并肩者惟仙人,素闻终南山多隐仙,愿往从之。穷登涉,忍饥寒,遍访无可从者。一日至山后,遥望绝壁上有洞,人出入,因拔荆棘,踞巉岩,达于洞。见一道者坐石上,翛然异凡人。余幸曰:此吾师也。因长跪以请。道者不顾,拂袖归洞。余不敢入,即洞口稽首而已。如是者三日。忽一童子持一物示余云:'师食尔。'状如糕,色白,方仅二寸,味甘如饴。食之,遂不复饥。余窃喜,益信。拜求至七日,道者忽出问余曰:'痴子,汝欲何为?'余告以求仙。道者哂曰:'去!汝非此中人,何自苦为?'余自念无所归,惟投崖死耳,涕泣以求。已而道者曰:'吾念汝诚,有书一卷,授汝资一生衣食,好为之,勿轻泄。泄则雷击也。速去,毋久留,徒饱虎狼耳。'余得书惊喜,仓皇下山,省之,皆禁方也,可三十页。道延安,人争传某巡抚者有爱女,戏秋千伤足,骨出于外,医莫能疗。募能疗者,金二百,骡一匹。余往应募,依方试之,果瘥。余于是囊金乘骡归。吾父怒出亡,且疑多金。是时贼已起,谓余必从不义,首于官,将置之法。余族兄孝廉某,白无辜,出狱,讯其故,因出书。余父闻余出,持大杖奔族兄家,余族兄反复解喻不信，并陈书以实。余父愈怒，裂书火之，族兄从火中夺得，仅四页，余急怀而逃。今之所用者，皆烬余之四页耳。年久，其四页者亦不知往矣。"其自述如此。居无何，以疾死。

呜呼！不龟手药，一也，一以封侯，一不免于洴澼绕，顾所用异耳。向使老神仙能体父志，不陷于贼，挟此术游当世，卢扁、华佗不得专美于前矣。惜其狃于货利，遂安神仙之名，而终以贼死。虽然，人之遇仙与不遇仙，惟视福德之厚薄。老神仙得其书而不能全，其福可知矣。尝见稗官所志侯元者，樵山遇老人，授兵法，卒以作贼戮其身，事颇类此。常怪仙人不得其人，即秘其传可也，何往往传非其人以致戕害？仙亦何忍哉！且终南道者亦未必真仙，闻其膏乃以处子阴户油炼之，火光满室，焰升屋梁，光息而膏成，此岂仙人救人之方乎？《本草》以多用虫鱼，致迟上升十年。况杀人以救人，不独一人，且数百人，是老神仙者，则亦始终一贼而已。

张山来曰：仙家有禁方而不以传世，则禁方徒虚设耳。若以杀人救人为过，何不去此种类，而止存金石草木之药乎？乃计不出此，而往往传非其人以致遗累，是亦授受之未善也。

瑶宫花史小传　　　尤　侗展成

岁癸未，予读书王氏如武园，偶为扶鸾之戏，得遇瑶宫花史云。花史何氏，小名月儿，明初山阳富家女也。年十六，独在花下摘花，为一书生所调，父母怒而谪之，遂赴水死。王母怜其幼敏，录为散花仙史。此掌文真人唐孙过庭告予云。初降坛作诗云："片片落英飞羽客，翩翩独向风前立。缓行徐过小桥东，只恐春衫香汗湿。"其标韵如此。花史年少，放诞风流，既为情死，眉黛间常有恨色。性善谐谑，既与予狎昵，嘲戏百出，一座哄堂。间以微词挑之，辄不对。或乱以他语，久而怃然，不知情之一往而深也。寒夜尝与予联句云："树头落叶舞天衣，萧瑟风篁吟露晞。青火半销残月继，黄钟初罢晓星稀。新寒剪到罗帷急，愁泪弹来香息微。消遣夜深惟有梦，巫山携得片云归。"自后相对，多作断肠哀怨之语。

予戏以尺素贻之,是夜遂梦花史冉冉而来,年可十八九,头上百花髻,戴芙蓉冠,插瑟瑟钿朵,着金缕单丝锦縠,银泥五晕罗裙,鸳鸯袜,五色云霞履,妆束雅澹,神姿艳发,顾盼妩媚,不可描画。搴帷微笑,若有欲言。予胸次忽为一物填压,又似鬼手来捉人臂,惊呼而觉。但见残釭明灭,纸窗风声条条,若有弹指而泣者。诘朝问之,云:"吾夜间到君床头两次,君为五脏神所守,觉则退耳。"予问:"五脏神谁何?"花史云:"凡人一身,皆有神守。耳目手足,有神外守;五脏魂魄,有神内守。有缘者神与之亲,无缘者神不与之亲。吾与子情深矣,奈三生石上无一笑缘何?"因泣下歔欷。

既而言楚江事。楚江,花史侍儿也,与幼婢小红,皆端丽明慧,日侍香案。花史云:"楚江前世,与君为邻。两情眷眷不遂,病死,君作一束,焚告楚江云:'三生如不断,愿结未来缘。'君举孝廉,亦早逝,迄今二十年,可续前盟矣。"遂请于王母,许于甲申二月,降生赵地,赐以玉玕一事,翠凤履一双。花史赋《鹧鸪天》词送之云:"整束簪环下碧霄,教人肠断念奴娇。曲房空剩残香粉,独对潇湘忆翠翘。 寻别话,酌清醪,盈盈徐送小红桥。从今不伴烟霞客,爱向风前斗柳腰。"楚江和云:"朝餐风露暮凌霄,不羡金闺贮阿娇。却恨柳丝牵月线,强移花色点云翘。 情犹恋,意如醪,依依不舍旧蓝桥。东君可许归相伴,暂向尘封学楚腰。"然自楚江下世,花史意致黯然,不复如前日欢洽矣。王母闻其以眽词赠答,切责之,命游神巡察,不许私至。且曰:"尤生不患才少,花儿独患情多。倘涉幽期,恐有山魈木魅之疑也。"自尔踪迹遂绝。

予尝览《杜兰香传》,乃湘江三岁女子,为阿母青童携去,后驾钿车诣包山张硕,言本为君作妻,以年命未合,小乖,太岁东方卯,当还求君。此与楚江事绝类,而予沦落不偶,无室家之乐,幽婚如梦,忽忽忘之。然每策蹇往来邯郸道上,秦楼日出,游女如云,恍然若有所遇,卒无有鼓瑟而至者,而予亦已老矣。岂仙人固好食言耶?抑予尘心未尽,负此塞修也?

花史诗词甚多,其最著者,《太华行》一篇。先是,甲申元日,真人同湘江诸侣游太华山,乐甚,命两人作长歌记之。予走笔急就,而花史诗故作虫书,亦狡狯伎俩也,真人笑而译之。其辞曰:"登峰当登第一山,婆娑屹立不可攀。巨灵𫘬𫘦崒为掌,云气时流十指间。苍龙玉马随风步,黄冠鹤羽皆童颜。半壁飞泉珠雨散,水天相对乘时闲。尔乃坐青莲,游玉田,金鼎石室篆如烟。团团握麈成清谈,铁笛一声江天寒。玉女乘鸾相接引,葡萄火枣列嘉筵。歌一曲,乐万年,进一酏,成百篇。松风枕上听流泉,陶然醉倒不知还。呼吸三光应列斗,巍峨两山一划剖。少阴令德合秋成,气含金爽据丁酉。伊古少昊居此都,蓐收别馆称中皐。何若凌虚此一游,凭风羽化飞飞走。视昔登颠发狂号,垂书作别真堪呕。仙兮仙兮不可及,仿佛斯游不竟口。我向琼宫索记书,大文千言若蝌蚪。"

展子曰:汉史记帐中神君,不见其形,但闻其语而已。至乩仙,并其语不可得闻也,亦恍惚矣。然花史尝许予现形,一夕月明竹下,有云鬟翠袖,倚而招予者,望之翩然,即而求之,邈然不知其所之焉。是耶,非耶?吾又何能测之哉?花史每呼予为展子。

张山来曰:世间唯乩仙一事,最为难解。以为真仙,则不当为人所召;以为非仙,则诗句敏而且工,字迹亦多别致。或者慧业文人,死而精魂不散,偶借人间笔墨以消遣光阴耳。古人云:"宁为才鬼,尤胜顽仙。"则谓才鬼为仙,亦无不可。

九牛坝观抵戏记　　　彭士望达生

树庐叟负幽忧之疾,于九牛坝茅斋之下。戊午闰月除日,有为角抵之戏者,踵门告曰:"其亦有以娱公。"叟笑而颔之。因设场于溪树之下,密云未雨,风木泠然,阴而不燥,于是邻幼生周氏之族之宾之友戚,山者牧樵,耕者犁犊,行担篗者,水浮楫者,咸停释而聚观焉。

初则累重案,一妇人仰卧其上,竖双足,承八岁儿,反复卧起,或鹄立合掌拜跪,又或两肩接足,儿之足亦仰竖,伸缩自如。间又一足承儿,儿拳曲如莲花出水状。其下则二男子,一妇,一女童与一老妇。鸣金鼓,俚歌,杂佛曲和之,良久乃下。又一妇登场如前卧,竖承一案,旋转周四角,更反侧背面承之。儿复立案上,拜起如前仪。儿下,则又承一木槌。槌长尺有半,径半之,两足员转,或竖抛之而复承之。妇既罢,一男子登焉。足仍竖承一梯,可五级,儿上至绝顶,复倒竖穿级而下。叟闵其劳,令暂息,饮之酒。

其人更移场他处,择草浅平坡地,去瓦石,乃接木为桥,距地八尺许。一男子履其上,傅粉墨,挥扇杂歌笑,阔步坦坦,时或跳跃,后更舞大刀,回翔中节。此戏吾乡暨江左时有之,更有高丈余者,但步不能舞。最后设软索,高丈许,长倍之,女童履焉。手持一竹竿,两头载石如持衡,行至索尽处辄倒步。或仰卧,或一足立,或伛行,或负竿行如担,或时坠挂,复跃起。下鼓歌和之,说白俱有名目,为时最久,可十许刻。女下,妇索帕,蒙双目为瞽者,番跃而登,作盲状,东西探步,时跌若坠,复摇晃似战惧,久之乃已。仍持竿,石加重,盖其衡也。方登场时,观者见其险,咸为股栗,毛发竖,目眩晕,惴惴然惟恐其倾坠。

叟视场上人皆暇整,从容而静,八岁儿亦斋栗如先辈,主敬如入定僧。此皆一诚之所至,而专用之于习,惨淡攻苦,屡蹉跌而不迁。审其机以应其势,以得其致力之所在。习之又久,乃至精熟,不失毫芒,乃始出而行世。举天下之至险阻者,皆为简易,夫曲艺则亦有然者矣。以是知至巧出于至平,盖以志凝其气,气动其天,非卤莽灭裂之所能效。此其意庄生知之,私其身不以用于天下。仪、秦亦知之,且习之以人国戏,私富贵以自贼其身与名。庄所称僚之弄丸,庖丁之解牛,痀偻之承蜩,纪省子之养鸡。推之伯昏瞀人,临千仞之蹊,足逡巡垂二分在外,吕梁丈人出没于悬水三十仞,流沫四十里之间,何莫非是?其神全也。叟又以视观者,久亦忘其为险,无异康庄大道中与之俱化。甚矣!习之能移人也。

其人为叟言:祖自河南来零陵,传业者三世,徒百余人。家有薄田,颇苦赋役,携其妇与妇之娣姒、兄之子,提抱之婴孩,糊其口于四方,赢则以供田赋。所至江浙、两粤、滇黔、口外绝徼之地,皆步担,器具不外贷。谙草木之性,捃摭续食,亦以哺其儿。叟视其人,衣敝缊,飘泊羁穷,陶然有自乐之色。群居甚和适,男女五六岁即授技,老而休焉,皆有以自给。以道路为家,以戏为田,传授为世业。其肌体为寒暑风雨冰雪之所顽,智意为跋涉艰远人情之所儆怵摩厉,男妇老稚皆顽钝，儇敏机利，捷于猿猱，而其性旷然如麋鹿，叟因之重有感矣。

先王之教，久矣夫不明不作。其人自处于优笑巫觋之间，为夏仲御之所深疾。然益知天地之大，物各遂其生成。稗稻并实，无偏颇也。彼固自以为戏，所游历几千万里，高明巨丽之家，以迄三家一哄之村市，亦无不以戏视之。叟独以为有所用。身老矣，不能事洴澼絖，亦安所得以试其不龟手之药？托空言以记之。固哉，王介甫谓鸡鸣狗盗之出其门，士之所以不至，不能致鸡鸣狗盗耳。吕惠卿辈之谄谩，曾鸡鸣狗盗之不若。鸡鸣狗盗之出其门，益足以致天下之奇士。而孟尝未足以知之，信陵、燕昭知之，所以收浆博屠者之用。千金市死马之骨，而遂以报齐怨。宋亦有张元、吴昊，虽韩、范不能用，以资西夏，宁无复以叟为戏言也？悲夫！

张山来曰：此技即俗所谓踹索者。予尝谓此等人必能作贼，有守土之责者，宜禁止之。纵不欲绝其衣食之路，或毋许入城，听于乡间搬演可耳。

前段叙事简净，后段议论奇辟，自是佳文。

卷 三

马 伶 传 侯方域<small>朝宗</small>

马伶者,金陵梨园部也。金陵为明之留都,社稷百官皆在,而又当太平盛时,人易为乐。其士女之问桃叶渡、游雨华台者,趾相错也。梨园以技鸣者,无论数十辈,而其最著者二:曰兴化部,曰华林部。

一日,新安贾合两部为大会,遍征金陵之贵客文人,与夫妖姬静女,莫不毕集。列兴化于东肆,华林于西肆,两肆皆奏《鸣凤》所谓椒山先生者。迨半奏,引商刻羽,抗坠疾徐,并称善也。当两相国论河套,而西肆之为严嵩相国者曰李伶,东肆则马伶,坐客乃西顾而叹,或大呼命酒,或移坐更近之,首不复东。未几更进,则东肆不复能终曲。询其故,盖马伶耻出李伶下,已易衣遁矣。

马伶者,金陵之善歌者也。既去,而兴化部又不肯辄以易之,乃竟辍其技不奏,而华林部独着。去后且三年,而马伶归,遍告其故侣,请于新安贾曰:"今日幸为开宴,招前日宾客,愿与华林部更,奏《鸣凤》,奉一日欢。"既奏,已而论河套,马伶复为严嵩相国以出,李伶忽失声匍匐前称弟子,兴化部是日遂凌出华林部远甚。其夜,华林部过马伶曰:"子,天下之善技也,然无以易李伶。李伶之为严相国至矣,子又安从授之而掩其上哉?"马伶曰:"固然,天下无以易李伶,李伶即又不肯授我。我闻今相国某者,严相国俦也。我走京师,求为其门卒三年,日侍相国于朝房,察其举止,聆其语言,久乃得之,此吾之所为师也。"华林部相与罗拜而去。马伶名锦,字云将。其先西域人,当时犹称马回回云。侯方域曰:异哉,马伶之自得师也!夫其以李伶为绝技,无所干求,乃走事某,见某犹之见分宜也,以分宜教分宜,安得不工哉?呜呼,耻其技之不若,而去数千里,为卒三年。倘三年犹不得,即犹不归尔。其志如此,技之工又须问耶?

　　张山来曰：予素不解弈，不解歌，自恨甚拙，因从学于人，虽不能工，然亦自觉有入门处。乃知艺无学而不成者，观马伶事益信。

顾玉川传

曹　禾峨嵋

　　顾玉川，名大愚，字道民，邑东鄙杨舍人。深目戟髯，类羽人剑客。少遇异人授神行术，三日夜达京师，六日而返。父母怪问之，玉川语之故，袖葡萄、苹果以献。由是里中传以为神。性任侠，喜施舍，尤好奇服，所至儿童聚观。常衣纸衣，行则瑟瑟有声，冠纸冠，方屋而高二尺。或时蓬跣行歌道中，或时幅巾深衣，肩古藤杖，杖悬葫芦，大于身而高于顶，遇风则与偕覆，徐拄杖而起，行歌自如。渡河未尝假舟楫，跨葫芦，以杖导水，上下水面，望之如游云气中。与人言，多方外骇异不根之说，人亦无从诘之。独其顷忽间往返数百里，音问不爽，道路行旅，历历咸见，此足奇也。

　　明启、祯交，玉川子每游京师，月必一二过，尤厚虞山钱宗伯谦益。宗伯传胪及第第三人，玉川子以其捷音归，归五日而邮报至。邮中诸少年，疾驰七日夜，始抵钱氏室，则已泥金焕然，无所获。宗伯言于诸公卿，闻其风者，以识面为幸。

　　一日，远游归，骑白牛，披孔翠裘，戴檞笠如车轮，手棕榈扇，后随一橐驼，背置大葫芦，其旁悬罂缶，累累然种所得奇花草，菁葱鲜洁，如山岳自行。邑之人初未识橐驼，拥观以为怪。时学使者方较试，六郡士咸集，群指顾睊眙，忽一人昂然从众中出，纸衣纸冠皆皂色，与玉川相对鼓掌笑，遂挽橐驼上，抱葫芦以行，如凶礼中方相然。识者曰：“此梁溪邹公履也。”玉川之好怪而所与游多类此。

　　玉川常乘橐驼，往来旁郡县，至毗陵驿，橐驼坠于野厕，百计挽之不能出，乃毁岸出之，而橐驼死矣。后访道入华山，不知所终。或谓玉川实病死于家，诚其子孙讳之云。

　　张山来曰：余读《水浒传》，窃慕神行太保戴宗之术。又以为尚不及缩地法,私尝疑之,谓为文人游戏笔墨,未必实有其术。今读此,则是世有其人,惜予不及见耳。

冒姬董小宛传　　　　　张明弼公亮

董小宛,名白,一字青莲,秦淮乐籍中奇女也。七八岁,母陈氏教以书翰,辄了了。年十一二,神姿艳发,窈窕婵娟,无出其右。至针神曲圣,食谱茶经,莫不精晓。顾其性好静,每至幽林远壑,多依恋不能去。若夫男女阗集,喧笑并作,则心厌色沮,亟去之。居恒揽镜,自语其影曰:"吾姿慧如此,即诎首庸人妇,犹当叹采凤随鸦,况作飘花零叶乎?"

时有冒子辟疆者,名襄,如皋人也。父祖皆贵显,年十四,即与云间董太傅、陈徵君相倡和。弱冠,与余暨陈则梁四五人,刑牲称雁序于旧都。其人姿仪天出,神清彻肤,余常以诗赠之,目为东海秀影。所居凡女子见之,有不乐为贵人妇、愿为夫子妾者无数。辟疆顾高自标置,每遇狭斜掷心卖眼,皆土苴视之。

己卯,应制来秦淮。吴次尾、方密之、侯朝宗咸向辟疆啧啧小宛名,辟疆曰:"未经平子目,未定也。"而姬亦时时从名流宴集间,闻人说冒子,则询冒子何如人。客曰:"此今之高名才子,负气节而又风流自喜者也。"则亦胸坎贮之。比辟疆同密之屡访,姬则厌秦淮嚣,徙之金阊。比下第,辟疆送其尊人秉宪东粤,遂留吴门。闻姬住半塘,再访之,多不值。时姬又患嚣,非受廮于炎炙,则必逃之龊齵之径。

一日,姬方日醉睡,闻冒子在门,其母亦慧倩,亟扶出相见于曲栏花下。主宾双玉有光,若月流于堂户。已而四目瞠视,不发一言,盖辟疆心筹,谓此入眼第一,可系红丝。而宛君则内语曰:吾静观之,得其神趣,此殆吾委心塌地处也。但即欲自归,恐太遽,遂如梦值故欢旧戚,两意融液,莫可举似。但连声顾其母曰:"异人,异人!"辟疆旋以三吴坛坫争相属,凌躐而别。阅屡岁,岁一至吴门,则姬自西湖远游于黄山白岳间者,将三年矣。此三年中,辟疆在吴门有某姬,亦倾盖输心,遂订密约。然以省觐往衡岳,不果。

辛巳夏,献贼突破襄樊,特调衡永兵备使者监左镇军。时辟疆痛尊人身陷兵火,上书万言干政府言路,历陈尊人刚介不阿,逢怒同乡同年状,倾动朝堂。至壬午春,复得调,辟疆喜甚,疾过吴门,践某姬约。至则前此一旬,已为窦、霍豪家不惜万金劫去矣。辟疆正旁皇郁壹,无所寄托。偶月夜,荡叶舟,随所飘泊,至桐桥内,见小楼如画,阒闭立水涯,无意询岸边人,则云:"此秦淮董姬,自黄山归,丧母,抱危病,镭户二旬余矣。"辟疆闻之,惊喜欲狂,坚叩其门,始得入。

比登楼,则灯烬无光,药铛狼藉,启帏见之,奄奄一息者,小宛也。姬忽见辟疆,倦眸审视,泪如雨下,述痛母怀君状,犹乍吐乍含,喘息未定。至午夜,披衣遂起,曰:"吾疾愈矣。"乃正告辟疆曰:"吾有怀久矣。夫物未有孤产而无耦者,如顿牟之草,磁石之铁,气有潜感,数亦有冥会。今吾不见子,则神废;一见子,则神立。二十日来,勺粒不沾,医药罔效,今君夜半一至,吾遂霍然。君既有当于我,我岂无当于君?愿以此刻委终身于君,君万勿辞。"辟疆沉吟曰:"天下固无是易易事。且君向一醉晤,今一病逢,何从知余,又何从知余闺阁中贤否,乃轻身相委如是耶?且近得大人喜音,明蚤当遣使襄樊,何敢留此?请辞去。"

至次日,姬靓妆鲜衣,束行李,屡趣登舟,誓不复返。姬时有父,多嗜好,又荡费无度,恃姬负一时冠绝名,遂负逋数千金,咸无如姬何也。自此渡浒墅,游惠山,历毗陵、阳羡、澄江,抵北固,登金、焦,姬着西洋布退红轻衫,薄如蝉纱,洁比雪艳。与辟疆观竞渡于江山最胜处,千万人争步拥之,谓江妃携偶踏波而上征也。凡二十七日,辟疆二十七度辞,姬痛哭,叩其意,辟疆曰:"吾大人虽离虎穴,未定归期。且秋期逼矣,欲破釜焚舟冀一当,子盍归待之?"姬乃大喜曰:"余归,长斋谢客,茗碗炉香,听子好音。"遂别。自是杜门茹素,虽有窦、霍相橄,佻健横侮,皆假贷赂贿以蝉脱之。短缄细札,责诺寻盟,无月不数至。

迫至八月初,姬复孤身挈一妇,从吴买舟江行,逢盗,折舵入苇中,三日不得食。抵秦淮,复停舟郭外,候辟疆闻事毕始见之。一时应制诸名贵,咸置酒高宴。中秋夜,觞姬与辟疆于河亭,演怀宁新剧

《燕子笺》。时秦淮女郎满座，皆激扬叹羡，以姬得所归，为之喜极泪下。榜发，辟疆复中副车，而宪副公不赴新调，请告适归。且姬索逋者益众，又未易落籍，辟疆仍力劝之归，而以黄衫押衙托同盟某刺史。刺史莽，众哗，挟姬匿之几败事。虞山钱牧斋先生，维时不惟一代龙门，实风流教主也。素期许辟疆甚远，而又爱姬之俊识。闻之，特至半塘，令柳姬与姬为伴，亲为规画，债家意满。时又有大帅以千金为姬与辟疆寿，而刘大行复佐之。公三日遂得了一切，集远近与姬饯别于虎嚤，买舟以手书并盈尺之券送姬至如皋。又移书与门生张祠部，为之落籍。八月初，姬南征时，闻夫人贤甚，特令其父先至如皋，以至情告夫人，夫人喜诺已久矣。

姬入门后，智慧络绎，上下内外大小，罔不妥悦。与辟疆日坐画苑书圃中，抚桐瑟，赏茗香，评品人物山水，鉴别金石鼎彝，闲吟得句，与采辑诗史，必捧研席为书之。意所欲得，与意所未及，必控弦追箭以赴之。即家所素无，人所莫办，仓猝之间，靡不立就。相得之乐，两人恒云：“天壤间未之有也。”申、酉崩坼，辟疆避难渡江，与举家遁浙之盐官，履危九死，姬不以身先，则愿以身后，“宁使贼得我则释君，君其问我于泉府耳”。中间智计百出，保全实多。后辟疆虽不死于兵，而濒死于病。姬凡侍药不间寝食者，必百昼夜。事平，始得同归故里。前后凡九年，年仅二十七岁，以劳瘁病卒。其致病之繇，与久病之状，并隐微难悉，详辟疆《忆语哀辞》中。不惟千古神伤，实堪令奉倩、安仁阁笔也。

琴牧子曰：姬殁，辟疆哭之曰：“吾不知姬死而吾死也。”予谓父母存，不许人以死，况衽席间物乎？及读辟疆《哀词》，始知情至之人，固不妨此语也。夫饥色如饥食焉。饥食者，获一饱，虽珍羞亦厌之。今辟疆九年而未厌，何也？饥德非饥色也。栖山水者，十年而不出，其朝光夕景，有以日酣其志也。宛君其有日酣冒子者乎？虽然，历之风波疾厄盗贼之际而不变如宛君者，真奇女，可匹我辟疆奇男子矣。

附冒辟疆《影梅庵忆语》选十五则

壬午清和晦日，姬送余至北固山下，坚欲从渡江归里，余辞之力，益哀切不肯行。舟泊江边，时西先生毕今梁，寄余夏西洋布一端，薄如蝉纱，洁比雪艳，以退红为里，为姬制轻衫，不减张丽华桂宫霓裳也。偕登金山，时四五龙舟冲波激盘而上。山中游人数千，尾余两人，指为神仙。绕山而行，凡我两人所止，则龙舟争赴，回环数匝不去。呼询之，则驾舟者皆余去秋浙回官舫长年也。劳以鹅酒，竟日返舟。舟中宣磁大白盂盛樱珠数升，共啖之，不辨其为樱为唇也。江山人物之盛，照映一时，至今谭者侈美。

秦淮中秋日，四方同社诸友，感姬为余不辞盗贼风波之险，间关相从，因置酒桃叶水阁。时在坐为眉楼顾夫人，寒秀斋李夫人，皆与姬为至戚。美其属余，咸来相庆。是日新演《燕子笺》，曲尽情艳，至霍、华离合处，姬泣下，顾、李亦泣下。一时才子佳人，楼台烟水，新声明月，俱足千古。至今思之，不异游仙枕上梦幻也。

余数年来，欲裒集《四唐诗》，购全集，类逸事，集众评，列人与年为次第，付姬收贮。至编年论人，准之《唐书》。姬终日佐余稽查抄写，细心商订，永日终夜，相对忘言。阅诗无所不解，而又出慧解以解之。尤好熟读楚词，少陵、义山、王建、花蕊夫人、王珪三家宫词，等身之书，周回座右。午夜衾枕间，犹拥数十家唐诗而卧。今秘阁尘封，余不忍启，将来此志，谁克与终？付之一叹而已。

乙酉客盐官，尝向诸友借书读之。凡有奇僻，命姬手抄，姬于事涉闺阁者，则另录一帙。归来与姬遍搜诸书续成之，名曰《奁艳》。其书之瑰异精秘，凡古今女子，自顶至踵，以及服食器具，亭台歌舞，针神才藻，下及禽鱼鸟兽，即草木之无情者，稍涉有情，皆归香丽。今细字红笺，类分条悉，俱在奁中。客春顾夫人远向姬借阅此书，与龚奉常极赞其妙，促绣梓之。余即当忍痛为之校雠鸠工,以终姬志。

姬于吴门,曾学画未成,能作小丛寒树,笔墨楚楚。时于几砚上辄自图写,故于古今绘事,别有殊好。偶得长卷小轴,与笥中旧珍,时时展玩不置。流离时,宁委奁具,而以书画捆载自随。末后尽裁装潢,独存纸绢,犹不得免焉。则书画之厄,而姬之嗜好,真且至矣。

姬能饮,自入吾门,见余量不胜蕉叶,遂罢饮,每晚侍荆人数杯而已。而嗜茶于余同。性又同嗜片芥,每岁半塘顾子兼择最精者缄寄,具有片甲蝉翼之异。文火细烟,小鼎长泉,必手自炊涤。余每诵左思《娇女》诗"吹嘘对鼎䥐"之句,姬为解颐。至沸乳看蟹目鱼鳞,传瓷选月魂云魄,尤为精绝。每花前月下,静试对尝,碧沉香泛,真如木兰沾露,瑶草临波,备极卢、陆之致。东坡云:"分无玉碗捧蛾眉。"余一生清福,九年占尽,九年折尽矣。

姬每与余静坐香阁,细品名香、宫香诸品。淫沉水香,世俗人以沉香着火上,烟扑油腻,顷刻而灭。无论香之性情未出,即着怀袖,皆带焦腥。沉香有坚致而纹横者,谓之横隔沉,即四种沉香内革沉横纹者是也,其香特妙。又有沉水结而未成,如小笠大菌,名蓬莱香,余多蓄之。每慢火隔砂,使不见烟,则阁中皆如风过伽楠,露沃蔷薇,热磨琥珀,酒倾犀斝之味,久蒸衾枕间,和以肌香,甜艳非常,梦魂俱适。外此则有真西洋香,方得之内府,迥非肆料。丙戌客海陵,曾与姬手制百丸,诚闺中异品。然爇时亦以不见烟为佳,非姬细心秀致,不能领略到此。

黄熟出诸番,而真腊为上。皮坚者为黄熟,桶气佳而通黑者,为夹栈黄熟。近南粤东莞茶园村土人种黄熟,如江南之艺茶。树矮枝繁,其香在根。自吴门解人剔根切白,而香之松朽尽削,油尖铁面尽出。余与姬客半塘时,知金平叔最精于此,重价数购之。块者净润,长曲者如枝如虬,皆就其根之有结处,随纹缕出黄云紫绣,半杂鹧鸪斑,可拭可玩。寒夜小室,玉帏四垂,猊狻重叠,烧二尺许绛蜡二三枝,设参差台几,错列大小数宣炉,宿火常热,色如液金粟玉。细拨活灰一寸,灰上隔砂,选香蒸之,历半夜，一香凝然，不焦不竭，郁勃氤氲，纯是糖结热香。间有梅英半舒，荷鹅梨蜜脾之气，静参鼻观。忆年来共恋此味此境，恒打晓钟，尚未着枕。与姬细想，闺怨有斜倚薰笼、拨尽寒炉之苦，我两人如在蕊珠众香深处。今人与香气俱散矣，安得返魂一粒，起于幽房扃室中也。

余家及园亭，凡有隙地皆植梅，春来蚤夜出入，皆烂熳香雪中。姬于含蕊时，先相枝之横斜，与几上军持相受。或隔岁便芟剪得宜，至花放恰采入供。即四时草花竹叶，无不经营绝慧，领略殊清，使冷韵幽香，恒霏微于曲房斗室。至秾艳肥红，则非其所赏也。

秋来犹耽晚菊，即去秋病中，客贻我剪桃红，花繁而厚，叶碧如染，浓条婀娜，枝枝具云罍风斜之态。姬扶病三月，犹半梳洗，见之甚爱。遂留榻右，每晚高烧翠蜡，以白团回六曲，围三面，设小座于花间，位置菊影，极其参横妙丽，始以身入。人在菊中，菊与人俱在影中。回视屏上，顾余曰："菊之意态尽矣，其如人瘦何？"至今思之，澹秀如画。

姬最爱月，每以身随升沉为去住。夏纳凉小苑，与幼儿诵唐人咏月及流萤纨扇诗。半榻小几，恒屡移以领月之四面。午夜归阁，仍推窗延月于枕簟间。月去，复卷幔倚窗而望，语余曰："吾书谢庄《月赋》，古人厌晨欢，乐宵宴，盖夜之时逸，月之气静。碧海青天，霜缟冰净，较赤日红尘，迥隔仙凡。人生攘攘，至夜不休，或有月未出已鼾睡者，桂华露影，无福消受。与子长历四序，娟秀浣洁。领略幽香，仙路禅关，于此静得矣。"

酿饴为露，和以盐梅，凡有色香花蕊，皆于初放时采渍之，经年香味颜色不变。红鲜如摘，而花汁融液露中，入口喷鼻，奇香异艳，非复恒有。最娇者为秋海棠露，海棠无香，此独露凝香发，又俗名断肠草，以为不食，而味美独冠诸花。次则梅英、野蔷薇、玫瑰、丹桂、甘菊之属。至橙黄橘红，佛手香橼，去白缕丝，色味更胜。酒后出数十种，五色浮动白瓷中，解醒消渴，金茎仙掌，难与争衡也。

冬春水盐诸菜,能使黄者如蜡,碧者如苔。蒲藕笋蕨,鲜花野菜,枸蒿蓉菊之类,无不采入食品,芳旨盈席。

火肉久者无油,有松柏之味。风鱼久者如火肉,有麇鹿之味。醉蛤如桃花,醉鲟骨如白玉,油蝟如鲟鱼,虾松如龙须,烘兔酥雉如饼饵,可以笼食。菌脯如鸡壤,腐汤如牛乳。姬细考之食谱,四方郇厨中,一种偶异,即加访求,而又以慧巧变化为之,莫不异妙。

取五月桃汁、西瓜汁一瓢一丝,漉尽,以文火煎至七八分,始搅糖细炼。桃膏如大红琥珀,瓜膏可比金丝内糖。每酷暑,姬必手取其汁示洁。坐炉边静看火候成膏,不使焦枯,分浓淡为数种,此尤异色异味也。

张山来曰:予雉皋别业,与辟疆相邻。辟疆常为予言宛君事甚悉,复以《忆语》见示。予深羡辟疆奇福如许。癸亥秋,又以家公亮传来,谆属入选。快读一过,乃知慧业文人,固应有此。因自嗟命薄,不能一缔如此奇缘,能无浩叹!

卖 酒 者 传 　　　魏　禧冰叔

万安县有卖酒者,以善酿致富。平生不欺人,或遣童婢沽,必问汝能饮酒否,量酌之,曰:"毋盗瓶中酒,受主翁笞也。"或倾跌破瓶缶,辄家取瓶更注酒,使持以归。由是远近称长者。里有事醵饮者,必会其肆。

里中有数聚饮,平事不得决者,相对咨嗟,多墨色,卖酒者问曰:"诸君何为数聚饮,平事不得决,相咨嗟也?"聚饮者曰:"吾侪保甲贷乙金,甲逾期不肯偿,将讼,讼则破家,事连吾侪,数姓人不得休矣。"卖酒者曰:"几何数?"曰:"子母四百金。"卖酒者曰:"何忧为?"立出四百金偿之,不责券。乙得金欣然,以为甲终不负己也。四年,甲乃仅偿卖酒者四百金。

客有橐重货于途,甚雪,不能行。闻卖酒者长者,趋寄宿。雪连日,卖酒者日呼客同博,以赢钱买酒肉相饮啖。客多负,私怏怏曰:

"卖酒者乃不长者耶？然吾已负，且大饮啖，酬吾金也。"雪霁，客偿博所负行，卖酒者笑曰："主人乃取客钱买酒肉耶？天寒甚，不名博，客将不肯大饮啖。"尽取所偿负还之。

术者谈五行，立决人死，疏先后宜死者六人矣。卖酒者将及期，置酒，召所买田舍主毕至，曰："吾往买若田宅，若中心愿之乎？价毋亏乎？"欲赎者视券，价不足者，追偿以金。又召诸子贷者曰："汝贷金若干，子母若干矣。"能偿者损其息，贫者立券还之，曰："毋使我子孙患苦汝也。"及期，卖酒者大会戚友，沐棺更衣待死。是日也，卖酒者颜色阳阳如平时，戚友相候视，至夜分，乃散去。其后第八人以下各如期死，卖酒者活更七年。

魏子曰：吾闻卖酒者好博，无事则与其三子终日博，喧争无家人礼。或问之，曰："儿辈嬉，否则博他人家，败吾产矣。"嗟乎！卖酒者匪惟长者，抑亦智士哉！卖酒者姓郭名节，他善事颇众，予闻之欧阳介庵云。

张山来曰：自古异人多隐于屠沽中，卖酒者时值太平，故以长者名耳。叔子谓匪惟长者，抑亦智士，诚具眼也。

一 瓢 子 传　　严首昇平子

一瓢道人，不知其姓名。性嗜酒，善画龙。敝衣蓬跣，担筇竹杖，挂一瓢，游鄂渚间。行歌漫骂，学百鸟语，弄群儿聚诉以为乐。顾其神明映彻，怪准奇颜，髯疏疏起，吐语作洪钟声。有时衣新绛衣，从人假骀马，拥大盖，往来市中，观者如堵。

隆庆丁卯，居澧阳，年可七十，澧人异之。或具酒，蓄墨汁，乞一瓢子画，不能得。一日，饮龚孝廉园中，颓然以醉，直视沉吟久之。座中顾曰："此一瓢子画势也。"一瓢子骨相既奇，如蛟人龙子，更卸衣衫，裸而起舞，顾谓座客："为我高歌《入塞》、《出塞》之曲。"又令小儿跳呼，四面交攻。已，信手涂泼，烟雾迷空，座中凛凛生寒气，飞潜见伏，随势而成。署其尾曰"牛舜耕"。问其故，笑而不答。有饮一瓢子酒，年余不能得其画者，久之，画一人科头赤脚，踞地而遗，节骨隐起，作努力状,以赠之,其善谑如此。信口辄成诗,间有异语,多奇中,澧人渐敬之。竞馈问,皆受而弃之。华阳庄靖王请改馆,一瓢子不可。所居无定处,一日,宿文昌祠中,礼文昌像,作梵咒,像落压其脑,乃遗书庄靖:"请速营黄肠,吾将老焉。"王如言为治木。木具,一瓢子坐其中,不覆,令人舁而过市,拱手大呼,与人言别,周遍街巷。迁郊外普贤庵,命众曰:"可覆我。"众不敢覆,视之,已去矣,遂覆而埋之。举之甚轻,如空棺然。澧人为题石于澧水桥头,署"画龙道人一瓢子之墓"。盖隆庆辛未七月也。或曰,一瓢子少读书不得志,弃去走海上,从军征倭寇,有功,至裨将。后失律,匿于群盗,出没吴楚间。乃以赀市妓十余人,卖酒淮扬,所得市门赀悉以自奉,诸妓更代侍之,日拥歌舞,具饮食以自豪,凡十余年,始亡去,乞食湖湘间,终于澧。

附游一瓢传　　　　　　　　　　　陈　周二游

　　启、祯之时,楚湖之南澧州,有游食道人,衣结履穿,臭秽不可迩。求乞市中,每日得酒一瓢,风雨中辄醉卧道上。其言在可解不可解之间,或验或不必验,无甚异于人,人亦不之异。以其游食,谓之游道人,以其喜酒一瓢,又谓之游一瓢也。尝醉中大言曰:"我善画龙。"人或以纸试之,磨墨满瓢,狂噀着纸,又以破袖渍墨浓涂,张纸空中。俟墨干时,烟云吞吐,鳞甲生动,有飞腾破壁之势,得者至今宝之。偶华阳王过市,前驱呵斥不起,王曰:"得全于酒者得全于天也,天全之人,自非凡品。"舆致宫中,供养致敬。一日,忽举手谢王曰:"吾禄食已尽,后事累王矣。"奄然长逝,王以两石缸函其尸葬之。半载后,有自都门来者,见游在都,附书于王,果一瓢手迹,王异之。发其缸,空如也,因叹神仙之游戏人间,而人不之识也。独拙和尚,澧州人,目击其异,并识其诗四绝。一曰:"磨快锄头挖苦参,不知山下白云深。多年寂寞无烟火,细嚼梅花当点心。"二曰:"游食多年不害羞,也来城市看妆楼。东风不管人贫贱,一样飞花到白头。"三曰:"破寺无僧好挂瓢,闲时歌舞醉吹箫。黄昏月落秋江里,没个人来问寂寥。"四曰:"门外何人唤老游,老游无事听溪流。而今世事多荆棘,黄叶飞来怕打头。"

张山来曰：予于《文瀓》中见严作，选后而濑江陈子二游复以是作见寄，所纪事大同小异，因并录之，以彰瑜亮云。

宋连璧传　　　　李焕章象先

宋连璧者，字玉梧，吾乘北郭人也。巨族，诸家率淳谨，璧独以侠行惊里中。性至孝，父鸿胪丞，晚得异疾，日脐出绿汁数合，医不治。有道士衣破絮，至其家，谓璧曰："是非脔乳熊，莫能疗也。顾山左何从得，君其听之而已。"璧吒曰："是岂天上物耶？"乃徒步入秦中，深山遇虎，几哜璧。会猎人大至，虎逸去。璧日伺幽箐伏莽，灌木丛祠，踪迹熊穴。窥熊出，潜刃其乳二，怀之出。熊至，璧仓皇惊堕崖谷下，伤两趾，病不能步，而持乳熊如故也。夜宿废庙中，疑户外有拖屐声至，璧曰："援远人命，援远人命。"屐声入，取袖中草捏之即爇，璧察之，乃曩所遇道人也。璧大骇："师何至是？"道士曰："待尔久矣。"乃以药傅璧足，辄能立。道士授一书，皆符咒，曰："尔善用，后四十年，与尔会鸠兹之市。"璧遂至家，父吞乳熊肉瘳。后数年，父以他病殁，璧愈厌弃世俗，欲为五岳游。乃稍稍理前道人所遗书，能隐形，驱风雷雨，又剪纸为人马甲盾器械。

客侍御游公幕府，崔、魏忌侍御，祸家又以侍御匿妖妄报，缇骑至，缚侍御与璧。槛车至河西务，璧曰："烦诸公致词中贵，我野人，不习豪家，欲他往。"诸缇骑急视之，槛车寂无人矣。璧与侍御亡之淮上，璧曰："君可归楚中。"取一符付侍御，急则焚之。是时璧变姓名为张思任，于是朝廷捕亡者张思任，而璧之家人不知也。璧乃潜某宗伯家，遇之厚。时权要与宗伯隙，璧曰："国贼也。"乃走长安，上书劾权要险狠倾善类，为逆阉复仇，宜下司寇请室。上大怒，执之，就斩西市。桎梏忽脱地，寂无人矣。是时，璧又变姓名为李抱真，于是朝廷捕亡者李抱真，而璧之家人不知也。

璧辄忆前道人约，至鸠兹市，僦居候道人，且三载。一日，人大呼墙外曰："此中匿亡者三人，曰宋连璧、张思任、李抱真，可速出。"璧大骇无措,其人已排闼入,则昔所与别道人也。责之曰:"以尔夙有道契,故售之书,尔奈何与党锢事,为天下逋逃客耶? 吾以此迟三年始至。"璧顿首谢,愿自此与师永绝世缘,不复恋妻孥矣。道人曰:"不可。尔还里,当再与家人见。"璧遂携药囊抵家,其妻已丧久。儿梦瑞,璧去方周岁,见不复认。则栖一庙中,曰:"我张思任,后改李抱真,与兹村有缘,故来。"璧同母弟珠,当捕张、李时,亦疑其为兄,终未敢以告人也。至是心动,趣之,急启扉,兄弟各相识,因抚其子,具告所以,留数日去。

张山来曰:宋连璧虽不当误道人所期,然排解党锢处,亦足见其豪侠。

卷　四

义　虎　记

王猷定于一

辛丑春，余客会稽，集宋公荔裳之署斋。有客谈虎，公因言其同乡明经孙某，嘉靖时为山西孝义知县，见义虎甚奇，属余作记。

县郭外高唐、孤岐诸山多虎，一樵者朝行丛箐中，忽失足堕虎穴，两小虎卧穴内。穴如覆釜，三面石齿廉利，前壁稍平，高丈许，薜落如溜，为虎径。樵踊而蹶者数，傍徨绕壁，泣待死。日落风生，虎啸逾壁入，口衔生麛，分饲两小虎。见樵蹲伏，张爪奋搏，俄巡视若有思者，反以残肉食樵，入抱小虎卧。樵私度虎饱，朝必及。昧爽，虎跃而出。停午，复衔一麕来，饲其子，仍投馁与樵。樵馁甚，取啖，渴，自饮其溺。如是者弥月，浸与虎狎。一日，小虎渐壮，虎负之出，樵急仰天大号："大王救我！"须臾，虎复入，拳双足俯首就樵，樵骑虎，腾壁上。虎置樵，携子行，阴崖灌莽，禽鸟声绝，风猎猎从黑林生。樵益急，呼"大王"！虎却顾，樵踞告曰："蒙大王活我，今相失，惧不免他患，幸终活我，导我中衢，我死不忘报也。"虎颔之，遂前至中衢，反立视樵。樵复告曰："小人西关穷民也，今去将不复见，归当畜一豚，候大王西关三里外邮亭之下，某日时过飨，无忘吾言。"虎点头，樵泣，虎亦泣。

迨归，家人惊讯，樵语故，共喜。至期，具豚，方事宰割，虎先期至，不见樵，竟入西关。居民见之，呼猎者闭关栅，矛梃铳弩毕集，约生擒以献邑宰。樵奔救告众曰："虎与我有大恩，愿公等勿伤。"众竟擒诣县。樵击鼓大呼，官怒诘，樵具告前事。不信，樵曰："请验之，如诳，愿受笞。"官亲至虎所，樵抱虎痛哭曰："救我者，大王耶？"虎点头。"大王以赴约入关耶？"复点头。"我为大王请命，若不得，愿以死从大王。"言未讫，虎泪堕地如雨，观者数千人，莫不叹息。官大骇,趋释之。驱至亭下,投以豚,矫尾大嚼,顾樵而去。后名其亭曰"义虎亭"。

王子曰:余闻唐时有邑人郑兴者,以孝义闻,遂以名其县。今亭复以虎名,然则山川之气,固独钟于此邑欤?世往往以杀人之事归狱猛兽,闻义虎之说,其亦知所愧哉!

张山来曰:人往往以虎为凶暴之兽,今观此记,乃知世间尚有义虎。人而不如,此余所以有《义虎行》之作也。

丁药园外传　　　　　林　璐鹿庵

丁药园先生,名澎,杭之仁和人也。世奉天方教,戒饮酒,而药园顾嗜酒,饮至一石,貌益庄,言愈谨,人咸异之。诗赋古文辞,自少年未达时,即名播江左。其后仲弟景鸿,季弟涤,皆以诗名,世目之曰"三丁"。至香奁艳句,四方闺秀,尤喜诵药园诗。家有揽云楼,三丁读书处也。客乍登楼,药园伏案上,疑昼寝,迫而视之,方观书,目去纸才一寸。骤昂首,又不辨某某,客嘲之曰:"卿去丁仪凡几辈?"药园戏持杖逐客,客匿屏后,误逐其仆,药园妇闻之大笑。一夕,娶小妇,药园逼视光丽,心喜甚,出与客赋定情诗。夜半披帏,芗泽袭人,小妇卒无语。诘旦视之,爨下婢也,知为妇所绐,药园又大笑。

延陵大姓遣一姬,能诗,久诵药园诗,誓曰:"主人令吾自择配,愿得如丁君足矣。"阳羡吴参军,与丁世讲也,诡以药园意请约姬,姬许之。丁有侍儿,小字冬青,主讴,善鼓琴,主妇不悦,将遣,府吏纳千金聘之。世方企羡两女子已得所,久之,延陵姬登舟泣曰:"吾旦夕冀事丁郎,为幕府绐入掖庭,缘已矣。"方扣舷堕水,冬青忽至,延陵姬道故,冬青亦泣曰:"吾故主人翁。"相对泣不止。护骑以告,药园废寝食者累月。然药园数得孺子妾,犹鞅望主妇贤,家人多不直丁君。药园居法曹,无事,日作诗,与宋观察荔裳、施大参愚山、严黄门灏亭,称"燕台七子",诗名满京师。吏人窃其牍换鹅炙,灶下养思染指,不获。明日讼于庭,药园复赐吏人鹅炙。时药园官京师,犹守天方教,同官故以猪肝一片置匕箸，药园短视，吏人以告，获免。上方册立西宫，念无娴典礼者，调入东省兼主客，主客，即古典属国也。贡使至，译问："主客为谁？"廉知公，持紫貂、银鼠、美玉、象犀，从吏人易公诗归国，长安缙绅以为荣。晨入东省，侍郎李公颟棠从东出，药园从中入，瞠目相视。侍郎遣驺卒问讯，药园趋谢，侍郎笑曰："是公耶？吾知公短视，奚谢为？"药园退而笑曰："吾短视与诗名等。"谪居东，崎岖三千里，邮亭驿壁，读迁客诗，大喜，孺子妾问曰："得非闻赐环诏耶？"药园曰："上圣明，赐我游汤沐邑，出关迁客皆才子，此行不患无友。"久之，粮尽，馁而啼，孺子妾慰劳曰："卿有友，必箪食迎若。"药园笑曰："恐如卿言，当先以酒疗吾渴。"

初至靖安，卜筑东冈，躬自饭牛，与牧竖同卧起。然暇辄为诗，诗益温厚，无迁谪态。国子藩公闻其名，欲枉见药园，迟不往。一日，乘牛车入城，药园车上执《周易》，骤遇藩公节，低头读《易》不及避。藩公归，语陆子渊曰："吾今日得遇药园先生矣。"子渊问故，藩公曰："此间安有车上读书傲然不顾若此人者乎？必药园无疑也。"嗣此西园飞盖，必延药园，饮酒赋诗，礼为上客。然药园亦困甚。塞上风刺入骨，秋即雨雪，山川林木尽白，河冰合，常不得汲，樵苏不至，五日不爨。取芦粟、小米、和雪啗之。然孺子妾辄生子。当尔时，坐茆屋下，日照户，如渥醇酒，然畏风不能视日。日晡，山鬼夜啼，饥鼯声咽，忽闻叩门客，翩然有喜。从隙中窥之，虎方以尾击户，药园危坐自若。居东凡五迁，家日贫，诗日富，登临眺览，供其笔墨，作《归思轩记》以寓意。友人林璐闻之曰："卿归矣。曩者邯郸道上吕仙祠，即卢生受枕处也。仕宦过者，疾驱去以避不祥。卿衔命过其下，停车徐步入，道人方坐蒲团不起。卿异之，索笔题壁，曰'向翁乞取还乡梦，留得凌云化鹤飞'之句，得非诗谶耶？"贻书报药园，惘然悟。又一年始归，果如林生言。

张山来曰：叙琐屑事，须眉活现，是颊上添毫手也。

寄畅园闻歌记　　　　　余　怀澹心

吴门徐生君见，以度曲名闻四方。与余善，著《南曲谱》，索余序，余为之序。有曰：南曲盖始于昆山魏良辅云。良辅初习北音，绌于北人王友山，退而镂心南曲，足迹不下楼十年。当是时，南曲率平直无意致，良辅转喉押调，度为新声，疾徐高下清浊之数，一依本宫。取字齿唇间，跌换巧掇，恒以深邈助其凄泪。吴中老曲师如袁髯、尤驼者，皆瞠乎自以为不及也。良辅之言曰：“学曲者移宫换吕，此熟后事也。初戒杂，毋务多，迎头拍字，彻板随腔，毋或后先之。长宜圆劲，短宜遒，然毋剽。五音依于四声，毋或矫也，毋艳。”又曰：“开口难，出字难，过腔难，高不难低难，有腔不难无腔难。”又曰：“歇难，阁难。”此不传之秘也，良辅尽泄之。而同时娄东人张小泉，海虞人周梦山，竞相附和，惟梁溪人潘荆南独精其技，至今云仍不绝于梁溪矣。合曲必用箫管，而吴人则有张梅谷，善吹洞箫，以箫从曲；毗陵人则有谢林泉，工搊管，以管从曲，皆与良辅游。而梁溪人陈梦萱、顾渭滨、吕起渭辈，并以箫管擅名。盖度曲之工，始于玉峰，盛于梁溪者，殆将百年矣。此道不绝如线，而徐生蹶起吴门，搴魏赤帜易汉帜，恨良辅不见徐生，不恨徐生不见良辅也。徐生年六十余，而喉若雏莺静女，松间石上，按拍一歌，缥缈迟回，吐纳浏亮，飞鸟遏音，游鱼出听，文人骚客，为之惝恍，为之神伤，妙哉，技至此乎！

一日，徐生语余曰：“吾老矣，恐不能复作少年狡狯事。得吾之传者，乃在梁溪。今太史留仙秦公尊人以新公，所蓄歌者六七人是也。君傥游九龙、二泉间，不可不见此人。”闻此由，余心识之久矣。庚戌九月，道经梁溪，适颍州刘考功公勇，拥大航西门外，留余方舟，同游惠山。而吴明府伯成、秦宪使补念、顾孝廉修远，及其子文学天石、朱公子子葆、刘处士震修皆在席。太史留仙，则挟歌者六七人，乘画舫，抱乐器，凌波而至，会于寄畅之园。于时天际秋冬，木叶微脱，循长廊而观止水，倚峭壁以听响泉。而六七人者，衣青纻衣，蹑五丝履，恂恂如书生，绰约若处子。列坐文石，或弹或吹，须臾歌喉乍转，累累如贯珠,行云不流,万籁俱寂。余乃狂叫曰:"徐生,徐生,岂欺我哉!"六七人者,各道姓名,敛袖低眉,倾其座客。至于笙笛三弦,十翻箫鼓,则授之李生。李生亦吴人,是夕分韵赋诗,三更乃罢酒。次日复宴集宪使家,六七人又偕来各奏技,余作歌贻之,俾知徐生之言不谬。良辅之道,终盛于梁溪。而留仙父子,风流跌宕,照映九龙、二泉间者,与山俱高与水俱清也。是为记。

　　张山来曰:吴俗于中秋夜,善歌者咸集虎丘石上,次第竞所长,唯最后一人为最善。听者止数人,不独忘言,并不容赞,予神往久矣。今读此记,益令我穆然以思,悠然以想也。

陈 小 怜 传　　　　杜 濬十泉

　　陈小怜,郯城女子也。年十四,遭兵乱,失所,落狭斜。有贵公子昵之,购以千金,贮之别室,作小妻,相好者弥年。大妇知之,恚甚,磨砺白刃,欲得而甘心焉。公子不得已,召媒议遣,居间者以为奇货,遂将小怜入燕中,住西河沿。西河沿,亦斜狭也。小怜姿慧不凡,遂倾动都人士,声价翔贵,虽达官富人,有华筵上客,欲得小怜一佐酒,必先致意,通殷勤,为期旬日之后,然后得其一至。时燕聚四方之士,座中往往多年少美姿容者,结束济楚,媚态百出,自谓必得当于小怜,小怜弗睬也。

　　而钱唐知名士范性华者,老成人也,馆于燕。一日,以赴某公宴,遭小怜,虽颇异其姿,然平淡遇之耳。范时年五十余,人地固自轩轩,顾貌已苍然,意不在佻达。而小怜一见,独为之心醉,注目视范。自入座以至酒阑,目不他视。凡范起则视其起,范步则视其步,范复就座则视其就座,往则目送,旋则目迎,己或时起,数步之外,必回头视范,如恐失之。小怜固素谨,忽如此,举坐咸诧异,范反为之踟蹰不自得,笑而左右顾,而小怜自如也。将别,则详问范姓字,归而朝夕诵之。有潘生者,往来于其家,又素识范,谓小怜曰:"尔念范君如此,盍往访之?"小怜正色曰:"吾既已心许范君终身矣,若猝往,是奔也。姑少待,范君相迎,斯可矣。"潘以其言白范,范犹恐其难致,试走伻探之。值小怜是日有巨公之约，肩舆在门矣。立改其所向，语其妪曰：
"某公之约，一惟汝多方辞绝之，我赴范君召，不顾矣。"

　　小怜至范所，语次，谓范君曰："君知我日者席间注目视君之故
乎？"范曰："初不知。"小怜曰："吾见君之酷似吾故夫也，吾不能舍君
矣。"是时小怜年始十七。范答曰："以子之姿慧，从良固甚善，然当择
年相若者，吾岂若偶耶？"小怜应曰："君误矣。三十年以内所生之人，
岂有可与论吾心者哉！"范大奇其言。叩之，知尝读书，粗通朱子《纲
目》。范初无意，至是固已心动矣。因留连旬朔，相与定盟，然后去。
而小怜所与一时宦，方与范相忌，闻之，雅不能平，辄计致小怜曲室
中，出而扃其户以困之。小怜顾室中，有鬏几长丈余，遂泚笔于几上，
书"范性华"三字几千百满之。时宦归而睹几上字，色变不能言。

　　燕中尝作盛会，广召宾友及狎客妓女皆与。酒酣，客为觥政，下令
人各引满。既酌，自言其心上人为某，不实者，有如酒。次第至小怜，或
戏之曰："尔心上人多矣，莫适言谁也。"小怜嗔曰："是何言！一人而
已。"起持巨觥命满酌，一饮绝沥，覆觥大呼曰："范性华！"举座相顾，以
为此子无所引避矣，其笃挚至于此。然久之无成事，范于是仰天叹曰：
"醇政独非丈夫乎？何遂力不能举一女子，而忍负之也？且小怜与吾约
者，极不难耳。督过愆期，至于舌敝。金台之下，识范性华者多矣，而将
伯之助寂然，又安事交游为？"乃为诗自伤云："只愁世少黄衫客，李益终
为薄幸人。"信乎，其为薄幸人矣。小怜以河清难俟，竟为有势者强劫以
去，犹留书与范云："非妾负君，妾终不负君也。"噫！是可悲矣。

　　先是，小怜每数日不晤范，辄废眠食；及范至，则又庄语相勉以大
义。且曰："出处一不慎，则君之词翰，俱可惜矣。"闻者以为此非巷中
人语。又力劝范迎其室人来燕中，曰："小怜异日得事君子，固甘为之
副。"范用其言，既而得与室人病诀，厚为之殡，祭吊成礼，小怜一言之
力也，范尤感之云。

　　徐无山人赞曰：昔晋羊皇后丑诋故夫以媚刘聪，其死也，化为千
百亿男子，滔滔者皆是也。陈小怜何人？独不以故夫为讳。而吾友
范性华，以似其故夫见许，岂羊皇后之教反不行于女子乎？噫！是为
立传。

张山来曰：层次转折，无不入妙。尤妙在故夫一语，一见不复再见，是文之有品者。

卖花老人传 　　　　宗元鼎定九

卖花老人者，不知何许人。家住维扬琼花观后，茅屋三间，旁有小阁，室中茗碗丹灶，经案绳床，皆楚楚明洁。柴门内方广二亩，以种草花为业。家尝有五色瓜，云即昔之广陵人邵平种也。所种芍药、玫瑰、虞美人、莺粟、洛阳、夜合、萱草、蝴蝶、夜落、金钱、剪春罗、剪秋罗、朱兰、蓝菊、白秋海棠、雁来红，共十数种。朝晨担花向红桥坐卖，遇文人墨客，即赠花换诗而归。或遇俗子购之，必数倍其价，得钱沽酒痛醉，余者即散诸乞儿，市人笑为花颠。尝九日渡江，经旬不归。人问之，答曰："吾访故人殷七七于铁瓮城中耳。"袖中出杜鹃花一枝，红芬可爱。所往来者，有笔道人、珏道人，围棋烹茗为乐。珏道人，疑即唐广陵人李珏，以贩籴为业成仙者；笔道人，疑即宋建炎中颜笔仙耳。昔琼花观中，有黄冠持画一轴献帅守，字皆云章鸟篆不可识。使人尾之，乃入观后井中玉勾洞天深处。相传老人，或为童子，或为黄鹤，千年于兹矣，识者谓即黄冠后身云。

张山来曰：逸趣横溢，潚宕多姿。

神钺记 　　　　徐　芳仲光

庚辰夏，某乡有不孝子王某，父早丧，仅一老母，婢畜之。每晨拥妻酣睡，而役母使炊，俟熟乃起，旦旦如是。小不如意，即恣口谇骂。生一子，甫数月，母抱之，视釜沸候。儿忽腾跳堕釜中，母知不救，即潜窜。不孝子闻儿叫，起视已死，乃大恨曰："媪杀我子！"扪厨得刀，遂出。离家百武，有关帝庙，母见不孝子至，闪入庙，伏神座下。不孝子拈刀入，忽帝旁周将军像从座跃下，提刀砍不孝子倒，正中其项。庙祝闻刀声铮然，趋出，则不孝子流血满地，而周将军一足尚在门限外未入。呼问老母，具述其事，盖几不免而神救之也。自是远近喧传其庙周将军灵爽,竞以金重装其像,足仍门外如故。信州居民,近是乡者,日裹粮走谒。予过玉山,居停叶七十为道其异。夫帝庙,非西市也;神之刀,非铁钺也;木偶之将军,非有血气知觉指臂运动也。然异变所激,则金可使飞,土可使跃,块然之手足可使逾阈而搏。假令神不贼是子,其母且不免,神视子之刳刀其母而不之救,无为贵神矣。然必无是也。即使更入他庙,神之铁亦皆能跳而贼之也。苏子瞻云:掘井得泉,水非专在于是。而世不察,或疑为诞,或以为像之灵爽若是而奔走之,皆窥管刻剑而不达于感应之义者也。数十年前,吾郡有祖母抱孙堕池中死者,畏其子之怒,避去,子藏椎僻径石罅中,诱其母归过之。索椎,手既入,石辄合不可出,雷火下焚其面,乃自声罪,宛转石间,数日死。以理言,石岂开阖啮人之物哉?罪逆之至,凡其所触皆为难矣。

张山来曰:阅至不孝子弑逆处,令人发指眦裂;读至神钺砍颈处,令人拍案称快。世之敢于悖逆者,皆以为未必即有报应耳,则曷不取是篇而读之也?

又曰:吾乡有一人,负其至戚者,已非一端,而犹谓未足。又欲挟强而贷,至戚不能缄默,因诉其族人,此人遂大诟,遽逼其母死于至戚之家。其母固孀居而姑息者也,虽未如其言,而此言则亦难逭于神钺者矣。吾愿世之为母者,慎毋姑息而自贻伊戚也。

焚琴子传　　　　顾　彩天石

焚琴子者,姓章氏,闽之诸生也。为人磊落不羁,伤心善哭,类古之唐衢、谢翱,而才情过之。为诗文,下笔累千言,皆感人心脾。庚子乡试,文已为主司所赏,及观五策,指陈时事太过,至斥耿氏,以为包藏叛志,主司乃惧不敢录,遂下第。生遂弃诸生不为,登鼓山所谓天风海涛亭者,北望神京,痛哭失声曰:"今天下将有变,得如余者数辈,委以兵农财赋诸大政,犹可镇定。顾乃郁郁以青衿子困英雄,俾儿曹口臭者登廊庙而食肉,诚何为哉,诚何为哉!余且烧其诗书,绝笔不为文矣。"既而三藩继叛,闽亦疲于兵革,悉如生所料云。

生既不得志,出游于潮,过潮刺史韩文公庙,读其逐鳄文,哭之。

又历韶、惠、广、雷诸郡,悲岭海之烟瘴,思寇莱公谪雷时,枯竹生笋,蜡泪成堆,风流如在也,则又哭之哀。听鹧鸪作行不得哥哥声,则抗音而哭以乱其鸣。久之,学琴于惠州僧上振,得其音节之妙,遂归,变姓名,以琴游八闽。王公大人争延致而听其琴,有愿从而学者,虽善,然终莫能及也。久之,有将军自满洲来,驻防闽省,嗜琴,厚礼延生,使鼓琴于幕下。将军据上坐,而置一座于旁,命生坐。生怒目视将军曰:"吾博通万卷书,而明公惟知马上用剑槊,吾岂为若门下士耶?奈何不以宾礼见而屈于旁,吾不能鼓琴矣。"奋衣径出,不顾。将军惭,下与抗礼谢罪,强留之,乃踞上坐为一鼓琴。将军称善,左右无不竦听。然其声凄怆噍杀,有秦音焉。生曰:"琴者,天下之至和也。吾琴雍雍如鸾凤鸣,今枝上无螳螂捕蝉,而弦中忽变西北肃杀声,何也?岂军中殆将有警耶?"抚琴毕,三军之士皆为嗟叹,有流涕者。生尽醉,痛哭上马而去。将军赠之金,不受。后此军沦于海澄焉。

久之,闽人目生为琴师,虽江浙间颇多闻其名者,然当道不以礼遇,招亦不往,往亦不为久留。常酒后耳热,掷琴于地,引满大卮,放言高论,惊其座宾,谈古今得失,虽老师宿儒深通经济者,不能难也。其最爱童子曰金兰,亦善琴,独得生传,常负奚囊从生游数千里外。生诗成,金兰辄缮录之盈帙。客访生不遇,金兰代为款接,以生惊人句示人,由是人颇异之,以为抱负非常之士,不得志而隐于琴。然当事卒莫有荐之者,竟佯狂以卒云。生笃于伉俪,妇陈氏,少生十岁,亦颇知书嗜音。生尝入为其妻鼓琴,茶香入牖,鬟影萧疏,顾而乐之,以为闺房清课,亦人生韵事。忽一日,谓其妇曰:"吾向闻红颜薄命,卿才情如此,而推命者多言岁行在卯当死,岂汝亦天上人,不久当去耶?"因感慨悲伤,为弹别鹄离鸾之曲。曰:"琴音和,吾与汝尚无恙。然第七弦无故忽绝,少而慧者当之。"居数日,金兰死,生抚尸一哭,不胜其悲。吐血数斗,曰:"吾死后,《广陵散》绝矣。"遂焚其琴,不复鼓也,因自号"焚琴子"。生全康熙丁巳,年四十九,竟卒,闻其妇先亡一岁云。

顾子曰:焚琴子之事,余盖闻之漳州陈别驾云。别驾为余言最详,因嘱余亟为立传,殆古之有心人也。观生之少而肆于文,文不得志而游,一寄于琴,再寄于哭,卒之无有识生之才而用之者,宜其伤于情而碎于琴也。然生流风余韵,宛在丹山碧水之间,迄今登鼓山之亭,如闻其哭焉,生其化鹤而来归乎?松风夜弦,空林鬼哭,生何往而不在也,悲哉!

　　张山来曰:予尝观文人之不得志者,往往怨尤侘傺作不平之鸣。心窃议之,以为若辈即使得志,亦未必能有所树立,仅与肉食者等耳。今观焚琴子能预识耿氏于未叛之先,则其器识,诚有度越寻常者,未可谓此中无人也。

四氏子传　　　　张明弼 琴牧

　　四氏子,万历初吴人也,有姓名,四氏子者,人名之,因以为名焉。氏子家虽贫,亦产清门,凡缨绫之徒,初皆与游,顾其体中痴黠各半,亦复各时。方其黠也,能作诗文,自作自书自讽,声满四邻,若出金石;及其痴也,天地变,黑白贸,亲疏怨德皆相反,妻孥无协志者。其父痛谕之,不从,则挞之,氏子亦报挞焉。久之,恒挞其父,既而著为论曰:"父子主亲,父若挞子,当其举手之时,亲谊已绝,子安得不报挞?又且君父一也,君有罪,汤、武诛之,可以称圣;父有罪,子挞之,容得不号贤乎?"又立论古今无真名人,但能诃诋人则名归之。孟子诋杨、墨,庄周诋孔子,韩愈诋佛,岂好诋人哉,自为名焉耳。故氏子遇当世大儒,其声名经旸谷、达濛汜者,皆极力訕诟之。且作嗔拳笑面曰:"是才不如我,而名居吾上,何也?"或相见至有受其大诟者。氏子既挞父母,詈兄嫂,诋谋当世之岳立者,国人皆鄙之,渐不与游。氏子游甚困,其兄割赀食之,氏子未厌,有所如皆枳棘,则益卞急自恣,弃书不读,但好《世说》、《水浒》。

　　尝有人扣其门,氏子则怒曰:"谁敢扣若爷门耶?"曰:"我也。"曰:"谁为我?我为谁?"急取大棒击其胫。出行,见人有俯首者,曰:"避我耳。"詈之,答詈则相搏。见仰首者,曰:"骄我耶?"亦詈之,答詈亦相搏。故氏子有所之,辄挂阋。既乃以所搏人自嫁于众曰:"彼为彼妻之厚我也,而仇我。虽然,岂予罪哉?"因出袖中一物曰:"此某妻之

臂饰，诮我者也。"轻薄者竞传之。剧言苦语，各以加人，遂令邑少洁
门。其妻，中庸人也，稍劝之，氏子则手格之曰："吾厚其妻，尔乃厚其
夫乎？"其子年长，皆心诽之，不敢言。已而邑之人皆知其诡也，则家
相告曰："慎毋与四氏子游。有与立谈者，死期必至矣。"其怨家亦相
告曰："此秽豕也。昔有犬豕卧偃厕中，见狮子过，则负溲溺以侮之，
狮子不敢近也。今氏子负秽来，谨避之而已，勿与角也。"于是氏子居
都会中，若空庐，行巷市间，惟逢鸡犬草木，不能逢一人也。氏子游益
困，则念《世说》中祖逖获髻上叵罗，袖中金叠，因遇物即怀之。人或
率众追夺，指名于千百人之前，他人丑之，思入壁罅，氏子坦然徐步，
不以屑意也。又欲作南塘夜出、梁山筑栅之事，终岁召人，人无肯与
同役者。

　　如此十余年，颇自悔。其所亲因从容语之曰："若为儒，而挝父
母，何也？"曰："吾与父母戏耳，何尝尽力挝之哉？且悔挝之，必沽酒
以释之。""若詈兄嫂，何也？"曰："吾亦戏耳。且子视吾兄嫂之身，有
吾詈迹者，吾当罪。""子之尽绝六亲百朋，又何也？"曰："吾初皆戏耳。
乃吾六亲百朋，无一达人，见我辄物而不化。彼绝我，我宁绝彼耶？"
其人曰："子每诋通人达士以为不如子，又奈何？"氏子曰："尽戏也。
吾戏言江水不如吾沼，江与沼不移位，岂非戏耶？"其人曰："若之戏则
尽然矣。今日者，名败身辱，父兄不以为子弟，交游不以为朋友，处环
堵之室，上漏下湿，烟断粮绝，子何不尽以戏周旋之，顾怨尤侘傺乃尔
耶？"氏子默然无以应。无何，其长子某，少亦韶令，将弱忽得狂疾，终
日喃喃詈人，然听其所詈，则皆其父也。其父至，则枚数其罪而挝之。
氏子号叫，不得免。或言惨于氏子父被挝时，氏子乃械子囚诸室，则
以一木为其父，诘之曰："父母可挝乎？"又代应之曰："不可。"曰："是
宜挝。"日挝至百数，其余罪皆然。数年，竟狂死。

　　外史氏曰：吾犹及识四氏子。身短不盈四尺，其目莹然，若攫食
之鸥。颐颊矜张，若索斗之鸡。其气如含瓦砾，抱荆棘，有触即摘射。
邑人谓其顽嚣不友，似浑敦；不可教诲，不知话言，似梼杌；恶言诬善，
贪冒货贿，又似穷奇、饕餮。以为兼有四氏之长，故目为四氏子。而
四氏子不肯受也，曰："凡吾所为皆戏耳。"虽然，四氏子戏，其子数木

之罪而日挞之,岂亦戏狂耶? 或以戏谏耶? 今死矣,亦可云戏死耶? 夫其父则狂,而反号其子为狂;其子父木而挞之则戏,而其父反以诸罪为戏,皆惑也。吾疑天公之愦愦久矣,今乃以其子之口与手,作天之口与手而日数之,日挞之,又酷巧。嗟乎! 天公则诚戏耳,四氏子乌乎戏?

张山来曰:世岂真有若人耶? 然观"吾犹及识之"云云,则是真有其人矣。乃知天生若人,诚近于戏,当亦未尝不悔之耳。后乃假手其子以巧报之,则彼苍之文过也。

卷　五

柳夫人小传　　　　　　　　　　徐　芳仲光

柳夫人字某,虞山钱牧斋宗伯爱姬也。慧倩工词翰,在章台日,色艺冠绝一时,才隽奔走枇杷花下,车马如烟,以一厕扫眉才子列为重。或投竿衔饵,效玉皇书仙之句,纸衔尾属,柳视之蔑如也。即空吴越无当者,独心许虞山,曰:"隆准公即未复绝古今,亦一代颠倒英雄手。"而宗伯公亦雅重之,曰:"昔人以游蓬岛,宴桃溪,不如一见温仲圭。吾可当世失此人乎?"遂因缘委币。柳既归宗伯,相得欢甚,题花咏柳,殆无虚日。每宗伯句就,遣鬟矜示柳,击钵之顷,蛮笺已至,风追电蹑,未尝肯地步让。或柳句先就,亦走鬟报赐,宗伯毕力尽气,经营惨淡,思压其上。比出相视,亦正得匹敌也。宗伯气骨苍峻,虬榕百尺,柳未能到;柳幽艳秀发,如芙蓉秋水,自然娟媚,宗伯公时亦逊之。于时旗鼓各建,闺阁之间,隐若敌国云。宗伯于柳不字,凡有题识,多署柳君,吴中人宠柳之遇,称之直曰柳夫人。

宗伯生平善逋,晚岁多难,益就窭蹙。嗣君孝廉某故文弱,乡里豪黠颇心易之,又嗛宗伯公墙宇孤峻,结侣伺衅。丙午某月,宗伯公即世,有众骤起,以责逋为口实,噪而环宗伯门,搪撞诟诿,极于诋辱,孝廉魂魄丧失,莫知所出。柳夫人于宗伯易箦日,已蓄殉意,至是泫然起曰:"我当之。"好语诸恶少:"尚书宁尽负若曹金?即负,固尚书事,无与诸儿女。身在,第少需之。"诸恶少闻柳夫人语,谓得所欲,锋稍戢,然环如故。柳中夜刺血书讼牍,遣急足诣郡邑告难,而自取缦帛结项死尚书侧。旦日,郡邑得牍,又闻柳夫人死,遣隶四出,捕诸恶少,问杀人罪。皆雉窜兔脱,不敢复履界地,构尽得释。孝廉君德而哀之,为用匹礼,与尚书公并殡某所。吴人士嘉其志烈,争作诗诔美之,至累帙云。

东海生曰：柳夫人可谓不负虞山矣哉！或谓情之所钟，生怜死捐，缠绵毕命，若连理枝、雌朝飞、双鸳鸯之属，时有之矣。然柳于虞山岂其伦耶？夫七尺腐躯，归于等尽，而掷之当侯嬴以存弱赵，杵臼以立藐孤，秀实以缓奉天之危，纪信以脱荥阳之难，或轻于鸿羽，或重于泰山，各视其所用。柳夫人以尺组下报尚书，而纾其身后之祸，可不谓重与？所云重用其死者也。夫西陵松柏，才矣，未闻择所从；耆卿月仙，齐丘散花女，得所从矣，而节无闻。韩香、幼玉、张红红、罗爱爱之流，节可录矣，又非其人也。千秋香躅，惟张尚书燕子一楼，然红粉成灰，尚在白杨可柱之后。夫玉容黄土之不惜，而顾以从死之名为地下虑，荒矣。微曰舍人，泉台下随，未敢必其然也。人固不可知，千寻之操，或以一念隳；生平之疵，或以晚节覆。遂志赴义，争乎一决，柳夫人存不必称，而没以馨，委蜕如遗，岂不壮哉！

张山来曰：前半如柳絮花笑，后半如笳响剑鸣，柳夫人可以不死矣。

换心记　　　　　徐　芳仲光

万历中，徽州进士某太翁，性卞急，家故饶赀，而不谐于族。其足两腓，瘦削无肉，或笑之曰："此相当乞。"翁心恨之。生一子，即进士公，教之读书，性奇僿，咿唔十数载寻常书卷，都不能辨句读。或益嘲笑之曰："是儿富贵，行当逼人。"翁闻益恚。有远族侄某，负文名，翁厚币延致，使师之，曰："此子可教则教，必不可，当质语予，无为久羁。"侄受命，训牖百方，而懵如故。岁暮辞去，曰："某力竭矣。且叔产固丰，而弟即鲁，不失田舍翁，奈何以此相强？"翁曰："然。"退而嗔语妇曰："生不肖子，乃翁真乞矣。"趣治具钱师，而私觅大梃，靠壁间，若有所待。盖公恨进士辱己，意且扑杀之，而以产施僧寺，作终老计。母知翁方怒，未可返，呼进士窃语，使他避。进士甫新娶，是夜合户筹议：欲留，恐祸不测；欲去，无所之。则夫妇相持大哭，不觉夜半，倦极假寐。见有金甲神拥巨斧，排闼入，捽其胸，劈之，抉其心出，又别取一心纳之，大惊而寤。

次日,翁延侄饮为别。翁先返,进士前送,至数里,最后,牵衣流涕曰:"恻隐之心,人皆有之,师何忍某之归而就死?"师矍然曰:"安得此达者言?"进士曰:"此自某意。且某此时颇觉胸次开朗,愿更从师卒业。"因述夜来梦,师叩以所授书,辄能记诵,乃大骇,亟与俱返。翁闻剥啄声,搴桯门俟,已闻师返,则延入。师具以途中所闻告,翁以为谬。试之良然,乃大喜。自是敏颖大著,不数岁,补邑诸生;又数岁,联捷成进士。报至之日,翁坐胡床,大笑曰:"乃公自是免于乞矣。"因张口哑哑而逝。族子某为郡从事,庚辰与予遇山左道中,缕述之。古今未闻有换心者,有之自此始。精诚所激,人穷而神应之。进士之奇颖,进士之奇愚,逼而出也,所谓德慧存乎疢疾者也。

或曰:今天下之心,可换者多矣,安得一一捽其胸剖之,易其残者而使仁,易其污者而使廉,易其奸回邪佞者而使忠厚正直。愚山子曰:若是,神之斧日不暇给矣。且今天下之心皆是矣,又安所得仁者、廉者、忠若直者而纳之,而因易之哉?

张山来曰:有形之心不能换,无形之心未尝不可换。人果肯换其无形者,安知不又有神焉并其有形者而换之耶? 则谓进士公为自换其心也可。

秦淮健儿传　　　　　李　渔笠翁

嘉靖中,秦淮民间有一儿,貌魁梧,色黝异,生数月便不乳,与大人同饮啜。周岁怙恃交失,鞠于外氏。长有膂力,善拳击,尝以一掌毙一犬,人遂呼为健儿。健儿与群儿斗,莫不辟易。群儿结数十辈攻之,健儿纵拳四挥,或啼或号,各抱头归,诉其父兄,父兄来叱曰:"谁家豚犬,敢与老子相触耶?"健儿曰:"焉敢相触,为长者服步武之劳,则可耳。"乃至父兄前,以两手擎父兄,两胫去地二尺许,且行且止,或昂之使高,或抑之使下,父兄恐颠仆,莫敢如何,但咭咭笑,乡人哄焉。

健儿性善动,不喜读书,外氏命就外傅,不率教,师夏楚之,则夺朴裂眦曰:"功名应赤手致,焉用琐琐章句为?"师出,即与同塾诸儿斗,诸儿无完肤。又时盗其外氏簪珥衣物,向酒家饮,醉即猖狂生事,外氏苦之。逐于外,为人牧羊,每窃羊换饮,诈言多歧亡,主人怒,复见摈。时已弱冠矣。闻倭入寇,乃大快曰:"是我得意时也。"即去海上从军,从小校擢功至裨将。与僚友饮,酒酣斗,力毙之,罪当死,遂弃官,逃之泗,易姓名,隐于庖丁。民家有犊,丙夜往盗之,牵出,必剧呼曰:"君家牛我骑去矣。"呼竟,倒骑牛背,以斧砍牛臀。牛畏痛,迅奔若风,追之莫及。次日,亡牛者适市物色之,健儿曰:"昨过君家取牛者我也。告而后取,道也。奚其盗?"索之,则牛已脯矣,无可凭。市中恶少,推为盟主,昼纵六博,夜游狭斜,自恃日甚。尝叹曰:"世人皆不足敌,但恨生千载后,不得与拔山举鼎之雄一较胜负耳。"

邑使者禁屠牛,健儿无所事事,取向所屠牛皮及骨角,往瓜、扬间售之,得三十金。将归,饮旅馆中,解金置案头。酒家翁见之,谓曰:"前途多豪客,此物宜善藏之。"健儿掷杯砍案曰:"吾纵横天下三十年,未逢敌手。有能取得腰间物者,当叩首降之。"时有少年数人,醵于左席,闻之错愕,起问姓名里居,健儿曰:"某姓名不传,向尝竖功于边陲。今挂冠微服,牛耳于泗上诸英难。"少年问:"能敌几何辈?"健儿曰:"遇万万敌,遇千千敌。计人而敌,斯下矣。"诸少年益错愕。健儿饮毕,束装上马,不二三里,一骑追之,甚迅,健儿自度曰:"殆所云豪客耶?"比至,则一后生,健儿遂不介意。后生问:"何之?"健儿曰:"归泗。"后生曰:"予小子亦泗人,归途迷失,望长者指南之。"于是健儿前驱,马上谈笑颇相得。健儿谓后生曰:"子服弓矢,善决拾乎?"后生曰:"习矣,而未闲。"健儿援弓试之,力尽而弓不及彀,弃之,曰:"此物无用,佩之奚为?"后生曰:"物自有用,用物者无用耳。"乃引自试,时有鹜唳空,后生一发饮羽,鹜坠马前,健儿异之。后生曰:"君腰短刀,必善击刺。"健儿曰:"然。我所长不在彼,在此。"脱以相示。后生视而剧曰:"此割鸡屠狗物,将焉用之?"以两手一折,刀曲如钩;复以两手伸之,刀直如故。健儿失色,筹腰间物非复我有矣。虽与偕行,而股栗之状,渐不自持。后生转以温言慰之。复前数里,四顾无人,后生纵声一喝,健儿坠马。后生先斩其马,曰:"今日之事,有不唯吾命者,如此马!"健儿匍伏请所欲。后生曰:"无用物,盍解腰缠来献!"健儿解囊输之,顿首乞命。后生曰:"吾得此一囊金,差可十日醉。子犹草莱,何足诛锄!"拨马寻故道去。健儿神气沮丧,足循循不前。自思三十金非长物,但半世英雄,败于乳臭儿之手,何颜复见诸弟兄?遂不归泗,向一村墅,结庐卖酒聊生。每思往事,辄恶恶欲死。

一日,春风淡荡,有数少年索饮,裘马甚都,似五陵公子。而意气豪纵,又似长安游侠儿。击案狂歌,旁若无人,且曰:"涤器翁似不俗,当偕之。"遂拉健儿入座。健儿视九人皆弱冠,唯一总角者,貌白皙若处子,等闲不发一言,一言则九人倾听。坐则右之,饮则先之。健儿不解其故,而末坐一冠者,似尝谋面,睇视之,则向斩马劫财之人也。谓健儿曰:"东君尚识故人耶?"健儿不敢应。后生曰:"畴昔途中,解腰缠赠我者,非子而谁?我侪岂攘攫者流,特于邮旁肆中闻子大言恐世,故来与子雌雄。不意竟输我一筹,今来归赵璧耳。"遂出左袖三十金置案头,曰:"此母也,于今一年,子当肖之。"又探右袖,出三十金,共予之。健儿不敢受。旁一后生拔剑努目曰:"物为人攫而不能复,还之又不敢取,安用此懦夫为!"健儿惧,急内袖中,乃治鸡黍为欢。诸后生不肯留,归金者曰:"翁亦可怜矣,峻拒之则难堪。"众乃止。时爨下薪穷,健儿欲乞诸邻,后生指屋旁枯株谓之曰:"盍载斧斤?"健儿曰:"正苦无斧斤耳。"后生踌躇久之曰:"此事须让十弟,我九人无能为也。"总角者以两手抱株,左右数挠,株已卧矣,遂拔剑砍旁柯燃之。酒至无算,乃辞去,竟不知其何许人。健儿自是绝不与人较力,人殴之则袖手不报。或曰:"子曩日英雄安在?"健儿则以衰朽谢之。后得以天年终,不可谓非后生力也。

　　张山来曰:尝见稗官中,有《赵东山夸技顺城门》,其事与此相类。甚矣,毋谓秦无人也。

山东四女祠记　　　　　黄　始静御

　　丙辰十月,出都门,畏陆行之劳悴也,舍而之舟。舟行六七日,将至黄河崖,过一村,风急不得行,遂泊舟。人曰:"此四女镇也。"初未详四女何以名。泊少间，风息，卧舟中闷甚，起行崖岸间。一望荒沙，市人皆闭户，无憩立所。迄市尾一古祠，若无人焉者。入门，阒如也。庭一碑，藤藓网布，碑前古树，半无枝叶，秃而龙身。右转得一径，进则老屋三楹而已。中坐像二：一老翁，庞眉而古衣冠；一老媪，白发高髻，咸非近世饰。独两旁侍坐者四人，虽儒衣儒冠，而修眉皓齿，皎若好女子，心颇疑之，无从询其说。乃扪藤剥藓，拭其文读之，盖明成化年碑也。

碑载汉景帝时，地有傅姓长者，好善，年五十，无子，生四女皆明慧知礼。寿日觞父，父曰："吾五十无子，奚寿为?"四女愀然曰："父期于子者，为终养计也。儿即女，亦可代子职，养父母，父母其勿忧。"明日，俱改男子装。四女共矢不嫁，以侍其亲。时佛未入中国，惟读五经、百家、周秦以上书，博览奥义如大儒。间则行善事，德化洽于乡里。庭前古柏树，叶生龙爪，树身生鳞，金色灿然，乡里咸骇异，以为孝感所致，如是者三十年。一日，天神鼓乐降于庭，树化为龙，载翁媪及四女上升而去。里人感之，遂为建祠。今所树趾遗迹也。呜呼！自汉景帝迄今，不知千几百年。及遍考东国舆图纪载，都无所谓四女祠者。而孝感之报，徒得之于荒烟蔓草中。乃知古人轶事，其湮没不传者概不乏云。

　　张山来曰：昔汉缇萦上书赎父罪，因除肉刑；此只一人耳，不难自行其意。今四女同心，尤为仅见也。

鲁　颠　传　　　朱一是近修

颠不知何里人，独行吴越间。体上裸，披单大襆。襆中圆一孔，下体着絮厚裈，污重染，不易也。鬓飞蓬，足跣而跳。手一龟，龟习颠，颠俯首则龟昂，鼻息相接以为常。颠所过，群儿什百怪随之。颠即踞地展襆，头出中孔，伸缩像龟行，群儿狎且笑。又坦腹命群儿拳，腹坚，群儿争拳之，痛，更击以石，石碎，腹橐橐然。颠喜酒，酒鼻饮，群儿愿观颠鼻饮，多就家索酒酒颠也。夜倒悬桥梁或城女墙卧，鼾鼾焉。横江徐氏者，好事人也。要颠归，问吐纳水火之术，不答，惟日戏群儿如故。颠食尽一器，徐故予大器，无问多寡，食辄尽。又故以肥腻、冷水诸不可口物内器，无问多寡予颠，颠亦食辄尽。问颠浴乎？曰："浴。然殿人浴。"微窥之，见颠方呼呼然，俯水面饮前浴人垢，不更去己垢也。夜无桥梁城女墙，则悬足架上，垂首卧。夜分人定，即溺。人乘颠起，入问之，颠语庄，微及日用细碎，卒不答吐纳水火事。在吴越十余年，人皆识之。一日过华亭，太守方岳贡，出见市儿数百，哗曰："颠来，颠来！"怪问颠，不答。再问，再不答。以为惑民，系且杖，杖下而颠死矣。后有人入杭之西山，复见颠曳杖蹩躠行。朱子曰："颠，吾知其不死。"

　　张山来曰：世人谓颠为颠，吾知颠必以世人为颠，则谓颠非倒卧而世人为倒卧，亦无不可。

林 四 娘 记　　　　林云铭西仲

　　晋江陈公宝钥，号绿厓。康熙二年，任山东青州道佥事。夜辄闻传桶有敲击声，问之，则寂无应者。其仆不胜扰，持枪往伺，欲刺之。是夜，但闻怒詈声。已而推中门突入，则见有鬼青面獠牙，赤体挺立，头及屋檐。仆震骇，失枪仆地。陈急出诃之曰："此朝廷公署，汝何方妖魅，敢擅至此！"鬼笑曰："闻尊仆欲见刺，特来受枪耳。"陈怒，思檄兵格之。甫起念，鬼又笑曰："檄兵格我，计何疏也？"陈愈怒。迟明，调标兵二十名守门。抵夜，鬼却从墙角出，长仅三尺许，头大如轮，口张如箕，双眸开合有光，蹒跚于地，冷气袭人。兵大呼发炮矢，炮火不燃；检铳中矢，又无一存者。鬼反持弓回射，矢如雨集，俱向众兵头面掠过，亦不之伤，兵惧奔溃。陈又延神巫作法驱遣，夜宿署中。时腊月严寒，陈甫就寝，鬼直诣巫卧所，攫去衾毡衣裤。巫窘急呼救，陈不得已，出为哀祈。鬼笑曰："闻此神巫乃有法者也，技止此乎？"遂掷还所攫。次日，神巫惭惧，辞去。自后署中飞炮掷瓦，晨昏不宁。或见墙覆栋崩，急避之，仍无他故。陈患焉。

　　嗣余有同年友刘望龄赴都，取道青州，询知其故，谓陈曰："君自取患耳。天下之理，有阳则有阴。若不急于驱遣，亦未扰扰至此。"语未竟，鬼出谢之。刘视其狞恶可畏，劝令改易颜面。鬼即辞入暗室中,少选复出,则一国色丽人,云鬟靓妆,袅袅婷婷而至。衣皆鲛绡雾縠,亦无缝缀之迹。香气飘扬,莫可名状。自称为林四娘,有一仆名实道,一婢名东姑,皆有影无形,惟四娘则与生人了无异相也。陈日与欢饮赋诗,亲狎备至,惟不及乱而已。凡署中文牒,多出其手。遇久年疑狱,则为廉访始末,陈一讯皆服。观风试士,衡文甲乙悉当,名誉大振。先是,陈需次燕邸,贷京商二千缗,商急索,不能应,议偿其半,不允。四娘出责之曰:"陈公岂负债者?顾一时力不及耳。若必取盈,陷其图利败检,于汝安乎?我鬼也,不从吾言,力能祸汝。"京商素不信鬼,笑曰:"汝乃丽人,以鬼怖我。若果鬼也,当知我在京庐舍职业。"四娘曰:"庐舍职业,何难详道?汝近日于某处行一负心之事,说出恐就死耳。"京商大骇,辞去。陈密叩商所为,终不泄。其隐人之恶如此。性耽吟咏,所著诗,多感慨凄楚之音,人不忍读。凡吾闽有访陈者,必与狎饮,临别辄赠诗。其中廋词,日后多验。有一士人悦其姿容,偶起淫念。四娘怒曰:"此獠何得无礼!"喝令杖责,士人欻然仆地,号痛求哀,两臀杖痕周匝。举坐为之请,乃呼婢东姑持药饮之,了无痛苦,仍与欢饮如初。

陈叩其为神始末,答曰:"我,莆田人也。故明崇祯年间,父为江宁府库官,遭谮下狱,我与表兄某悉力营救,同卧起半载,实无私情。父出狱,而疑不释。我因投缳以明无他,烈魂不散耳。与君有桑梓之谊而来,非偶然也。"计在署十有八月而别,别后陈每思慕不置。康熙六年,陈补任江南驿传道,为余述其事,属记之。

林子曰:《左氏传》言涉鬼神,后儒病其诬。余窃疑天下大矣,二百四十余年中,岂无一二人出于见闻所不及乎?今陈公绿厓,正士也,非能造言语者。且吾乡士人,往往有亲见之者。王龙溪云:神怪之事,圣人不语。力与乱明明是有,怪与神岂得云无?鬼能见形预人事,不可谓非神怪矣。然强魄暂留人间,终归变灭,不能久存。是在精气为物,游魂为变之外,非可以常理推究。言有言无,皆惑也。此圣人所以不语也夫。

张山来曰:先君明季时客楚抚军署中,宾客杂遝,室无空虚。旁有园,扃镭甚固。先君谓众客曰:"曷不迁入此中,俾稍稍舒眉乎?"或答曰:"此内有鬼,是以未敢耳。"因询其状,乃知前抚军有女,及笄而死,遂葬此中。每际清风明月,辄见形于回廊曲槛间,徘徊徙倚,如不胜情。人惧其为祟,故常扃之。先君大喜曰:"审若是,是固我所祷祀而求者也。"遂请独居其内,日以二小童给侍,夜则遣去,冀有所遇,而卒无所见闻。事载《天山楼随笔》。今林四娘独能变现若此,则又何也?岂必无罪而冤死者乃能为厉耶?

乞者王翁传　　　　　徐　芳仲光

洒口王氏,谯郡大姓也。其先世某翁,尝行乞至挲口陈长者家,日尚早,小憩门首,有顷户启,一小鬟捧盆水,向外倾洒去。有声铿然,随水堕地,视之,金钏也。翁大喜,复念此钏必主妇洗妆置盆中,而鬟不知。倘主妇索钏不得,而疑鬟盗,或挞之急,且有变。吾贫人,横得重资,未必能享;而贻鬟累,以至不测,大不祥。遂留以待。久之,微闻户内喧声,似有所诃责。斯须,前鬟出,流血被面,望溪便掷。翁急前,持抱问故。鬟掷愈力,曰:"主妇失钏,而枉予盗。予何处得钏?与挞死,宁溺死!"翁曰:"然。钏在,毋恐。"乃出诸袖中,俾持入,且曰:"待子于此久矣。"鬟入报,主妇以为谩,遣僮出问翁,具以实对。事闻长者,长者曰:"世安得有此人?"亟召入,居然壮男子也。因问:"若能为我任奔走乎?"对曰:"幸甚。"于是使司门户稽察,辄胜任。则又使出入市买,征责租课,又辄称。长者益喜,遂以前鬟妻之,而使主庄佃某所。翁益殚竭心力,以谨恪报。长者知翁可任,益亲爱,待以家人礼。诸钱谷会计之重要者,悉以寄之。翁任事既久,橐渐裕,而所娶鬟生数子,皆颖敏,既长,使之分道商贩,遂大富,致产巨万。翁乃谢陈氏事,携鬟与子归洒口,为素封家。享年耄耋,孙曾辈读书为诸生者十余人,翁皆及亲见之。今门第人文之盛,与陈颉云。

噫!一乞人得金镮值数十金,可以饱矣,返之奚为哉?愚山子曰:"翁非特廉也,仁且智也。其不取非有,廉也;逆计主妇之重责鬟,鬓急且死，而候其出救之，以白其枉而脱其祸，仁也；救鬓得鬓，而免于乞，智也。使翁匿锾而往，十数金止矣，卒岁之奉耳，视此所得，孰多乎？方其逡巡户外时，岂尝计及此哉？而报随之。谓天之无心，又安可也？今之读书明礼义，据地豪盛，长喙铦距，择弱肉而食之，至于冤楚死丧，宛转当前而不顾者，盖有之矣。况彼遗而我遇，取之自然者乎，吾故不敢鄙夷于乞而直翁之。夫乞而贤，即翁之可也。"或曰："王氏，大姓也，而其祖贫至于乞，此其子孙之所深讳，而子暴之，无乃不可乎？"愚山子曰："不然。人惟其行之可传而名，亦惟其品之可尊而贵。名与贵不关其所遭，关其人之贤不肖也。若翁之所行，是古之大贤，王氏子孙当世世师之，又奚讳乎？师其廉仁且智者，以穷则守身，而达则善世，何行之弗成焉？乞宁足讳也。彼行之不道，虽荣显贵势，若操、莽、惇、卞、杞、桧之流，乃真乞人之所不为，而其子孙所羞以为祖父者也。"

张山来曰：东坡有言，上可以陪玉皇大帝，下可以陪卑田院乞儿。然则可以陪乞儿者，皆足以陪玉帝者也。盖乞人一种，非至愚无用之流，即具大慈悲而有守者。不屑为倡优隶卒，不肯为机械以攫人财，不得不出于行乞之一途耳。至王翁之高行，则又为此中翘楚矣。

雷 州 盗 记　　　　　徐　芳仲光

雷于粤为最远郡，崇祯初，金陵人某，以部曹出守，舟入江遇盗，知其守也，杀之，并歼其从者，独留其妻女，以众中一最黠者为伪守，持牒往，而群诡为仆，人莫能察也。抵郡逾月，甚廉干，有治状，雷人相庆得贤太守。其寮属暨监司使，咸诵重之。未几，太守出示禁游客，所隶毋得纳金陵人只履，否者虽至戚必坐。于是雷人益信服新太守乃能严介若此也。亡何，守之子至，入境，无敢舍者。问之，知其禁也，心惑之。诘朝，守出，子道视，非父也，讯其籍里名姓，则皆父。子悟曰："噫！是盗矣。"然不敢暴语。密以白监司使，监司曰："止。吾旦日饭守而出子。"于是戒吏，以卒环太守舍，而伏甲酒所。旦日，太守入谒，监司饮之酒，出其子质，不辨也。守寠，拟起为变，而伏甲发，就坐捽之。其卒之环守者，亦破署入，贼数十人卒起格斗，胥逸去，仅获其七。狱具如律，械送金陵杀之。于是雷之人乃知向之守非守也，盗云。

东陵生闻而叹曰："异哉！盗乃能守若此乎？今之守非盗也，而其行鲜不盗也，则无宁以盗守矣。其贼守，盗也，其守而贤，即犹愈他守也。"或曰："彼非贤也，将间而括其藏与其郡人之资以逸。"曰："有之。今之守亦孰有不括其郡之藏若赀而逸者哉？"愚山子曰："甚哉，东陵生言也。推其意，足以砥守。"

张山来曰：以国法论之，此群盗咸杀无赦。以民情论之，则或尽歼群从，而宽其为守之一人，差足以报其治状耳。若今之大夫，虽不罹国法，而未尝不被杀于庶民之心中也。

花隐道人传　　　　失　名

道人姓高氏，名晼，字公旦。其先晋人也，商于扬，家焉。至道人，贫矣，徙商而读。顾读异书，不喜沾沾行墨，能以己意断古今事。见世窃儒冠目瞢瞢然者，弃去，羞与伍。慕朱家、郭解为人，尚侠轻财，急人困，然砥行，慎交游。里中少年，有不逞者，始畏道人知，既事蹀张，则又求道人，道人予其自新，亦时援手。故扬人倾心，四方贤豪来者，闻道人名，多结欢焉。甲申，知乱将作，移家避南徐。时阃帅鳞集江上，争罗致道人幕下。道人知事不可为，蠖伏自污，卒得以全。乙酉，扬中兵祸惨，民鸟兽散，道人独先众入城访亲知，吊死扶伤，阴行善多。然道人是时感念深矣。自以遭时变乱，年壮志摧，流离困折，无复风尘驰骤之思。乃筑室黄子湖中，弃其鲜肥素习，衣大布衣，箬冠草履，曳杖篱落间，挽渔父牧儿与饮，饮辄醉，放歌湖滨，湖水为沸扬，似鸣不平者。

未几，岁大涝，居沉于水，道人曰："未闻巢父买山而隐，独支遁见讥耶？古之大隐，有隐市者，吾何为不然？"爰走扬城东南隅，卜地宅之。躬荷锸拨瓦砾，结庐数楹，一几一榻，张琴列古书画，携一妻二子婆娑偃息其中，陶陶然乐也。宅旁筑匡墙，围地数亩，植菊五百本。一仆长须赤脚，善橐驼之术，道人率之艺植灌溉。夏日当午，虫有长颈乌喙寇菊颠者，秋有白皙如蚕啖菊根者，必伺而攻去之。二为渠魁，他虫种种咸治无赦。道人察其患害，而保护朝夕，故菊茂于常。始自蓓蕾以及烂漫，其列也如屏，散也如星，叠也如锦，其色如玉、如金、如霞、如雪。其味如玄酒，其香如蘦蔔。道人洞开其门，门如市；虚辟其堂，堂如肆。往来如织，观者如堵，不见主人，见其扁额曰"花隐"，咸谓之花隐道人，若忘其昔之为高公旦者。其友梅溪朱一是诮之曰："子隐于花，则善矣。然花隐之名益著，得非畏影而走日中者耶？吾见子之愈走而影不息也。"道人嘻然，笑而不答。

张山来曰：从来隐于花者，类多高人韵士，而菊则尤与隐者相宜。妙在全不蹈袭渊明只字，所以为高。

卷 六

张 南 垣 传　　　　　吴伟业骏公

　　张南垣，名涟，南垣其字，华亭人，徙秀州，又为秀州人。少学画，好写人像，兼通山水，遂以其意垒石。故他艺不甚著，其垒石最工。在他人为之，莫能及也。百余年来，为此技者，类学崭岩嵌特。好事之家，罗取一二异石，标之曰峰，皆从他邑辇至。决城闉，坏道路，人牛喘汗，仅而得至。络以巨绁，锢以铁汁，刑牲下拜，劐颜刻字，钩填空青，穿窾岩岩，若在乔岳，其难也如此。而其旁又架危梁，梯鸟道，游之者钩巾棘履，拾级数折，伛偻入深洞，扪壁投罅，瞪盼骇栗。南垣过而笑曰："是岂知为山者耶？今夫群峰造天，深岩蔽日，此夫造物神灵之所为，非人力可得而致也。况其地辄跨数百里，而吾以盈丈之址，五尺之沟，尤而效之，何异市人抟土以欺儿童哉？惟夫平冈小坂，陵阜陂陁，板筑之功，可计日以就。然后错之以石，棋置其间，缭以短垣，翳以密筿，若似乎奇峰绝嶂累累乎墙外，而人或见之也。其石脉之所奔注，伏而起，突而怒，为狮蹲，为兽攫，口鼻含呀，牙错距跃，决林莽，犯轩楹而不去，若似乎处大山之麓，截溪断谷，私此数石者为吾有也。方塘石洫，易以曲岸回沙；邃阁雕楹，改为青扉白屋。树取其不洞者，松杉桧栝，杂植成林；石取其易致者，太湖尧峰，随宜布置。有林泉之美，无登顿之劳，不亦可乎？"华亭董宗伯玄宰、陈徵君仲醇，亟称之曰："江南诸山，土中戴石。"黄一峰、吴仲圭常言之："此知夫画脉者也。"群公交书走币，岁无虑数十家。有不能应者，用以为大恨。顾一见君，惊喜欢笑如初。

　　君为人肥而短黑，性滑稽，好举里巷谐媟，以为抚掌之资。或陈语旧闻，反以此受人调弄，亦不顾也。与人交，好谈人之善，不择高下，能安异同。以此游于江南诸郡者，五十余年。自华亭、秀州外，于白门,于金沙,于海虞,于娄东,于鹿城,所过必数月。其所为园,则李工部之横云,虞观察之预园,王奉常之乐郊,钱宗伯之拂水,吴吏部之竹亭为最著。经营粉本,高下浓淡,早有成法。初立土山,树木未添,岩壑已具,随皴随改,烟云渲染,补入无痕。即一花一竹,疏密欹斜,妙得俯仰。山未成,先思著屋;屋未就,又思其中之所施设。窗棂几榻,不事雕饰,雅合自然。主人解事者,君不受促迫,次第结构。其或任情自用,不得已敹敂曲随,后有过者,辄叹惜曰:"此必非南垣意也。"

君为此技既久,土石草树,咸能识其性情。每创手之日,乱石林立,或卧或倚,君踌躇四顾,正势侧峰,横支竖理,皆默识在心,借成众手。常高坐一室,与客谈笑,呼役夫曰:"某树下某石,可置某处。"目不转视,手不再指。若金在冶,不假斧凿,甚至施竿结顶,悬而下缒,尺寸勿爽,观者以此服其能矣。人有学其术者,以为曲折变化,此君生平之所长。尽其心力以求仿佛,初见或似,久观辄非。而君独规模大势,使人于数日之内,寻丈之间,落落难合。及其既就,则天堕地出,得未曾有。曾于友人斋前,作荆关老笔,对峙平碱,已过五寻,不作一折。忽于其颠,将数石盘互得势,则全体飞动,苍然不群。所谓他人为之莫能及者,盖以此也。

君有四子,能传父术。晚岁辞涿鹿相国之聘,遣其仲子行,退老于鸳湖之侧,结庐三楹。余过之,谓余曰:"自吾以此术游江以南也,数十年来,名园别墅,易其故主者,比比是矣。荡于兵火,没于荆榛,奇花异石,他人辇取以去,吾仍为之营置者,辄数见焉。吾惧石之不足留吾名,而欲得子文以传之也。"余曰:柳宗元为《梓人传》,谓有得于经国治民之旨。今观张君之术,虽庖丁解牛,公输刻鹄,无以复过。其艺而合于道者欤? 君子不作无益,穿池筑台,春秋所戒。而王公贵人,歌舞般乐,侈欲伤财,独此为耳目之观,稍有合于清净。且张君因深就高,合自然,惜人力,此学愚公之术而变焉者也,其可传也已。作《张南垣传》。

张山来曰:叠山垒石,另有一种学问。其胸中丘壑,较之画家为难。盖画则远近高卑,疏密险易,可以自主。此则必合地宜,因石性,物多不当弃其有余,物少不必补其不足。又必酌主人之贫富,随主人之性情,犹必藉群工之手,是以难耳。况画家所长,不在蹊径,而在笔墨。予尝以画上之景作实境观,殊有不堪游览者,犹之诗中烟雨穷愁字面,在诗虽为佳句,而当之者殊苦也。若园亭之胜,则止赖布景得宜,不能乞灵于他物,岂画家可比乎?

孙文正黄石斋两逸事　　方　苞望溪

杜先生岑,尝言归安茅止生,习于高阳孙少师道公。天启二年,以大学士经略蓟辽,置酒别亲宾,会者百人。有客中坐,前席而言曰:"公之出,始吾为国庆。而今重有忧,封疆社稷,寄公一身。公能堪备物自奉,人莫之非;如不能,虽毁身家,责难逭,况俭觳乎?吾见客食皆精,而公独饭粗,饰小名以镇物,非所以负天下之重也。"公揖而谢曰:"先生诲我甚当,然非敢以为名也。好衣甘食,吾为秀才时固不厌。自成进士,释褐而归,念此身已不为己有,而朝廷多故,边关日骇,恐一旦肩事任,非忍饥劳,不能以身率众。自是不敢适口体,强自勖厉,以至于今,十有九年矣。"

呜呼!公之气折逆奄,明周万事,合智谋忠勇之士以尽其材,用危困疮痍之卒以致其武。唐宋名贤中,犹有伦比。至于诚能动物,所纠所斥,退无怨言,叛将远人,咸喻其志。而革心无贰,则自汉诸葛武侯而后,规模气象,惟公有焉。是乃克己省身,忧民体国之实心,自然而忾乎天下者,非躬豪杰之才,而概乎有闻于圣人之道,孰能与于此!然惟二三执政,与中枢边境,事同一体之人,实不能容。《易》曰:信及豚鱼。媢嫉之臣,乃不若豚鱼之可格,可不惧哉!

黄冈杜苍略先生,客金陵,习明季诸前辈遗事。尝言崇祯某年,余中丞集生与谭友夏结社金陵。适石斋黄公来游,与订交,意颇洽。黄公造次必礼法,诸公心向之,而苦其拘也。思试之。妓顾氏,国色也,聪慧通书史,抚节按歌,见者莫不心醉。一日,大雨雪,觞黄公于余氏园,使顾佐酒,公意色无忤,诸公更劝酬剧饮,大醉。送公卧特室，榻上枕衾茵各一，使顾尽弛褻衣，随键户，诸公伺焉。公惊起，索衣不得，因引衾自覆荐，而命顾以茵卧。茵厚且狭，不可转，乃使就寝，顾遂昵近公。公徐曰："无用尔。"侧身向内，息数十调，即酣寝。漏下四鼓，觉转面向外，顾佯寐无觉，而以体旁公。俄顷，公酣寝如初。诘旦，顾出，具言其状，且曰："公等为名士，赋诗饮酒，是乐而已矣。为圣为佛，成忠成孝，终归黄公。"

及明亡，公縶于金陵。在狱日，诵《尚书》《周易》，数月，貌加丰。正命之前夕，有老仆持针线向公而泣曰："是我侍主之终事也。"公曰："吾正而毙，是为考终，汝何哀？"故人持酒肉与诀，饮啖如平时。酣寝达旦，起盥漱更衣，谓仆某曰："曩某以卷索书，吾既许之，言不可旷也。"和墨伸纸，作小楷，次行书，幅甚长，乃以大字竟之，加印章。始出就刑，其卷藏金陵某家。顾氏自接公，时自怼，无何，归某官。李自成破京师，谓其夫能死，我先就缢，夫不能用。语在缙绅间，一时以为美谈焉。

> 金棕亭曰：甘食悦色，人情所不能已者。而两公淡嗜好之性，出于自然，故为千古第一流人物。觉闵仲叔之不受猪肝，颜叔子之蒸尽搯屋，尚未免为食色所累。望溪文直接史迁，今连缀二事，亦宛然龙门合传之体。

郭老仆墓志铭　　侯方域朝宗

郭老仆，死而葬于城北之金家桥。其主人为志其墓而铭之曰：老仆名尚，十八岁事予祖太常公。方司徒公之少而应秀才试，以及举孝廉，登进士第，老仆皆身从之。司徒公仕，而西抵秦凉之塞，南按黔方，北尽黄花居庸边镇上，老仆又皆从。司徒公尝道经华山，攀崖悬洞而陟其巅，老仆则手挽铁索从焉。华山老道士，年百八十岁矣，谓司徒公曰："公，贵人也。然生平丰于功业，啬于福用。当腰围玉而陪天子饭，此后一月难作。凡有五大难，过此可耄耋。此仆当济公于难者也，幸善视之。"然老仆殊不事事。司徒公尝遣视南圃之墅，久之，所司皆荒失，命人迹之，则老仆自携琵琶，与一妇人饮于鹿邑之城门楼。司徒公怒,斥之不使近。戊辰,赴官京师,老仆固请从。至则日酣饮于城隍市,司徒公朝所命,老仆暮归,醉而尽忘之。司徒公怒而骂,老仆则倚壁而鼾,鼾声与司徒公之骂声更相间也。积二岁余以为常。

司徒公为乌程相所构,下狱顾谓诸仆曰:"尔辈皆衣食我,今谁当从乎?"老仆涕泣拜于堂下。司徒公熟视曰:"嘻!尔岂其人耶?"老仆前曰:"主人盛时,安所事老仆?老仆亦酣醉耳。今老仆且先犬马死,主人又患难,岂尚不尽心力?主人不忆老道士言乎?"自此不饮酒,亦不与其家相通,从司徒公于狱者七年。乌程相与韩城相,相继秉政,皆苛深,托诸缇校诇察往事。士大夫亲朋奴仆,往往避匿去。老仆尝衣敝衣,星出月入,以事司徒公。

初,燕女有姚氏者,数嫁不终,饶于财,每曰:"我当嫁官人耳。"老仆乃伪为官人。娶之日,取其财易酒食,交欢诸缇校者,故得始终不及于难。后姚氏察知其伪,大哭,骂老仆,以手提其耳,啮其面,面上痕常满。及司徒公出视师,乃以老仆为军官,冠将军冠,服将军服,以见姚氏。姚氏则大喜。老仆入谢司徒公曰:"老仆嗜饮酒,今七年不饮酒,此后愿日夜倍饮酒以偿之。"久之,饮酒积病,遂以死,年五十七。老仆有四子,其次尝犯军法当死,诸大帅卜从善等,罗拜司徒公曰:"非愿公绌法,乃军中欲请之以劝忠义也。"当是时,郭老仆之名播两河云。

铭曰:汝士大夫之师,而乃居于奴。奴乎奴乎,奴尚则有,士大夫卒无。

张山来曰:老仆之奇,不在后之戒酒,而在前之饮酒。盖戒酒犹属忠义之士所能,若饮酒则大有学问在。苟非日饮亡何,则当司徒盛时,其播恶造业,当不一而足矣。

五　人　传　吴肃公晴岩

天启朝,逆珰魏忠贤扇虐,诸卿大夫以忠直被刑戮,怨愤彻闾里,匹夫匹妇,发竖心伤。然未有公然发愤抗中贵,殴缇骑,不恤其身家之殒，惟义之殉，若苏民之于吏部周公顺昌者也。尝读《颂天胪笔》，及询之吴父老，未尝不击节慨慕之云。

初，吏部负人望，谒告家居，时切齿朝事，令不便于民者，辄言之当事，苏人德之。会都谏魏公大中被逮，所过州邑莫敢通，吏部轻舠候吴门，相持恸哭，骂忠贤不去口。为约婚姻，奉炙酒，累日乃去。珰闻之怒。珰所私御史倪文焕，劾吏部党奸人，削籍，苏固已人人自慑矣。天启六年，织造中使李实，以忠贤旨，复坐讲学聚徒，与都御史高公攀龙、御史周公宗建、谕德缪公昌期、御史黄公尊素、李公应昇，俱逮治。诏使至苏，吏部慷慨自若，而苏民无少长皆愤，五人其最烈云。五人者，曰颜佩韦，曰马杰，曰沈扬，曰杨念如，曰周文元。佩韦贾人子，家千金，年少不欲从父兄贾，而独以任侠游里中。比逮吏部，郡人震骇罢肆。而诏使张应龙、文之炳者，虐于民，民益怒，顾莫敢先发。佩韦于是爇香行泣于市，周城而呼曰："有为吏部直者来。"市中或议，或询，或泣，或切齿詈，或搏颡吁天，或卜筮占吉凶，或醵金为赆，或趣装走京师，挝登闻鼓，奔走塞巷衢，凡四日夜。洎宣诏，诸生王节、杨廷枢、文震亨、徐汧、袁徵等，窃计曰："人心怒矣，吾徒当为谒两台，以释众怒。"又谓："父老毋过激，激只益重吏部祸。"父老皆曰："诺。"乃相与诣西署，将请于巡抚都御史。巡抚者毛一鹭，珰私人也。

是日，吏部因服，同吴令陈文瑞由县至西署，佩韦率众随之，而马杰亦已先击柝呼市中，从者合万余人。会天雨，阴惨昼晦，人拈香，如列炬，衣冠淋漓，履屦相躏，泥淖没胫骭。吏部昇肩舆，众争吊吏部，枳道不得前。吏部劳苦诸父老，佩韦等大哭，声震数里。移时抵西署，署设帏幕仪仗，应龙与诸缇骑立庭上，气张甚。最下陈银铛钮镣诸具，众目属哽咽。节、震亨等前白一鹭及巡按御史徐吉曰："周公人望，一旦以忤珰就逮，祸且不测。百姓怨痛，无所控告。明公天子重臣，盍请释之，以慰民乎？"一鹭曰："奈圣怒何？"诸生曰："今日之事，实东厂矫诏。且吏部无辜，徒以口舌贾祸。明公剀切上陈，幸而得请吏部再生之日，即明公不朽之年。即不得请，而直道犹存天壤，明公所获多矣。"一鹭张周无以对，而缇骑以目相视耳语，谓"若辈何为者"，讶一鹭不以法绳之。而杨念如、沈扬两人者，攘臂直前，诉且泣曰："必得请乃已。"念如故阊门鬻衣人，扬故牙侩，皆不习吏部，并不习佩韦者也。蒲伏久之，麾之不肯起。缇骑怒叱之。忽众中闻大声骂忠贤"逆贼逆贼"，则马杰也。缇骑大惊曰："鼠辈敢尔，速断尔颈矣。"遂手银铛，掷阶舂然，呼曰："囚安在？速槛报东厂！"佩韦等曰："旨出朝廷，顾出东厂耶？"乃大哗。而吏部与人周文元者，先是闻吏部逮，号泣不食三日矣。至是跃出直前夺械，缇骑笞之，伤其额。文元愤，众亦俱愤，遂起击之炳。之炳跳，众群拥而登，栏楯俱折，脱屐掷堂上，若矢石落。自缇骑出京师，久骄横，所至凌轹，郡邑长唯唯俟命，苏民之激，愕出不意，皆踉跄走。一匿署阁，缘桷，桷动惊而堕，念如格杀之。一逾垣仆淖中，蹴以屐，脑裂而毙。其匿厕中、翳荆棘者，俱搜得杀之。一鹭、吉皆走匿。王节等知事败，而当众气方张之时，即欲前谕止不可得。诸父老练事者，亦旋悔，稍稍散。是日也，缇骑之逮御史黄公尊素者，适舟次胥江，掠于郢，执市人挞之。郢人闻城中之殴缇骑也，亦殴之，焚其舟，挤水中。

次日雨霁，乡大夫素服谒两台，策所以粄地方。而一鹭则夜已密书飞骑白东厂，且草疏告变矣。檄下县曰："谁为柝声聚众者？谁为爇香号泣者？谁为骁雄贾勇，党罪囚而戕天使者？必悉诛无赦。"始，众以吏部故，用义气相感发，五人一呼，千百为群。闻捕诛，稍稍惧，五人毅然出自承曰："我颜佩韦，我马杰，我沈扬，我杨念如，我周文元。"俱就系。曰："吾侪小人，从吏部死，死且不朽。"及吏部死诏狱，五人亦斩于吴市，谈笑自若。先刑一日，暴风雨，太湖水溢。而广陵人则言文焕家居昼坐，忽忽见五人，严装仗剑，旌旆导吏部来。忽不见，庭井石阑，飞起舞空中，良久乃堕，声轰如雷。明年，烈皇帝即位，忠贤伏诛，吏部子茂兰刺血上冤状，诏恤吏部，诛文焕。苏士大夫即所夷珰祠废址，哀五人身首，合葬而竖石表之，至今称五人之墓云。

街史氏曰：奄寺之祸，古有弑君覆国者矣。而何物魏逆，威焰所愒，俾率土靡然，廉耻道丧，振古为极矣！向使中朝士大夫悉五人者，则肆诸市朝何为哉？五人姓名具而人之，无亦以人道之所存，不于彼而于此欤？

　　张山来曰：此百年来第一快心事也，读竟，浮一大白。

萧洞虚小传　　　　　　　傅占衡

今萧非萧也,盖古尺八,近予临川车衮,擅其巧,今世称洞虚子者是也。衮,戴湖村人,字龙文。幼涉学,凡艺近文史者皆工,而尤妙于竹。凡竹之属皆善,而最善者,窍尺八也。自言年七岁,弄俗箫成声,辄恶其声。十岁时得吴市箫吹之,亦不厌己意。然好弥甚,至妨语食。刿刳刻镂,大变旧法。昼则操造水滨怪石旁,或入幽岫林樾苍蒨中。当月野霜庭,鸟睡虫醒之际,启塞抑按,未尝去手。一日,悟其法,起舞拍床,骂前人聋钝,不闻此妙矣。顷之,其乡人持一管万里外,遇解音客,购之万钱双绢。自是洞虚子箫闻天下。顾产僻左,足不到吴越歌舞场,客居十指不给。其后俗箫稍稍窃其粗似,丹碧之,名洞虚,乱吴市中,暴得直,而真洞虚子家,故贫自若也。时澹荡以酒人客高门雅士间,语次骂坐,众欲殴之;已而闻箫声,满坐皆欢,又相与洗盏更酌,盖其为人如此。四方之知洞虚子者,至今莫知其何许人也。

其箫表里濯治,得仪制之妙,无瑕声,无累气。饰以行草秀句,山水渔钓,宫观烟树,人物花鸟虫豸杂工,写描勒入神,而其独得之妙,在选竹。竹至千尺取十一,盖有柯亭爨下遗识乎? 啸咏之顷,辄以斤锯自随,园公林监或訾病之,好事者赏其僻,不问也。予尝得二焉:其一潇湘合流,八景分峙,隙间题咏,毫发可数;其一十八尊者图,李龙眠笔,苏子瞻赞,秦太虚记皆具。尝置酒倚琴而吹之,因谓:"子是艺,如北方佳人,绝世独立,余粉黛皆土耳。昔人品庾信月明孤吹,然非洞虚箫,宁称子山文乎?"衮大喜,遂别作一枝遗予。彤以一丘一壑,一觞一咏,而题其上云:"青筠欲托王褒赋,明月吹成庾信文。"且曰:"箫之寿计年计十,人之寿计十计百。先生作传,洞虚之寿不可计,敢请。"予笑诺之。因访其利病最要处,衮乃曰:"箫孔下出贯纶者两,宜差后而斜睨,勿居中而径往。"予爱其聪巧绝伦,戏为《箫洞虚传》传之。嗟夫! 恐亦如流马木牛,尺寸具诸葛书中,人不能用也。

张山来曰:此日之箫,其贯纶处,皆近后而斜睨,无居中者,其殆皆本于车君耶?

又曰:黄九烟先生为予言:"韩翁能吹铁箫,冠服诡异:时而衣大袖红衫,如豪富公子;时而破衲褴褛,如贫乞儿。"予闻而异之,因访焉。面城而居,败屋一楹。几上置大小竹管若干具,皆有窍,长四五六寸不等。裂片楮三四寸许者,书《箫谱》,约三四十字,堆满几案。翁衣貉裘,冠狐帽,如营伍中人,语操北音。予请聆其技,乃出铁箫者三,其二制与常箫等,左右手各握一具,以鼻吹,音无参差也。其一约长二尺余,口吹。余因询其所裁竹管,答云:"竹不论长短,皆可吹,但须因材剜窍耳。予《箫谱》止四五句,熟之,则诸曲皆可合也。尚有铁琴一,今在真州,未携来,不能为君奏矣。学予技,颇能已病。抚军某患目疾,予授以吹箫而愈;制府某患齿病,予授以吹箫而愈。所治者非一人矣。"复为余言:"今医家每以王道治病,王道性燥烈,恐反增疾。予则纯以霸道治之,是药皆取其魂而去其质,仅轻清之气耳。"予因知翁未尝读书,误谓霸为王,谓王为霸也。因读《箫洞虚传》,附记于此。

鬼孝子传　　　　宋　曹射陵

海宁陆冰修述闽中高云客之言曰:其乡有鬼孝子者,生七八岁,父亡于外,家无宿粮,孝子即能以力养其母,俾母安其室而无他志。将束冠,聘某氏女,未及娶,孝子忽以疾死,自是母无所依。有邻人某者,将娶之,谓媒者曰:"若之夫久相失矣,若之子又卒亡矣。若之家无三尺之童,且无衣无食矣,若其何以自终乎?予欲与若偕老,若其许之乎?"媒者悉以告其母,母将许之。孝子是夜忽声作于室,呜呜然环榻而告母曰:"儿虽死,儿心未死也。儿与母形相隔,魂相依也。邻人欲夺吾母,母遂将从之乎?"母惊哭曰:"失身岂吾素志? 始汝父死,赖有汝;汝死,吾复何赖? 汝为我谋,我何以生?"孝子曰:"儿之生,曾以力养吾母,亦曾以余力聘某氏女。儿不幸早丧,母无所依,某当归吾聘资为母生计。"母曰:"如不应何?"孝子曰:"儿当语之。"是夜,果见异于某家,某倍偿前资,以归其母,母以是自给。三年许,资尽,母复呼孝子之魂而告之。孝子曰:"儿生能以力养吾母,死亦能以力养吾母。"母曰:"吾儿鬼矣,乌能复以力养?"孝子曰:"母当市中,语担者曰:尔倍平日所担,吾儿当佐汝。"母果入市语担者,担者曰:"若儿死矣,乌能佐吾担?"其母曰:"请试之。"担者果增以倍,孝子阴佐之,担者疾走如平日。因以所获钱谷,归半于其母,孝子日佐之无间,母以是自给至老。

呜呼!孝子当父死后,能尽孺慕之孝以养其母,俾母安其室而无他志,迨身死后,复能精魂周旋其母,俾母获全生平之节,而且以死力佐担养母,以至于老。岂非孝子之为德,非死之所能间乎!爰记其事而传之。

张山来曰:予尝谓鬼胜于人,以人不能为鬼之事,而鬼能为人之事也。然世之赍志以殁者,不能凭依于人以为厉,岂真如子产所云:用物精多则魂魄强,否且反是耶?今鬼孝子竟能自行其志,可以为鬼道中开一法门矣。

黄履庄小传 　　戴　榕文昭

黄子履庄,予姑表行也。少聪颖,读书不数过,即能背诵。尤喜出新意,作诸技巧。七八岁时,尝背塾师,暗窃匠氏刀锥,凿木人长寸许,置案上能自行走,手足皆自动,观者异以为神。十岁外,先姑父弃世,来广陵,与予同居。因闻泰西几何比例轮捩机轴之学,而其巧因以益进。尝作小物自怡,见者多竞出重价求购。体素病,不耐人事,恶剧嬲,因竟不作。于是所制始不可多得,所制亦多,予不能悉记。犹记其作双轮小车一辆,长三尺许,约可坐一人,不烦推挽能自行,行住,以手挽轴旁曲拐,则复行如初,随住随挽,日足行八十里。作木狗,置门侧,卷卧如常,惟人入户,触机则立吠不止,吠之声与真无二,虽黠者不能辨其为真与伪也。作木鸟,置竹笼中,能自跳舞飞鸣,鸣如画眉,凄越可听。作水器,以水置器中,水从下上射如线,高五六尺,移时不断。所作之奇俱如此,不能悉载。

有怪其奇者，疑必有异书，或有异传，而予与处者最久且狎，绝不见其书。叩其从来，亦竟无师传。但曰："予何足奇？天地人物，皆奇器也。动者如天，静者如地，灵明者如人，赜者如万物，何莫非奇？然皆不能自奇，必有一至奇而不自奇者以为源，而且为之主宰，如画之有师，土木之有匠氏也。夫是之为至奇。"予惊其言之大，而因是亦具知黄子之奇，固自有其独悟，非一物一事求而学之者所可及也。昔人云：天非自动，必有所以动者；地非自静，必有所以静者。黄子之奇，其得其奇之所以然乎？

黄子性简默，喜思，与予处，予尝纷然谈说，而黄子则独坐静思。观其初思求入，亦戛戛似难；既而思得，则笑舞从之。如一思碍而不得，必拥衾达旦，务得而后已焉。黄子之奇，固亦由思而得之者也，而其喜思则性出也。黄子生丙申，于今二十八岁，其年月日时，与予生期毫发无异，亦奇也。因附书之。

附奇器目略

一、验器。　冷热燥湿，皆以肤验，而不可以目验者，今则以目验之。

验冷热器。　此器能诊试虚实，分别气候，证诸药之性情，其用甚广，另有专书。

验燥湿器。　内有一针，能左右旋。燥则左旋，湿则右旋，毫发不爽，并可预证阴晴。

一、诸镜。　德之崇卑，惟友见之；面之媸妍，惟镜见之。镜之用，止于见己，而亦可以见物，故作诸镜以广之。

千里镜。　大小不等。

取火镜。　向太阳取火。

临画镜。

取水镜。　向太阴取水。

显微镜。

多物镜。

瑞光镜。　制法大小不等，大者径五六尺，夜以灯照之，光射数里,其用甚巨。冬月人坐光中,遍体生温,如在太阳之下。

一、诸画。　画以饰观,或平面而见为深远,或一面而见为多面,皆画之变也。

远视画。

旁视画。

镜中画。

管窥镜画。　全不似画,以管窥之,则生动如真。

上下画。　一画上下观之,则成二画。

三面画。　一画三面观之,则成三画。

一、玩器　器虽玩而理则诚,夫玩以理出,君子亦无废乎玩矣。

自动戏。　内音乐俱备,不烦人力,而节奏自然。

真画。　人物鸟兽,皆能自动,与真无二。

灯衢。　作小屋一间,内悬灯数盏,人入其中,如至通衢大市,人烟稠杂,灯火连绵,一望数里。

自行驱暑扇。　不烦人力,而一室皆风。

木人掌扇。

一、水法。　农必借水而成,水之用大矣,而亦可为诸玩,作水器。

龙尾车。　一人能转多车,灌田最便。

一线泉。　制法不等。

柳枝泉。　水上射复下,如柳枝然。

山鸟鸣。　声如山鸟。

鸾凤吟。　声如鸾凤。

报时水。

瀑布水。

一、造器之器。　工欲善其事,必先利其器。况目中所列诸器,有非寻常斤釜所能造者,作造器之器。

方图规矩。

就小画大规矩。

就大画小规矩。

画八角六角规矩。

造诸镜规矩。

造法条器。

张山来曰：泰西人巧思，百倍中华，岂天地灵秀之气，独钟厚彼方耶？予友梅子定九、吴子师邵，皆能通乎其术。今又有黄子履庄，可见华人之巧，未尝或让于彼。只因不欲以技艺成名，且复竭其心思于富贵利达，不能旁及诸技，是以巧思逊泰西一筹耳。

原本奇器目略颇详，兹偶录数条，以见一斑云。

卷　七

书戚三郎事　　　　　　周亮工减斋

江阴城陷，微戮抗命者。邑有戚三郎，与妇王，笃伉俪，夫妇皆好推施，一子甫五龄。家所向惟关帝君祠，戚夫妇虔事之。月朔望，未辨明，即肃香祠下，二十年如一日。城陷，被兵执，举戚足带纠其臂，数被创，拥至通衢，见妻为他兵拽去，戚呼号救之，复被创，前后凡十三创，首亦被刃。推拥过帝祠，不胜步矣，倒地上。兵见其气息仅属，舍之去。戚心独朗朗，念虔事帝，得死楹下足矣。然度难死，帝显赫，或有以援我。日且暮，觉祠中有异，纠臂带忽裂，裂声如弓弦，作霹雳鸣。戚臂左受创，纠缚既断，因得以右扶首。首将堕，喉固未绝，因宛转正之，心朗朗，念帝显赫，真援我也。黎明，兵数过戚，见血痕模糊，谓死矣，不复顾。久之，有老翁、妪趋视戚，怜之曰："三郎垂毙矣，盍掖之归？"戚虽愦然，心识其为比邻钱翁、沈妪也。顷之，两人续以姜糜至。越二日，入曰："兵封刃，行且去，郎活矣。"乃不复至。戚首为血糊，乃因之固，渐能起。举视室中，无一存者。五龄儿固坐足旁泣，而屋中乃僵二尸，辨之，邻钱翁、沈妪也。戚恐甚，久之，悟两人殆肃帝命以援予者。因强起，跋躄过帝祠。欲投地，身不能屈，立作叩首状，首又若将离者。乃依槛祝曰："身赖帝活，惟帝终有以庇予。"因念翁、妪死而生我，不可久暴露。吾室有木，可为槽，第安所得匠？忆众为帝治寝宫，城围工未竟，匠或有存者，往迹之。见三匠倚户语，戚告以故，咸随戚归。戚指示木所在，匠遽为操作。戚匍匐乞米以为食，久之不得，仅从空室得冬炒半囊归。入室，失三匠而存五槽，戚念："约为二而五之，去又不俟予归耶？"趋帝宫，宫无人，三尸仆户内外，固三匠也。戚惊惧。是时兵远去，人渐归，乃倩所识，以槽厝翁、妪及匠，而瘗之隙地。

　　戚数得帝佑，神理亦渐旺，复至帝祠，能稽首投地矣。肃告帝，谓："帝恩我无极，第妻无由见，帝其以梦示。"归而梦帝驱之曰："疾去数里外，有舟待，越月之十四日，终不可见矣。"辨明，力疾负子行至津亭。见有舣舟柳下，若有待者，其人为成三。戚曰："若何待？"成曰："吾之室被掳而南，吾将操舴艋往，独不可往。度邑中失侣者多，应有往者，故迟之。"戚曰："帝示我矣。予为此子觅母，得附舟行，幸矣。"具告以梦。成亦手额曰："帝祐君，合浦珠自当还。吾即不德，借君庇以分神贶，浮萍断梗，或冀幸一遇乎？"言讫，相与泣数行下。忧患易感，意气殊相得也。

　　抵升州，舟刺鬼面城下。乃入市，揭示四达之衢曰："江阴戚三郎觅妻王，能为驿骑者，予多金。"成亦揭示如戚。有某者，见戚所揭示，往见戚曰："予我金，告尔妻所在。"戚虽揭示，谬语耳，固无从得金。语某曰："我实无金，期一见妇耳。"某叹曰："世固有不持金而求得妇者。"疾起去，成挽之，告以戚为帝所指示，始昧昧至此，实不持金，城陷家破，安得金？某闻成语，凄然悯之曰："即告尔妻所在，不得尔金，易耳。顾无金，彼武人，赤手返尔妻耶？"具告以妻所在。戚与成彷徨久之。某忽曰："子何能？"戚曰："能书。"某曰："机在是矣。某公者，矢愿于报恩塔下，倩人书百部《首楞》施四方，方觅人。子诚善书，计可得数金，事或可图欤？曷疾去？"戚乃尾某行，而以子属成。见某公，以情告。试以书，书诚工。某公既善其书，又悯其遇，施十金。某跟跄携戚至某标郝总旗所，郝他出，郝妇曰："谁耶？"戚告以故。妇曰："诚有江阴王氏者，予我金，我与尔妇。"戚喜妇无多索，跪献金，妇持金入，久之不出，又久之出，四顾曰："何为者？"戚与某咸惊噪，妇愕然曰："何为者，乃诬我得金？室固无尔妇，安得尔金？"命阍者榜逐之。戚掩涕怨某，相与且去。成方与戚子望其与妻俱归，已得故，怒目曰："不得妇，又失金，不值一死耶？奈何遽返？明日与我俱。"

　　明日，戚携子偕成往，匄訚于门，郝方立球场弄鹰。召入，成睊目欲裂，谶而前："吾成三，是为吾友戚三。戚妇在公所，昨携金赎妇，公夫人得金，乃不与妇。吾与戚邑陷家破，与妇失去，死丝粟耳。无家死，失妇死，失金亦死。公不与戚妇，十步之内，以颈血相溅矣！"突出刃靴中，欲自杀。郝怒张，急止之曰："安有是？吾妇何从昧尔金？勿自杀，吾入询。诚有是，吾不以为妇矣。"乃急入。久之，闻诸诟声，已复闻郝挞妇，戚与成咸跪呼于外曰："勿挞夫人，但愿还妇足矣。"食顷，郝出，气结，掷金于地曰："急持去！"成稽首曰："戚急得妇，不急金。且金归公室一日夜矣，又吐之，公大人，义不为也。"争之益力。郝曰："义哉！子为友，乃以死争。计戚所持金，乌足赎妇？然吾高子行，何计金？当以妇归子友。"因呼妇出。戚方注目不瞬，谓妻且至，望不类。少近，则成与妇相抱痛哭，妇盖成妻也。

先是，成妻之被掳而南也，过邸舍书壁曰："我江阴成三郎妻王氏，为某标郝掳，见者幸以语吾家。"久之，"成"字微落，独存"戊"。某第见戚所揭示，故遽报之戚云。郝见妇反属成，讶曰："异哉！子以死争友而顾乃自争？天下嗜义者，独为人哉！天合子，子疾去。"成曰："金出戚而妇归我，我何去？去则戚之金不返，我诚我争矣。"郝曰："奈何？"成曰："小人勇于力，妇善针黹，公诚能录小人夫妇，愿得二十金予戚，听其觅妇。小人即除马通，妇括爨下，甘心也。"郝曰："义哉！然吾无所需子。有张将军者，方觅役，曷为子言之？"郝即趋张所，戚亦随成往。

张见成，许纳，出廿金，予成券。券成，成以金予戚。戚曰："子激于义，售夫妇身，期全吾夫妇耳。顾吾妇何在？得金安往？"相与絮泣。张曰："尔姑携金去，得间，当具以语我，当为觅之。"戚见张位都赫，往来甚夥，意显者苟留意，忧不得妻耶？乃叩首曰："予向赍十金耳。成售身，倍其金予我，我义不敢受。然成缘我金得妻，又不忍分我金。吾侪落魄，得金即随手逸，金尽，妇终不可得，且负两公义。曷以金留公所，公但为我觅妻，妻得，成之心尽，我即倍费成金，无愧于成矣。"张颔之。纳金，令"尔亦觅所在来语予，毋独恃予"。

阅二日，成方除马通，过坏墙，闭诸妇人，多操乡里音。成私度曰："戚妻脱在是，谁复知者？"乃亦语乡里音过曰："戚三郎属予寻妇，今安所得耶？"妇聆之，迫于监者，不敢答。晚如厕，遗片纸墙隙，复操乡里音曰："此纸纳之隙，留以备明日。"成遥闻之，觉有异，俟人定，趋取纸，细书"戚三郎妻王氏，即今在此，君急语我夫"。成得之，大惊

喜，急闻之戚。戚乃携子，先恳之郝，郝与俱来，戚直前跪曰："连觅妻
所在，闻即在府中，愿悯之。"张即询："所系妇，首王氏，即戚妇耶？"呼
之出，真戚妇也。戚见妇，惊悸错愕，未敢往就，摇摇不知悲。其子见
母出，突奔母怀，仰视大痛。妇亦俯捧儿，哭失声。戚至是始血泪迸
落。戚、成跪张前，戚妇亦遥跪听命。张曰："是诚尔妻。然是人少有
色，故遴为首，约值五十金。半犹不足，望得妇耶？"戚挽郝言之曰：
"邑陷家破，安得金？将军悯之。"且娓娓言帝所以祐之者，复告以梦，
期以动张。张曰："众无一赎，始赎即减定值，何以示来者？"坚不许。
戚曰："成售夫妇身，仅得此金，而又苦不足，天乎，安所得金！"戚乃大
哭，妇哭，而戚子又趦趄往来，哭于父母旁。郝哭，张之厮养哭，张姬
妾环屏内者亦哭。久之，张亦涔涔泪下矣。

　　哭声鼎沸间，张突跃起曰："止，止！吾还汝妇，不须金也。城陷
家破，尔诚无所得金。且尔数被创弗死，非帝祐不至是。尔诚善者，
吾还尔妇，不须金也。成以尔故售身于吾，尔夫妇还而成留，成即不
怨尔，尔何以谢成？吾既还尔妇，兼还尔友夫妇。尔夫妇其与尔友夫
妇俱还，此二十金，即为尔辈道里需，不须金也，吾还尔妇。然我有
言，尔亦毋我逆：尔之子，秀而慧，我怜之，盍以子我？我耄矣，无嗣。
诚子我，我不奴视子，不隔膜视子也。"戚急遽未有以应，妇忽趋前，唾
耳语戚。久之，复扬谓戚曰："子尚需乳耶？"戚遽膝前曰："将军生全
两家夫妇，且欲子下愚子，何不可者。"将军喜，急前抱儿，儿亦昵将
军，不复甚恋父母。将军益喜，呼戚夫妇坐，待以亲串礼，举儿入室，
遍拜所亲。已复剑儿出，衣冠焕奕。宾从以下皆罗拜，庆将军有子。
戚与成两家谢将军去。计戚初见张将军日，实帝所示十四日内也，人
咸以为戚虔于帝之报云。

　　戚归，既安其室，复过某公，为书经塔下者三阅月，因得往来视
儿，将军亦多所赠。久之，将军病卒，将军拥高赀，族子利之，咸以
戚自有父母，非吾族类也，恐舆其归，戚子亦因之便去。诸母恶族
子，竟以所有与戚，戚子所携甚厚，至今为江阴巨室。成亦依戚终
其身。子归后，新帝祠。江上知名之士，咸为诗文以纪之，戚尽镌
于祠右。

张山来曰：关帝能宛转默佑戚郎，则曷不于其妇被掳时，显示神威耶？岂数当有难，有不可免者耶？又岂必待诉祷而后应耶？然终不可谓非帝佑也。

象　记　　　　　林　璐鹿庵

国家大朝会，陈设卤簿。驯象所引象列门外，各以品秩分左右。百官入，钟鸣鞭响，群象鼻相交，无一人敢阑入者。朝散，各以先后归。有罪则宣敕杖之，伏而受杖，此其所从来远矣。黔中人昔为余言，守土者以期贡象，必入山告语之曰："朝廷诏汝备禁卫，将授官于汝。"象俯贴足，如许诺状。即驯而行，无能捕捉也。思陵时，将贡象，先期语之，一象许诺。会明亡，不果进。皇朝定鼎，征贡象，象数头诺而来前，一象呼之不至，迟数日，翩然来取其牝，盖山中偶也。候已竟去，守土者廉知其期又当来，乃先期语之曰："今天子神圣，薄海内外，知天命有归，带甲者率先以军降，守土者次第以城降。汝异类，敢抗天子不赴耶？"至期来，竟复去，守土者异之，设大炮于衢，语之曰："汝爱妻，数数来，汝再逸去，当死炮下。"象闻之，徐行伏炮台下，若待以举炮者。

呜呼，异矣！夫人未有不爱其妻者，爱妻并爱吾身，谁能以其所爱，易其所至爱。而今见之于一象，呜呼，异矣！闻其言，退而为之记。

张山来曰：闻象房群象，皆行清礼，三跪九叩首，独一老象不能，犹作汉人跪拜云。因录此文，附记于此。

世人画象，虽庞大而带妩媚。及观真象，殊属笨伯。尤恨其皮色秽浊，不似有识者。"以貌取人，失之子羽"，吾于观象亦云。

纪周侍御事　　　　　陆次云云士

明天启时，御史周公宗建屡疏击魏阉，夺职被逮，棰楚至不能出声，许显纯向公厉声曰："此时复能詈魏上公不识一丁否？"卒毙于狱。六月沉狱，七月还尸。家中讣音未至，有清江浦舟子，接一秀士，许以一金雇舟。问其姓氏，自何所来，曰："我周季侯，自京师来。"又问吴中被逮诸公状，颦蹙曰："俱死矣。"又问魏监，曰："伊罪恶贯盈，不久显戮矣。"至吴江，入门不出。舟子呼之，家人出，询知其故，曰："季侯，吾主人也，赴逮在京，安有此事？"喧闹间，夫人急出曰："良有是事。昨梦侍御还家，备言死状。且云：上帝鉴其忠直，俾为神吴郡。舟子许其一金，为我酬之，勿失信也。"出金与之，举家环哭。舟人亦哭曰："吾得载忠魂，生平奇事，肯受金耶？"夫人曰："侍御生平清介，汝不受直，非其心也。"舟子拜领而去。

姚江神灯记　朱一是 近修

往余闻姚江有神灯，以为诞，询邑人，曰有之，四三月间始见，东郊岳庙为盛。余候其时，携同辈往，数数不获遇。庙僧曰："天骤热，将雨，遇矣。"余又候热往，日暝抵庙，登山巅玉皇殿，凭高俯眺。忽见二灯冉冉从庙出，若悬予足底。回首四望，俱有所见，如晨星落落布野，已渐稠密，百千万亿，熠耀往来，不可纪极矣。有一灯独行者；有并携二灯者；有百什灯排列徐徐，若官人出行，卤簿前导者；有若二队相值，各分去者；有相值若揖若语而别者；有高擎者；有下移者；有置灯憩坐者；有穿林踏险而行者；有渡江者；始渡若揭衣踌躇，登岸则速者。其光或颓若有所幪，或光动若庭燎，或灭，或复明，或数灯合为一，或一分为数，或迎风疾行，焰反向而炽，或徐行则敛，或驻则渐微，或排列一线，若星桥灯市，或独燃幽处，若寒窗爇灯，荧荧然，或高在山半，若悬竿，或出江间丛苇中，若渔火，或远，或近，在数十步内。熟视灯下，若有二足影，喁喁若闻语声，而实无语。余见灯聚处，使人疾趋视，则无有，其人回视余所在，反有之，余不觉也。至初更钟鸣，则尽灭。

呜呼！其神耶？非神耶？以余所见，洵神也。然神之德盛，塞天地，贯古今，无乎不在，而必姚江，必东郊，必四三月，必热将雨始见，是岂神耶？夫儒者探赜索隐，采传闻，览怪志，其疑惑聚讼宜也。余目所经见，且久立凝睇，而不知所由然。求为博物君子，不其难耶？抑诚有不可知者耶？不可知，则神矣。余故详述焉，以质世之多闻者。其年丙戌,其月癸巳,其日己卯,同游者,为年友湛侯子君进,及密、沈、叶三君,俞秀才咫颜,余门下士。

张山来曰:吾乡有灵金山,每岁以六月十八日建醮施食,檄召诸鬼,鬼火群起,倏合倏分。其文乃韩国公李善长读书山中时所撰,久之,其板漶漫,至不可识。道士别镌一板,焚之而鬼不至。因仍以旧板刷文重读,磷火复炽。迄今每遇醮坛,则新旧二檄并焚云。可见鬼神一道,与人互相感通。姚江神灯,非妄言也。

记　　盗　　　　杨衡选圣藻

有穿窬之盗,有豪侠之盗,有斩关辟门、贪婪无厌、冒死不顾之盗,从未有从容坐论、杯酒欢笑如名士之盗者。盖盗者,迫于饥寒,或为雠恶报怨,不得已而为之。盗而名士,盗亦奇矣。

南城萧明彝先生,家世为显官,厚其赀,庾于田。时当秋获,挈其爱妾,刈于乡之别墅。有少年三人,自屋而下,启其户,连进十数辈,曰:"萧先生睡耶?"就榻促之起,为先生着衣裳,进冠履,若执僮仆役,甚谨。曰:"先生有如君,男女之际,不可使窥外事,请键其室。"迎先生至外厅,设坐,面南向,爇烛其下,曰:"某读先生今古文,可一一为先生诵之。最佳者无如某篇,某篇之中,有某转某句,非巧思不能道。尝于某显曹处私伺先生宴,连饮十五犀觥,诸公不及也。江南藩司碑记,惟先生文为绝笔。"左右有恐吓先生者,其盗魁力止之,曰:"此萧先生,不可以常态惊也。"索酒肴相啖食,先生为之陈庖厨。饮酬,曰:"某等闻先生名久矣,不惜千金路费至此,可出其囊橐以偿吾愿。"先生曰:"昨有四百金稻谷价,惜来迟耳,今早已送之城中。此所留者,仅羹酒之需,不过二十七金,人参八两,玉带一围而已。愿持赠诸豪士。"左右疑有埋藏者,盗魁曰:"此先生真实语也,不须疑。"启其箧,如数。夜将半,先生倦,且恐,盗魁曰:"先生倦乎?吾为先生起舞。"解长服,甲铠绣鲜,金光灿耀夺人目。拔双剑,起舞厅中,往来近先生鼻端。迹其状,如项庄鸿门意在沛公时也,良久乃止。先生待益恭,盗益重先生。自启户论文，始终敬礼先生，卒不敢犯如此。先生房委曲，四顾夜黑，持灯周书幌曰："此窗棂宜向某处上下，此楼宜对某方，所惜鸠工时少经营耳。"登楼，窥先生藏书，见《名臣奏议》、《忠臣谱》二集，曰："吾愿得此。"笔筒中旧置网巾二副，纳之袖中。字画多时贤为者，曰："乌用此玷辱书斋？"择其不佳者毁裂之。有美人一幅，乃名笔，曰："此不可多觏者。"罗君某，写有小楷扇一柄，藏笔床侧，曰："吾与此公有旧好，宜珍之。"亦携之去。将出门，邀先生送，先生强留曰："若辈皆少年豪侠，待至明日归，取四百金相遗何如？"盗魁曰："世从无其事，余何能待。"请姓名，不答，曰："后会有期。惜先生老，若少壮，当与之同往。"先生出走里许，见木舟二，泊溪口，尽登，摇橹而去，语作吴下音。嗟乎！盗而如是，可以常盗目之哉？吾恐盗虚声者，灭礼义，弃诗书，反不若是之深于文也，谓之曰名士之盗。

　　张山来曰：有盗如此，即开门揖之，似亦无不可者。虽然，天下岂少此辈哉！独恨蹈其实而讳其名，且所欲无餍，固不若此辈之直而且廉耳。

化　虎　记　　　　　　　　徐　芳仲光

　　年来予乡多虎，啮人甚众，及行脚历闽、楚、晋、豫皆然。或曰是帝所役，以襄戈镝所不及。或曰所在猛鬼厉魄激郁而化。是二者，疑皆有之，而无如危子允臧所述黄翁事尤异。

　　黄翁者，密溪人，去谯城十余里，生三子，俱壮矣。乙未春，使耕田山中，晨出西返，如是数日。一夕，邻子谓翁曰："田芜弗治，倘无意乎？"翁曰："儿曹日躬耒耜，奚芜也？"邻子曰："未也。"翁心怪。诘旦，三子出，翁密尾，侦其所往。则见入山林中，祛衣挂树，随变为虎，哮跃四出。翁大恐，奔归，窃告邻子，拒户匿处。迨夜，三子归，呼门良久，不应。邻子谕之曰："若翁不尔子矣。"问其故，以所见告。三子曰："有之。帝命所驱，不自由也。"因呜咽呼翁曰："罔极之恩，宁不思报！无如父名早在劫中，儿辈数日远出，正求其人可以代者。既尔逗露，不可复止。然某所衣领中有小册，幸为简付。不然，父固不利，儿皆坐是死矣。"翁因取烛觅衣领中,果得小册,皆是谯郡应伤虎者,而翁名在第二。翁曰:"奈何?"三子曰:"第开门,当自有策。"翁勉听,三子受册泣拜,因告翁曰:"此俱帝命。父当蒙厚衣数重,勿结带,加黄纸其上,匍伏虔祷,儿自有救父法。"翁如言,三子次第从后跃过,各衔一衣,虎吼而出,遂不复返。翁至今犹在。

自昔以人化虎,多有之矣,如封邵李微辈,即皆易皮换面而去,未有涠处人中若三子者。且帝既以伤人役之,而又列其父册中,尤极难处之事。而三子求代不得,又曲尽以全之,可谓形易而心不易者矣。天下固有五官四体,居然皆人,而君父当前,竟不相识者。岂既已虎矣,而犹有恩之不可负哉?虽然,三子既虎矣,奈何列翁名册中,岂司此者偶忘之乎?又岂年来气数之变,虽负恩之大,至于戕贼其父,帝亦恣其所为而不甚问也耶?则非予之所敢知也。

张山来曰:三子求可以代父者,其计甚拙。设代者当死于虎,则仅足蔽其本辜,未可以代其父罪;设彼不当死于虎,而三子枉法以杀之,则是父罪未免,而已先罹于法矣,将若之何!

义 犬 记   徐　芳仲光

丙申秋,有太原客南贾还,策一卫,囊金可五六百。偶过中牟县境,憩道左,有少年人,以梃荷犬至,亦偕憩。犬向客咿哑,若望救者。客买放之,少年窥客装重,潜蹑至僻处,以梃搏杀之,曳至小桥水中,盖以沙苇,负囊去。犬见客死,阴尾少年至其家,识之,却诣县中。适县令升座,衙班甚肃,犬直前据地叫号,若哭若诉,驱之不去。令曰:"尔何冤?吾遣吏随尔。"犬导隶出,至客死所,向水而吠。隶掀苇得尸,还报,顾无从得贼,犬亦复至,号掷如故。令曰:"若能知贼乎?我且遣隶随尔。"犬又出,令又遣数隶尾去,行二十余里,至一僻村人家。犬竟入,逢一少年,跳而啮其臂,衣碎血濡,隶因继之到县,具供杀客状。问其金,尚在,就家取之,因于囊中得小籍,知其邑里姓字。令乃抵少年辟,而籍其囊归库。犬复至令前吠不已,令因思曰:"客死,其家固在,此囊金安属?犬吠,将无是乎?"乃复遣隶直往太原,此犬亦随去。既至，其家方知客死，又知囊金无恙，大感恸。客有子，束装偕隶至，贼已瘐死狱中。令乃取囊验而付之，其犬仍尾其子至，扶榇偕返，还往数千里，旅食肆宿，与人无异。

论曰：夫人赴幾在智，观变在忍。祸起仓卒，张皇震慑而不知所出，智不足也；不忍忿忿之心，蹈义赴难，而规画疏略，志虽诚而谋卒无济，忍不足也。故曰成事难。使犬当少年戕客之时，奋其齿牙以与贼角，糜身巨梃而不之避，烈矣，然于客无补。衔哀茹痛，疾走控吁，而于贼之窟宅未能晓识，纵令当事怜而听我，荒畦漫野，于何索之？冤虽达，贼不可得也。惟明有报贼之心，而不骤起以骇之，知县之可诉，而姑忍以候，逡巡追蹑以识其处，贼已在吾目中，而后走诉之，已落吾彀中，而后奋怒于一啮，而雠可得，金可还，太原之问可通，而客之榇可以归矣。其经营细稳，不必痛之遽伸，而务其忠之克济，是荆轲、聂政之所不能全，子房、豫让诸人所不得遂，而竟遂之者也。岂独狺讼公庭，旅走数千里外之奇且壮哉！夫人孰不怀忠，而遇变则渝；孰不负才，而应猝则乱。智取其深，勇取其沉，以此临天下事，何弗办焉！予既悲客，又甚羡客之有是犬也，而胜人也。

张山来曰：义犬事不一而足，特录此篇者，以其事为尤奇也。

又曰：犬固义矣，而此令亦有良心。设墨吏当之，此金尚能归客之子乎？

奇女子传　　　　　　徐　芳仲光

奇女子者，丰城杨氏女，归李氏子为妇。谭兵围南昌，游骑四出，掠丁男实军，妇为小校王某所得。校，山东人，故有妻，妇曲意事之，甚见昵，已生一子矣。亡何，校家渐落，从军去。妇诡语妻曰："生事萧条，恨不身生羽翼。"妻曰："何也？"妇曰："妾故夫本大家，先世遗赀良厚，当播越时，曾以金珠数斛潜瘗密室。今夫死妾掳，栋宇皆烬，此中重宝，瓦石同没。使得徙而之此，妾与夫人，何患不富乎？"妻艳之曰："果尔，盍遣人发之？"妇曰："此妾手营，无人识也。"嗟惜而罢。他日，妻又问，妇曰："妾固筹之，欲得此金，非妾行不可。妾妇人，安能远出？必易服，往还且数月，而此呱呱，何堪久掷?"妻大喜曰："第行耳。若子吾自抚之。"妇故缱绻不肯，妻愿愈力，乃择日释笄薙辫，靴裤腰弓刀，从两健儿，跃马而南，渡章江，去家数十里，止逆旅。以醇酒饮两健儿皆醉，夜潜起骈鬐之，驰骑至里，以马策挝家门大叫。夫从牖罅眮视，见是少年将军，不敢出。里老数辈，稍前谒问，妇曰："别有勾当，不关公等。"门启，妇歇马中堂，踞坐索故夫，呼叱甚厉。里中疑有他故，恐相累，共促夫出。夫伛偻前谒，伏地不敢起。妇曰："颇识吾否?"夫对曰："万死不能识将军。"妇曰："试认之。"夫谢不敢。侧目微睇，惘然失措。妇叹曰："真不识矣。"于是推几前抱夫起，痛哭曰："妾非他，妾，君被掠杨氏妇也。"具述其易装巧脱状，一时喧动里中，亲识更阗门，贺李氏子再得妇。事闻邑令，为给牒奖许。绅士之贤者，多妇义略，相率为诗歌美之，皆曰奇女子、奇女子云。此甲午年事。

　　论曰：《易》有之，妇人之义，从一而终。邮亭之妇，以引腕小嫌，举刀自断其臂，其肯隐忍驱掠，为厮养生子乎？女行如此，节不足称矣。然人之情，于近则昵之，所远则益疏而掷之。妇巾帼婉弱，异地飘堕，以数千里雨绝星分，势无回合，乃能谲谋幻出，弭耳桊槛之中，飏翮绦笼之外，弄愚妇如转丸，剪凶雏若折朽，其深智沉勇，有壮男子不办者矣。彼台柳之假手虞候，乐昌之乞怜半镜，奄奄气色，视此孰多乎？女子如此，不谓之奇不可也。往盱郡之变，里中有长年，为卒絷驾一舟，舟所载掠得妇十数人，膏首袨服，笑语吃吃，无有几微惨悴见颜面者。长年退而叹息。而某村少妇归一弁，夫闻，百计营入，以重金求赎。妇见夫，瞠目曰："此非吾夫。"夫骇走，几于不免。盖情迁腹变，其甚者又如此矣。且天下之得新捐故，雠其夫不肯一顾者岂少乎？抑如柳先生所传河间妇者，自昔已如是耶？或曰：女子不忘夫，是矣。而舍其子，无乃忍乎？东海生曰：此所以奇也，非是子无以信其妻，而故夫不可见矣。厮养之子，奚子也，世之不能为女子者，皆其不能舍者也。女子之以金珠艳其妻，想奇；巾帼而介胄，胆奇；夜醉鬐两健儿，手奇；抵家不遽识夫，踞而骇之，而后哭之，始终结撰，亦无不奇。然尤更奇于舍其子，夫惟其能舍，斯所以能取也欤！

　　张山来曰：拙庵之论备矣，尤妙在小校从军去后，始露其谋。设非然者，则小校必偕之而行矣。

曲全节义疏　　　　　　阿毕阮

　　巡视南城监察御史阿□□、毕□□、阮尔询等，题为曲全节义，以敦风化事。该臣等看得王知礼，即正法牵连叛犯李范同之子李殿机也。其母张氏，给配象房校尉王伏。殿机年甫三岁，随母抚养，因入后父王姓，后充校尉，以私回原籍，曾经銮仪卫革退。于廿三年，将身卖与镶红旗佛尔海佐领下厄尔库家。据幼聘王氏供称，年三十四岁，伊叔伊兄逼嫁，决志不从，探得伊夫尚存，不忍即死。守妇人从一之义，匍匐千余里外，以图完聚。是女子真有丈夫行也。据厄尔库之供，我虽一穷巴牙拉，无人供役，价买李殿机，因只身不便使唤，复买婢萧氏，配为夫妇。今重王氏节义，不取伊仆身价，情愿断出，不忍拆李殿机已配之妇，并许与萧氏同归。前后二婚，悉候发落。轻财好义，此巴牙拉真有义士风也！据范一魁虽供，年六十二岁，但以异姓人，携一女子远行，迹涉嫌疑，事干非分，因唤稳婆更番验过，已得真实。据女子之供，是范一魁怜王氏立志寻夫，不顾是非成败，护持完节，似亦人情所难得者。此皆我皇上至德深仁，恩濡化洽，人心风俗，直接唐虞。是以女子怀贞，匹夫向义，共成一段奇缘。播之海内，传之千万世，见贞节之风，超出于寻常事外者。臣等查在官人与旗人原有定例，何敢于例外妄奏。但王氏贞心守节，冒死寻夫，若竟不准其完聚，王氏无从着落，情似可悯。虽据厄尔库之供，情愿断出听其完聚，然又非现行之例。臣等再四踌躇，因事关风化，仰体我皇上尧舜，不忍一夫一妇不得其所至意，故备述其情事本末，合词上闻，格外之仁，均候圣断，非臣等所敢置喙也。伏乞敕部议覆施行。

　　张山来曰：此事已经部覆，如其所请矣。王氏守志寻夫，固为难得；而巴牙拉厄君听其与萧氏同归，不索身价，尤属义举，予故亟表而出之。

　　按唐诗中有闺秀三人联句，前列名处，合称光威裒。今此疏三君联名，因仿其例称阿毕阮云。

卷 八

江 石 芸 传　　　　　　　吴良枢璿在

江石芸,吴山桃花厓女子也。幼习经史,穷元会运世之数。及长,好兵法,铸剑诛妖,摄人万里外。一日,过小孤山,遇白衣道士,授以书,尽通其义,人读之,莫能晓也。以时无知者,遂隐于吴山种桃花,无根,花四时常开,名其地曰桃花厓。厓下月,当日午而明。或曰:此龙宫女子也。有宝珠,其光夺日入月,因聚群盗劫之,其珠不可见。石芸曰:"珠固在,若乌能得也。舍若珠,劫我珠,若将失其珠,乌能得我珠。唯自宝其珠以无失其珠可耳。"厓之中,有黄夫人者,与之善。黄夫人家有虎,名白公,出入常骑之,能陟山渡水。石芸家有白牛头,卧桃花下,鼻无绳,常出入自如,人以为黄夫人虎,不敢近。久之,石芸与夫人亦不知也。于时构茅屋厓下,读《易》终日,不为人所知。所著有《悟真注》,有为之序者曰:不知何许人也。予尝见石芸,观其所著书,其女子邪? 其非女子邪? 天乎! 其不知我也,宜其不知何许人也。

> 张山来曰:补天立极,应归女娲氏。其光夺日入月,则丹成矣。驱烟染墨,设想着语,皆不在人间,宜世人之不知也。

> 又曰:洪子去芜,授我《强意堂稿》,美不胜收,仅登其一,余者自当借光梓入《阐幽集》中,以成大观也。

耕 云 子 传　　　　　　　洪嘉植去芜

耕云子,秦人也,隐于楚江之西。尝有人见其登匡庐顶,携一竹杖,衣葛蘲衣,不冠,冬夏不易。见月出,则抚掌大叫啸,麋鹿不辟,从之行,见之者皆谓神仙人也。身长七尺,长髯而修下,双瞳子炯炯如流电光。人问其姓字,不答。性嗜酒,有饷则大笑尽饮,去亦不谢,卒有人终饷之不懈。人疾病过其前者,则止之语其故,治以药草,遂愈。酬以钱,不受,曰:"吾非医者,恶用此?"其行事多如此类。然其不能与人以可见者,人遂不能知也。尝入市,众哗之,谓其异人,趋而前,则不为礼,各相视无语,则又两手爬搔,眼顾五老峰云起,移时去。或曰:"耕云子非秦人也。"耕云子曰:"秦无人也。"或曰:"耕云子,有道人也。龙蛇其身者也,人莫知其所自来,其隐君子邪?"洪子曰:古无神仙,无异人,天下有道,将安其身于烟霞泉石之中乎?夫何皇皇如也?欲与天下之士日相见哉?顾天有不可逆者,而终蹶然长往矣。凤集于棘,鸱雀调之,神龙潜乎深渊,终能雨此九土也。

　　张山来曰:古无神仙,非无神仙也,耕田凿井,含哺鼓腹,夫人而神仙也。古无异人,何以异于人哉?尧舜与人同耳。然则神仙异人之有,其于中古乎?读此可以知世变矣。

吴孝子传　　　　　魏　禧冰叔

　　孝子姓吴,名绍宗,字二璧,建昌新城县人。世居梅溪里,性聪敏,幼善属文。万历丙午,督学骆公日升拔置诸生第一,时年二十。屡试辄高等。孝子父道隆,善病,久之,痹不能起,前后血并下,医药十余年无效者。戊午正月,病甚,孝子惶恐无所出,乃斋戒沐浴,焚香告天地,刺肘上血书疏,将谒太华山,自投舍身崖下代父死。太华山者,抚州崇仁县之名山也,距新城三百里,相传神最灵异。诸来谒者,有罪辄被祸不得上,甚则有灵官击杀之,同行人闻鞭声铮然,或忽狂病,自道生平隐恶事。而神殿左有悬崖陡绝,曰舍身崖,人情极不欲有生者,则掷身投之,头足尽破折死。

　　孝子既告天作疏,明晨独身行。二日,至山上,宿道士管逊吾寮。同寮宿者,南昌乡先生二人,同郡邑诸生三人。十八日,孝子升殿,默祷焚疏既,同寮人相邀游著棋峰,路经舍身崖。孝子于是越次前行,至崖所欻然投身下,同行人惊绝,不知所为,一时传骇,聚观者千人。道士使人买棺往就殡,自山顶至崖下,路迂折四十里,而殿上道士急奔崖所,呼众人曰:"谁言吴秀才投崖死也? 今方在神座下叩头,方巾道服如故。"众群走殿上视之,果然。方孝子之自投崖也,立空中不坠,开目视,足下有白云起,又遥望见石门,门上一大"孝"字,俄而见三神人命之曰:"孝子,吾左侧石有仙篆九十二画,汝谨记之。归书纸食汝父,不独却疾,且延年矣。"更授催生治痢疟驱瘟咒并诸篆。孝子叩头谢毕,身已在殿上。孝子乃言:"吾如梦中也。"

孝子既定,疾走归,一日有半而至家。至则父垂绝,不能言。孝子急书九十二画篆焚服之,室中人皆闻香气。甫入口,父即言曰:"是何药耶?"明日,起坐啜粥,旬日疾大愈。孝子徒步反复六百里,不饮食者五日,而父乃益康强善饭,以诗酒自娱,年九十二,耳目清明,无疾终焉。由是孝子名闻远近。邑大冢宰涂公国鼎与为同道友,进士黄端伯、过周谋,举人黄名卿、涂伯昌,贡士璩光孚,皆拜为弟子。孝子当国变时,避乱泰宁,以病卒诸生廖愈达家。愈达,予所传三烈妇夫也。愈达来新城,主孝子子吴长袚,予故并得交。一日而见孝子之子、烈妇之夫,为荣幸焉。愈达言:"孝子生平好名义,轻财,往往出钱物为人解讼斗。既感神应,益自修。人病苦者,恒用符篆救之,以施药为名。"

魏禧论曰:闻孝子常诣太华山,登座附神耳语,为人祈祷,颇不经,然邑君子往往道其事甚悉。梅溪东出四十里,为南丰县,县贡士赵希乾者,与禧交,母尝病甚,割心以食母。既剖胸,心不可得,则叩肠而截之,母子俱无恙。其后胸肉合,肠不得入,粪秽从胸间出,而谷道遂闭,饮食男女如平人。假谓非有神助,其谁然哉,其谁然哉!

张山来曰:古有以祝由治病者,今九十二画篆以及痢疟诸篆,殆即其道耶? 然吾以为必孝子行之,乃能有验。若人人可行,斯又理之所难信者矣。

李　一　足　传　　　　王猷定于一

李一足,名夔,未详其家世。有母及姊与弟。貌甚癯,方瞳微髭。生平不近妇人,好读书,尤精于《易》,旁及星历医卜之术。出尝驾牛车，车中置一柜，藏所著诸书，逍遥山水间，所至人争异之。天启丁卯，至大梁，与鄢陵韩叔夜智度交。自言其父为诸生，贫甚，称贷于里豪，及期无以偿，致被殴死。时一足尚幼，其母衔冤十余年，姊适人，一足亦婚。母召其兄弟告之，一足长号，以头抢柱大呼，母急掩其口，不顾，奋身而出，断一梃为二，与弟各持，伺仇于市。不得，往其家，又不得，走郭外得之。兄弟奋击碎其首，仇眇一目，抉其一，祭父墓前。归告其母，母曰："仇报，祸将及。"乃命弟奉母他徙，遂别去。时姊夫为令于兖，往从之。会姊夫出，姊见之，惊曰："闻汝击仇，仇复活，今遍迹汝，其远避之！"为治装，赠以马。一足益恚恨，乃镌其梃曰："没棱难砍仇人头。"遂单骑走青齐海上。见渔舟数百泊市米，一足求载以济，遂舍骑登舟。渡海，至一岛，名高家沟。其地延袤数十里，五谷鲜少，居民数百户，皆蛋籍。风土淳朴，喜文字，无从得师。见一足至，各率其子弟往学焉。其地不立塾，晨令童子持一钱诣师，师书一字于掌以教之，则童子揖而退，明日复来。居数年，积钱盈室，辞去，附舟还青州，走狭邪。不数日，钱尽散，终不及私。由辽西过三关，越晋，历甘凉，登华岳，入于楚，抵黔桂，复历闽海吴越间，各为诗文纪游，二十载，乃反其家。仇死，所坐皆赦，母亦没，登其墓大哭，数日不休。自以足迹遍天下，恨未入蜀。会鄢陵刘观文除夔守，招之同下三峡，游白帝、绵梓诸山，著《依刘集》一卷。其弟自母丧，不知所在。一日，欲寄弟以书，属韩氏兄弟投汴之通衢，韩如其言。俄一客衣白袷，幅巾草屦，貌与一足相似，近前揖曰："我张太羹也，兄书已得达。"言讫不见。辛巳，李自成陷中州诸郡，韩氏兄弟避乱至泗上，见一足于途，短褐敝屣，须眉皆白，同至玻璃泉，谈笑竟日。数言天下事不可为，问所之，曰："往劳山访徐元直。"韩笑之，一足正色曰："此山一洞，风雨时披发鼓琴，人时见之，此三国时徐庶也。"约诘朝复来，竟不果。甲申后，闻一足化去。先一日，遍辞戚友，告以远行。是日，鼻垂玉箸尺许，端坐而逝。袖中有《周易全书》一部。后数月，济人有在京师者，见之正阳门外。又有见于赵州桥下，持梃观水，伫立若有思者。韩子智度，不妄言人也，述其事如此。

张山来曰：观一足行事，亦孝子，亦侠客，亦文人，亦隐者，亦术士,亦仙人,吾不得而名之矣。

孝　贼　传
王猷定于一

贼不详其姓名,相传为如皋人。贫不能养母,遂作贼。久之,为捕者所获,数受笞有司。贼号曰:"小人有母无食,以至此也。"人且恨且怜之。一日,母死。先三日,廉知邻寺一棺寄庑下,是日,召党具酒食,邀寺中老阇黎痛饮,伺其醉,舁棺中野,负其母尸葬焉。比反,阇黎尚酣卧也。贼大叫叩头乞免,阇黎惊,不知所谓。起视庑下物,亡矣。亡何,强释之,厥后不复作贼。

张山来曰:有孝子如此,而听其贫,至于作贼,是谁之过欤?

王　翠翘　传
余　怀澹心

余读《吴越春秋》,观西施沼吴,而又从范蠡以归于湖,窃谓妇人受人之托,以艳色亡人之国,而不以死殉之,虽不负心,亦负恩矣。若王翠翘之于徐海,则公私兼尽,亦异于西施者哉!嗟乎!翠翘故娼家,辱人贱行,而所为耿耿若此,须眉男子,愧之多矣。余故悲其志,缀次其行事,以为之传。传曰:

王翠翘,临淄人。幼鬻于倡,冒姓马,假母呼为翘儿。美姿首,性聪慧,携来江南,教之《吴歈》歌,则善《吴歈》歌,教之弹胡琵琶,则善弹胡琵琶。吹箫度曲,音吐清越,执板扬声,往往倾其座客。平康里中,翘儿名藉甚。然翘儿雅淡,顾沾沾自喜,颇不工涂抹倚门术。遇大腹贾及伧父之多金者,则目笑之,不予一盼睐温语。以是假母日忿而笞骂。会有少年私翘儿金者,以计脱假母,而自徙居嘉兴,更名王翠翘云。

当是时,歙人罗龙文,饶于财,侠游结宾客,与翠翘交欢最久,兼昵小妓绿珠。而越人徐海者,狡佻,贫无赖,方为博徒所窘,独身跳翠翘家,伏匿不敢昼见人。龙文以其壮士,倾身结友,接臂痛饮,推所昵绿珠与之荐寝,海亦不辞。酒酣耳热,攘袂持杯,附龙文耳语曰:"此一片土非吾辈得意场，丈夫安能郁郁久居人下乎？公宜努力，吾亦从此逝矣。他日苟富贵，毋相忘。"因慷慨悲歌，居数日别去。

徐海者，杭之虎跑寺僧，所谓明山和尚者是也。居无何，海入倭，为舶主，拥雄兵海上，数侵江南。嘉靖三十五年，围巡抚阮鹗于桐乡，翠翘、绿珠皆被掳。海一见惊喜，命翠翘弹胡琵琶以佐酒，日益宠幸，号为夫人，斥诸姬罗拜。翠翘既已骄爱无比，凡军机密画，惟翠翘与闻。乃翠翘阳为亲昵，阴实幸其覆败，冀归国，以老泪渍渍常承睫洗面也。会总督胡宗宪开府浙江，善用兵，多计策，欲招致徐海自戕麻叶、陈东，而离散王直之党。乃遣华老人赍檄招降，海怒，缚华老人，将斩之。翠翘语海曰："今日之事，生杀在君，降不降何与来使？"海乃释其缚，畀金而遣之。老人归，告宗宪曰："贼气方锐，未可图也。然臣睨海所幸王夫人者，左右视，有外心，或可藉以奸贼耳。"而罗龙文者，微闻是语，自喜与翠翘旧好，乃因幕府上客山阴徐渭以见于宗宪。宗宪以乡曲故，降阶迎揖曰："生亦有意功名富贵乎？吾今用君矣。"与语大说，遂受指诣海营。摄旧日任侠衣冠，投刺谒海。

海亟延入，坐上座，置酒握龙文手曰："足下远涉江湖，为胡公作说客耶？"龙文笑曰："非为胡公作说客，乃为故人作忠臣耳。王直已遣子纳款，故人不乘此时解甲释兵，他日必且为虏。"海愕然曰："姑置之，且与故人饮酒。"锦绣音乐，备极豪侈，偭然自以为大丈夫得志于时之所为也。酒半，出王夫人及绿珠者见龙文，龙文改容礼之，极宴语不及私。翠翘素习龙文豪侠，则劝海遣人同诣督府输款，解桐乡围。宗宪喜，从龙文计，益市金珠宝玉，阴赂翠翘，翠翘益心动，日夜说海降矣。海信之，于是定计，缚麻叶，缚陈东，约降于宗宪。

至桐乡城，甲胄而入。是时赵文华、阮鹗，与宗宪列坐堂皇。海叩首谢罪，又谢宗宪。宗宪下堂摩其顶曰："朝廷今赦汝，汝勿复反！"厚劳而出。海既出，见官兵大集，颇自疑，宗宪犹怜海，不欲杀降，而文华迫之。宗宪乃下令，命总兵俞大猷整师而进。会大风，纵火，诸军鼓噪乘之，贼大溃，歼焉。海仓皇投水，引出，斩其首，而生致翠翘于军门。

宗宪大飨参佐，命翠翘歌《吴歈》歌，遍行酒。诸参佐或膝席，或起舞捧觞，为宗宪寿。宗宪被酒大醉，眘乱，亦横槊障袖，与翘儿戏。席乱，罢酒。次日，宗宪颇愧悔醉时事，而以翠翘赐所调永顺酋长。

翠翘既随永顺酋长，去之钱唐江中，恒悒悒捶床叹曰："明山遇我厚，我以国事诱杀之。毙一酋又属一酋，吾何面目生乎？"向江潮长号，大恸投水死。

外史氏曰：嗟乎！翠翘以一死报徐海，其志亦可哀也。罗龙文者，世称小华道人，善制烟墨者也。始以游说阴赂翠翘，诱致徐海休兵，可谓智士。然其后依附权势，与严世蕃同斩西市，则视翠翘之死，犹鸿毛之于泰山也。人当自重其死，彼倡且知之，况士大夫乎？乃倡且知之，而士大夫反不知者，何也？悲夫！

　　张山来曰：胡公之于翠翘，不以赐小华，而以赐酋长，诚何心乎？观翠翘生致之后，不能即死，居然行酒于诸参佐前，则其意有所属，从可知已。其投江潮以死，当非报明山也。

戴　文　进　传　画苑三高士传之一　　　　　毛先舒稚黄

明画手以戴进为第一。进字文进，钱唐人也。宣宗喜绘事，御制天纵，一时待诏有谢廷循、倪端、石锐、李在，皆有名。进入京，众工妒之。一日，在仁智殿呈画，进进《秋江独钓图》，画人红袍垂钓水次。画惟红不易著，进独得古法入妙。宣宗阅之，廷循从旁跪曰："进画极佳，但赤是朝廷品服，奈何著此钓鱼？"宣宗额之，遂麾去余幅不视。故进住京师，颇穷乏。先是，进锻工也。为人物花鸟，肖状精奇，直倍常工，进亦自得，以为人且宝贵传之。一日于市，见镕金者，观之，即进所造，怃然自失。归语人曰："吾瘁吾心力为此，岂徒得糈，意将托此不朽吾名耳！今人烁吾所造亡所爱，此技不足为也。将安托吾指而后可？"人曰："子巧托诸金，金饰能为俗习玩爱，及儿妇人御耳。彼惟煌煌是耽，安知工苦，能徙智于缣素，斯必传矣。"进喜，遂学画，名高一时。然进数奇，虽得待诏，亦辄轲亡大遇。其画疏而能密，着笔淡远，其画人尤佳，其真亦罕遇云。予钦进锻工耳，而命意不朽，卒成其名。

赞曰：立志探悬，鬼神所赞。孰是殚精，而屑近玩。戴君操捶，锻金为生。感慨徙业，卒成高名。盖人极而天呈矣夫。

张山来曰：明画史又有仇十洲者，其初为漆工，兼为人彩绘栋宇，后徙而业画，工人物楼阁，予独嫌其略带匠气，顾不若戴文进为佳耳。且戴兼工山水，则尤不可及也。

髯 樵 传　　　　　顾 彩天石

明季吴县洞庭山，乡有樵子者，貌髯而伟，姓名不著。绝有力，每暮夜樵采，独行山中，不避蛇虎。所得薪，人负百斤而止，髯独负二百四十斤，然鬻于人，止取百斤价。人或讶问之，髯曰："薪取之山，人各自食其力耳。彼非不欲多负，力不赡也。吾力倍蓰而食不兼人，故贱其值。且值贱，则吾薪易售，不庸有利乎？"由是人颇异之，加刮目焉。髯目不知书，然好听人谈古今事，常激于义，出言辨是非，儒者无以难。尝荷薪至演剧所，观《精忠传》所谓秦桧者出，髯怒，飞跃上台，摔桧殴流血几毙。众咸惊救，髯曰："若为丞相，奸似此，不殴杀何待！"众曰："此戏也，非真桧。"髯曰："吾亦知戏，故殴。若真，膏吾斧矣。"其性刚疾恶类如此。

髯有兄进香茅山，堕崖折胸死。或传其暮夜饮酒不诚，被王灵官鞭杀者。髯怒，走一日夜，诣茅山，饮大醉，数王灵官曰："汝有罪三：人敬祖师，来进香，固有善心，饮酒小过，无死状，汝辄杀之，不仁，罪一；祖师以慈庇下土，量甚宏大，汝居位下，行残忍，不遵祖师意，不恭，罪二；吾兄，小人也，酬香而来，小被酒，汝辄杀之，吾来不酬香，昨实大饮，今日詈汝，汝反不能杀，无勇，罪三。汝宜毁撤，曷为横鞭瞋目，坐踞于此！"欲夺鞭碎像，众譬遣之，乃止。负兄骨归葬焉。

洞庭有孤子陈学奇，聘邹氏女为室，婚有期矣。女兄忽夺妹志，献苏宦某为妾。学奇泣诉于官，官畏宦势，无如何也。学奇讼女兄，宦并庇兄不得伸，学奇窘甚。一日，值髯于途，告之故，且曰："若素义激，能为我筹此乎？"髯许诺："然需时日以待之，毋迫我也。"学奇感泣。髯去，鬻身为显者舆仆，显者以其多力而勤，甚信爱之，得出入内阒。邹女果为其第三妾，髯得间，以陈情告，女泣如雨，诉失身状，愿公为昆仑。髯曰："毋迫。"一日，显者夫人率群媵游天平山，显者不能禁。髯嘿贺曰："计行矣。"于是密具舟河干，众妾登舆，髯异第三舆，乃邹氏也。出门，绐其副，迂道疾行，至河干，谓女曰："登舟。"舟遂开，帆疾如驶。群仆骇变，号呼来追。髯拳三人仆地，不能出声。徐去，则女舟已至陈门矣。学奇得室忻感，谓古押衙不是过也。髯谓学奇："亟宜鸣之官以得妻状。"官始不直显者，至是称快，询知义由于髯，赐帛酒花彩以荣之。显者惭，杜门若不闻者。自是义樵名益著，年五十余矣。

甲申，闯贼破京城，崇祯帝凶问至。或传于市中曰："李自成坐却龙廷矣。"髯不信，历问三四人，言如一口。髯大愤曰："吾生年七八岁时，即知皇帝姓朱，今李贼何为者耶？故君安往耶？何文武满朝，无一人出力救耶？吾年老，不能复为贼百姓也。"乃大呼天者三，投具区以死。死之日，义声振吴下云。

顾子曰：义哉，髯也！见义必为，矢志不屈，求之士人中，亦戛戛难之，况樵子乎？髯无姓名，吾师吴颂筠曾为立传，传未悉，予又询之朱子僧臣，所言如此，良不妄矣。彼附势利忘君亲者，观髯梗概，亦可以知所儆乎？

　　张山来曰：观剧忿怒杀人，所闻者非止一事。此樵奇处在后数段，劫邹女尤见作用。至自投具区以死，真可谓得其所矣。

赵希乾传　　　　　　　　　甘　表中素

赵希乾，南丰东门人，幼丧父，以织布为业。年十七，母抱病月余，日夜祈祷身代，不少愈。往问吉凶于日者，日者推测素验，言母命无生理。又往卜于市，占者复言不吉。希乾踟蹰不去，曰："何以救母病？"占者恶其烦数，曰："汝母病必不治。若欲求愈，无乃割心救之耶？"希乾归，侍母左右，见病益危笃。时日光斜射床席，形影孑立，寂寂旁无一人。希乾忽起去，笥中得剃发小刀，立于窗外剖胸，深寸许，以手入取其心，不可得。忽风声震飒，门户胥动，以为有人至。四顾周章,急取得肠,抽出,割数寸,盖人惊则心上忡,肠盘旋满胸腹云。希乾置肠于釜上,昏仆就室而卧。顷刻,母姑来视病,见釜上物,以为希乾股肉也,烹而进之母。再视希乾,则血淋漓心腹间,不能出声,始知希乾为割心矣。城邑喧然传其事,闻于令,令亲往视之,命内外医调治母子病。不数日,母病愈。旬日,希乾亦渐次进饮食,胸前肠出不得纳。每日子午间,粪滴沥下。月余后,希乾起无恙,终身矢从胸上出。赵氏故宋裔,为南丰巨族,宗党以为奇孝,供赡其母子,而更教之读书。学使者侯峒曾闻其事,取充博士弟子员。崇祯壬午,以恩诏天下学,选一人贡于成均。学使者吴石渠,既考试毕,进诸生而告之曰:"百行以孝为先。赵希乾割心救母,不死,不可以寻常论。建武多才,校士衡文,希乾不应入选,今欲诸生让贡希乾,以示奖劝。"诸生咸顿首悦服,于是以希乾选补壬午恩贡。又三四年而有甲申、乙酉之变,希乾避乱山中,将母不遑,遂卖卜,奔走于四方,以养其母。又十余年,母寿八十余而卒。

予自幼时常见希乾过先君谈,饮食起居如常人。面黎黝,高准方耳,睛光满眸子,颀然而长,多浑朴之风。与之立久,胸间时闻秽气。予年十岁,先君请希乾入书室,命表肃揖再拜,求解衣开胸视之:两乳正中间,肠突出寸许,色鲜红如血,以丝带系竹筒悬于颈,乘其肠粪出,洗换竹筒,日必再三换,常时滴黄水不绝,盖已三十余年。自是希乾少家居。母死未十年,而希乾亦卒,年六十一。

甘表曰:朝廷不旌毁伤愚孝,尚矣。然希乾一念之诚,若有以通天地格鬼神也,岂不可嘉哉!汤公惕庵,最恶言希乾事。予则以为应出特典,一加旌赏。盖事不可法而可传,使知孝行所感,虽剖胸断肠而不死,岂非天之所以旌之耶?天旌之,谁能不旌之!然旌而不传,不若不旌而传也。安得龙门之书以施于后世哉!呜呼!古今忠孝之士,非愚不能成,而世之身没而名不传者,又何多也,悲夫!

张山来曰:予友王不庵,曾为予言孝子事。惜属口述,不获载之简编。今甘子中素以斯传见示,乃知事之度越寻常者,终不能泯其姓字也。

万夫雄打虎传

张　惣南村

泾川有万姓字夫雄者，少负膂力以拳勇称，初亦未尝事田猎也。一日，与夙所莫逆尔汝昆季范姓友，早行深山中，忽林莽出巨虎，搏范以去。范号曰："万夫雄救我，救我！"万亦茫然不知所措。遂撼大树拔之，怒持树往追。经里许，震天一呼，虎为逡巡退步者三，范得以脱。因梃击虎，中其项，虎负，狰狞欲迎斗，然项痛，竟不能举。万乘势一再击之，虎毙矣。母虎暨虎子相寻至，万度不能中止，且却且前，又奋鼓生平之勇，纵送格扑，而二虎复相继而毙于其手。

嗟乎！万夫雄，一乡野鄙人耳，素不识诗书为何物，亦不识交道为何事。而仓卒间不忍负异姓兄弟之意，卒毙三虎以救其友。其义岂不甚伟，万夫雄亦诚烈丈夫哉！余尝见世之聚首而处者，交同手足之亲，谊比金石之固，设有缓急，即蜂虿微毒，不致贻祸杀人。当其纷纷未定之时，虽夙昔周旋，密迩徒辈，靡不潜迹匿形，鸟飞云散，悄然而不一顾焉。其视万夫雄为何如也？或云：一人而毙三虎，颇似不经，殆属乌有子虚之谈。噫！诚有之矣。家九宣从泾川来，为余述其事最奇，亦曾亲见其人，短小精悍。与之语，意气慷慨，须眉状貌，殊磊砢不凡，飞扬跋扈，犹可想望其打虎时英风至今飒飒云。盖义愤所激，至勇生焉，即万亦不自知其何以至此也，从古忠孝节义，蹈水赴火，为人之所不能为，并为人之所不敢为，往往以蚩愚诚朴而得之，万夫雄有焉。

南村野史曰：余友苍略氏，闻其事而异之，太息曰：士亦视所托身为贵耳。得交万夫雄，其人虽陷入虎口，猛虎不能害也。甚矣，人固不可无义烈男子以为之友哉！

张山来曰：孔子论宁武子，谓其愚不可及。匪独愚忠愚孝，凡事之度越寻常者，大抵多近于愚耳。一结最妙。

又曰：今之义气满洲，类能生搏虎豹，使万夫雄而在，当必与干城之选矣。

卷 九

剑 侠 传 王士禛阮亭

新城令崔懋，以康熙戊辰往济南。至章丘西之新店，遇一妇人，可三十余，高髻如宫妆，髻上加毡笠，锦衣弓鞋，结束为急装，腰剑，骑黑卫，极神骏。妇人神采四射，其行甚驶。试问："何人?"停骑漫应曰："不知何许人。""将往何处?"又漫应曰："去处去。"顷刻东逝，疾若飞隼。崔云："惜赴郡匆匆，未暇蹑其踪迹，疑剑侠也。"

从侄鹓因述莱阳王生言：顺治初，其县役某，解官银数千两赴济南，以木夹函之。晚将宿逆旅，主人辞焉，且言镇西北里许，有尼庵，凡有行囊者，皆往投宿，因导之往。方入旅店时，门外有男子着红帩头，状貌甚狞。至尼庵，入门，有廨三间，东向，床榻甚设。北为观音大士殿，殿侧有小门，扃焉，叩门久之，有老妪出应。告以故，妪云："但宿西廨无妨。"久之，持朱封镝山门而入，役相戒勿寝，明灯烛，手弓刀以待曙。至三更，大风骤作，山门訇然而辟。方愕然相顾，倏闻呼门声甚厉，众急持械谋拒之，廨门已启。视之，即红帩头人也。徒手握束香掷地，众皆仆。比天晓始苏，银已亡矣。急往市询逆旅主人，主人曰："此人时游市上，无敢谁何者，唯投尼庵客辄无恙。今当往诉耳。然尼异人，须吾自往求之。"至，则妪出问故，曰："非为夜失官银事耶?"曰："然。"入白。顷之，尼出，妪挟蒲团敷坐。逆旅主人跪白前事，尼笑曰："此奴敢来此作狡狯，罪合死，吾当为一决!"顾妪入，率一黑卫出，取剑臂之，跨卫向南山径去。其行如飞，倏忽不见，市人集观者数百人。移时，尼徒步手人头，驱卫返，驴背负木夹函数千金，殊无所苦。入门，呼役曰："来，视汝木夹，官封如故乎?"验之良是。掷人头地上，曰："视此贼不错杀却否?"众聚观，果红帩头人也，罗拜谢去。比东归，再往访之，庵已空无人矣。尼高髻盛装，衣锦绮，行缠罗袜,年十八九,好女子也。市人云:尼三四年前挟妪俱来,不知何许人。常有恶少夜入其室,腰斩掷垣外,自是无敢犯者。

某中丞巡抚上江。一日,遣吏赍金数千赴京师,途宿古庙中,扃镝甚固。晨起,已失金所在,而门钥宛然,怪之,归以告中丞。中丞怒,亟责偿官,吏告曰:"偿固不敢辞,但事甚疑怪。请予假一月,往踪迹之,愿以妻子为质。"中丞许之。比至失金处,询访久之,无所见,将归矣。忽于市中遇瞽叟,胸悬一牌云:"善决大疑。"漫问之,叟忽曰:"君失金多少?"曰:"若干。"叟曰:"我稍知踪迹,可觅露车乘我,君第随往,冀可得也。"如其言。初行一日,有人烟村落;次日入深山行,不知几百里,无复村疃。至三日,逾亭午,抵一大市镇,叟曰:"至矣。君但入,当自得消息。"不得已,第从其言。比入市,则肩摩毂击,万瓦鳞次。忽一人来问曰:"君非此间人,奚至此?"告以故,与俱至市口。觅瞽叟,已失所在。乃与曲折行数街,抵一大宅,如王公之居。历阶及堂,寂无人,戒令少待。顷之,传呼令入,至后堂,堂中惟设一榻,有伟男子科跣坐其上。发长及骭,童子数人,执扇拂左右侍。拜跪讫,男子询来意,具对,男子颐指语童子曰:"可将来。"即有少年数辈,扛金至,封识宛然。曰:"宁欲得金乎?"吏叩头曰:"幸甚,不敢请也。"男子曰:"乍来此,且好安息。"即有人引至一院,扃门而去。馈之食,极丰腆。是夜,月明如昼,启后户视之,见粉壁上累累有物。审视之,皆人耳鼻也。大惊,然无隙可逸去,彷徨达晓。前人忽来传呼,复至后堂,男子科跣坐如初,谓曰:"金不可得矣,然当予子一纸书。"辄据案作书,掷之,挥出,前人复导至市口,惝恍疑梦中。急觅路归,见中丞,历述前事,叱其妄,出书呈之。中丞启缄,忽色变而入。移时传令吏归舍,释妻子,豁其赔偿,吏大喜过望。久之,乃知书中大略斥中丞贪纵,谓勿责吏偿金,否则某月日夫人夜三更睡觉,发截三寸,宁忘之乎?问之夫人,良然,始知其剑侠也。日照李洗马应廌云。

张山来曰:予尝遇中山狼,恨今世无剑侠,一往诉之,读此乃知尚有异人,第不识于我有缘否也。

皇 华 纪 闻　　　王士禎阮亭

天顺间，恩县人赵云，性至孝，母刘病笃，闻怀庆府济源庙神，有
灵药，诚求可得，云往求之。越二日，水中涌出一绢囊，内盛绛桃花
片，约二升许，持归煎汤奉母，疾果愈。其余愈疾又十余人。

白马营在恩县西十五里，夏秋之际，清晨辄现城郭人物，林木郁
葱，日出乃不见。茌平马令村亦有此异。盖山市海市之属，陆地亦
有之。

赖塔拉把土鲁，满洲人，素以勇称。尝从征浙闽，一日，浴于溪，
水底有物，槎丫如古木，因呼侪辈缚以绳，共引出之，则一龙首，须鬣
宛然，缚者乃其角。众皆惊走，赖神色不变，徐入水手解其缚。少顷，
雷雨晦冥，龙腾空而去，众皆无恙，人更称为缚龙把土鲁。把土鲁，勇也，
元时把土鲁必出上赐，本朝亦然。

张大悲，合肥人，居邑之香炉岩。好仙术，常画地为限，牛不能
出。恒作泥丸食之，坐卧处往往有云气。后不知所终。

朝城陈给事赞化，崇祯间为桐城令。偶有馈蛋者，其一有五色
光，令家鸡翼之。俄卵破，得一小白凤，不数日，寖大，时去时来。其
伏卵之鸡，重至三十斤，毛变五色，久之同翔去。

王文正，桐城人。七岁得道书，能役鬼神。后祷雨皖城，有道人
亦祷雨池口。池口云起，文正招云过皖，道人曰："皖有异人。"即棹片
席渡江访之，文正亦浮磨江中迎之，咨论竟日。临别，道人以三指附
文正背。有顷，背痛，则有三铜钉入骨。文正急用瓮自覆，围火炼之，
戒家人曰："七日勿启，可活。"至五日，家人不能待，试启之，钉已出三
寸许。文正叹曰："命也！"遂死。

何公冕，潜山人。少遇异人，授符箓二卷，能役鬼神。初置田于
乱墩山，硗确无水，公冕每取手巾沥水，町畦盈溢。会大旱，郡守遣役
檄呼之，公冕笑曰："吾非可檄者。但汝往来烈日良苦，吾书符汝掌
中，当得片云覆头，可固握之。"使至，如其言。守怒，固令开视，则疾
风雷电骤作，乃大惊，礼致之。常行路迷津，问芸者不答。公冕取柳

叶布田,尽化为鱼,芸者竞取之,至禾皆被践踏。及登岸视之,乃柳叶耳。

崇祯癸未,潜山县溪河中,结冰如钱形,上有古篆文四,人莫辨之。

南华寺六祖钵,非金非石,魏庄渠督学广东,遍毁佛寺,至曹溪,索钵掷地,碎之为二,每片各有一字,视之,乃"委鬼"也。庄渠异之,寺因得不毁。

崇祯中,有彭举人某,病中梦至一官府,其神冠冕坐堂皇,状如王者。闻胥吏传呼魏校一案,须臾有一官人,峨冠盛服而入。其神问何以毁曹溪钵,答言:"吾为孔子之徒。官督学校,在广东所毁淫祠几千百所,岂但一钵?"神云:"闻钵破中有'魏'字,如此神异,乌可以为异端而毁之?"答言:"魏是予姓,既数已前定,虽欲不毁,其可得耶?"神语塞,揖之而出。彭病痊,为人言如此。

林癸午,不知何许人。年十余,投阳江北贯中为人牧竖。每出牧,以箫管一枚自随。牛有逸者,取箫画地,牛不敢出。晚归,辄束箫高篁中,篁俯地受寄,若有神物伺之者。河畔一巨石,形如犬,癸午每坐啸其上。忽一日谓其徒曰:"吾当以来日上升。"明日往视,与石俱不见。事在万历初年。

崇祯丙子秋,广州城东二十里北亭洲田间,有雷出地,奋而成穴。耕者梁某投以石,空空有声。内一雄鸡其中,逾夜鸡鸣无恙。乃发之,有金人如翁仲者数枚,各重十五六斤。有二金像,冕而坐者,笄翟如后妃者,各重五六十斤。地皆金蚕珠贝,旁有镜一,光烛穴中;宝砚一,砚池中有玉鱼,能游泳。他异物不可指识者甚众。梁携归,光动四邻,邻人觉而争往,遂白之官。有司亲临发之,隧道如城,高五尺余,深三丈,中有碑,乃伪汉刘龑冢也。文曰:"维大有十五年,岁次壬寅,四月甲寅朔,廿四日丁丑,高祖天皇大帝崩于正寝。粤光天五年,五月癸未朔,十四日丙申,迁神于康陵,礼也。"文多阙不尽载。翰林学士知制诰正议大夫尚书右丞赐紫金鱼袋臣卢应初撰并书。按《五国故事》,龑天福壬寅岁四月,避暑甘泉宫,未几殂。《通鉴》及《十国春秋》皆作三月。据碑,当以《五国故事》为正。《十国春秋》又云:康陵在兴王府城东二十里之漫山，陵中以铁锢之，坚不可启。光天乃龚子玢年号。玢立仅二年，为其弟晟所弑，即改光天二年为应乾元年。按，光天无五年，《十国春秋》称殇帝光天元年八月，葬天皇大帝于康陵，与碑皆不合。又考伪汉诸臣列传，止有卢膺仕岩为工部侍郎，才藻俊茂，晟时拜中书侍郎，同平章事，无应初名，识之以俟博雅者考焉。

《澹归禅师集·六和尚小传》云：吴震崆侍御，小字六和尚。髫时读书灯下，水中盂内跃出一僧，长三寸许，绕案而行，且言。震崆惊问之，曰："吾能知人终身，亦知人前世。"震崆意稍定，曰："试言我终身。"曰："汝以某年登科，某年登第，初任某官，再三任某官。"曰："更言我前世。"曰："汝前世某山某僧，吾即汝同道之友，今相报耳。"曰："何以教我？"曰："当早回首，无忘来处。"因忽不见。明日，案上瓶花枯枝更开。一生功名，片语不爽。

韶人黄思德《纪事》云：韶城西南楼，有关帝庙。顺治丙申五月二十日未时，思德游芙蓉山归。从舟中见楼上毫光炫曜，关帝披金甲，蓝纱巾，立楼牖面北，少顷面转西，移时而没，两岸居人皆见之，且惊且拜。二十一、二十四、二十五、三十，凡四日，依时复现。次年丁酉七月初十、十二、十四日，依时复现。或黄盖，或二将随侍。见者不啻千万人。因镌碑勒像，以志灵异。此事余在京师，闻之袁密山景星通政。至曲江，乃得其月日之详如此。

张山来曰：《皇华纪闻》凡四卷，先生奉使南海时所笔记也。余窃僭取异事数条，盖欲与拙选相类云尔。倘读者欲观全豹，则自有原书在。

毛　女　传　　　陈　鼎定九

毛女者，河南嵩县诸生任士宏妻也，姓平氏，美而且淑。归士宏，阅三岁而无子，乃往祷少室。行二十里，度绝岭，方舍车而徒，以休舆夫。忽猛兽横逸，平氏惊坠深谷，士宏四顾，皆千仞壁，不可下，大恸而归。召沙门梵诵，誓不再娶。平氏既亡三年，里有张义，向竖任家，往樵山中,猝闻幽篁深箐间,婉婉呼张义者,义大骇。回顾见一毛女,通体垂黄毫,长六七寸许,因咋舌不敢语。毛女曰:"我任家大嫂也,汝不相识耶?"义惊曰:"大嫂固无恙乎? 何幸而得此?"曰:"我初坠,缘藤得无损。既而饥甚,见交柯女贞子甚繁,因取食,味殊涩,不可口。三日后,则甘香满颊。三月乃生毫,半载则身轻如叶,任腾踔上下矣。第山中乏水,惟此有泉,渴则来饮耳,不意得与汝相见。"义具道任生哀慕状,毛女曰:"我已超然轻举,与鸾鹤为伍,其乐何如,肯复向樊笼哉? 为我谢任生,早续姻盟,以丰后嗣,毋徒自苦也。"言已,一跃而往。义亟报任生,任生大喜,即偕义诣樵所取之。伏草中,俟三日,毛女果至。直前抱之。毛女曰:"谁耶?"曰:"夫也。"曰:"妾貌已寝,君不足念也。"曰:"我不嫌汝,何忘夙昔之好乎?"因泣下,毛女心动,乃允之,遂舆归。初饮食,腹微痛,逾时而定。半月,毛尽脱,依然佳丽也。自是情好益笃。生子女数人,历四十余年而死。

外史氏曰:神仙可为也。使平氏当饮水时,不呼张义,则凌踔碧虚之上,一死生而无极矣,何至埋身黄壤哉! 甚矣,情丝之难割也。

张山来曰:使我为任生,则随毛女入深山中,亦效其饵女贞实,共作仙家眷属,何乐如之! 计不出此,何也?

宝婺生传　　　　陆次云云士

宝婺生,忘其名。顺治初,我师破金华,宝婺生夫妇相散失,生卧积尸中得免死,妇行不知所向,为健儿所获。无何,健儿移师驻华亭,生觅耗于华亭,不可得。困乏无聊,坐叹于旅馆之侧。旅馆主人鉴其貌,怜而问之,生告以故。主人曰:"若识字乎?"曰:"识。""习会计乎"? 曰:"习。"主人曰:"盍留我馆中,勷若事而徐访尔妻,可乎?"生曰:"得如是,诚幸甚。"生入馆,悉代主人劳,主人逸甚,而业加盛,利倍入。主人有女,欲妻之而未发也。一日者,旭始旦,一人急遽趋而来。至馆饭,饭毕,酬值,急遽趋而去。生视其有所遗,启之,灿然白锭五十金也,以告主人,俟其返。日亭午,其人复急遽趋而来,汗渍衣，息喘喘，详视几地，茫然也。生问之，曰："觅遗金。"生曰："遗几何？"曰："金五十。"生曰："何用乎？"曰："持向营中往娶妇，失之矣，将奈何？"生曰："金固在，还之于子，无苦也。"即出金，其人受金拜谢去。越数日，失金者持二柬云："蒙子还金，事谐矣。某日当婚，此婚君所赐也，敬请主人与君饮卺酒。"生固辞。主人曰："吾勿暇，而不可却也。"生秉主人之命，至期往，往见失金者之家，乃亦一善族也。

日未晡，生闲步溪头，遥见一叶扁舟，半篙春水，中有翠袖云鬟之人，掩袖而坐。云载新妇至，生偶举目视妇，俨然故妻也。妇偶举目视生，俨然故夫也。于是生一恸而偃于碧草之上，妇一恸而伏于孤篷之中。舟及门，促妇起，不能起也。问其故，曰："适见一人如故夫，故伤悼欲绝耳。"问其人何若，妇言其仪表衣冠，宛然生也。娶妇者急觅生，见生悲卧不能起，问其故，不肯言。固问之，曰："适见一人。"语未毕，哽咽不能续。娶妇者憬然曰："我知之，是妇即君妇矣。君既得金，君之金矣。还金而赎妇，是天命我代君以完其偶也。君无悲，吾感君义，敢不以此为报乎？"生难之，娶妇者请其主人以为主。主人曰："还金者，义士也；还妇者，义不在还金下。娶妇而失妇，不可也。吾有女，当妻还妇者。所娶妇，当返还金者。"闻者咸以为善而两从之，更推主人之义，与二义士相鼎立。

陆子曰：余读愚山学士《兔丝女萝》之篇，见有商山人失妇，为健儿妻，健儿亦失妻，为商山人妇。征途相遇，各易以归者，叹其奇绝。而宝婺之遇更奇。乱离之际，镜破珠沉，不胜数矣。而健儿以不吝，使商山人认妇而得妻。彼还金者，亦犹是也。天乎？人乎？虽曰天意，而所以格天者，吾以为不在天也。

张山来曰：篇中有极难措语处，须看其不棘手之妙。

王　义　士　传　　　陈　鼎定九

王义士者，失其名，泰州如皋县隶也。虽隶，能以气节自重，任侠好义。甲申国亡后，同邑布衣许元博德溥，不肯剃发，刺臂誓死。有司以抗令弃之市，妻当徙。王适值解，高德溥之义，欲脱其妻而无术，乃终夜欷歔不成寐。其妻怪之，问曰："君何为彷徨如此耶?"王不答。妻又曰："君何为彷徨如此耶?"曰："非尔妇人所知也。"妻曰："子毋以我为妇人也而忽之，子第语我，我能为子筹之。"王语之故。妻曰："子高德溥义而欲脱其妻，此豪杰之举也。诚得一人代之可矣。"王曰："然。顾安得其人哉?"妻曰："吾当成子之义，愿代以行。"王曰："然乎? 戏耶?"妻曰："诚然耳，何戏之有。"王乃伏地顿首以谢。随以告德溥妻，使匿于母家，而王夫妇即就道。每经郡县驿舍就验时，俨然官役解罪妇也。历数千里，抵徙所，风霜艰苦，甘之不厌。于是皋人感之，敛金赎归，夫妇终老于家焉。

外史氏曰：今之吏胥，只知侮文弄法以求温饱，何尝知有忠义也! 王胥竟能脱义士之妻，而其妇尤能慨然成夫之志。噫! 盖亦千古而仅见者矣。

　张山来曰：婴、白犹赵氏客也，此妇竟远过之，乃逸其名氏，惜哉!

纪陆子容事　　　　王　晫丹麓

钱塘陆子容，名韬，一名自震。少负异姿，喜读书，经传史记，背诵如流。邑侯梁公试童子，以古文诗词拔取第一。廉其贫，解金赠之，子容尽以买书，昼夜读，得咯血疾。已又向友人借《二十一史》，力疾研寻，随有论撰。疾愈笃，遂死。其师张祖望哭以诗曰："荒园寂寞绿苔生，肠断当年陆士衡。春鸟不知人已去，棠梨树上两三声。"子容有内兄某者，素不习诗，读张诗而哀之，欲和不能，辗转床笫间。倦就寝，忽见子容相谓曰："君和张先生诗未得耶? 予已和成，为君诵之：谁向蓬门问死生，诸公枉道驾车衡。我游泉路无他乐，惟听萧萧松柏声。"某遽惊寤，寂无所见。时银缸半灭，惟有月映缥帏而已。诘旦，以诗示祖望，且告以故。祖望把其诗流涕曰："声情凄郁，何其诗之神似子容也?"传写人间，和者几数百人。予亦有诗云："一读遗编百感生，文章无价漫权衡。子期去后知音少，肠断高山流水声。"好事者辑而存之,近得卒业,因叹结习之不能忘如是哉！夫幽明异路,纵甚所亲爱,亦皆弃之如遗。而独于诗文之际,往往欲自见其长,有不能尽泯者,岂非心之所结,虽生死亦莫为之隔耶？吾知慧业文人,应生天上,子容终不乐以才鬼自鸣于时矣,因纪之。

张山来曰：语有之：宁为才鬼,犹胜顽仙。然才鬼附乩作诗文者,世多有之。今此则于梦中和韵,尤为奇也。

雌 雌 儿 传　　　陈 鼎 定九

雌雌儿者,不知何许人,亦未详其姓氏,自言崇祯时孝廉也。未几为道士,往来江阴、无锡间,与予里黄介子先生善。每过其家,必袖一刺,大书"年家眷弟雌雌儿顿首再拜"投入,相见必交拜,别去必顿首。衲衣外别无他物,惟腰佩竹筒三,大钱围,长五寸而已。后游云间,云间诸氏,素封家也,有空屋三百余楹,雌雌儿往僦之,如数与之值。既入,键其户,独坐堂上,取所佩竹筒,揭盖倾之,如芥子状者,跃于地不止。须臾,尽化椅桌帷帐器皿,无不具。既而复取一筒倾之,如芥子者复跃于地,须臾,谷粟饮食牛羊鸡犬无不具。又以一筒倾之,则僮仆婢妪妻妾男妇数百人皆集矣。供奔走者,除堂宇者,整器用者,顷刻如大富贵家。诸氏从门隙窥之,大惊,以为怪。于是雌雌儿乘车马,拥仆从,交游通国。居久之,诸氏以为妖,使人辞焉。雌雌儿尽以妻妾僮婢器用牛羊之类,纳诸筒内,飘然长往,不知所终。

外史氏曰：黄介子高足徐佩玉弟群玉,与松江倪永清为予言,雌雌儿,高士也,以幻术避世,而世卒不容,屡遭斥逐,终遁深山。呜呼！士生乱世,道亦穷矣。

张山来曰：昔阳羡诸生以眷属什器饮食纳口中,今雌雌儿以眷属什器饮食纳竹筒中,似逊阳羡书生一筹。然书生眷属有外夫,而雌雌儿则无之,是雌雌儿又胜于阳羡书生也。

再来诗谶记　　　沙张白定峰

　　弘治中,闽之侯官有老儒某,博学善文,屡举不第,性迂介,贫困日甚。生一子,不能读书,佣耕自给。年七十,郁郁死。死之夕,取生平著作,题诗其后,嘱其妻善藏之,遂卒。贫无以敛,门人某某四五人,醵金敛之。内某生者,家富,尤笃于谊,偕同学涕泣执丧,瘗之而后去,又时时周恤其孥。嘉靖改元,江南有某公者,十五发解,十六捷南宫,夙慧神敏,起家庶常。不五年,出典闽试,拔士公明,风檐操笔为程式之文,文不加点,八闽传诵焉。九月之望,值公诞辰,抚按监司,莫不具觞为寿。以翰苑之重,衔命典试,礼仪宾主,盛绝一时,都人士莫不歆艳,目为神仙中人。荐绅先达,亦相顾而愧弗如。盖不难其遇,难其少而遇也。抵暮醉甚,而晋接无间,避归使舟,闭舱酣寝,戒舟人尽却贺客。比酒醒,已夜半矣。月射纱窗,晶皎如昼,顾瞻岸崖,清兴忽发。遂潜易衣帻,呼一小竖自随,乘月信步,不觉数里。所见山川林壑,恍若旧游,意颇讶之。俄闻哭声甚哀,出自村舍,公闻之,凄然心动,寻声踪迹之。至一僻小聚落中,一家茅屋数椽,了无篱落。命小竖排闼入视,则有老妪,年且八旬,头鬓皓白,然一纸灯,设野蔬麦粥,祭其亡夫而哭之,词旨悲惋。公揖而问妪:"夫人何为者,过哀乃尔?"妪挥涕而谢,掇一破绳床命公坐。已乃泣告曰:"妾拟昼祭亡夫,而儿子远出,迟之至今,度弗返矣。不得已夜祭之,觅杯酒为奠不可得,用是感伤,顿违夜哭之戒,知不免为君子所讥耳。"公曰:"贤夫何人? 没来几载? 祭既无具,曷不姑俟质明乎?"妪曰:"妾夫侯官老儒,才丰命啬,没于弘治某年,今日乃忌辰也。未亡人伉俪情深,虽乏椒浆,不忍不祭,移忌就明,理不敢出。"公闻之愕然,盖其忌辰,即公之生辰。而以岁计之,适二十一。睹妪容貌憔悴,而吐词温雅,有儒家风,且惊且怜之。因问曰:"贤夫既是硕儒,必富著述,遗编存者,可得见乎?"妪闻而泫然首肯,若有所思。既而告公曰:"妾事先夫五十年,见其精勤嗜学,无间寒暑。瓶无粟,突无烟,淡如也。著述之富,充栋汗牛,制义文字,别为一编。六十以后,每取而读之,未尝不抚几太息，泣下数行。妾恐伤其意，每箧藏之，不使得见。将死前一月，忽燔烈焰，誓将焚之。既而展玩再四，徘徊不忍。嘱妾曰：'一世苦心，难付秦炬。当藏吾棺中，以为殉耳。'言已歔欷久之。易箦之夕，又向妾索观，题诗其后，而语妾曰：'好藏之，当有识者。'既而笑曰：'文义高深，非吾再来，安识其中神妙乎？吾生无愧怍，死而食报，易世而后，大兴吾宗，令天下寒儒吐气也。'言已，大笑而绝，迄今二十年。唯门生数辈，抄而读之，他未有过而问者也。"

公闻，急索观之，开卷第一艺，则发解首墨也。从初迄末，一字不殊，公益骇然。细加翻阅，则自应试游庠，决科会试，一切试卷墨裁，论表策判，以至廷试策、馆选论，皆在集中。闽闱五程，亦皆集中语也。最后有一诗，盖临终绝笔，其诗曰："拙守穷庐七十春，重来不复老儒身。烦君尽展生平志，还向遗编悟凤因。"公读之，恍然大悟，点首浩叹，仰视破屋颓垣，真同故居。因问姬曰："向有卧榻，今则安在？"姬以灯引公入，则朽簣敝衾，尘土垄满。姬拥破席，卧草荐中。公对之，叹息泣下。姬亦骇然，问："公君子，对贫居而饮泣，岂于先夫有师友渊源之雅乎？"公曰："非也。贤夫所谓再来人，即我是也。今日之会，岂繄非天？"姬曰："先夫之亡，妾柔肠寸断，因闻再来之语，私啮尸股，刺指血涂之，以图后验。君子岂有此征乎？"公解靴出股，齿痕宛然，作血殷色。于是姬大啼泣，公亦悲不自胜。徐慰姬："夫人无忧，贤夫读书七十年，老不食报，而取偿于吾，吾之逸，贤夫之劳贻之也。苟昧凤因，即年少登瀛，皆侥幸耳。吾当大兴前生之门，以酬凤愿，使天下老儒有所感奋，不徒为夫人温饱计也。"姬收泪而谢。公又问："令子焉往？"姬曰："先夫没后，妾母子无以自存。幸及门数生，犹敦古道，每当忌日，必遣恤祭。今某生甫登贤书，未暇躬至，故遣儿子诣之，不识何以不至？"公问某生姓名，则是科所拔解元某也。余四五人，亦皆新贵。公又慨然久之。

既而东方渐明，姬子已至，后有苍头负酒米钱物，相随而来。其子蓬鬈布衣，一田家庄夫耳。姬命与公相见，询其何以归迟。子言："某解元以座师寿诞，率同年称觞，衙署舟次，两不获见，彼候师而我候彼，是以归迟。"公顾负米者曰："若某解元仆耶？"曰："然。"曰："归语汝主,速来会此。"其仆星驰而去。妪语其子以再来故,子欲以父礼事公,公曰:"不可。此隔世事耳。"俄而某解元及同年数辈来,闻公语,皆顿首曰:"两世师弟,古未闻也。"未几,县令来,又未几,太守至。公对多官备述所以,无不愕然称奇。公于是首祭老儒之墓,加封树焉。大集姻族,咸有馈赠。其于妪母子有恩者,倍酬之。为妪子买田宅奴婢,倾赀赈给之。自抚按藩臬,下至公所取士,莫不有赠。妪母子遂为富人,又为其子娶妇。数日间,传遍八闽,自江以南,悉播为美谈。老生宿儒闻之,有泣下者。公以归期急,不及久留,辞妪母子去,终其身往返不绝焉。后其子生子女各五,某解元者与为婚姻,五子读书,三登甲第,最少者犹以乡贡起家,起至二千石,科名绵绵,为闽中鼎族云。

　　张山来曰：前生处约,而今生处乐,实所不必,以其于前生毫无所益也。若尽能如此公,则无复有遗憾矣。

卷 十

筠 廊 偶 笔　　　　　宋　荦牧仲

今上御极之四年,鹿邑中翰梁公遂以诏使过洞庭,风雨中见一人,长髯,蓝衣,纱帽,气度闲雅,乘一物似马,半没水内。侍者持杖,狰狞随其后,与波涛上下。舟中数十人共见之,相距才数武耳。逆风而行,良久,迷离不见。其年八月,公返棹过齐安,与余杯酒间细言之。或曰:此洞庭君迎诏使。理或然也。

楚之黄安县,野塘荷叶数百,为暴风卷起,插三里外稻畦中,一叶不乱。

扬州水月庵杉木上,俨然白衣大士像,鹦鹉、竹树、善财皆具。

余于武城见一小儿,四五岁,手足似螳螂,头高起作两歧,见人念"阿弥陀佛",惟索钱无厌耳。

考感夏孝廉振叔炜,见一儿六七岁,浴水中,势与谷道各二。后不知所终。

樵人于王屋山得茯苓如屋,送济源某公,服之十年不尽。

一闽人山居,门前忽现宫阙数重,巍焕插天,须臾不见,盖山市也。

同里孝廉王㫤之,有妹生不能言。及笄,有道人过门乞食,云善治病。或问能治哑否,曰"能"。孝廉遂以妹请。道人命取水、油各一盏咒之,倾一处,以箸搅成膏,渐结为丸。曰:"以水调服,即能言,但须焚香谢天耳。"孝廉以药授妹服之,顷刻能言。急觅道人不见,举家向空拜谢,闻仙乐喧阗,冉冉而去。

闽中洛阳桥圮,有石刻云:"石头若开,蔡公再来。"鄞人蔡锡中明永乐癸卯乡试,仁庙授兵科给事中,升泉州太守。锡至,欲修桥,桥跨海,工难施,锡以文檄海神。忽一醉卒趋而前曰:"我能赍檄往。"乞酒饮大醉,自没于海,若有神人扶掖之者。俄而以"醋"字出,锡意必八月廿一日也,遂以是日兴工,潮旬余不至,工遂成。语载锡本传中,乃实事也。人不知而以其事附蔡端明，且以为传奇中妄语矣。锡官至都御史，以才廉闻。

　　张山来曰：宋先生，予父执也。抚吴时，以大集暨此帙见赠，获之不啻拱璧，敬采异事数条载入选中，盖仿前人节录《搜神记》《续齐谐记》之例，非敢有所去取也。

金 忠 洁 公 传　　　　董以宁文友

　　金铉，字伯玉，武进之剡村人也。因殉节，谥忠洁，人称金忠洁云。初以顺天籍领解，成进士，时年十九。不习吏，请改教授。其大父户部主事汝升，旧多藏书，乃与弟锦日夜读之。继擢国子监博士，迁工部主事。先是时，明怀宗已诛魏忠贤，而太监张彝宪等旋用事，至是而贼李自成兵始炽。添内饷，命彝宪总理户工钱粮，建别署。忠洁曰："此天下存亡之机也，奈何诛忠贤，复任一忠贤？且我为工曹，必将属视我矣。"乃抗疏言。先言彝宪既有独踞之庭，必强二部郎官匍匐进谒，挫士节，辱朝廷。疏上不报，而总理已建署。果檄郎官以谒尚书仪注见，复上疏固争之，旨谕"职事相关，自当礼见，余不必通谒"，金铉亦不得激陈。彝宪意甚得，与其党议接待郎官礼。或曰："视尚书当稍倨。"宪曰："吾当稍恭，而待金铉倨耳。"金遂集诸郎官倡议曰："职事可令掾吏移之，吾曹有一人登彝宪堂，即属彝宪假子，毋许入孔子庙，当提吾靴掷肿其面，辱之朝堂。"于是诸郎官诣尚书，各请以公事出。至期，彝宪坐堂皇，黄衫缇衣，倡赞毕，但见吏，不见郎官，曰："诣尚书始来乎？待午乎？"久之，又不至，乃恚曰："避金铉，不即来，待晚乎？"命小竖窃伺门外，望扇导来即报。已而，马蹄前后过之，无一人入者，乃大惭愤，借验放十六门火器，诬指十八位无火门，劾以故误军机，曰："必杀铉。"会尚书争之力，仅削籍归。家居益与弟锦尽读所藏书，尤善《易》学。而父汀州太守显、母恭人章，更时时慰勉之。至父死，服阕，复起为兵部车驾司主事，分守皇城，益修城守火器，时崇祯十七年二月也。

　　李自成已陷大同，而宣府镇方有太监杜勋监视，又上疏曰："宣府京城之蔽，宣府不救，虑在京城。抚臣朱之冯忠勇足恃，恐受内臣之掣，请亟撤之，并撤居庸关监视。"不听。至三月，果闻杜勋以宣府迎

贼,朱死之,因哭语弟锭:"目今我哭朱公,数日后汝曹旋哭我也。"及
贼至居庸关,太监杜之秩果复迎降,遂进薄彰义门城下。杜勋缒城
上,入见大内,惟张皇贼势以逼帝。遍语诸珰,谓"吾党富贵自在"云。
忠洁则仓皇点禁兵,归谋匿母。因哭告母曰:"铉守皇城,城亡当与偕
亡,今日从母乞此身殉王事。"母曰:"噫! 久谓汝读书知大义,乃今始
向我乞身哉! 且我命妇,与汝偕勉之,汝魂归,可会我于井矣。"趣之
出,又命仆追往,以朝衣随之。见贼入京城,杀监察御史王章于城上,
王章亦武进人,字芳洲,与忠洁素厚。方为之歔欷数声,见市中宫人
遍至,言贼入皇城,帝后已死社稷。欲趋入宫,又传闻提督京城太监
王承恩从死,曰:"微独吾乡王御史也,若辈中尚有一人知大义者,我
乃后之,不已为若笑耶?"遂衣朝衣,投御河死。死时有吕胖者,亦内
监也,儳然而至,两手反接,而睨视之曰:"是金兵部耶? 是人素不居
我辈于人面,岂渠能死,吾独不能死哉? 渠生欲远我,我偏近之。"亦
自沉于此。仆以奔告其母,母曰:"孝哉,铉也。既信于王公,又能激
吕监死,吾安可以诳铉?"急正冠帔,投井中,妾王氏随之下,遂与俱
死。锭归,收葬毕,焚其书而长恸曰:"吾母乎! 吾兄乎! 此时会相见
而相依乎!"哀号数日,又死井中。其后清兵至,家人请入皇城,求得
忠洁尸,已与吕监骨相杂,不可分敛。而皇城又不得入榇,竟合两骸
藁葬御河堤,而王御史之丧归里。

　　张山来曰:明末死于忠义者,较前代为独盛,特存此一编,
以当清夜闻钟,发人深省。

核 舟 记　　　　魏学洢子敬

　　明有奇巧人曰王叔远,能以径寸之木,为宫室器皿人物,以至鸟
兽木石,罔不因势象形,各具情态。尝贻余核舟一,盖大苏泛赤壁云。
舟首尾长约八分有奇,高可二黍许。中轩敞者为舱,箬篷覆之,旁开
小窗,左右各四,共八扇。启窗而观,雕栏相望焉。闭之则右刻"山高
月小,水落石出",左刻"清风徐来,水波不兴",石青糁之。船头坐三
人,中峨冠而多髯者为东坡,佛印居右,鲁直居左,苏、黄共阅一手卷。

东坡右手执卷端,左手抚鲁直背,鲁直左手执卷末,右手指卷,如有所语。东坡现右足,鲁直现左足,各微侧,其两膝相比者,各隐卷底衣褶中。佛印绝类弥勒,袒胸露乳,矫首昂视,神情与苏、黄不属。卧右膝,诎右臂支船,而竖其左膝,左臂挂念珠倚之,珠可历历数也。舟尾横卧一楫,楫左右舟子各一人。居右者椎髻仰面,左手倚一衡木,右手攀右趾,若啸呼状;居左者右手执蒲葵扇,左手抚炉,炉上有壶,其人视端容寂,若听茶声然。其船背稍夷,则题名其上。文曰:"天启壬戌秋日,虞山王毅叔远甫刻。"细若蚊足,钩画了了,其色墨。又用篆章一,文曰"初平山人"。其色丹。通计一舟,为人五,为窗八,为箬篷,为楫,为炉,为壶,为手卷,为念珠各一。对联题名并篆文,为字共三十有四,而计其长,曾不盈寸,盖简桃核修狭者为之。

　　魏子详瞩既毕,诧曰:"嘻! 技亦灵怪矣哉!《庄》、《列》所载,称惊犹鬼神者良多。然谁有游削于不寸之质,而须麋了然者? 假有人焉,举我言以复于我,亦必疑其诳,乃今亲睹之。繇斯以观,棘刺之端,未必不可为母猴也。嘻! 技亦灵怪矣哉!"

　　　　张山来曰:眼镜中有所谓显微镜者,一虱之细,视之大如枣栗。由此推之,则一核未尝不可视为东瓜矣。

沈孚中传　　　　　陆次云云士

　　沈嵊,字孚中,居武林北墅。不修小节,越礼惊众。作填词,夺元人席。好纵酒,日走马苏、白两堤。髯如戟,衿未青,不屑意也。崇祯某年,当九日,携酒持螯,独上巾子峰头,高吟浮白。有僧濡笔窃记其一联云:"有情花笑无情客,得意山看失意人。"为之叫绝。拉归精舍,痛饮达旦,家人觅至,曰:"今邑试,郎君何不介意耶?"嵊方醉睐未开,履无详步。扶入试院,则已几席纵横,置足无地。嵊乃积墨广砚,立身高级,大书《登高词》于粉壁之上。其首阕曰:"万峰顶上,险韵独拈糕。撑傲骨,与秋鏖。天涯谁是酒同僚。面皮虽老,尽生平受不起青山笑。难道他辟英雄一纸贤书,到做了禁登高三寸封条。"题毕而下。有拍其肩狂叫者曰:"我得一贤契矣。"嵊视之,则令也,潜视其后良久矣。令宋姓，兆和名，字禧公，云间名士，不屑为俗吏态者。把嵊臂曰："昔贺监遇李白，为解金龟当酒。我虽远逊知章，君才何异太白？此日之事，今古攸同。盍拈是题，与君共填散曲，志奇遇乎？"嵊曰："善。"令未成而嵊稿脱，更复击节，擢之冠军。荐之学使者，补弟子员，声誉大起。嗣是非令醉嵊，即嵊醉令。交谊既狎，略师生而尔汝，更冠易服，戏乐不羁。嵊弟有讼，对簿于令，令佯为研鞫，嵊跃出厅事，大呼曰："错矣，错矣！"令拂袖起。事闻直指，以白简斥令，令恬然勿怨也。

明鼎既移，阁部马士英卷其残旅，遁迹西陵。嵊往谈兵，士英伪为壮语云："当背城决胜。"嵊驰归语里人曰："此地顷为战场矣。"里人群哗曰："丞相宵奔，将军夜遁，谁能任战，欲殃吾民。"争击毙嵊，烧其著书。所存者，独《息宰河》、《绾春园》传奇二种，《绾春园》尤为词场称艳云。

陆次云曰：余童子时，尝从道中见孚中策骑过，有河朔少年风。及长，读其词而叹其死。语云：凡人之死，有重于泰山，轻于鸿毛者。孚中之死，鸿毛耶？泰山耶？吾乌能论定之。

张山来曰：文人不谙世务，是以为世所轻。稍不得意，辄作不平鸣。若止观其文，诚足令人敬之重之。甚矣，全才之难也！

爱铁道人传　　　　　陈　鼎定九

爱铁道人，逸其姓名，云南人也。少时曾为郡诸生，明亡，即弃家为道士。冬夏无衣裤，惟以尺布掩下体。不火食，所食者，瓜蓏蔬果。滇中四时皆暖，虽腊月有鳞物，故道人竟辟谷。性爱铁，见铁辄喜，必膜拜。向人乞之。头项肩臂以至胸背腰足，皆悬败铁，行路则铮铮然如披铠，自号曰"爱铁道人"。久之，言人祸福多奇中，愚男女皆以神仙奉之，而道人亦遂以神仙自居，更号曰"爱铁神仙"。嗜饮，市人争醉以酒，妇人持酒与，则倾泼不饮。或诘之，则厉声曰："若不闻孟圣人云：男女不亲授受乎？"于是神仙之名四走，有不远数十百里，来问吉凶。时道人寄迹破庙，日环绕门者数百人，道人大怒，骂曰："我何神仙？我贪酒花子耳。知底吉凶，汝辈来问我？"即擎秽撒之，众乃散。与蜀中铜袍道人张闲善,铜袍者,联铜片为衣而服之者也,故号曰"铜袍道人"。尝携杖头钱,与爱铁饮于市,醉则歌呜呜,大恸而后休。甲寅乱,二人不知所往。

外史氏曰:以铁为衣,以铜为袍,岂炫异以骇人耳目耶?抑道家别有所属,而寓意于铜铁耶?皆不可得而解也。

张山来曰:既有铁,便应有铜。爱金银者为贪夫,则爱铜铁者自是异人矣。

北墅奇书　　　陆次云云士

顺治时,山左有李神仙,游行京邸。庚子北直乡试,有两生密询试题,李笑曰:"公皆道德仁艺中人也,无庸卜。"题出,乃《志于道》全章,二人皆中式。辛丑会试,又有以场题问者,李曰:"五后四可。"场中首题,乃《知止而后有定》一节,果五后字,二题乃《夫子之文章》一章,三题乃《易其田畴》二节,果四可字。灵异最多,此特其一事耳。

张山来曰:先君视学山左时,李神仙来谒,自署曰治仙。先君延入署中,仙命人于架上,随手取书一册,复令信手揭开,随于袖中取出字纸一条,乃其首行也。又云:"明日有贵人送礼至。"及次日,衍圣公以巨罗见赠,后不知所之矣。

陈我白瞽目,善揣骨,居扬州,吴江相国金岂凡召之。先令遍相诸人,多验。后及公,陈遍摸之云:"此穷相,不足道。"公不语。旁人曰:"子无误言。"陈复遍摸,辄摇首曰:"不差。"公复不语。陈摸至公眼,遽跪曰:"此龙眼,当大贵。"众愕然。公笑曰:"果神相也。"重赠以金,复为延誉。盖公未生时,父翁祷于神庙,甚虔,夜梦神许赐以一子,视之,即寺旁丐者。私念有子如此,不如无矣。神复曰:"汝勿虑,当易其眼。"取殿庑龙眼纳之。未几生公,故公以为神也。

张山来曰:审若是,则富贵之后身仍为富贵,乞丐之后身仍不免贫贱耶?真不可解。余卜居维扬时,陈我白已大富,不复为人揣骨,故无从一询休咎。闻其颇精于弈,目虽瞽,人不能欺之,尤为奇也。

河南刘理顺，乡荐久不第。读书二郎庙中，闻哭声甚哀，问之，乃妇人也。其夫出外，七年不归，母贫且老，欲嫁媳以图两活。得远商银十二两，将携去，姑媳不忍别，故悲耳。刘闻之，急呼其仆曰："取家中银十二两来。"仆曰："家中乏用，止有纳粮银在，明早当投柜矣。"刘曰："汝且取来，官银再设处可也。"因代为其子作一书，称"离家七年，已获五百余金，十日后便归矣，先寄银十二两"等语。觅人送其家。姑媳得银及书，以告商。商知其子在，取银去。越十日，其子果归，所得之银及所行之事，与书中适符。母以问子，子骇甚，但曰："此神人怜我也，惟每日拜谢天地而已。"刘公是年会试，庙祝见二郎神亲送之，中崇祯甲戌状元。其子后于庙中见公题咏，乃知书银出自公手，举家往谢，公竟不认，尤不可及也。

蓟门有人，新置茧袍一领，衣之过芦沟桥。值推车者碎其右袂，其人自顾，绝无一语。推车者跪而请曰："小人误碎君服，贫不能偿，乞赐痛责以惩过。"碎衣者曰："衣已碎矣，责尔何为？"拂袖竟去。推车者归，忽颠狂曰："吾冤不能报矣。"邻人聚观，诘问其故，曰："衣茧袍者为某，与我仇积前生，今日我数当尽，碎其衣，欲致其击我，我则随击而毙，使彼受法抵偿，而无如其不较也。吾如彼何哉？其量若此，吾怨已解，然彼于前世，尚负我五金，乞邻翁为我语彼，持此金来，资我殡事，我则与彼释此冤矣。"邻人走访，详语其人。其人大惊，拜推车汉于破炕之下。推车汉历叙前因，碎衣者浃汗，叩求上五金偿夙负。复上五金，曰："以此为君祈福，修佛事。"推车汉曰："如是，吾不惟不汝冤，且汝德矣。"一笑而逝。

顺治戊戌进士汤聘，为诸生时，家贫奉母。忽病死，鬼卒拘至东岳，聘哀吁曰："老母在堂，无人侍养，望帝怜之。"岳帝曰："汝命止此，冥法森严，难徇汝意。"聘扳案哀号。帝曰："既是儒家弟子，送孔圣人裁夺。"鬼卒押至宣圣处，曰："生死隶东岳，功名隶文昌，我不与焉。"回遇大士，哀诉求生，大士曰："孝思也，盍允之以警世？"鬼卒曰："彼死数日，尸腐奈何？"大士命善财取牟尼泥完其尸。善财取泥，若栴檀香，同至其家，尸果腐烂。一灯荧然，老母垂涕，死七日，尚无以殓。善财以泥围尸，臭秽顿息，遂有生气，魂归其中，身即蠕动，张目见母，呜咽不禁。母惊狂叫,邻人咸集,聘曰:"母勿怖,男再生矣。"备言再生之故。曰:"男本无功名,命限已尽,求报亲恩,大士命男持戒,许男成进士,但命无禄位,戒以勿仕。"后聘及第,长斋绣佛,事母而已。迨母死,就真定令,卒于官,岂违勿仕之戒欤?

张山来曰:大士慨发慈悲,吾夫子独不为裁夺者,以死数日而复生,是为索隐行怪,非中庸之道,故不为耳。

顺天江霞子云:其母舅汪公,于崇祯十三年任四川巡道。经略到省,单骑往谒,中途所乘马无病而死。蜀道难行,计无所出。忽有少年对马言曰:"我当变马与公乘之。"左右以为奸人,拥至公前。公云:"此狂人也,释之。"少年出门去,而马忽活,公喜甚,乘之,至辕门,甫下马而复倒矣。公入谒,事毕,乘肩舆归。方行,见一老者牵一人至,喊云"救命"。视其人,即少年也。老者云:"适见公乘马死,小人随藏身山穴,变马负公,出马腹而寻身,不意宅舍竟为此人所占,伏乞敕彼更换,各还故有。"公语少年,少年云:"此系难得之物,愿受官刑,断不还矣。"公欲绳之以法,而无法可加。老者知不可强,拳掌交及,少年惟有笑受。公劝老者:"尔有此手段,不若另觅好舍何如?"老者曰:"公肯为某留心,某当从命。"少年拜谢去,老者亦随公回署。越半载,一日,向公云:"公书吏之子,今夜暴亡,明晨弗令掩盖,使移置郊外,当拜公佳舍之惠。"公许之。明早升堂,问某吏:"可有子昨夜死否?"吏曰:"有之。"公云:"汝欲令其重生否?"吏曰:"安能得之?"公云:"汝命无子,虽生必命出家,不则生而复死。"吏曰:"与其死隔,宁使生离。"公令其舁之郊外,吏泣谢去。公归语老者,老者求一新衣,随公出郭。吏夫妇已先迎候,观者万众。见老者扶尸起,脱其衣,以己衣衣其身,随脱己衣,以其衣衣自身。老者忽卧地,棺中人突然起矣,拜谢汪公。吏夫妇呼之,绝不应,亦惟有向之拜谢而已。吏夫妇痛哭去,是人遂作道人妆,虽若舞勺之年,而所出者尽神仙之语。谓公云:"时事不可问,宜急隐。"答曰:"君父事了却,稍俟之。"后再促公,公言如故。因叹云:"固有定数,不可强也。"遂辞去。明年寇大警,公卒于官。裴武宋口述。

明末,关东有为玉器之工李宛者,白皙无髭之人也。其里中有张远者,长髯倾黑之人也。宛、远俱抱病,宛先三日死,远后三日死。宛

至冥，冥官曰："张合死，李犹未也，放转生。"鬼卒曰："李舍坏矣。"冥
官曰："即借张舍舍之。"鬼卒送宛魂附远体而去。尸忽起，远之父惊
喜曰："儿生矣。"妻曰："夫活矣。"子曰："父能动矣。"宛张目曰："我李
宛也，此何地？尔何人？而子我、夫我、父我耶？"竟趋李宅。李阖家
怪而逐之，宛曰："我李宛也，父何以不我子？妻何以不我夫？子何以
不我父耶？"其父曰："我子死且腐，我子无髭，而尔多髯，大异矣，何诡
说耶？"宛曰："此张远之躯，冥曹判而假我生者也。盍辨我之声乎？"
其家人曰："声果宛声也。"张之父子追至，亦曰："声诚非远声也。"而
李之家竟不敢纳也。宛曰："不信，试取我器具来。"须臾，剖玉磨滤，
为璧为珪，事事俱宛之素艺，远所不能者。于是信其果为宛也。张不
能强之归，李不复驱之去。此王艾衲游边云亲见其事者。

　　张山来曰：冥官亦舞文如此耶？虽与受贿者不同，然亦恐
宜挂弹章也。不识李宛之妻肯与之同宿否？以白皙无髭之婿，
而忽易以长髯倾黑之夫，能无怏怏？即张远之妇，见其夫复生，
而为李宛之妻所踞，心能甘乎？俱不可解。

鬼　母　传　　　　　　李　清映碧

　　鬼母者，某贾人妻也。同贾人客某所，既妊暴殒，以长路迢远，暂瘗
隙地，未迎归。适肆有鬻饼者，每闻鸡起，即见一妇人把钱俟，轻步纤
音，意态皇皇，盖无日不与星月伴者。店人问故，妇人怆然曰："吾夫去
身单，又无乳，每饥儿啼，夜辄中心如剜。母子恩深，故不避行露，急持
啖儿耳。"店中初聆言，亦不甚疑，但昼投钱于笥，暮必获纸钱一，疑焉。
或曰："是鬼物无疑。夫纸爇于火者，入水必浮，其体轻也。明旦盍取所
持钱，悉面投水瓮，伺其浮者物色之。"店人如言，独妇钱浮耳。怪而踪
迹其后，飘飘扬扬，迅若飞鸟。忽近小冢数十步，奄然没。店人毛发森
竖，喘不续吁。亟走鸣之官，起柩视，衣骨烬矣，独见儿生。儿初见人
时，犹手持饼啖，了无怖畏。及观者猬集，语嘈嘈然，方惊啼，或左顾作投
怀状，或右顾作攀衣势，盖犹认死母为生母，而呱呱若觅所依也。伤哉，
儿乎！人苦别生，儿苦别死。官怜之，觅急乳母饲。驰召其父，父到，抚儿

哭曰:"似而母。"是夜儿梦中趑趄咿喔不成寐,若有人呜呜抱持者。明旦,视儿衣半濡,宛然未燥,诀痕也。父伤感不已,携儿归。后儿长,贸易江湖间,言笑饮食,与人不异。惟性轻跳,能于平地跃起,若凌虚然,说者犹谓得幽气云。儿孝,或询幽产始末,则走号旷野,目尽肿。

张山来曰:余向讶既已为鬼,亦安事楮镪为?今观此母,则其有需于此,无足怪矣。

狗 皮 道 士 传　　　　陈　鼎定九

狗皮道士者,不知何许人,亦未详其姓氏。明末,尝冠道冠,蹑赤舄,披狗皮,乞食成都市。每至人家乞食,辄作犬吠声,酷相类。家犬闻之,以为真犬也,突出吠之,道士辄与对吠不休。邻犬闻之,亦以为真犬也,辄群集绕吠之。道士怒,忽作虎啸声,群犬皆辟易。每独居破庙,至深夜,辄作一犬吠形声。少顷,作众犬吠声,俨然百十犬相吠也。久之,通国之犬皆吠,而达乎四境矣。岁余,献贼入寇,道士突至贼马前数十步,大作犬吠声。献贼怒,令群贼策马逐杀之。道士故徐徐行,贼数策马,马不前。献贼益怒,令飞矢射之,如雨,皆不中。献贼益大怒,以为妖,亲策马射之。中其首不入,矢还中贼马,马毙,献贼大骇,乃已。他日献贼僭尊号,元旦朝贼百官,忽见道士披狗皮,列班行,执笏作犬吠声。献贼大怒,令群贼缚之。道士乃大作犬吠声,盈庭如数千百犬争吠状,声彻四外,合城之犬,闻声从而和吠之,声震天地。献贼大声呼,众皆不闻,为犬声乱也。献贼大惊而退,既退,犬声息,道士亦不知何往。

外史氏曰:世之言神仙者比比,余则疑信相半。今观狗皮道士之所为,岂非神仙哉?不然,何侮弄献贼如襁褓小儿哉?

张山来曰:人皮者不能吠贼,狗皮者反能之,可以人而不如狗乎?

烈 狐 传 　　陈 鼎定九

　　明末有狐，幻老人状，年可六七十。诣昆山葛氏，欲傸其荒圃以居。葛谢以无屋，老人曰："君第诺我，勿论屋有无也。"葛异而诺之。老人即与葛约曰："我异类也，与君家有夙世缘，故相依耳。徙来，请诚从者勿相扰，则佩君高谊矣。"葛曰："谨奉教。"乃去。越数日，老人投刺进谒曰："徙来矣。"既至，从者数十人，皆衣裳楚楚，陈币悉珠玉锦绣，值数千缗。葛辞之，老人固让，葛然后纳其币。及去，达圃扉，即不见，葛愈异之。使人私瞷之，见圃内皆高堂大厦，画栋雕题，俨然缙绅家也。他日治酒招葛，樽俎之盛，帷幄之富，极人间之异。葛有子，方弱冠，风流都雅倾一邑。偶过其居，见一丽人，年可十五六，如海棠一枝，轻盈欲语。归而思之不置。久之，遂成病，且欲死。父知其情，走告老人以姻请。老人曰："恐吾辈异类，不足以辱君子耳。"葛固请之，乃许，择吉迎之，奁赠以万计。既归，夫妇笃好，事舅姑甚孝。未几，国变，乱兵入其家，见妇艳，欲污之。妇大骂，夺刀自刭而死，乃一九尾狐也。

　　外史氏曰：狐，淫兽也，以淫媚人，死于狐者，不知其几矣。乃是狐竟能以节死，呜呼！可与贞白女子争烈矣。

　　张山来曰：曩于友人处见小书一帙，皆纪妖狐故事。狐之多情者固不乏，而烈者则未之前闻。今得此文，可为淫兽增光矣。葛翁肯与联姻，亦非寻常可及，狐之以烈报之固宜。

卷十一

过 百 龄 传　　　　　锡山　秦松龄 留仙

锡固多佳山水,间生瑰闳奇特之士,常以道艺为世称述。若倪征君云林以画,华学士鸿山以诗,王金事仲山以书,乃今过处士百龄者,则以弈。其为道不同,而其声称足以动当世,则一也。

百龄名文年,为邑名家子,生而颖慧,好读书。十一岁时,见人弈,则知虚实先后,进击退守之法,曰:"是无难也。"与人弈,弈辄胜。于是间党间,无不奇百龄者。时福唐叶阁学台山先生,弈品居第二,过锡山,求可与敌者。诸乡先生以百龄应召,至则尚童子也,叶公已奇之。及与弈,叶公辄负。诸乡先生耳语百龄曰:"叶公显者,若当阳负,何屡胜?"百龄色然曰:"弈固小技,然枉道媚人,吾耻焉。况叶公贤者也,岂以此罪童子耶?"叶公果益器之,欲与俱北,以学未竟辞。自是百龄之名,噪江以南。遂益殚精于弈,不几年,学成,曰:"可以应当世矣。"

会京师诸公卿闻其名,有以书邀致者,遂至京师。有国手曰林符卿,老游公卿间,见百龄年少,意轻之。一日,诸公卿会饮,林君谓百龄曰:"吾与若同游京师,未尝一争道角技,即诸先生,何所用吾与若耶?今愿毕其所长,博诸先生欢。"诸公卿皆曰:"诺。"遂争出注,约百缗。百龄固谢不敢,林君益骄,益强之,遂对弈。枰未半,林君面颈发赤热,而百龄信手以应,旁若无人。凡三战,林君三北,诸公卿哗然曰:"林君向固称霸,今得过生,乃夺之矣。"复皆大笑。于是百龄棋品遂第一,名噪京师。当是时,居停主某锦衣者,以事系狱,或谓百龄曰:"君为锦衣客,须谨避,不然,祸将及。"百龄毅然曰:"锦衣遇我厚,今有难而去之,不义。且吾与之交,未尝干以私,祸必不及。"时同客锦衣者悉被系,百龄竟免。

已天下多故，百龄不欲久留，遂归隐锡山，日与一二酒徒，狂啸纵饮，不屑屑与人弈，独征逐角戏以为乐。百龄素贫，出游辄得数百金，辄尽之博簺，其戚党谯诃百龄，百龄曰："吾向者家徒壁立，今所得赀，俱以弈耳。得之弈，失之博，夫复何憾？且人生贵适志，区区逐利者何为？"

噫！若百龄者，可谓奇矣。以相国之招而不去，以金吾之祸而不避，至知国家之倾覆而急归，为公卿门下客者，垂四十年，而未尝有干请。若百龄者，仅谓之弈人乎哉？

张山来曰：善弈者多在垂髫，然其人往往啬于寿，今过君独历四十余载，岂其命名为之兆耶？

八 大 山 人 传　　　　陈　鼎定九

八大山人，明宁藩宗室，号人屋，人屋者，广厦万间之意也。性孤介，颖异绝伦，八岁即能诗，善书法，工篆刻，尤精绘事。尝写菡萏一枝，半开池中，败叶离披，横斜水面，生意勃然，张堂中，如清风徐来，香气常满室。又画龙丈幅间，蜿蜒升降，欲飞欲动，若使叶公见之，亦必大叫惊走也。善诙谐，喜议论，娓娓不倦，尝倾倒四座。父某，亦工书画，名噪江右，然喑哑不能言。甲申国亡，父随卒。人屋承父志，亦喑哑。左右承事者，皆语以目，合则颔之，否则摇头。对宾客寒暄以手，听人言古今事，心会处，则哑然笑。如是十余年，遂弃家为僧，自号曰雪个。未几病颠，初则伏地呜咽，已而仰天大笑，笑已，忽踸跎踊跃，叫号痛哭，或鼓腹高歌，或混舞于市，一日之间，颠态百出。市人恶其扰，醉之酒，则颠止。岁余，病间，更号曰个山。既而自摩其顶曰："吾为僧矣，何可不以驴名？"遂更号曰个山驴。数年，妻子俱死。或谓之曰："斩先人祀，非所以为人后也。子无畏乎？"个山驴遂慨然蓄发谋妻子，号八大山人。其言曰："八大者，四方四隅，皆我为大，而无大于我也。"山人既嗜酒，无他好，人爱其笔墨，多置酒招之，预设墨汁数升，纸若干幅于座右。醉后见之，则欣然泼墨广幅间。或洒以敝帚，涂以败冠，盈纸肮脏，不可以目。然后捉笔渲染，或成山林，或成丘壑，花鸟竹石，无不入妙。如爱书，则攘臂搦管，狂叫大呼，洋洋洒洒，数十幅立就。醒时，欲求其片纸只字不可得，虽陈黄金百镒于前，勿顾也。其颠如此。

外史氏曰：山人果颠也乎哉？何其笔墨雄豪也？余尝阅山人诗画，大有唐宋人气魄。至于书法，则胎骨于晋魏矣。问其乡人，皆曰得之醉后。呜呼！其醉可及也，其颠不可及也。

张山来曰：予闻山人在江右，往往为武人招入室中作画，或二三日不放归，山人辄遗矢堂中，武人不能耐，纵之归。后某抚军驰柬相邀，固辞不往。或问之，答曰："彼武人何足较？遗矢得归可矣。今某公，固风雅者也，不就见而召我，我岂可往见哉？"又闻其于便面上，大书一"哑"字。或其人不可与语，则举哑字示之。其画上所钤印，状如屐。予最爱其画，恨相去远，不能得也。

圆圆传　　　　陆次云云士

圆圆，陈姓，玉峰歌妓也，声甲天下之声，色甲天下之色。崇祯癸未岁，总兵吴三桂慕其名，赍千金往聘之，已先为田畹所得，时圆圆以不得事吴怏怏也，而吴更甚。田畹者，怀宗妃之父也，年耄矣，圆圆度《流水高山》之曲以歌之，畹每击节，不知其悼知音之希也。甲申春，流氛大炽，怀宗宵旰忧之，废寝食，妃谋所以解帝忧者于父。畹进圆圆，圆圆扫眉而入，冀邀一顾，帝穆然也，旋命之归畹第。时闯师将迫畿辅矣，帝急召三桂对平台，锡蟒玉，赐上方，托重寄命，守山海关。三桂亦慷慨受命，以忠贞自许也。而寇深矣，长安富贵家胥皇皇，畹忧甚，语圆圆。圆圆曰："当世乱而公无所依，祸必至。曷不缔交于吴将军，庶缓急有借乎？"畹曰："斯何时，吾欲与之缱绻，不暇也。"圆圆曰："吴慕公家歌舞有时矣。公鉴于石尉，不借人看，设玉石焚时，能坚闭金谷耶？盍以此请，当必来，无却顾。"畹然之。遂躬迓吴观家乐，吴欲之而故却也，强而可。至则戎服临筵，俨然有不可犯之色。畹陈列益盛，礼益恭。酒甫行，吴即欲去，畹屡易席，至邃室，出群姬调丝竹，皆殊秀。一淡妆者，统诸美而先众音，情艳意娇，三桂不觉其神移心荡也。遽命解戎服，易轻裘，顾谓畹曰："此非所谓圆圆耶？洵足倾人城矣。公宁勿畏而拥此耶？"畹不知所答，命圆圆行酒。圆圆至席，吴语曰："卿乐甚。"圆圆小语曰："红拂尚不乐越公，矧不迨越公者耶？"吴额之。酣饮间，警报踵至，吴似不欲行者，而不得不行。畹前席曰："设寇至，将奈何？"吴遽曰："能以圆圆见赠，吾当保公家先于保国也。"畹勉许之。吴即命圆圆拜辞畹，择细马驮之去，畹爽然无如何也。

帝促三桂出关，三桂父督理御营名骧者，恐帝闻其子载圆圆事，留府第，勿令往。三桂去，而闯贼旋拔城矣。怀宗死社稷，李自成据宫掖，宫人死者半，逸者半。自成询内监曰："上苑三千，何无一国色耶？"内监曰："先帝屏声色，鲜佳丽。有一圆圆者，绝世所希，田畹进帝，而帝却之。今闻畹赠三桂，三桂留之其父吴骧第中矣。"是时骧方降闯，闯即向骧索圆圆，且籍其家，而命其作书以招子也。骧俱从命，进圆圆。自成惊且喜，遽命歌，奏《吴歙》，自成蹙额曰："何貌甚佳而音殊不可耐也？"即命群姬唱西调，操阮筝琥珀，已拍掌以和之，繁音激楚，热耳酸心。顾圆圆曰："此乐何如？"圆圆曰："此曲只应天上有，非南鄙之人所能及也。"自成甚嬖之。随遣使以银四万两犒三桂军，三桂得父书，欣然受命矣。

而一侦者至，询之曰："吾家无恙耶？"曰："为闯籍矣。"曰："吾至当自还也。"又一侦者至，曰："吾父无恙耶？"曰："为闯拘絷矣。"曰："吾至当即释也。"又一侦者至，曰："陈夫人无恙耶？"曰："为闯得之矣。"三桂拔剑砍案曰："果有是，吾从若耶！"因作书答父，略曰："儿以父荫，待罪戎行。以为李贼猖狂，不久即当扑灭。不意我国无人，望风而靡。侧闻圣主晏驾，不胜眦裂。犹意吾父奋椎一击，誓不俱生，不则刎颈以殉国难。何乃隐忍偷生，训以非义，既无孝宽御寇之才，复愧平原骂贼之勇。父既不能为忠臣，儿安能为孝子乎？儿与父决，不早图贼，虽置父鼎俎旁以诱三桂，不顾也。"随效秦庭之泣，乞王师以剿巨寇，先败之于一片石。

自成怒，戮吴骧，并其家人三十余口。欲杀圆圆，圆圆曰："闻吴将军卷甲来归矣，徒以妾故，又复兴兵。杀妾何足惜，恐其为王死敌不利也。"自成欲挈圆圆去,圆圆曰:"妾既事大王矣,岂不欲从大王行?恐吴将军以妾故而穷追不已也。王图之,度能敌彼,妾即褰裳跨征骑。"自成乃凝思,圆圆曰:"妾为大王计,宜留妾缓敌,当说彼不追,以报王之恩遇也。"自成然之。于是弃圆圆,载辎重,狼狈西行。是时也,闯胆已落,一鼓可灭。三桂复京师,急觅圆圆,既得,相与抱持,喜泣交集。不待圆圆为闯致说,自以为法戒追穷,听其纵逸而不复问矣。

旋受王封,建苏台,营郿邬于滇南,而时命圆圆歌,圆圆每歌《大风》之章以媚之。吴酒酣,恒拔剑起舞,作发扬蹈厉之容,圆圆即捧觞为寿,以为其神武不可一世也。吴益爱之,故专房之宠,数十年如一日。其蓄异志,作谦恭,阴结天下士,相传曰多出于同梦之谋,而世之不知者。以三桂能学申胥,以复君父大仇,忠孝人也,曷知其乞师之故,盖在此而不在彼哉!厥后尊荣南面,三十余年,又复浪沸潢池,致劳挞伐,跊扈艳妻,同归歼灭,何足以偿不子不臣之罪也哉!

陆次云曰:语云:无征不信。圆圆之说,有征乎?曰:有。征诸吴梅村祭酒伟业之诗矣。梅村效《琵琶》、《长恨》体,作《圆圆曲》以刺三桂,曰"冲冠一怒为红颜",盖实录也。三桂赍重币,求去此诗,吴勿许。当其盛时,祭酒能显斥其非,却其赂遗而不顾,于甲寅之乱,似早有以见其微者。呜呼!梅村非诗史之董狐也哉!

张山来曰:吴三桂未叛时,予读祭酒《圆圆曲》,不解所谓。甲寅后,友人因为予言其故,深服先生先见之明。今读此传,益知《圆圆曲》之妙也。

又曰:唐陈鸿作《长恨传》,白居易因谱为歌。今云士乃因歌作传,详略之际,较之前人稍难,诚足辉映后先矣。

啸　翁　传　　　　　陈　鼎定九

啸翁者,歙州长啸老人汪京,字紫庭,善啸,而年又最高,故人皆呼为啸翁也。啸翁尝于清夜独登高峰颠,豁然长啸,山鸣谷应,林木震动，禽鸟惊飞，虎豹骇走，山中人已寐者，梦陡然醒，未寐者，心悚然惧，疑为山崩地震，皆彷徨罔敢寝。达旦，群相惊问，乃知为啸翁发啸也。啸翁之啸，幼传自啸仙，能作鸾鹤凤凰鸣，每一发声，则百鸟回翔，鸡鹜皆舞。又善作老龙吟，醉卧大江滨，长吟数声，鱼虾皆破浪来朝，鼋鼍多迎涛以拜。他日，与黄鹤山樵、天都瞎汉、潇湘渔父、虎头将军十数辈，登平山六一楼，拉啸翁啸，啸翁以齿落固辞，强而后可。初发声，如空山铁笛，音韵悠扬。既而如鹤唳长天，声彻霄汉。少顷移声向东，则风从西来，蒿莱尽伏，排闼击户，危楼欲动。再而移声向西，则风从东至，阗然荡然，如千军万马，驰骤于前。又若两军相角，短兵长剑紧接之势。久之，则屋瓦欲飞，林木将拔也。于时炷香烬而啸翁气竭，昏仆于地，众客大惊，亟呼山僧，灌以沸水，半响乃苏。归而月印前溪矣。啸翁能医，工画，善歌，垂八十，声犹绕梁云。

外氏史曰：古善啸者称孙登，嗣后寥寥，不见书传。迨至我朝称善啸者，洛下王、昭阳李而已。然予尝一闻之矣，第未知与苏门同一音响否？昨闻啸翁之啸，则有变风云动山岳之势，大非洛下者可几及也。岂啸翁之啸，直接苏门者耶？

　　张山来曰：予遇啸翁，欲闻其啸，翁以齿豁辞。不意其在平山发如许高兴，惜予不及知也。

客窗涉笔　　　　失名

康熙间，天津城外有旅店，其后一室，夜多鬼，店主键其门。时有优人至其家，人无宿处，欲入此室。店主告以故，其扮净者云："无惧，吾能服之。"众饮酒，半醉，各归寝。扮净者，取笔涂赤面，着袍靴，装关公；丑涂墨面，持刀装周仓；小生白面，持印作关平，左右立。关正坐，点烛若看兵书状。顷之，炕后一少妇出，前跪呼冤。装关公者，心慑不能言。扮周仓者，厉声问："有何冤？可诉上。"妇指炕者再。周又厉声云："汝且去，明日当伸若冤。"妇拜谢，忽隐去。至明日，三人启炕砖视之，下果有一尸。询店主，云："此屋本一富家者，前年迁去，某赁之。其邻右云：屋主向有一妾，后不复见，殆冤死耶？"众云："今夜必复至,当细询之。"至夜,三人仍装像于室,众伏户外伺之。初更,妇人又自炕后出,怒指三人云:"吾以汝为真关君,特与诉冤,汝辈何能了吾事!"乃披发吐舌灭灯而去。众大惊,三人不敢复入室。

　　张山来曰:此鬼谬矣。即非真关君,宁不可借其力以鸣于官而究其冤耶?

康小范言其伯父讳元积者,顺治辛丑进士。自幼能知前事,方诞生时,与同辈三人,皆沙门中道履坚粹者。冥主赐以进贤冠,绣紫衣,礼而遣之。至一桥,有以杯茗进,同辈饮之,某独疑而置之,遂别去。某困诸生久,每思及此,曰:"吾既紫绣来,阎老非谴我者。"后登进士,谢恩之日,班次中遇两同年,面目宛然当日两僧与偕来者。询之两君,则皆惘然,想即桥上杯茗为之蔽也。

崇祯末,张献忠屠戮楚中。麻城人为贼所杀,魂走川中,不自知其死也。急欲东归,每至途中,辄为风吹转,夜行三载,终不得归。于是闻风声,即伏地握草木根,乃不复回。将至故邑,城门尚闭,于岳庙后少憩。见有一神,奉簿登殿,向岳帝云:"与麻城梅某一子。"帝云:"此人孽重,不得有子。"神又云:"天曹所命,不敢违。"判官持一簿向帝云:"梅某于某日,见一冻人,买一草束烘之得活,是当得子。"帝云:"可将坐庙旁人与之。"四五人拽是人行,是人呼云:"我人也,何投胎之有?"众笑云:"汝是人,何畏风夜行耶?"是人始悟已为鬼。至殿上,又云:"某即投胎,不愿之梅某家。向识其人,何可为若儿?"判官云:"但往为若儿,有好处。"是人记所言,数人押至梅某家。梅某妇产一儿,即能言,家人以为怪。欲杀之,儿述前生,并托生事,梅惊异,于是力行善,抚子成人,今尚在也。康熙丙辰二月,施溥霖言之。

　　张山来曰:方岳帝未奉天曹命时,梅某妇已有孕矣。岂预知有投胎者耶? 此与回生者胸前微温,同一不可解也。

闻见卮言　　　　顾理美

顺治甲午正月,四明一士人金良者召仙,仙大书乩云:"解元金良。"士人大喜。及开榜,解元乃锺朗也。盖锺字旁有"金"字,朗字旁有"良"字，神仙之游戏耳。然金君于次科亦即中式。

晋时，义兴善卷寺，雷震其柱，题字凡三：一字诗米汉，一曰射钩记，一曰谢君之。皆大书，可径尺，非篆非隶，深入木理。正统间，周文襄公命试削之，字随削而入，乡人摹拓，云佩之可以愈疟。宋祥符间，岳州玉贞观雷书一柱曰：谢大仙人。问乩仙，曰："雷神之名也。"本朝顺治间，福州饥，昼锦坊有卖米者，雷震死其三人，有字大书尸上。其文曰："关口月六辰口月六佥，"无人识者。人题之于万寿塔壁，夜有蜘蛛垂丝于字之中，直贯而下，视之，乃"米中用水康中用木查"九字也。询知其人，平日果然。天诛不爽矣。

　　张山来曰：予曩在鸠兹市上，曾见破书一帙，所记皆雷事，其中雷书甚多，以其近于荒唐，未之购也。由今思之，仍当以数十文买之，今亦不知在否矣。

樵　　书

来集之元成

樵川吴生，善请仙。顺治丁酉，督学岁试将及，数子问场中题，书曰："尹字带儿孙，一旦不离心。"复问次题出经题否？曰："否，否，否。"比入试，首题是"得见君子者斯可矣"，至"得见有恒者斯可矣"。乃知"尹字儿孙"，君子也；"一旦心"，恒字也。次题"乐正子强乎"，三段，三否字也。同时有武学生，亦问试题，书四语曰："二人并肩，不缺一边，立见其可，十字撇添。"及入试，论题乃"天下奇才"四字。始悟"二人并肩"，天也；"不缺一边"，下也；"立见其可"，奇也；"十字撇添"，才也。拆字巧妙如此，非仙语不能到也。

　　康熙己酉科，山阴袁显襄叩乩仙，问场中题目，批云："不可语。"曰："然则终无一言耶？"曰："题目即在'不可语'上。"曰："乞明示之。"批一"署"字。出题乃"知之者"一节，有四者字，且在不可语上一章之上，袁遂获隽。

　　青州番民杂处，多闵术，能以木易人之足。有郡丞某过其地，记室二人，从游其地，寓于客邸。一人与妇人淫，其夫怨之，易其一足。一人不与妇淫，其妻怨之，易其一足。明日，踯躅于庭，丞知，逮其人，始邀归作法,而足如故。

张山来曰:淫其妇而仅易其足,可谓罪重而罚轻矣。

钱塘于生三世事记　　　　　陈玉璂椒峰

钱塘于生某,忠肃公裔孙也。笃行,不妄言,虽盛暑不解衣带,每沐浴,必深自蔽匿,人怪之。一日,浴昭庆寺僧寮,同学蔡生者排户逼视,见其两腋间,肌寸许,左豕右蛇,豕鬣而蠢,蛇鳞鳞然。生泣下,已乃曰:"此予三生业也,于今犹不忘。予初为豕,甚憎其生,既就死,极梃刃汤火,神识终不去。已为蟒蛇,在岩穴下,自顾狞恶,时掩藏而口苦饥,百虫萃腥,附于甲,立啖尽,已念业益重。间日食一大禽,又念杀生无已时。誓日饮水,又念毒涎入水杀鱼蚌,误饮人杀人,慨然曰:'生而害生,曷不死?'遂引首于山,曝烈日中以死。见冥官,曰:'汝有人性,重生命,舍生,当拔汝为人。'"言罢,生又泣曰:"予未尝以告妻子,今亦无用自匿矣。"蔡闻言悚然,因语于李九来,笔之书。

陈子曰:轮回果报,为浮屠家说,予不乐道。阅《太平广记》诸书,载此类甚多,亦不之信。今九来亲得之其友,可无疑。嗟乎!物类以不嗜杀而得为人,人嗜杀将不得复为人,亦理有必然者。金坛某巨公死,距百里许,农家适产牛,见腹下殊毛,若书某公姓名。众骇语,闻其子,鬻归,闭之别室,以终其年。予闻之巨公姻党,亦无足疑。夫天下之为乱臣贼子者多矣,岂能尽执其人而刀锯鼎烹之?故往往有逃于法者。苟非有冥报,使计穷力竭,贿赂无所施,干请无所用,人亦何惮而不为乱臣贼子。故冥报者,所以济国法之穷也。吾友魏冰叔作《地狱论》,其说实有裨于世道人心,当书此文质之。

张山来曰:余曾作《轮回说》,谓人为异类,世苟不知,便不足以为戒,故必毛上成字方可耳。

活　死　人　传　　　　　陈　鼎定九

活死人,姓江,四川人,名本实,家素封。明亡,散家财,弃妻子,入终南学仙,十年得其道。遂遨游四海,既而止妙高峰,从阎老人结庐炼金丹。又十年,丹成,座下弟子百余人,推荆溪陈留王为首,能驾云往来,能水面上立,能峭壁间行。尝缚虎为骑,出入市中,活死人怒,呼而责之曰:"所贵乎道者,清净无为也,无为而至于无声,方臻众妙之门。故曰:有声之声,延及百里;无声之声,延及四海。今汝所行,皆有为也。有为则骇世惑俗,岂清净道哉?"于是陈留王乃尽弃其术,掩关息坐,三年,然后请见。活死人大悦,曰:"子可以授吾大道矣。"既授,乃集群弟子,告曰:"吾闻成功者退,今吾道既已得人,吾将隐矣。"乃命掘一土穴山半,仅可容身,活死人入居之,命以土掩,"毋使有隙,但朝夕来呼我可耳"。既埋,群弟子如命,朝夕往呼之,活死人在土中,必大声应。三年,呼之不应矣,群弟子乃树以碣,曰"活死人之墓"。

外史氏曰:神仙多为骇世惑俗之事,活死人既怪其弟子骇世惑俗,何为活埋土穴,而使呼之应之三年之久耶? 岂夫子所谓索隐行怪者,即世之所谓神仙耶?

张山来曰:活埋土穴中,令人呼之而应,此当是其弟子辈故为此言,以骇世耳,未必果有其事也。

义 牛 传　　　　　陈　鼎定九

义牛者,宜兴桐棺山农人吴孝先家水牯牛也。力而有德,日耕山田二十亩,虽饥甚,不食田中苗。吴宝之,令其十三岁子希年牧之。希年跨牛背,随牛所之。牛方食草涧边,忽一虎从牛后林中出,意欲攫希年。牛知之,即旋身转向虎,徐行啮草。希年惧,伏牛背不敢动。虎见牛来,且踞以俟,意相近即攫牛背儿也。牛将迫虎,即遽奔以前,猛力触虎。虎方垂涎牛背儿,不及避,蹼而仰偃隘涧中,不能辗。水壅浸虎首,虎毙。希年驱牛返,白父,集众异虎归,烹之。

他日,孝先与邻人王佛生争水,佛生富而暴,素为乡里所怨,皆不直之,而袒孝先。佛生益怒,率其子殴死孝先,希年讼于官。佛生重赂邑令,反杖希年,希年毙杖下,无他昆季可白冤者。孝先妻周氏,日号哭于牛之前,且告牛曰:"曩幸借汝,吾儿得免果虎腹。今且父子俱死于仇人矣,皇天后土,谁为我雪恨耶?"牛闻之,大怒,抖搜长鸣,飞奔至佛生家。佛生父子三人方延客欢饮,牛直登其堂,竟抵佛生,佛生毙;复抵二子,二子毙。客有持杆与牛斗者,皆伤。邻里趋白令,令闻之,怖死。

外史氏曰:世之人子不肖,父仇不能报者比比矣,乃是牛竟能为吴氏报两世杀身仇。噫!牛亦勇矣哉。宜乎令闻之怖死也。

张山来曰:牛之为物,虽巍然一躯,然观其状,大抵顽而不灵。今此牛独能为主报两世之仇,复怖死一贪墨吏,殆所谓"犁牛之子骍且角"者也。

卷十二

邵 士 梅 传　　　　　陆鸣珂 次山

邵士梅，号峄晖，山东济宁州人也。其前身为高小槐，本高家庄人。向充里正，急公守法，不苟索民间一钱。病革时，见二青衣人，如公差状，令谨闭其目，挟与俱行，行甚捷，惟闻耳边风涛声。少顷，至一室，青衣已去，目顿开，第见二妪侍房帷间，则已托生在邵门矣。口不能言，心辄自念，觉目中所见，栋宇器物，骤然改观。即手足发肤，何似非故我也？至二三岁能言时，辄云"欲上高家庄、高家庄"云。父母怪而叱之曰："儿妄矣。高家庄安在？"及出就外傅，间以语傅。傅曰："此子前身事，宜秘之。"遂不复言。

己亥成进士，改授登州郡博。适奉台檄，署篆栖霞，道经高家庄，市井室庐，宛然如昨。因集土人而问之曰："此地曾有高小槐乎？"曰："有之。去世已历年所矣。"及询其殁时月日，与士梅生辰无异，遂告之故。觅其子，一物故，一他出，惟一女适人，相距里许。呼与语，语及少时膝下事，甚了了。并访里中诸故老，其一尚存，皤皤黄发，年九十余矣。相见道故旧，欢若平生。士梅因恍然有得，半生疑案，从此冰消。乃赋诗云："两世顿开生死路，一身会作古今人。"遂捐赀置产，厚恤其家。后俸满量移，作令吴江。吴中人士，盛传其事。

余初未之信也，适登州明经李曰白，为余同年，曰桂胞弟，便道过访。余偶言及，曰白曰："得非我登州邵峄晖先生乎？其事甚真，余所稔闻。"因述邵在登时，尝以语同官李籧，籧以语曰白者，缕悉如此。余稍铨次其语，为立小传。夫高小槐，一里正耳，片善之积，尚能死无宿孽，生得成名，况其他哉！云间野史陆鸣珂撰，时康熙七年五月晦日也。

张山来曰：观里正之善者，其福报如此。其恶者，来生从可知矣。

彭 望 祖 传　　　　　　　　　陈　鼎定九

彭望祖，名远，江西人。幼端方沉静，寡言笑。弱冠举诸生，从师读书西山草庵中。冬月，有道士衣单麻衣，冒大雪来求宿。忽病足不能起，望祖怜之，日分饮食奉之。三年，道士足愈，起谢曰："吾受郎君惠厚矣，无以报。"出丹书三卷授之，曰："读之可证飞仙。"遂去，不复见。望祖得其书，熟读之。明亡，弃举子业，来游江南。顺治中，京口明经张行贞，延为孺子句读师，宾主甚相欢。他日饮青梅下，行贞盛言闽粤鲜荔之美，恨不得啖。望祖曰："是固无难致也。"行贞曰："噫！先生何云不难哉？固无论山川险阻，第相去数千里，即使策骏马乘传，日夜兼程，行至此，亦槁矣。"望祖唯唯。抵暮，行贞入，望祖命童子洒扫书舍，庀香具法坛，戒童子先寝。童子慧，怪之，假寐窃起窥。望祖于篚中取草龙一具，祭于坛。须臾，龙忽蠕然，鳞甲爪牙皆动，望祖乘之腾去，不半夜归矣。龙两角挂累累，皆鲜荔也。乃撤坛，收草龙置篚中，而东方已白。呼童子起，进之，行贞大骇，诘童子，童子具以告。于是行贞知望祖有神术，谨事之。岁余，望祖忽于午夜出草龙，收行旅琴剑书篚挂于上，乘之而去，不知所终。

外史氏曰：神仙固多幻术也。往往以幻术游戏人间，第无缘值之耳。或曰：望祖特术士耳，非神仙也。虽然，数千里，不半夜而往还，即谓之神仙也亦宜。

张山来曰：余尝羡左慈于盂中钓松江四鳃鲈鱼，今望祖尚有借于草龙，犹觉逊一筹也。

程 弱 文 传　　　　　　　　　罗　坤宏载

弱文程氏，名璋，歙人程某之女也。其母梦吞花叶而生，幼极颖慧，九岁即好弄翰墨，工诗文，日摹《曹娥》《麻姑》诸帖，书法尤称精楷。性复喜植花，更爱花叶，能于如钱莲叶，熨制为笺，书《心经》一卷。及笄,适里人方元白,伉俪甚欢。元白偕友人吴某,作客广陵,弱文忧形颜色,不能自已,尝作诗文,缄寄元白。元白开缄,辄闭户歇歔,怅惋累日。一日,平头复持缄至,友人伺其出,私启视之,乃制新柳叶二片,翠碧如生,各书绝句一首。其一曰:"杨柳叶青青,上有相思纹。与君隔千里,因风犹见君。"其二曰:"柳叶青复黄,君子重颜色。一朝风露寒,弃捐安可测。"又有《染说》一篇,《原愁》一则寄元白,文情绵恻,媚楚动人。年二十一而卒,著有文集数卷,歙人有传之者。元白伤悼过情,终不复娶,亦不复作客,遂入天台山为名僧焉。

　　张山来曰:吾邑有此闺秀,当访购其集而表章之。

薛衣道人传　陈　鼎定九

　　薛衣道人祝巢夫,名尧民,洛阳诸生也。少以文名。明亡,遂弃制艺,为医,自号薛衣道人,得仙传疡医,凡诸恶疮,傅其药少许即愈。人或有断胫折臂者,请治之,无不完。若刳腹洗肠,破脑濯髓,则如华佗之神。里有被贼断头者,头已殊,其子知其神,谓家人曰:"祝巢夫,仙人也,速为我请来!"家人曰:"郎君何妄也,颈不连项矣,彼即有返魂丹,乌能合既离之形骸哉?"其子固强之而后行。既至,尧民抚其胸曰:"头虽断,身尚有暖气。暖气者,生气也。有生气,则尚可以治。"急以银针纫其头于项,既合,涂以末药一刀圭,熨以炭火。少顷,煎人参汤,杂他药,启其齿灌之。须臾,则鼻微有息矣。复以热酒灌之,逾一昼夜,则出声矣。又一昼夜,则呼其子而语矣。乃进以糜粥,又一昼夜,则可举手足矣。七日而创合,半月而如故,举家拜谢,愿以产之半酬之,尧民不受。后入终南山修道,不知所终。无子,其术不传。

　　外史氏曰:世称华佗为神医,能破脑刳臂,然未闻其能活既杀之人也,乃尧民能之,不几远过于佗耶?孰谓后世无畸人哉?

　　张山来曰:理之所必无,事之所或有,存此以广异闻可耳。

　　又曰:使我得遇此公,便当以师事之。

刘　医　记　　　　　　　　　　　陈玉璂椒峰

刘云山，万历间医也，然当时其术未行，身死三十七年，而名始
著。陈子闻之曰：异哉，理可信哉！客曰："杭州巨室某者，子患恶
疾，垂毙，其家已环而哭之。有一医突至，曰：'我刘云山也。'视毕而
病者愈。赠以金，不受去。曰：'他日晤我于毗陵城之司徒庙巷。'逾
月，巨室子果至，觅云山，巷之老人曰：'子谬矣，云山死且三十七年
矣。'然云山生时信鬼神，曾梦授斯庙之神，募钱尚书地以广其祠宇，
因自为像于神旁，其形容尚可识也。巨室子跃入，惊顾骇愕，抱其像
哭泣而去。由是吾郡之人，观者、拜者、祭祷者，奔走无虚日，亦复
有验。"

陈子闻之曰：异哉，理可信哉！虽然，使云山之术得展于生时，
吾固知云山之志可毕也。乃负其术而不遇其时，此云山之所以至死
而犹不肯泯没者乎？虽其事近于荒唐怪异，君子亦当悯其志而姑信
之也。康熙四年三月某日记。

　　张山来曰：艺术果精，其为神也固宜。

湖　壖　杂　记　　　　　　　　　　陆次云云士

净慈寺罗汉，其始止十八尊，吴越王梦十八巨人，而范其像。南
宋时，僧道容增塑至五百尊，覆之以田字殿，殊容异态，无一雷同。焚
香者按己年齿，随意数之。遇愁者愁，遇喜者喜。按罗汉之异，不止
一端。烟霞洞后石壁，有石罗汉六尊，亦见梦于吴越王，乞完聚同气，
王为补刻其一十二。又愿云《现果录》，载明时休宁赵贾，出海病疽，
同舟者弃之穷岛。赵甦，匍匐至一大寺，见有异僧，问彼沙弥，知为罗
汉。贾向一僧求其送归，僧曰："可入袖中。"即越海掷贾室中，飘然竟
去。贾还，捐资造建初寺，画神僧之事于壁，以彰佛力。又明季，太仓
有一巨姓，老年无子，斋十万八千僧讫，有十八异僧，复来求食，家僮
拒之。一僧竟入堂中，以指濡唾作行书，书其几曰："十八高人特地

来,谓言斋罢莫徘徊。善根虽种无余泽,连理枝头花未开。"随书随成金字。家僮惊报,主人急出,僧已逝矣。巨姓顶礼诗几,积诚一载。忽见"未"字转动,自下而上,竟成"半"字,遂得一女。

明末,净寺一僧尝昼寝,梦伽蓝语之曰:"有张姓新贵人至矣,急迎之!"僧惊寤,旋往山门物色,见一书生,倚松太息。僧询之曰:"君得无张姓某名乎?"书生曰:"然。"僧急拉之曰:"新贵人盍过我?"书生急谢曰:"公勿误,我乃不取科举秀士也。今八月初六日矣,诸试俱毕,无计观场,过此排闷,安得为新贵人耶?"僧曰:"君之为新贵人,神告之矣。未录科,易事耳,吾为尔续取。"书生曰:"续取须金。"僧曰:"吾为若输金。"书生曰:"吾观场无费,不如休也。"僧曰:"吾为若措费,第得科名后无相忘足矣。"书生曰:"斯何敢?"僧续名为投卷、市参、授餐、僦寓,场事毕,又为卜笈于伽蓝,得大吉,益喜跃。榜将发,拉书生曰:"君候放榜,当必在我舍。"书生曰:"公无虑,我舍公,将安归?"于是轰饮彻夜。将旦,僧先入城观揭榜,果见姓名高列矣。驰归拉生赴宴,至则再视,视上名虽是而籍则非,相顾错愕,生甚惭而僧甚悔,各不复顾,分道叹息而去。

　　张山来曰:此当是寺僧平时势利炎凉,故伽蓝恶而戏之耳。

高丽寺者,高丽国王为某世子所建也。宋神宗时,国王尝祈嗣于佛,得一子,昼夜啼,惟闻木鱼声则暂止。有声自空中来,或远或迩,王命寻声所自起,愈寻愈遥,渡海而南,倾耳清听,得之于武林镜湖之畔。一僧端坐招提,静宣贝叶,击鱼按节,梵韵清扬,使者敬礼僧前,请涉朝鲜以疗世子。僧曰:"世子云何?"使告以故,且曰:"其臂间湛然有'佛无灵'字,佛之所赐,而题识谓之无灵,此何说欤?"僧曰:"异哉,为尔往视。"渡海见王。王出世子,僧合掌作礼,世子笑而颔之。王异之,问何故?僧曰:"王之世子,吾师也。吾师曾为比丘矣,其先盖舆夫也。肩舆得金,自给之外,每以余资投井底。积既久,金益多,出金建刹于湖上,遂为释。吾钦其德为之徒,乃师一年跛,明年盲,三年为雷击以死。吾深不平,因濡笔题'佛无灵'字于其臂。孰意其生于此欤?"王曰:"审如是乎?佛有灵矣。彼种种者,安知非夙生之孽,并报一世,而后偿其善果乎?"因为建寺于其旧地,颜曰"高丽",且进金塔以表奇。因志失载,碑不存矣。余纪其略以贻主僧,今寺惟无殿梁尚在,人比之鲁灵光云。

张山来曰:使其徒不于臂间书"佛无灵"三字,则佛竟无灵矣。

三茅观,踞吴山之最胜。按《茅山志》,记茅君示现,以云气为衣服,而不辨眉目。一道士曾于观前见一幻影,与此说符,是灵奇不独茅山矣。观中张三丰曾来寄迹,故于其左肖三丰像,建三仙阁。中坐仙,平平耳;左立仙,首戴笠,玉质亭亭,扶杖欲出;右睡仙,侧卧覆衾,曲肱加枕,如得五龙蛰法,而呼吸有声也。其境不凡,故仙踪恒集。万历时,有凌姓医者,事仙最虔,每以针术施人,而不孳孳于利者。过观中,见群乞儿席地会饮,候值隆冬,同云欲雪,丐者且袒臂裸襟,握拳射覆,凌异而视之。丐者授以一胾,凌曰:"吾不茹。"酌以一盏,凌曰:"吾不饮。"问何故?曰:"以奉仙故。"一丐曰:"勿强之,我辈醉,宜归矣。"飘然而散。所遗在地数荷叶,鲜翠如盘,似倾露珠而新出水者。凌思木叶尽脱时,焉得有此?丐者殆真仙,而以此贻我也?拜而收之,珍藏什袭。每行针,先以针针叶上,疗疾即愈。人拟之徐秋夫,至今其裔以针名世。

一亩田,在武林门内,有谁庵者,僧静然主之。静然晨夕焚修,诵经不怠。于顺治戊子元旦,方宣梵呗,有鼠窥于梁,嗣后每叩鱼声,其鼠即至。渐乃由梁及户,由户及几,僧呼:"鼠子,尔来听经耶?"鼠即点首,蹲伏《金经》之右,经止,乃徐徐去,率以为常,如是逾年。一日者,复来听经,经毕,向僧如作礼状。礼毕,寂然不动,僧抚之曰:"尔圆寂耶?"已涅槃矣。越数日,体坚如石,有栴檀香。僧为制一小龛,塔而瘗之,如浮屠礼。

张山来曰:余亦曾于讲院听经,竟不解所谓。而妇人女子,见其作点首会意状,殊不可解。然异类往往能之,则妇人女子,听经会意,又不足奇矣。

吴山之最胜者,曰紫阳山。径曲奥,石玲珑,洞幽阒,水潺湲,岩秀刻,故米芾书其石曰"吴山第一峰"。仙境也,真仙出焉。宋嘉定间,有丁野鹤者,全真其处。山麓有善姓,恒斋丁。一日,丁受斋,不即去。忽有无赖子数辈，掖一垂毙乞儿，投其家，众急走。无何，乞儿毙矣。善姓遑急，丁曰："无恐，盍闭我于静室？闻弹指声，方出。"俄而，无赖之众复轰然集矣，声以毙命，裂眦攘臂。正欲劫其资，而毙者倏然自地起，趋出户，众呼之不应，拉之不止，追之不可及也，归于无赖之家，复告毙。众错愕，急散去。而丁弹指出室中，谢善姓，不复至矣，人由是知丁之奇。未几，召其妻王守素，付偈与别曰："懒散六十年，妙用无人识。顺逆两俱忘，虚空镇长寂。"抱膝而逝。守素遂漆其尸，遗蜕尚在，不异生平。其妻后亦证道云。

　　张山来曰：此日假人命最多，安得丁仙遍满人间也？

　　崇祯末年，有江右客，寓珠宝巷。携一朱盒，中藏碧草一本，上有生就小龙，其大如指，长逾三寸，光似淡金，鳞角爪牙，无一不备。循枝盘绕，气色如新，博物者不知其所从出。时潞王播越在浙，售其府中。按潞王名敬一，精通释典，名潞佛子。工书善画，尤精于兰，至今有石刻留虎跑寺。制为潞琴，前委两角，材最精良。其府中颇蓄异物，有沸水石，有竹节盆，其大如轮。有纯阳像，乃仙笔也，风右则须飘而左，风左则须飘而右。有舍利一颗，晦夜放光，视其燥湿，可占晴雨。有四面观音一尊，得之大鳖腹中者。王之绣佛长斋，从剖鳖得佛像始，而后陵谷变迁，不知其乌有矣。

　　藩司治前有百狮池，甚深广。顺治八年季冬，群儿绕栏嬉戏，忽见赤蟹浮于池上，共讶严寒焉得有此？遂钩取之。有囊吞钩而起，举之甚重，视之，一肢解人也。急报藩伯，藩伯陈姓，曰："蟹具八足，此间岂有行八之人，与名八之地乎？"一卒曰："去司不远，八足子巷中有丁八。"藩伯曰："速捕之。"至则遁矣。廉得巷中有皮匠妇，与丁八有私，而匠复数日不见，邻人疑而举之。捕匠妇，一讯而伏，诚与丁八成谋，以皮刀磔匠而沉之池，将偕奔而未遑也。狱成，究不得八。藩伯旋开府粤西，偶至一山寺，寺僧具迎。随开府者一童子，忽执一僧曰："杀人丁八在是矣！"僧失色，开府曰："若安识之？"童子曰："余邻也，虽变服而貌不可变。"童子盖浙人，而挈之以适粤者也。既得八，械送之浙，同伏法。穷凶冤债，虽髡发万里之外，其能避乎？

　　武林山之最高者，独推五云。惟高斯寒，故宋时山僧，每在腊前进雪。崇祯癸未,时当重九,有数书生约登此山,以作龙山之会。贾勇而上,休息庙中。为时正早,庙祀五通之神,一生戏拈神筊卜曰:"我辈今日得入城否?"筊语答以不能。书生睨视阶墀,大笑曰:"何神之有灵? 刻尚未午,而云我辈不得归家耶?"随步下,至一溪头,见双鲫游泳,迥异凡鱼。书生共下捕之,或远或近,或潜或跃,或入手中,泼剌又去。书生以必得为期,脱衣作网,濡手沾足,良久得之。贯以柳枝,携出山麓,至南屏酒家,而月上东山,禁门扃钥矣。因命童子烹鱼取醉,遣此良夜。童子谓:"鱼游釜中,久之不熟。"命童子添薪益火,而其游如故,又加踊跃,有碎釜声。书生急往视之,俨然鱼也,取出,乃木筊耳。因共惊悔,翌日归筊庙中,以牲醴祷神而去。

　　超山在皋亭山北,山不深而穴虎。顺治十八年冬月,有僧闻虎啸,欲拽杖往伏之,竟为所噬。其徒延虎师捕虎,师江右人,捕虎有年矣。初造阱,即知当获七虎。每获一虎,乡人赠之以金。其法以羊置阱中,鸣以相诱,煮青螺斗许,遍撒山隅。虎至,伥鬼导之,伥见螺,贪剔螺肉,忘为虎护。虎遂孤行,即误入阱,虎师遂束之以归。盖僧之徒,隔山遥望,所见如此。越月师云:"今日当获第七虎矣。"乡人益以金为赠。师怀金纵步往视,虎在阱中,大吼一声,猛如霹雳。忽阱外二伏虎,自草中起,各衔师一足,中裂其体而去。夫擒虎乃祛害也,虎宜不能与师仇,而卒为之害者,意者有祛害之心,而因之以为利欤? 吁嗟! 虎师知虎之死于阱中,不知己亦殉于阱外也。

　　　张山来曰:人为虎所食,其鬼为伥,理应仇虎,乃不惟不仇之而已,而反为之用,何耶? 吾乡素多虎,猎师亦必以饵诱伥,然未闻其为虎所害也。

看 花 述 异 记　　　　　王　晫丹麓

　　湖墅西偏,有沈氏园,茂才衡玉之别业也。茂才性爱花,自号花通,园故多植古桂、老梅、玉兰、海棠、木芙蓉之属,而牡丹尤盛。叠石为山,高下互映,开时荧荧如列星,又如日中张五色锦,光彩夺目,远近士女游观者,日以百数。

　　三月十八日，予亦往观，徘徊其下，日暮不忍归。主人留饮，饮竟，月已上东墙矣。主人别去，予就宿廊侧，静夜独坐。清风徐来，起步阶前，花影零乱，芳香袭人衣裾，几不复知身在人世。俄见女子自石畔出，年可十五六，衣服娟楚，予惊问，女曰："妾乃魏夫人弟子黄令征，以善种花，谓之花姑。夫人雅重君，特遣相迓。"予随问夫人隶何事？曰："隶春工。凡天下草木花片，数之多寡，色之青白红紫，莫不于此赋形焉。""然则何为见重也？"曰："君至当自知。"因促予行。予不得已，随之去。移步从太湖石后，便非复向路，清溪夹岸，茂林翁郁。沿溪行里许，但觉烟雾溟濛，芳菲满目，人间四季花，同时开放略尽。稍前一树，高丈余，花极烂漫，有三女子红裳艳丽，偕游树下，见客亦不避。予叹息良久，花姑曰："此鹤林寺杜鹃也，自殷七七催开后，即移植此。"又行数里，一望皆梅，红白相间，绿萼倍之。当盛处，有一亭，榜曰"梅亭"。亭内有一美人，淡妆雅度，徙倚花侧，予流盼移时，几不能举步。花姑曰："奈何尔？此是梅妃。'梅亭'二字，犹是上皇手书。幸妃性柔缓，不尔，恐获罪。"予笑谢乃已。

　　行至一山，岩壑争秀，花卉殆与常异。听枝上鸟语，如鼓笙簧。渐见朱甍碧瓦，殿阁参差，两度石桥，乃抵其处。相厥栋宇，侈于王者。旁有二司如官署，右曰太医院，予大惊讶，问花姑曰："此处亦须太医耶？"花姑笑曰："乃苏直耳。善治花，瘵者能瘳，病者能安，故命为花太医。""其左曰太师府何？"曰："此洛人宋仲儒所居也。名单父，善吟诗，亦能种植。艺牡丹，术凡变易千种，人不能测。上皇尝召至骊山，植花万本，色样各不同，赐金千两，内人皆呼花师，故至今仍其称。"入门由西街行百步余，侧有小苑，画槛雕栏。予遽欲进内，花姑虑夫人待久，不令入，予再三强之方许。及阶，见一花合蒂，浓艳芬馥，染襟袖不散。庭中有美女，时复取嗅之，腰肢纤惰，多憨态，予不敢熟视。花姑曰："君识是花否？"予曰："不识也。"曰："此产嵩山坞中，人不知名，采者异之，以贡炀帝。会车驾适至，爰赐名迎辇花，嗅之能令人清酒，兼能忘睡。"予曰："然则所见美女，其司花女袁宝儿耶？"花姑曰："然。"遂出，复由中道过大殿。殿角遇二少妇，皆靓妆，迎且笑曰："来何暮也？"花姑亟问夫人何在？曰："在内殿，观诸美人歌舞,奏乐为乐。客既至,当入报夫人。"予遽止之曰:"姑少俟,诸美人可得窃窥乎?"二妇笑曰:"可。"谓花姑:"汝且陪君子,我二人候乐毕相延也。"去后,予乃问花姑:"二妇为谁?"曰:"二妇本李郑侯公子妾,衣青者曰绿丝,衣绯者曰醉桃,花经两人手,无不活,夫人以是录入近侍。"遂引予至殿前帘外,见丝竹杂陈,声容备善,正洋洋盈耳。忽有美人撩鬓举袂,直奏曼声,觉丝竹之音不能遏。既而广场寂寂,若无一人。予闻之,不胜惊叹。花姑曰:"此《永新歌》,所谓歌值千金,正斯人也。"

语未毕,闻帘内宣"王生入",予敛容整衣而进。望殿上夫人,丰仪绰约,衣绛绡衣,冠翠翘冠,珠珰玉珮,如后妃状。侍女数十辈,亦皆妖丽绝人。予再拜,命予起,曰:"汝见诸美女乎?"予谢不敢,夫人曰:"美人是花真身,花是美人小影。以汝惜花,故得见此,缘殊不浅。向汝作《戒折花文》,已命卫夫人楷书一通,置诸座右。"予益逊谢。旋命坐,进百花膏。夫人顾左右曰:"王生远至,汝辈何以乐嘉宾之心?"有一女亭亭玉立,抱琴请曰:"妾愿抚琴。"一声才动,四座无言。泠泠然抚遍七弦,直令万木澄幽,江月为白。夫人称善,曰:"昔于頔尝令客弹琴,其嫂审声叹曰:三分中,一分筝,二分琵琶,绝无琴韵。今听卢女弹,一弦能清一心,不数秀奴七七矣。"因呼太真奏琵琶。予闻呼太真,私意当日称为解语花,又曰"海棠睡未醒",不料邂逅于此。乃见一人,纤腰修眸,衣黄衣,冠玉冠,年三十许,容色绝丽,抱琵琶奏之。音韵凄清,飘出云外。予复请挡筝,夫人笑曰:"近来惟此乐传得美人情,君独请此,情见乎辞矣。"顾诸女辈曰:"谁擅此技?"皆曰:"第一筝手,无如薛琼琼。"寻有一女,着淡红衫子,系砑罗裙,手捧一器,上圆,下平,中空,弦柱十二。予不辨何物,夫人曰:"此即筝也。"顷乃调宫商于促柱,转妙音于繁弦,始忆崔怀宝诗,良非虚语。曲才终,又有一女,抱一器似琵琶而圆者,其形象月,弹之,其声合琴,音韵清朗。予又不辨何物,但微顾是女,手纹隐处如红线。夫人察余意,指示予曰:"此名阮咸,一名月琴。惟红线雅善此。"予方知是女即红线也。夫人忽指一女曰:"浑忘却汝,汝有绝技,何不令嘉客得闻?"予起视,见一美人,含情不语,娇倚屏间。闻夫人语,微笑,予遂问夫人:"是女云谁?"夫人曰:"此魏高阳王雍美人徐月华也。能弹卧箜篌,为明妃出塞之歌。哀声入云,闻者莫不动容。"已持一器,体曲而长,二十三弦,抱于怀中,两齐奏之,果如夫人言。

俄有一女跨丹凤至,诸女辈咸曰:"吹箫女来矣。"女谓夫人曰:"闻夫人延客,弄玉愿献新声。"夫人请使吹之,一声而清风生,再吹而彩云起,三吹而凤凰翔,便冉冉乘云而去,耳畔犹闻呜呜声。细察之,已非箫矣。别一女子,短发丽服,貌甚美而媚,横吹玉笛,极要眇可听。夫人曰:"谁人私弄笛?"诸女辈报曰:"石家儿绿珠。"夫人命呕出见客,女伴数促不肯前。中一女亦具国色,乃曰:"儿亦善笛,何必尔也?"绿珠闻之,怒曰:"阿纪敢与我较长短耶?我终身事季伦,不似汝谢仁祖殁,遂嫁郗昙,不以汗颜,翻逞微技。"是女羞愤无一言,夫人不怿,命止乐。忽有啭喉一歌,声出于朝霞之上,执板当席,顾盼撩人。夫人喜曰:"久不闻念奴歌,今益足畅人怀。"念奴曰:"妾何足言,使丽娟发声,妾成伧父矣。"夫人指曰:"丽娟体弱不胜衣,恐不耐歌。"予见其年仅十四五,玉肤柔软,吹气胜兰,举步珊珊,疑骨节自鸣。乃曰:"对嘉宾,岂能辞丑。"因唱《回风曲》,庭叶翻落如秋,予但唤奈何而已。丽娟曰:"君尚未见绛树也,绛树一声能歌两曲,二人细听,各闻一曲,一字不乱。每欲效之,竟不测其术。"夫人曰:"绛树术虽异,恐无能胜子。吾且欲与王生观绛树舞。"乃见飞舞回旋,有凌云态,信妙舞莫巧于绛树也。绛树谓丽娟曰:"汝欲效吾歌不得,吾欲学汝舞亦不能。"夫人大悟曰:"有是哉!汉武尝以吸花丝锦赐丽娟作舞衣,春暮宴于花下,舞时故以袖拂落花,满身都着,谓之百花舞。今日奈何不为王生演之?"丽娟复起舞,舞态愈媚,第恐临风吹去。忽闻鸡鸣,予起别,夫人曰:"后会尚有期,慎自爱。"仍命花姑送予行。视诸美人,皆有恋恋不忍别之色,予亦不知涕之何从也。

花姑引予从间道出,路颇崎岖,回首忽失花姑所在,但见晓星欲落,斜月横窗,花影翻阶,翻然若顾予而笑。露坐石上,忆所见闻,恍如隔世。因慨天下事大率类是,故记之,时康熙戊申三月。

袁箨庵曰:具三十分才情,方能有此撰述。若有才无情,则不真;有情无才,则不畅。读竟始服其能。

李湘北曰：此丹麓《戒折花文》绝妙注疏也。将千古艳魂，和盘托出，笑语如生。不数文成将军之于李夫人，临邛道士之于杨玉环矣。

徐竹逸曰：逸兴如落花依草，可补《虞初志》、《艳异编》之所未备。文心九曲，几欲占尽风流。

张山来曰：予尝谓以爱花之心爱美人，则领略定饶逸趣；以爱美人之心爱花，则护惜别有深情。丹麓惜花如命，固应有此奇遇。

又曰：向读《艳异》诸书，见花妖月姊，往往于文士有缘，心窃慕之，恨生平未之遇也。今读此记，益令我神往矣。

孝 犬 传　　　　陈 鼎定九

孝犬，广东东莞县隐士陈恭隐家牝犬也。色白而尾驿，四足皆黑。恭隐痛父死国难，矢志不进取，隐居山中，以吟饮自纵，不与时人通。此犬随恭隐，未尝须臾离。每出则犬先行数百步，若以为导者。遇豺狼蛇虎，则亟返，啮恭隐衣袂，曳之还，若不使前者，恭隐悟，即旋。犬又随后，离数十步，作大声噪，若以为卫者，以是为常。夜则于庐舍前后巡且吠，达旦不少休。数年，犬一乳五子，皆牡，既长，恭隐分赠前后左右邻家畜，皆能司门户不息。初分之岁余，母犬日往各家，视乳犬一周，若训之勤者。有食，乳犬辄让母犬食。乳犬既壮，母犬即不往视，而乳犬每早辄齐来恭隐家视母犬。又数年，母犬病癞，瘦将死，乳犬日齐来，争与母犬舐癞，遂愈。每至元旦，五乳犬辄齐来，绕母犬摇尾，若为母犬贺岁状。后母犬死，五乳犬皆哀号不止，恭隐悯之瘗之后山。五乳犬每早辄齐往瘗处号，如是者数年不辍。

外史氏曰：世之人，能以酒食养父母，辄自诩曰"孝"，且有德色。子曰：至于犬马，皆能有养，其难者敬耳。睹兹五犬之殷殷其母，敬矣哉！呜呼！世之人不若者众矣。

张山来曰：义犬事甚多，不胜其载，今此犬独以孝闻，故特存之。

卷十三

曼殊别志书碑

毛奇龄大可

曼殊，丰台卖花翁女。陈检讨维崧序云："疏篱织处，青门种树之翁；纤笼携来，缟袂卖花之姬。"汪主事懋麟诗云："荒村侍婢卖花回，补屋牵萝晓镜开。怪底红颜如芍药，妾家生小住丰台。"汪春坊楫诗云："春到长安芍药开，寻花曾一到丰台。自从解语归金谷，不是花时客也来。"张学士英诗云："闻说丰台住小姑，百环新髻世应无。又添一段游人话，芍药开时说曼殊。"生时，母梦邻姬以白花一当，一根也。寄使卖。其前邻，奶奶庙也；后邻钱氏，疑昔者乃钱氏姬，因名阿钱。周赞善清原《续长恨歌》云："张家小女名阿钱，种花家住丰台侧。生成骨格一枝香，斟酌衣裳百花色。"

阿钱慧甚，能效百鸟音，京城贩儿推货车行叫卖，嘤喁不可辨，阿钱遥闻便知之。十岁，前村学针线，把剪即能刻花种人兽，不构谱，俨熟习者。客有以千钱购蓄绣幡灯于前村家，阿钱方学绣，立应之去。既长，色白，目有曼光，十指类削玉，黝鬓委地可鉴。《续长恨歌》云："十枝春笋扶钗出，一寸横波入鬓流。银蒜双双垂彩索，晓日瞳眬射妆阁。"张编修廷瓒书云："子夜清歌醉不醒，曾看宝髻倚银屏。菱花掩后香云散，肠断春山一样青。"才拢头，作十种名，最上以髹弗绾作连环百结蟠顶前，名百环髻。《留视图》自序云："饰予生平所梳百环髻。"王舍人嗣槐诗云："东风吹罗衣，空园自摇曳。采将千种花，拢作百环髻。"《续长恨歌》云："八幅湘裙初拂地，百环云髻早宜春。"方编修象瑛诗云："自制新妆号百环，春风摇漾画图间。无端梦逐空王去，凄绝丰台旧日山。"张中书睿诗云："百结云鬟别样妆，曼殊花放下巫阳。只今留视图犹在，减却生时一段香。"乔侍读诗云："百环髻就玉为神，别有秾华领好春。斜傍青山长不扫，有谁堪作画眉人。"顾性贞静，十二，从庙归，路人观者啧啧称好，姑则大愠，归不再出。

予来京师，益都夫子为予谋买妾，有以阿钱言者，豫遣二世兄往视，不许。吴文学阐思诗云："争似丰台解语花，脸波春色衬朝霞。盈盈碧玉年娇小，不爱青齐宰相家。"乔侍读诗云："村庄无复往东墙，但对名花引兴长。莫道小家刘碧玉，一生不嫁汝南王。"先是，阿钱病，西山尼师过其门，咨嗟曰："阿钱不年，不宜为人妻。"或曰:"为小妻即免。"遂决计作妾。然往请者,率骄贵,深不自愿。及二世兄往,谓犹是相公家也。越数日,予亲往,询余甚喜,且有谬誉予善文者。李检讨澄中《曼殊》诗云:"守身坚择对,偃蹇已数夫。不惜充下陈,但愿嫁通儒。毛郎富文史,作赋迈《三都》。"《续长恨歌》云:"纷纭粱肉皆尘土,不愿将身入朱户。兰生空谷人自知,啧啧张家有贤女。毛君一赋奏凌云,柱下才名天下闻。"龙检讨燮诗云:"湘湖词客毛先生,日昨棒檄来燕京。《子虚赋》献官侍从,闺中儿女皆知名。"李中允铠诗云:"毛子銮坡彦,文笔五色鲜。造访出花下,惊鸿何翩翩。岂有十斛珠,乃订三生缘。盈盈赋丽情,慕义良独难。"

是夜,予梦大士,取盎中花手授予,次日插戴。北方以下定为插戴。《续长恨歌》云:"疏篱野径多闲暇,落花无人碧窗夜。天然芳洁不由人,优钵昙花是化身。"胡文学渭生诗云:"媒氏新传玉帐音,定情何用百黄金。帘前一见如相识,为插莲花玳瑁簪。"邱学士象升诗云:"昨夜优昙带露开,簪花迤逦到丰台。湘帘一控春如海,万朵花光入座来。"其母兄与其母,疑予年大又贫,且相传妇妒,欲悔之,阿钱不然。陈序云:"原思入仕,仍然环堵之家;仲路居官,不离缊袍之色。况乎桓家郡主,性极矜严;吴国夫人,理多贵倨。王茂弘将膺九锡,时来悠谬之谈;刘孝标永憾三同,属有纷纭之论。而乃情坚一诺,面许三生。"《续长恨歌》云:"相国冯公重古风,为访名姝到韦曲。韦曲春花烂漫生,求婚三唱《踏莎行》。忽传妇妒儿中止,官贫复恐离乡里。阿钱却喜嫁才人,委身情愿同生死。"刘文学锡旦诗云:"梦授一枝和露种,肯教连理被云遮。"

及娶,检讨陈君就予饮,更名曼殊;曼殊者,佛花也。汪主事诗云:"昨宵梦乞杨枝露,从此更名号曼殊。"陈序云:"仆于阮妇之新婚,曾学刘桢之平视。屏前乍见,遽讶天人;烛下潜窥,已惊绝世。值此同官之被酒,屡为爱妾以征名。以姬夙悟静因,亲耽禅喜。遂傍稽夫梵夹,肇锡之以曼殊。"姜州丞启诗云:"曼陀花散到人间,色相端然菩萨鬘。"蔡修撰升"元月上纱窗"《夜乌啼》词云:"檀心蕙质玉亭亭。解语识迦陵。慈云一滴杨枝露,订三生。却向天花落处认前身。"《续长恨歌》云:"同官往往停驺御,欲拜青娥不能去。迦陵太史为征名,曼殊本在西来处。"

曼殊既归,执挚即贽。愿从学。取书观,有悟。才把笔,即能画字,其字每类予,见者辄谓予假为之。任黄门辰旦传云:"检讨善诗文,能书,晓音律。曼殊心习焉,辄似检讨。"方编修诗云:"夫子江东早擅名,学书学字尽聪明。"吴文学陈琰诗云:"学书不学卫夫人,别有簪花体格新。争怪拈毫似夫婿,燕钗作贽仿来真。"施侍读闰章诗云:"夫人才把笔,便作逸少字。如此好夫婿,何处不可似。"朱供奉叶儿乐府云:"檀板能歌绝妙词,银钩学写相思字。"尝为予书刺,早起呵冻,连作十余刺,心痛遽罢。陈序云:"于是杂弄简编,闲亲文史。画眉楼畔,即是书林;傅粉房中,便成家塾。学新声于弦上,询难字于枕间。硬黄纸滑,窃书夫子之衔;缥碧钗轻,戏作门生之贽。"张检讨鸿烈诗云:"瞥见仙姝漫七年，每闻素腕写鸾笺。”潘检讨耒诗云：“学得簪花字体新，蛮笺十幅簇芳茵。修成外传多情思，为有灯前拥髻人。”予有《曼殊病》诗云：“黛椀谁书刺，银床想挈壶。曼陀花一朵，看向日边枯。”

予生平好歌，至是酒后歌，每歌必请予复之，三复则已能矣。按刌度节，丝忝不得爽，尤喜歌真定夫子《祝家园》词。梁司农夫子《桂枝香》曲开句：“赏心乐事，祝家园里。”冯太傅夫子长歌云：“从来绣阁惜娉婷，红牙欲按声转停。闻君雅擅周郎顾，妾若歌时君细听。”《续长恨歌》云：“学书便仿簪花格，偷曲初成按拍时。”又云：“拙宦中年何草草，但看曼殊愁顿扫。酒阑一唱祝家词，温柔乡里真堪老。冰弦檀板两怡然，花底征歌月底眠。”田编修需诗云：“百绾云鬟巧样成，淡黄裙子称身轻。清歌按板偏能会，不数红红记豆名。”胡文学诗云：“新翻《子夜》与《前溪》，顾曲周郎总不迷。一唱黄鸡娇欲绝，箫声同彻凤楼西。”王光禄三杰诗云：“歌残金缕不胜悲，记得南园卧病时。夜起与郎花下坐，含颦一唱祝家词。”曼殊自为诗云：“阶草衔虚槛，亭榴接断垣。酒阑携锦瑟，请唱祝家园。”

第苦无弹者，不可已。呼盲女街前琵琶，听数曲，谛视其拢拈刓拨，遂能弹。朱供奉《洞庭秋色》词云：“想暗通心曲，朱丝弦里；尽携书卷，玉镜台前。”尤检讨侗《新样四时花》曲云：“罗敷赵瑟侬家占，《子夜》吴歌近日谙。”袁编修佑诗云：“郎自艳吴曲，侬自缓秦筝。双栖梁上燕，解语弄春声。”冯检讨勖诗云：“细抛红豆谱相思，肠断金槽一缕丝。谁道梁尘惊散后，酒阑犹唱祝家词。”吴别驾融诗云：“渌水春来艳，金槽夜自弹。市楼盲女在，莫作段师看。”

顾得奇疾，初书刺心痛，谓脘寒也。既谓伤肝，输东风，木扬，春作而秋止。又既谓中懑，有瘕癖在胃旁，气积不行，历数载审候，终不得其要领。每疾作，遍体若炙，使婢按摩之；不足，以帔作兜，负之行；又不足，縋筐而坐之，东西推挽，若秋千然。任黄门传云：“然有奇疾，疾剧，则必约彩为兜，有若花篮，坐其中，悬诸空际，左旋右转，乃少可，特终不可治。尝遍搜方术，不治，遂立愿舍身作佛弟子，不治，乃召绘者图之，名曰《留视图》云。已而，竟不可治。”陆文学宏定诗云：“病倚篮舆挹翠霞，后庭编径曲栏斜。彩兜行遍虽无迹，犹长金莲处处花。”

尝梦邻庙奶奶唤归去。一日携儿至，曰：“汝本吾家物，我挤眼，汝当随我行。”其儿曰：“家去罢，不去，奶奶么喝。”醒乃刻桃木为偶人，饰之衣，被以生平所梳百环髻，流涕送庙间。赵编修执信诗云：“淡红香白好容颜，宝髻堆云作百鬟。唤作佛花元自误，如今争肯住人间。”吴文学陈琰诗云：“阿钱生小态婵娟，多病皈依绣佛前。不信曼陀花一朵，忍教憔悴夕阳天。”又云：“妖梦频随阿母回，香檀分影礼莲台。百鬟巧髻亲留视，画里真真唤不来。”沈文学季友诗云：“雕香分送泪模糊，六尺生绡便作图。认取白衣龛外立，前身应是小龙姑。”予《送偶人》诗云：“且送青娥去，言随阿母归。荷花开作面，菊叶剪为衣。泪尽中途别，魂离何处依。他时香案下，相待莫相违。”曼殊自为诗云：

"百计延医病转深，暂回阿母案旁身。此身久已魂离壳，莫道含颦又一人。"

乃复图其形，名《留视图》，而题诗焉。梁司农夫子诗云："百朵云光绾鬌斜，焚香小坐澹铅华。画图展向春风里，好护丰台第一花。"任黄门诗云："舍身现在礼慈云，月月纤腰减半分。何事画工还染色，澹红衣褶藕丝纹。"沈明府晬日诗云："弹窝石畔冷如冰，消得春风数尺绫。一自檀雕分影去，夜深只坐佛前灯。"阮庶常尔询诗云："新镂香檀旧梦频，碧绡留供佛前身。由来仙骨原无二，不信双毫写玉人。"汪春坊霈诗云："宝篆依微绣佛前，香台欹坐鬌鬟偏。梦魂缥缈知何处，只在莲花秋水边。"高征士兆诗云："百结云鬌委陌尘，一函玉骨瘗江滨。可怜遗落春风影，挂向花前还妒人。"郑骠骑勋诗云："细雨难滋天上花，春光杳渺白云赊。可怜粉黛空留视，肠断当时油壁车。"

初，予妇将至，徙居南西门坟园，虑不容也。益都夫子怜其穷，强予开阁，而曼殊难之。其后有假予意逼遣之者，曼殊死复活。《曼殊回生记》云："曼殊以壬戌十月十一日死，越三日，高邮葛先生治之，复苏。"李检讨《曼殊》诗云："食贫二三载，两情如斯须。何意南来者，事变出不虞。举家色惨凄，丞相谓曼殊：'毛郎生迟暮，官贫徒区区。改图便尔为，作计莫太迂。'曼殊一无语，泪落红罗襦。"又云："始至相逼迫，既乃复挪揄。郎意久异同，计事一何愚。曼殊大悲摧，天乎我何辜。郎今负义信，恸哭声呜呜。气结肠欲断，死生在须臾。仓皇觅良医，强起事蹦跶。药饵徐徐下，数日魂始苏。"李中允诗云："蹰蹰贮别馆，咫尺明河悬。脉脉但相望，郎言遂浪传。谓当羽翼乖，听续鸳鸯弦。闻言一悲愤，气绝如丝联。已乃泣吞声，仰首呼苍天。"《续长恨歌》云："食贫三岁恩情重，恩情只道长相共。桓家郡主蓦地来，惊散鸳鸯夜深梦。深情无赖金门客，愁煞飘风荡魂魄。仓卒坟园贮阿娇，将使犊车无处觅。那料流光迅如电，好信不来飞语遍。野花村落白杨郊，安得仙郎日相见。含情一恸倒玉山，杳杳冥冥去世间。葛翁投药虽扶起，那得桃花还结子。画图试展旧时容，玉貌花姿全不是。"孟监州远记云："其初归也，则不以迟暮为非匹，而惟以得偶乎才子为幸。其濒危也，群言纷构，犹矢若金石，惟愿得死于才子之手。"彭侍讲孙通诗云："优钵从来不染尘，无端号作断肠春。凭谁地下三弹指，唤起迦文坐畔人。"张文学暗然诗云："曾说南园卧病时，金槽犹拨祝家词。新声不向丰台度，付与啼莺恋旧枝。"曹学士禾诗云："芍药初开骤委泥，丰台犹见草萋萋。甘心远葬西施里，苦恋贫官与忌妻。"杨文学卧绫张夫人《拜新月》词云："拜新月，拜月在前墀。死魄回生后，残眉未扫时。"

至是病转剧，尝曰："令吾小可者，吾当为尼忏除之。"李中允诗云："古今伤心人，慷慨以永叹。庶几法王力，遣此长恨端。灼灼青莲花，阿母梦所寝。因之绮罗中，爱参清静禅。"《续长恨歌》云："从此香奁日日扃，长斋顶礼愿难成。彩兜虚约香生满，伏枕空房小胆惊。"既而谓予曰："向阿三病时予从子阿三死京师。予借其园居，邀君日来以为幸。今君将南行，而予以病残留尼寺中，其能来乎?"泣曰："他日君归者，吾请以尼随君行，惟君置之。"既而病发死。曼殊之死，京朝争作挽吊，自梁司农夫子，暨张、曹诸学士下，诗词文赋，不可胜纪。又有作鼓子词，同韵唱和成帙。

如云间李秋、李榛、顾士元、马左、西泠何源长、魏里周珂，同郡成肇璋、达志、金振甲、马会嘉、王麟游、陶簜、刘义林诸君，至同馆生，有托碧虚仙史，作《盆中花》杂剧者，皆汇载别集。

死时羸甚，及敛，面有生色，坐而衣，骨节缓泽如平时。任黄门诗云："垂帘无力倚阑干，怕见庭花易早残。偏怪瓦棺将掩处，海棠犹作睡时看。"初，陈检讨孺人死，索予为墓铭，而贻予以绢。绢浅黄色，为制裙而喜，嘱曰："假使贻绢有桃晕红者，当复制一裙。"越四年，无有贻者。既敛，乃卖金槽，裁一裙纳柳棺中。《续长恨歌》云："去路茫茫在何处，矫首空濛隔烟雾。金槽卖却剪红裙，大叫曼殊将不去。"高征士诗云："罗裙浅澹剪鹅黄，一束纤腰白玉床。长恨无人十洲外，飞行为觅返魂香。"吴文学诗云："减尽纤腰胜小蛮，淡黄裙子带围宽。可怜红绢空裁剪，不付金箱付玉棺。"

　　张山来曰：予亦复有长恨，间为诗五十首，名《清泪痕》，同人皆有赠挽诗歌。今读此，不觉触予旧恨也。

补张灵崔莹合传　　　　　黄周星九烟

　　余少时阅唐解元《六如集》，有云：六如尝与祝枝山、张梦晋大雪中效乞儿唱《莲花》，得钱沽酒，痛饮野寺中。曰："此乐惜不令太白见之。"心窃异焉。然不知梦晋为何许人也？顷阅稗乘中，有一编曰《十美图》，乃详载张梦晋、崔素琼事，不觉惊喜叫跳。已而潸然而泣，此真古今来才子佳人之轶事也，不可以不传，遂为之传。

　　张梦晋，名灵，盖正德时吴县人也。生而姿容俊奕，才调无双，工诗善画，性风流豪放，不可一世。家故赤贫，而灵独蚤慧。当舞勺时，父命灵出应童子试，辄以冠军补弟子员。灵心顾不乐，以为才人何苦为章缝束缚，遂绝意不欲复应试，日纵酒高吟。不肯妄交人，人亦不敢轻交与，惟与唐解元六如，作忘年友。灵既年长，不娶，六如试叩之，灵笑曰："君岂有中意人，足当吾耦者耶？"六如曰："无之。但自古才子宜配佳人，吾聊以此探君耳。"灵曰："固然。今岂有其人哉！求之数千年中，可当才子佳人者，惟李太白与崔莺莺耳。吾唯不才，然自谪仙而外，似不敢多让。若双文，惜下嫁郑恒，正未知果识张君瑞否？"六如曰："谨受教。吾自今请为君访之，期得双文以报命，可乎？"

遂大笑别去。

一日，灵独坐读《刘伶传》，命童子进酒，屡读屡叫绝，辄拍案浮一大白。久之，童子跽进曰："酒罄矣。今日唐解元与祝京兆宴集虎丘，公何不挟此编一往索醉耶？"灵大喜，即行。然不欲为不速客，乃屏弃衣冠，科跣双髻，衣鹑结，左持《刘伶传》，右持木杖，讴吟道情词，行乞而前抵虎丘，见贵游蚁聚，绮席喧阗，灵每过一处，辄执书向客曰："刘伶告饮。"客见其美丈夫，不类丐者，竞以酒馔贻之。有数贾人，方酌酒赋诗，灵至前，请属和，贾人笑之。其诗中有苍官、青十、扑握、伊尼四事，因指以问灵。灵曰："松竹兔鹿，谁不知耶？"贾人始骇，令赓诗，灵即立挥百绝而去。遥见六如及祝京兆枝山数辈，共集可中亭，亦趋前执书告饮。六如早已知为灵，见其佯狂游戏，戒座客阳为不识者以观之。语灵曰："尔丐子持书行乞，想能赋诗，试题悟石轩一绝句，如佳，即赐尔卮酒；否则当叩尔胫。"灵曰："易耳。"童子遂进毫楮，灵即书云："胜迹天成说虎丘，可中亭畔足酣游。吟诗岂让生公法，顽石如何不点头。"遂并毫楮掷地曰："佳哉，掷地金声也。"六如览之，大笑，因呼与共饮。时观者如堵，莫不相顾惊怪。灵既醉，即拂衣起，仍执书向悟石轩长揖曰："刘伶谢饮。"遂不别座客径去。六如谓枝山曰："今日我辈此举，不减晋人风流，宜写一帧，为《张灵行乞图》，吾任绘事而公题跋之，亦千秋佳话也。"即舐笔伸纸，俄顷图成，枝山题数语其后。座客争传玩叹赏。

忽一翁缟衣素冠，前揖曰："二公即唐解元、祝京兆耶？仆企慕有年，何幸识韩！"六如逊谢，徐叩之，则南昌明经崔文博，以海虞广文告归者也。翁得图谛观，不忍释手，因讯适行乞者为谁？六如曰："敝里才子张灵也。"翁曰："诚然。此固非真才子不能。"即向六如乞此图归。将返舟，见舟已移泊他所，呼之始至。盖翁有女素琼者，名莹，才貌俱绝世。以新丧母，随翁扶榇归。先舣舟岸侧时，闻人声喧沸，乍启槛窥之，则见一丐者，状貌殊不俗。丐者亦熟视槛中，忽登舟长跪，自陈"张灵求见"，屡遣不去。良久，有一童子入舟，强挽之，始去，故莹命移舟避之。崔翁乃出图示莹，且备述其故。莹始知行乞者为张灵，叹曰："此乃真风流才子也。"取图藏笥中。翁拟以明日往谒唐、祝二君，因访灵，忽抱疴数日不起，为榜人所促，遽返豫章。

灵既于舟次见莹，以为绝代佳人，世难再得，遂日走虎丘侦之，久之杳然。属靳人方志，来校士，志既深恶古文词，而又闻灵跅弛不羁，竟褫其诸生，灵闻乃大喜曰："吾正苦章缝束缚，今幸免矣。顾一褫何虑再褫，且彼能褫吾诸生之名，亦能褫吾才子之名乎？"遂往过六如家。见车骑填门，胥尉盈座，则江右宁藩宸濠，遣使来迎者也。

六如拟赴其招，灵曰："甚善，吾正有厚望于君。吾曩者虎丘所遇之佳人，即豫章人也，乞君为我多方访之，冀得当以报我，此开天辟地第一吃紧事也，幸无忽忘。"六如曰："诺。"即偕藩使过豫章。时宸濠久蓄异谋，其招致六如，一博好贤虚誉，一慕六如诗画兼长，欲倩其作《十美图》，献之九重。其时宫中已觅得九人，尚虚其一，六如请先写之，遂为写九美，而各缀七绝一章于后。九美者，广陵汤之谒，字雨君，善画。姑苏木桂，文舟，善琴。嘉禾朱家淑，文孺，善书，金陵钱韶，凤生，善歌。江陵熊御，小冯，善舞，荆溪杜若，芳洲，善筝，洛阳花萼，未芳，善笙。钱唐柳春阳，絮才，善瑟。公安薛幼端，端清，善箫。也。图咏既成，进之濠，濠大悦，乃盛设特宴六如，而别一殿僚季生副之。季生者，恰人也。酒次，请观《九美图》，因进曰："十美欺一，殊属缺陷。某愿举一人以充其数，诘朝，请持图来献。"比持图以献，即崔莹也。濠见之曰："此真国色矣。"即属季生往说之。

先是，崔翁家居时，莹才名噪甚，求姻者踵至，翁度非莹匹，悉拒不纳。既从虎丘得张灵，遂雅属意灵。不意疾作遽归，思复往吴中，托六如主其事。适季生旋里丧耦，熟闻莹名，预遣女画师潜绘其容，而求姻于翁。翁谋诸莹，莹固不许。于是季生衔之，因假手于濠以泄私忿。时濠威殊张甚，翁再三力辞，不得，莹窘激欲自裁，翁复多方护之，莹叹曰："命也，已矣，夫复何言。"乃取笥中《行乞图》，自题诗其上云："才子风流第一人，愿随行乞乐清贫。入宫只恐无红叶，临别题诗当会真。"举以授翁曰："愿持此复张郎，俾知世间有情痴女子如崔素琼者，亦不虚其为一生才子也。"遂恸哭入宫。濠得之喜甚，复倩六如图咏，以为十美之冠。而六如先已取季生所献者，摹得一纸藏之。莹既知六如在宫中，乘间密致一缄，以述己意。六如得缄，乃大惊愕，始知此女即灵所托访者，"今事既不谐，复为绘图进献，岂非千古罪人？将来何面目见良友"？因急诣崔翁，索得《行乞图》返宫，将相机维挽。不意十美已即日就道，六如悔恨无已，又见濠逆迹渐著，急欲辞归，苦为濠羁縻，乃发狂，号呼颠掷，溲秽狼籍，濠久之不能堪，仍遣使送归。杜门月余乃起。过张灵时，灵已颓然卧病矣。

　　盖灵自别六如后，邑邑亡憀，日纵酒狂呼，或歌或哭。一日中秋，独走虎丘千人石畔，见优伶演剧，灵伫视良久。忽大叫曰："尔等所演不佳，待吾演王子晋吹笙跨鹤。"遂控一童子于地，而跨其背，攫伶人笙吹之，命童子作鹤飞。捶之不起，童子怒，掀灵于地。灵起曰："鹤不肯飞，吾今既不得为天仙，惟当作水仙耳。"遂跃入剑池中，众急救之出，则面额俱损，且伤股，不能行，人送归其家。自此委顿枕席，日日在醉梦中。至是忽闻六如至，乃从榻间跃起，急叩豫章佳人状。六如出所摹《素琼图》示之。灵一见，诧为天人，急捧置案间，顶礼跪拜，自陈"才子张灵拜谒"云云。已闻莹已入宫，乃抚图痛哭。六如复出莹所题《行乞图》示之，灵读罢，益痛哭，大呼"佳人崔素琼"，随踣地呕血不止。家人拥至榻间，病愈甚。三日后，邀六如与诀曰："已矣，唐君。吾今真死矣。死后，乞以此图殉葬。"索笔书片纸云："张灵，字梦晋，风流放诞人也。以情死。"遂掷笔而逝。六如哭之恸，乃葬灵于玄墓山之麓，而以图殉焉。检其生平文章，先已自焚，惟收其诗草及《行乞图》以归。时莹已率十美抵都，因驾幸榆林。久之，未得进御，而宸濠已举兵反，为王守仁所败，旋即就擒。驾还时，以十美为逆藩所献，悉遣归母家，听其适人。于是莹仍得返豫章。值崔翁已捐馆舍，有老仆崔恩殡之，莹哀痛至甚。然茕子无依，葬父已毕，遂挈装径抵吴门，命崔恩邀六如相见于舟次。

　　莹首讯张灵近状，六如怆然收涕曰："辱姊钟情远顾，奈此君福薄，今已为情鬼矣。"莹闻之，呜咽失声。询知灵葬于玄墓，约明日同往祭之。六如明日果携灵诗草及《行乞图》至，与莹各挐舟，抵灵墓所。莹衣缞绖，伏地拜哭甚哀。已乃悬《行乞图》于墓前，陈设祭仪，坐石台上，徐取灵诗草读之。每读一章，辄酹酒一卮，大呼张灵才子。一呼一哭，哭罢又读，往复不休。六如不忍闻，掩泪归舟。而崔恩伫立已久，劝慰无从，亦起去，徘徊丘垄间。及返，则莹已自经于台畔。恩大惊，走告六如，六如趋视，见莹已死，叹息跪拜曰："大难，大难！我唐寅今日得见奇人奇事矣。"遂具棺衾，将易服敛之。而莹通体衫襦，皆细缀严密无少隙，知其矢死已久。六如因取诗草及《行乞图》，并置棺中为殉。启灵圹与莹同穴，而植碑题其上云："明才子张梦晋、佳人崔素琼合葬之墓。"时倾城士人哄传感叹，无贵贱贤愚，争来吊谇，络绎喧阗，云蒸雨集，哀声动地，殆莫知其由也。六如既合葬灵、莹，检莹所遗橐中装，为置墓田，营丙舍，命崔恩居之，以供春秋奠扫之役。呜呼！才子佳人，一旦至此，庶乎灵、莹之事毕，而六如之事亦毕矣。

而六如于明年仲春，躬诣墓所拜奠，夜宿丙舍旁，辗转不寐。启窗纵目，则万树梅花，一天明月，不知身在人世。六如怅然叹曰："梦晋一生狂放，沦落不偶，今得与崔美人合葬此间，消受香光，亦差可不负矣。但将来未知谁葬我唐寅耳。"不觉欷歔泣下。忽遥闻有人朗吟云："花满山中高士卧，月明林下美人来。"六如急起入林迎揖，则张灵也。六如讶曰："君死已久，安得来此吟高季迪诗？"灵笑曰："君以我为真死耶？死者形，不死者性。吾既为一世才子，死后岂若他人泯没耶？今乘此花满山中，高士偃卧时来造访耳。"复举手前指曰："此非月明林下美人来乎？"六如回顾，有美人姗姗来前，则崔莹也。于是两人携手整襟，向六如拜谢合葬之德。六如方扶掖之，忽又闻有人大呼曰："我高季迪梅花诗，乃千古绝唱，何物张灵，妄称才子，改雪为花？定须饱我老拳。"六如转瞬之间，灵、莹俱失所在。其人直前呼曰："当捶此改诗之贼才子。"捽六如欲殴之，六如惊寤，则半窗明月，阒其无人。六如怃然，始信真才子与真佳人，盖死而不死也。因匡坐梅窗下，作《张灵崔莹合传》，以纪其事。然今日《六如集》中，固未尝见此传也，余又安得而不亟补之哉！

畸史氏曰：嗟乎！盖吾阅《十美图》编，而后知世间真有才子佳人也。从来稗官家言，大抵真赝参半。若梦晋之名，既章章于《六如集》中，但素琼之事，无从考证。虽然，有其事何必无其人，且安知非作者有为而发乎？独怪梦晋之才，目空千古，而其尚论才子佳人，则专以太白与莺莺当之。夫太白诚天上仙才，不可有二；若千古佳人，自当以文君为第一。而梦晋顾舍彼取此，厥后果遇素琼，毋乃思崔得崔，适符其谶耶？至于张以情死，崔以情殉，初非有一词半缕之成约。而慷慨从容，等泰山于鸿毛，徒以才色相怜之故。推此志也，凛凛生气，日月争光，又远出琴心犊鼻之上矣。而或者犹追恨于梦晋之蚤死，以为梦晋若不死，则素琼遣归之日，正崔、张好合之年，后此或白头唱和，兰玉盈阶，未可知也。噫！此固庸庸蚩蚩者之厚福也，何有于才子佳人哉！

张山来曰：梦晋若不蚤死，无以成素琼殉死之奇，此正崔、张得意处也。

陈老莲别传　　毛奇龄大可

洪绶，好画莲，自称老莲。数岁，见李公麟画《孔门弟子》勒本，能指其误处。十四岁，悬其画市中，立致金钱。初法传染时，钱塘蓝瑛工写生，莲请瑛法传染，已而轻瑛，瑛亦自以不逮莲，终其身不写生。曰："此天授也。"莲游于酒人，所致金钱随手尽。尤喜为窭儒画，窭儒借莲画给空，豪家索之，千缗勿得也。尝为诸生，督学使索之，亦勿得。顾生平好妇人，非妇人在坐不饮，夕寝非妇人不得寐，有携妇人乞画，辄应云。崇祯末，愍皇帝命供奉，不拜，寻以兵罢。监国中，待诏，王师下浙东，大将军抚军固山，从围城中搜得莲，大喜，急令画，不画，刃迫之，不画，以酒与妇人诱之画。久之，请汇所为画署名，且有粉本，渲染已，大饮，夜抱画寝。及伺之，遁矣。朝鲜、兀良哈、日本、撒马儿罕、乌思藏购莲画，重其直，海内传模为生者数千家。甬东袁鹍贫，为洋船典簿记，藏莲画两幅截竹中。将归，贻日本主，主大喜，重予宴，酬以囊珠，亦传模笔也。

莲尝模周长史画，至再三，犹不欲已。人指所模画谓之曰："此画已过周，而犹嗛嗛，何也？"曰："此所以不及者也。吾画易见好，则能事未尽也。长史本至能，而若无能，此难能也。吾试以为文言之：今夫为文者，非持论，即摭事耳。以议属文，以文属事，虽备经营，亦安容有作者之意存其中耶？自作家者出，而作法秩然。每一文至，必衔毫呎墨，一若有作者之意先于行间。舍夫论与事而就我之法，曰如是则当，如是则不当，而文亡矣。故夫画，气韵兼力，沨沨容容，周秦之文也；勾绰捉勒，随境堑错，汉魏文也；驱遣于法度之中，钉前燕后，陵轹矜轶，抟裂顿斫，作气满前，八家也。故画有入神家，有名家，有当家，有作家，有匠者家，吾惟不离乎作家，以负此嗛也。"其论如此。

莲画以天胜，然各有法。骨法法吴生，用笔法郑法士，墨法荆浩，疏渲傅染法管仲姬，古皇圣贤、孔门弟子法李公麟，观音疏笔法吴生，细公麟，诸天罗汉菩萨、神馗鬼魏法张骠骑，衣冠士法阎右相，士女法周长史昉，几幛、尊卣、瓶罂什器、戎衣、穹庐、番马、骆驼、羊犬法赵承旨，钩勒竹法刘泾，折枝桃、牡丹、梅、水仙、草花法黄检校钱选，鸟睛花须点漆凸厚法宣和，蜂蝉、蛱蝶、蛴螬、螳螂、蚸蟹法宣和，亦杂法崔徐黄父子，莲法于莲。于青年以莲称。

章侯《博古牌》，为新安黄子立摩刻，其人能手也。章侯死后，子立昼见章侯至，遂命妻子办衣敛，曰："陈公画《地狱变相》成，呼我摩刻。"然则莲画之贵，岂独人间耶？原评

张山来曰：陈章侯《水浒牌》，近年如画灯，如席上小屏风，皆取为稿本。其为益于世者甚多，则其食报于将来者，所必然耳。

桑山人传　　　　毛奇龄大可

山人许氏，汴人，少举茂才。崇祯中，尝献《剿贼三策》于阁部督师杨君，不用。既而为东平侯刘泽清幕客，与泽清语不合，辞去。乡人怨家，发其隐事于王师之镇汴者。走匿桑下，因姓桑，号桑山人。山人乃与嵩阳曹道士游，夜坐耳鸣，丝竹徐发，若有物拔其顶，耸身丈余，骨节皆通。尝卖药嵩山庙市，以水酹暗者能言。许州小男为狐所苦，呼狐斩之。既还汴，怨家见曰："此许澄茂才也。"帅捕十许人迹至，山人乃独身指挥，尽缚诸捕者，揖怨家去谢之，而身游衡阳不返云。

张山来曰：此等道士，我恨不得遇之。

李 姬 传　　　　　　　　侯方域朝宗

李姬者，名香。母曰贞丽。贞丽有侠气，尝一夜博，输千金立尽。所交接皆当世豪杰，尤与阳羡陈贞慧善也。姬为其养女，亦侠而慧，略知书，能辨别士大夫贤否。张学士溥、夏吏部允彝，亟称之。少风调皎爽不群。十三岁，从吴人周如松受歌玉茗堂四传奇，皆能尽其音节。尤工《琵琶词》，然不轻发也。雪苑侯生，己卯来金陵，与相识。姬尝邀侯生为诗，而自歌以偿之。

初，皖人阮大铖者，以阿附魏忠贤论城旦，屏居金陵，为清议所斥。阳羡陈贞慧、贵池吴应箕，实首其事，持之力。大铖不得已，欲侯生为解之，乃假所善王将军，日载酒食与侯生游。姬曰："王将军贫，非结客者，公子盍叩之？"侯生三问，将军乃屏人述大铖意。姬私语侯生曰："妾少从假母识阳羡君，其人有高义，闻吴君尤铮铮，今皆与公子善。奈何以阮公负至交乎？且以公子之世望，安事阮公？公子读万卷书，所见岂后于贱妾耶？"侯生大呼称善，醉而卧。王将军者殊怏怏，因辞去，不复通。未几，侯生下第，姬置酒桃叶渡，歌《琵琶》词以送之，曰："公子才名文藻，雅不减中郎。中郎学不补行，今《琵琶》所传词固妄，然尝昵董卓，不可掩也。公子豪迈不羁，又失意，此去相见未可期。愿终自爱，无忘妾所歌《琵琶》词也。妾亦不复歌矣。"侯生去后，而故开府田仰者，以金三百锾，邀姬一见，姬固却之。开府惭且怒，且有以中伤姬。姬叹曰："田公宁异于阮公乎？吾向之所赞于侯公子者谓何？今乃利其金而赴之，是妾卖公子矣。"卒不往。

张山来曰：吾友岸堂主人作《桃花扇》传奇，谱此事，惜未及《琵琶》词，岂以其词不雅驯，故略之耶？

记 缢 鬼　　　　　　　　王明德今樵

凡系有人缢死，其宅内及缢死之处，往往有相从而缢，及缢之非一人者,俗谓之"讨替身"。谓已死之鬼,求以自代。此种渺茫幻妄、惑世诬民之谈,岂君子所乐闻?然书谓子不语怪,夫于怪仅曰不语,则是怪亦世所尝有,非云世绝无怪也。

吾乡有张姓者,其家仅足自食,夫先卧,妇则仍工女红。偷儿乘夜逾垣往窃,未敢竟入,伺于窗外,见床侧一鬼妇,向本妇先嬉后泣,拜跪再三,本妇睨视数次,忽长叹,潸然泪下。偷儿心惊,专心伺之。妇即自理绢帛,仍有不忍即行之状。鬼妇更复再拜祈求。本妇方行自缢,偷儿急甚,大声疾呼,其夫鼾呼若不闻,偷儿无法以救。适檐下有竹竿,取从窗棂中撺击鬼妇,其夫方觉。偷儿呼令急为开门,相助解救。在此妇固不自解觅死为何事,其夫亦不问呼门为何人,而偷儿亦自忘乎其为偷儿矣。事后,各道其详,因发床侧之壁视之。其中梁畔,实有先年自缢绳头尚存,虽云朽烂非真,而其形其迹,则仍宛然。由此以观,则凡世俗所传,亦未尽属无根之谈、荒唐之论矣。

据故老所示辟除秘法,不知出自何典,颇有行之而验者。法于自缢之人,尚在悬挂未解时,即于所悬身下暗为记明,于方行解下时,或即用铁器,或即用大石,镇而压之。然后于所镇四面,深为挖取,将所镇土中层层拨视,或三五寸,或尺许,或二三尺,于中定有如鸡骨,及如各骨之物在内。取而或弃或焚,则可辟除将来,不致有再缢之事。实为屡试屡验,其理殊不可解。但及时即挖则得之,浅而易,迟则深而难,然亦不出八九尺外也。虽云幻妄无稽,不知何以行之实有可据,得毋如圣哲所云:天地之大,何所不有。心知理之所必无,安知非情之所必有,其殆是欤?愚故从而笔之,即或行之未验,聊以解愚夫愚妇之疑,亦未必非拯救自缢之一预道也。

张山来曰:世间自尽之鬼,如投河自缢自刭之类,俗谓其必讨替身,予素不之信。审若此,则此等鬼必有定额,不容增减耶?真不可解。

卷十四

平苗神异记 王　谦_{㧑斋}

城步，非邑也，故属湖广宝庆之武冈州。设官城步巡检司，苗民杂处，民不及什一。数岁辄窃发，守土将吏不能胜，恒被害。有明弘治甲子，峒苗李再万倡乱，巡抚阎公讨平之。疏请建县治，用资弹压，爰割武冈之绥宁二里半隶焉。城于巫水之上，凡五峒十八寨，环其外。为宰者闻父老谈旧事，目瞪股栗，若不终日。城雉不盈百，东西南列三门。北门故有汉前将军关帝祠，岿然踞城上，邑人敬事之，祷求必应，然未尝现身示异也。

余以康熙庚申谒选，得是邑宰，亲故饯别者，为余危。余笑谢之。初莅治，苗不敢猖獗。迨癸亥七月朔，粤西全州西延峒苗杨应龙，啸聚苗傜一千七百余党，将侵城步。杀人祭旗，誓以七夕决胜，谓"孤城无备，可谈笑取"。先是，余逆揣变作，阴募敢死士三百人，练习有法。及侦得实，单骑相地势，秘授计。阅七日，贼直薄城下，望见旌旗刀戟皆严整，相顾错愕，如出神算，不复有斗志。余属典史徐士奇、把总王明，守北面，练总杨应和守南城，抚苗陈天武守西城，余独当东面，扼其冲。率精锐出城，乘贼暮气，深入其阻。应龙仓猝失措，有左道用符演咒法，无一效，皆手戮之。余党胆落奔溃，不二里，伏兵四起，除被刀箭中火器死者，生擒五百余人。渠魁应龙，故马宝部下裨将；助贼为妖者，黄羊山道士周大圣也。及讯贼，曷不奔窜，而屈首受擒。佥曰："方将遁，恍惚有赤面长髯大将，乘白马自天而下，指挥神兵，八面旋绕不得脱。"余始惊异，旋问我军，所见无异辞。日既晡，振旅归，亟登城谒帝。仰见帝面汗浃如雨，如甫释甲状，益加悚惕，叩首谢。自惟凉德，何敢辱帝力？或者正可胜邪，诚可回天，今兹平苗斩妖，不请一兵，不伤一民者，真神助，非人力也。余何人斯，敢妄据天功哉？

爰是新庙貌,肃几筵,远近奔走者日盛。邑人士作《平妖传》及诗歌传奇纪事,谓百年来所未有,苗患遂不复作。今又二十余稔矣。每岁七夕,余必斋肃祀帝,无忘厥功。独怪帝乘马故赤色,此独白,或疑马援尝伏五溪蛮,得毋伏波将军来耶? 余谓不然。神像既汗浃示灵爽矣,余非疑乘马者非帝也,疑帝之马何以白也,姑阙疑以俟考。

　　附吴宝崖曰:按明初某勋戚家,畜一白马,肥且健。一夕,关帝梦示云:"某省寇乱,欲假而马助兵。"旦起视厩中马,僵卧不起,盖摄其神往矣。迨奏凯,勋戚益敬服,京师人异之,因建白马庙奉帝。自是帝现身显灵,捍倭破贼,辄骑白马以为常。今大司马遂宁张公尝云尔。则城步平苗神异,信哉为帝无疑也。特旧传帝驭赤兔马,一日千里,岂一蹶不复振耶? 抑久用而瘏,用人间马协力耶? 附识以资传闻之异云。

附纪香木作像　　　　吴陈琰宝崖

　　观察永年王公,初仕城步,平峒苗之乱,感关帝神兵之助,将特立帝像以祀。一日,巫水暴涨,浮一香木于张家冲殊胜庵前。僧法彻见而异之,谓若有神运,当留镇山门。士民请于公,作像奉之,公为碑文以纪。愚按先辈黄贞父云:江南文德桥,有香楠木一株,长五丈许,浮秦淮而下,诸生徐嘉宾梦神告曰:是乃聚宝门外关庙物也。于是收而斲之,作三义像。二事何后先合符也。大抵神物不世出,有主则灵。巫水之木,安知非感王公正气,为弹压溪蛮百世不复萌乱之兆耶? 江南之木感于梦,则一介不可妄取,天下事类然矣。矧倚恃权要、窃据神物,如周宣王鼎为严嵩祟者,可胜道哉!

　　张山来曰:今壬午岁,苗民投诚剃发,慑伏于圣天子之威灵,直当与虞帝之舞干羽而格有苗者辉映后先,读此记而益信。

纪 老 生 妄 讼 　　　　吴陈琰宝崖

永年马兆熿,中崇祯庚辰进士,癸未殿试,本朝由行人考选,巡按湖北。有郧阳老生某,投牒云:"运将鼎革,不闻汉寿关公扶我国祚,请下令讯之。"马可其请,遂发郧阳司理某亲鞫。司理奉令惟谨,委胥役往招之。役亦莫知所从,谒关庙叩首谢过。起见香炉侧白镪一锭,始未尝见也,乃悟神亦如人世赏劳然者。旋复司理悬牌某日听鞫。届期,老生果至。空际忽有旋风自城南来,突现帝像,衣冠皆与今世同,隐示气数难回,帝亦从时制也。现身未久,驾空而去。司理及胥吏惊怖欲绝,老生已昏仆,七窍流血死。愚哉,老生!懵天运而咎神,神其能宥乎?若巡方贸然许,司理贸然行,胥役贸然往,皆愚之愚者。而帝必现身说法,所以儆愚者至矣哉!冒渎者可鉴矣。马氏尚存案卷,永年王观察公犹及见之。

　　张山来曰:若巡方不贸然许,司理不贸然行,胥役不贸然往,亦不能显此灵异。

会 仙 记 　　　　徐啸风竹逸

会仙者,非真仙也,有似乎仙则仙之矣。非会其面也,闻其言如会其面矣。曷言乎有似乎仙也?知人心中之事,知人未来之祸福,非仙而能之乎?曷言乎如会其面也?不见其形,得闻其声,有问必答,语皆切中,非如会其面乎?

壬戌春正月,扶风桥许生,名丹,字若夔,同其父玉卿入城探亲。去城二里许,遇两美女,视之而笑。许生素谨朴,不动念。是夕宿亲袁氏家,卧小楼上。灯灭,忽闻剥啄声,问之则称"奴家"。许生父子怪之,急叩主人门,大呼"有鬼"!主人率僮婢秉烛出,一无所见。坐逾时许,辞主人。主人退,复作声,述许家平日事详而确。且说:"奴与生有夫妇缘,故来相访。"许益疑而畏之,假寐不与言。遂倚楼唱时曲数阕,达旦而去。阅十日,生自外入卧室,见前途遇美女,艳服坐其床，旁一美婢侍，许生怪之。细询其来历，自言："姓胡，字淑贞，五百年前，在宋真宗宫，生寺人，奴采女，意甚相悦，订来世为夫妇。不意奴堕狐胎，生转数世，不相值。今奴修炼将成，乘生娘子归宁，了此夙缘，毋疑我也。"

生以告其祖汉昭，汉昭故明秀才，年已七十余，闻而怪之。急入室，无所见，但闻妇人声，以"太公"呼之："请坐，受奴家拜。"汉昭心知是妖，而无法祛之，夜伴生寝。淑贞执妇道甚谨，与汉昭叙谈，引经据古，无一俚语。以汉昭在，未尝与生狎。比晓，里人知之，竞来讯诘。淑贞因人而语，与子言孝，与弟言悌，与姑言慈，与妇言顺，一如大儒之言。间有以故事相难者，淑贞悉其原委，出人意表，往往难者反为所穷。于是汉昭信其妖而不邪，故出以成其夫妇缘。其初至也有诗，定情也有词，风流芳艳，允为情种。乃许氏戚族，咸为生虑，或叱之，或怒詈之，甚或持刀向空挥之，或掖生匿避之。淑贞曰："吾为情来，诸人不以情待我，盍去诸？"吟怨别诗而去，去遂不复来。然侍女素娥时通音问，取履式制履，精致胜于常妇。口诵淑贞《相思曲》，情甚殷。一日，生涎其美，以手戏之，素娥严辞拒，不似人间婢子之易挑者。自后素娥来，必偕秋鸿，有时偕数婢来，曰春燕，曰一枝红，曰青青柳，皆古美人之名，使人闻之而魄动。

癸亥五月，淑贞遣秋鸿迎生去，生难之，秋鸿曰："闭目附吾肩，可顷刻至。"生如其言，耳闻风浪声，目不敢开。少顷，秋鸿曰："至矣。"生开眼视，石壁削立。秋鸿以扇拂壁，豁大门，肃生入。内皆精舍，女乐两行，鼓吹音，妙不可状。淑贞一姊一妹，俱出见，分主客坐。素娥抱一女孩，曰："此小姐所产，十阅月矣。以其生绿阴下，因名绿阴。"生接置膝上，女即以"爹"呼之，留生宿。其供具鲜华，都非尘世所有。淑贞随其姊若妹早暮焚香诵佛，与生并坐而不与同寝。留四日，淑贞曰："官人宜归矣，家中娘子欲投河。倘不测，奈何？"即遣秋鸿送生归。归而妇已泣河干矣。临别，手制葛衣葛裤赠生，归而视之，颇与闽葛类。是年冬，又遣婢迎去，其路较前略近。生问何地，素娥曰："前黄山，今铜峰也。"素娥、秋鸿辈时到生家，为之理家事，虽琐屑必当。

　　许生,余之内甥也,向余述其详。余疑之而亦羡之,属生致素娥,求一会以问休咎。生果以余意致之,素娥曰:"诺。当以甲子正月十二日为期。"届期,余放小舸往,生设酒馔,畅饮毕。余曰:"仙莫爽约乎?"汉昭曰:"必不爽,请安枕以待之。"漏未二下,忽榻前呼曰:"老相公,丫鬟来矣。"老相公,称汉昭也。余披衣起,问之曰:"来者素娥姐乎?"应曰:"是徐相公,请安卧,不消起来。我小姐有诗赠徐相公、周夫人。"诵诗云云,初闻不尽晓。问之,又诵一遍,曰:"小姐更有诗,专赠徐相公的。"诵诗云云。余曰:"亦未尽晓。"又诵一遍,尚有未晓处。问之,一一说明。既而曰:"相公寿有九旬,晚景都佳。"余问:"我前世是何等人?"曰:"相公前世是医生,误用药伤人之子。夫人前世是堪舆,误看地,绝人之嗣,是以今世生而不育。然相公忠厚正直,暮年必得一子。只是积德要紧。"时同候会者,周子云槎、仇子长文、陆子求声,各有所问,皆就事直答,不作影响语。语久辞去。濒行曰:"吾妹秋鸿,即送香水来饮。"顷之,空中忽报曰:"秋鸿送香水在此。"移灯照之,果有一壶在几。手抚壶,壶热如新瀹茶。秋鸿自言:"须请许二官来斟。"呼许生出,取香水分酌之,气馨味甘,仙家所谓琼浆者非乎?闻有步屧声,推门入,口唱曲,袅袅不绝,出即告去。余留之曰:"秋鸿姐,何不歌一曲,使吾辈共听好音乎?"秋鸿应声而唱,虽不辨其为何曲,而曼声缥缈,闻者莫不神飞。曲终,飘然去。余录其诗示同人,同人属而和,得诗词若干首,汇录之,颜曰《仙音集》。

　　噫嘻!子不语怪,恐惑人也。若淑贞之事,怪耶?非耶?其形但与许生见,他人未有见者。来也无影,去也无迹,窗户不启,倏而坐人之床。以为怪,则真怪也。然始以情,继以义,所言者中庸之道,所习者人事之常,投以诗词,辄次韵和答。以为非怪,则真非怪也。盖胡者,狐也;美姿容,笃因缘者,淑也;匿其貌,不与他人见者,贞也。狐而近于仙也。夫古人登岳涉海以求仙,而仙未易得会。今余于咫尺间亲为问答,饮香水,聆妙曲,直以为会仙可矣。第其女绿阴,许生所生,非狐矣,后必有出世之时。余果寿,尚得见之否乎?

　　张山来曰:狐而贞且淑者,其性也。淹博而知礼义者,则其学也。吾不知其以谁氏为师?

太恨生传

徐　瑶天璧

太恨生，东海佳公子也，与余形影周旋，神魂冥合，因熟悉生情事。生父司李公，望重一世。生承家学，折节读书，当代名流，咸倾其才调。丰神俊迈，性孤洁寡欲，未尝渔非礼色。娶元女夫人，婉嫕贞淑，生相敬如宾。夫人尝谓生曰："吾夙耽清净，苦厌凡缘。膝下芝兰，幸番林立，生平志愿已足。当觅一窈窕，备君小星。吾即守木叉戒，绣佛长斋，不复烦君画眉矣。"生曰："自卿为余家妇，门庭雍睦，方期百年偕老，岂忍令卿诵《白头吟》耶？虽然，卿业有命，余宁矫情？第选妾须德才色皆备乃善。正恐书生命薄，难获奇缘，有辜卿意耳。"

先是，太原某，世为洞庭山人，以贫故，赁其妻为生子保媪。未几某死，遗一女无依，寄养豪右某家。某家妇悍，名曰养女，实婢畜之。女受困百端，无生理，媪恚甚，往争曰："向固以吾女为若女，而女困辱至此，于义已绝，吾挈女去矣。"某家咸憎女，听媪挈归生家，年十六矣。女虽支离憔悴，而柔婉之态，楚楚动人。夫人一见绝怜之，亲为薰沐，教以女红，无不精致。时戊辰冬，生自茂苑归，问所从来，夫人语之故，因谓生曰："曩欲为君置妾，而难其选。今此女明慧端懿，乃天赐也，亦有意乎？"生眤而笑曰："惟卿所命。"生母亦见女贤，密谕媪，欲为生成之。会生仍往茂苑，寻丁外艰，事遂寝。居半载，夫人乘间谓女曰："吾视汝德性贞醇，体度庄雅，虽名闺淑媛，无以过之，岂宜为庸人妇？吾郎君才品风流，真堪婿汝，当以赤绳系汝两人。幸事获济，即妹视汝，汝盍早自决计。"

女沉吟未答，既而泣拜曰："妾惸惸母子，困苦伶仃，来托宇下。夫人遇妾，谊逾所生，常恨碎骨粉身，不足为报。生死祸福，敢不惟命。今所以不轻一诺者，诚虑人心叵测，事变难知，三生缘浅，好事多磨折耳。幸辱夫人与郎君约，郎君家世清华，先业未竟，当勉图光大，努力青云。慎无以儿女情长，令英雄气短。且太夫人春秋高，承欢养志，端在郎君。讵可牵惹闲情，致乖色养，一也。郎君与夫人，鸡鸣戒旦，鸿案相庄，万一割爱分宠，遗刺绿衣，妾罪大矣，二也。郎君外服未阕，大节攸关。妾当珍此女儿身，俟除服后，上启高堂，明成嘉礼。

倘稍逞情缘，冒嫌涉疑，妾不足惜，人其谓郎君何？三也。诚如妾言，妾无悔矣。”夫人笑曰：“固知汝有心人也，好自爱。”因具以告生。生惊喜曰：“安得此大学问语，谨受教。”自是生必欲得女，女一意以身委生，而夫人亦惟恐不得当也。

大率女之为人，性殊灵警，而严于举止，情极肫恻，而简于言笑。居常女伴相征逐，女独靓妆凝神，萧然自远，终日坐阁中，专理刺绣。影匿形藏，非媪呼，不入中堂。间遇生，辄遥引。以故终岁同处室中，绝未通一言。生情不自禁，欲得女一晤语，倩夫人为介。女难之，夫人固请曰：“郎君无他意，第欲共汝作良友相酬对耳。”至则俨容端坐，双目瞪视而已。然生亦以远嫌，不敢数请相见。即女见生，必邀夫人与俱，乍语乍默，若近若远。间或并坐月中，偕行花下，各陈慰勉之辞，半吐愁思之句，虽情好愈挚，而燕昵俱忘，历三年不及于乱。夫人每从旁戏曰：“汝两人内密外疏，何乃无风月情？”生卧室与女妆阁虽隔绝，而室密迩，生中夜朗吟，与女刀尺声，时相答也。女尝谓生：“郎君惊才逸韵，妾如获侍巾帻，永伴文人，素愿已惬。第自恨未娴翰墨，他日香奁中，弗克供捧砚役，奈何？”生笑曰：“以汝凤慧，奚患不识字耶？结缡之后，汝备弟子礼，奉余为师，灯前月下，授汝《女论语》、《孝经》及古诗词，何如？”女点首曰：“尚须教我《法华》、《多心》诸经也。”随口授《关雎》数章，并解说意义，女微笑覆之，不失一字。生出外，女随夫人过书斋，视几砚上尘拂拭之，图籍纵横者整齐之。庭花色悴，则汲水灌之。性爱焚香，竟体芬郁袭人。雅好淡素妆，荆钗裙布，必整必洁，泊如也。生每遗以香钿诸物，必坚却之，或以夫人命始受。又常倩制一锦囊，不可，强之，则云：“俟两年后为郎制之。”其谨慎识大体如此。

始女寄养某家时，嫉女殊甚。至是闻女美且贤，乃大悔，遂改养女为养媳，诱媪兄及侄，坐侄主婚，而以媒氏属媪甥，更为流言以捍生曰：“女固某家妇也，而生实图之。”生有忤奴利其金，因挟为奇货，于媪前作楚歌，而阴告某家，且授之计。生素以名义自持，又见肘腋间多媒孽之者，犹豫未决。会以事远出，某家闻之，疾令媪甥持五十金为聘，给媪兄劫媪使受，约某日来娶。生归，益错愕，不知所为。夜同夫人谓女曰：“吾向以汝为囊中物，今变起不测，势难复挽，奈何？”女曰：“妾计决矣。倘事势穷促，以死继之。否则，祝发空门耳，外此非妾所知。”生曰：“汝奈何轻言死哉？余与汝缠绵情境，三载于兹，居恒晤对，俨若宾师。情固难抛，义则可判。今奸人逐影寻声，将甘心于汝。万一以余故轻生，外间耳食，其以汝为何如人？杀身不足以雪恨，只增余悲耳。且汝纵弗自惜，独不念汝母乎？惟向空王乞命，于计较可，瓣香供佛，余当一以资汝。然汝凄凉禅榻，断送青春，余又不忍令汝出此也！”女歔欷久之，曰：“嗟乎，郎君！今生已矣。”面壁长号，生频呼之，不复应。时壬申正月十二夜也。

先是，女密藏鸩与剪于衽，为女伴所觉，搜去之。至是乃手制女僧冠服，促媪于试灯夕，偕入尼庵。临行，夫人持女痛哭，不忍舍，左右皆掩泣，莫能仰视，生但目送而已。虞辞楚帐，嫱离汉庭，不足喻其悲也。庵内老尼诘其事，不肯为女剃度。哀恳再三，终不许。而某家侦知之，惧有变，急倩媪妯娌趋庵中，防护甚严。女自度不免，中夜起，呼媪哭曰：“母乎！儿至此，命也夫！”为传语，语未毕，气结不能出声。媪急抱持之曰：“儿欲何言？”女欲言，复大哭晕绝，如是者三。良久，始曰：“儿与郎君，迹若路人，分逾知己，生平志念，皎如日星。本期办一死以报郎君，今流离转辗，计无复之，求死不得，求为尼又不得。命之穷也，一至于斯，天实为之！其又何尤？儿为郎君，涩眼全枯，惊魂久散。顾念死出无名，徒令枉死城中增一业案耳。今与郎君恩断义绝矣。天荒地老，永无见期。好谢夫人，善慰郎君，勿复以儿为念，即视儿作已死观可耳。”言讫，母子相抱大恸，仆佛前。而某家人舟适至，蜂拥入庵，挟女而去。

生自与女诀别后，心摇意乱，忽忽如有失。及媪归，述女言，益狂惑失志，触目神伤。夫人忧之，且慰且让曰：“吾本欲为君缔此良因，不图变出非常，累君至是。虽然，君自与女无缘耳。君向不早为之所，因循蹉跌，坐失事机。迨奸人计赚时，以君之力，犹足与争，挺身而前，未必无济。乃袖手任其鼓弄，今大事已去，悔恨何及！且天下岂少良女子，而独沾沾于是为？”生仰天太息曰：“夫人休矣！余非登徒子，誓不效杂情奴态，暮翠朝红。自见女后，毕世悃忱，无端倾倒。试问遇合之奇，有如此女者乎？我见犹怜，有如此女者乎？两心相得，有如此女者乎？乃婉娈一室之中，荏苒三年之久。余亦非鲁男子也，所以禁欲窒私，坐怀不乱者，亦冀正始要终，各明本怀耳。事幸垂成，一朝云散，若以丹诚所感，虽灭顶捐躯，亦复奚恤？顾乃咽泪吞声，甘为奸人所卖，诚欲以礼相终始也。鼠牙雀角，适足增羞。抑岂令卖菜佣持我短长乎？今而后，余终当以情死耳。血殷肠裂，骨化形销，此恨绵绵，宁有穷极！卿勿复生别念，纵使贤如络秀，丽若绿珠，不能易此恨矣。"自是益不自聊赖，或竟日枯坐，或彻夜悲歌，积久遂成心疾。

余见且伤之，为作《咄咄吟》一卷，《情忏词》一卷，以广其意。且生与女相爱怜若此，而卒不相遇，真堪遗恨千古，乌容秘而不传？而不知者，反以女为生口实，因详述之，以告天上人间，千秋万世之情痴有如生者。

幻史氏曰：余观生与女，发乎情，止乎礼义，岂寻常儿女子所得拟乎？当其适然相遭，理既允当，于势又便，况有阃内以作之合，如此而不遇，岂人生快意之事，造物者故厄之，使弗克有终耶？不然，生与女命实不犹耶？然迹其后先言行，女非有意负生者，形禁势格，变至无如何耳。而生也宁守经，毋达权，事固弗易为流俗道。悲夫！语云：未免有情，谁能遣此。余又感夫以礼相闲者之情，尤不能已已也。

张山来曰：吾不知太恨生守经之心为何心？不惟有负此女，抑且负元女夫人矣。

瘗水盏子志石铭　　　毛奇龄大可

水盏子者，越器也。其器不知造于何代，亦莫按其制。相传隋万宝常，析钟律，能叩食器应弦，后人即以水盏入乐。或曰：古有编磬，与水盏同，古金以钟，不以钲，今以钲易金，云钲即编钟也。编钟一变而为方响，再变为钲。水盏子虽不必以瓦，然由变而推，则易石以瓦，或亦非无然者与？《陈诗》云："坎其击缶。"《史记》秦王为赵王击瓦缶，而庄周子乃鼓盆而歌。虽或以节音，非以倚音，专声赴奏有如柷然，然而犹瓦为之。明兴平伯从子高通，蓄婢住子，能叩食器为《幽州歌》，筝师挡筝在旁，能曲折倚其声。姑苏乐工谋易以铁，不成，乃购食器之能声者。得内府监制成化法器若干，则水浅深分下上清浊，叩以犀匙。凡器八而音周，强名曰水盏子。顺治乙酉，王师陷安平，江都随破，家人之在文楼者皆散去，盏子投射陂死。康熙甲辰，予遇通于淮阴城，托镇淮将军食。食顷，怀二盏出，供奉器也。中挹水级，叩之泠泠然，语其事而三叹。镇淮将军命瘗之淮城东唐程将军咬金墓侧，如瘗盏子者。而使予志于石，其文曰：

> 编竹为箫，编石成磬。方响不传，水盏可听。破十六叶，更为八瓷。中流深浅，高下因之。玉邸渐安，犀槌自拈。戛即函胡，挑将宛转。试斟渌酒，遥倚素曲。半袖萦锦，五指琢玉。既越蕨板，亦迈征弄。中曲擗扑，能使神动。吹角出阵，鸣笳在疆。北鄙好杀，南风不扬。乌啼失林，雹裂震地。官渡战亡，安西军溃。已夺都尉，将邀昭妃。锦车翠幕，驱驰何为。昔者杞梁，妻赴淄水。朝鲜有妇，堕河而死。或援箜篌，或形操畅。彼美善怀，与之相向。身同波澄，技乃响绝。残金断丝，方寸不灭。爰归黄土，仍歌青台。英雄粉黛，千秋同埋。昭华之琯，藏于幽陇。元康阮咸，乃闵古冢。鼓缶无路，招魂有词。彼美而在，尚其依斯。

张山来曰：八音中惟土无新制，予尝欲以瓷器补之。今读此，乃知素有其器也。

姗姗传　　　　黄永云孙

姗姗者，字小姗，周姓，戴溪黄夫人侍儿也。母梦吞素珠一粒，觉而娠，群辈卜之，宜男，及姗姗生，咸贺之曰："是虽女也，当有福慧。"数岁戏于庭，适夫人敕银工制钗，曰："如一封书式。"姗姗应声曰："一封书到便兴师。"夫人为之发粲，自是极怜爱之。亲为剪发裹足，令从女塾学，得近笔墨。稍长，课之绣，金针鸳谱，一见精绝。禀性婉媚，善伺夫人意，先事即得。夫人每曰："此吾如意珠也。"幼有洁癖，薰香浣衣，惟恐弗及。凡其服食器用，卒不令诸同伴近之。昼则旁习女红，夜则随夫人合掌海南大士。既退，但闭阁寝坐，终不闻语声，其静心类如此。

丁亥，姗姗年十五，夫人将为之字。而孝廉黄永云孙者，时以下第归里。云孙故倦游，然门外多长者车辙，问奇屡满，擘笺调墨，日不暇给，思得丽姝为记室。厥配湘夫人，才而贤，相与谋之曰："是欲副余，天下岂有樊素、朝云其人者乎？即有之，当以礼聘。"而云孙负相如之渴，所好又特异，每曰："丰肌肥婢，佣奴配耳。昭阳第一安在？吾宁筑避风台俟之。"以故薄游于广陵、姑苏之间，几于红粉成阵，而卒无所遇。一日，为黄夫人六裘初度，云孙以族之犹子，从而捧觞焉。姗姗侍夫人出，常妆便服，迟迟来前。鬓云肤雪，柔若无骨，而姿态闲逸，娟娟楚楚，如不胜衣。立而望之，殆神仙中人也。云孙瞥见心荡，私自念曰："其道在迩，求之则远。彼美人者，真国色无双矣。"时亲族毕集，群进而寿。姗姗延伫既久，云孙得数数目之，姗姗面颊发赤，为一流盼而已。礼毕，遽随夫人入，云孙怅然别去，赋《浣溪纱》一阕。于是呼媒者告之故，使通殷勤，而夫人重惜之，不欲以备小星之选，固拒不许。云孙书空无聊，计无所出。乃夫人之长君来玉，次君雪茵，固善云孙，力为之请。夫人曰："吾以掌上抚之，极不忍使为人作姜。"必欲为云孙请者，有姗姗在，命家姬以其私询之，姗姗不言。姬曰："是前称寿者，恂恂少年，吾闻其才名冠江南，捧砚司花，犹胜党将军羔酒。且私心慕子，惟恐不得当也。唯夫人命，可乎？"姗姗首肯。先是，里中贵子弟，为夫人内姻者，咸愿以金屋贮姗姗，姗姗闻之，辄大恚。至是闻姬言，为一破颜，以是知其心许云孙矣。既报可，云孙大喜过望，湘夫人出私资聘之。

是时适当顺治戊子十月，诸应春官试者悉北上，云孙将诹吉娶之偕往，以父命不果。且促之驾，不得已，治装将去，而闻姗姗忽遘疾，云孙为留竟月，延医治之，意殊怏怏不欲行。使者传夫人语曰："儿疾在我，云孙岂以一女子病，而辍试事？"越夕，仆夫趣行，其友许圣本等，饯之郊外。云孙赋《减字木兰花》一阕志别，曰："东君有意，知许梅花花也未。小漏春光，怎禁西风一夜霜。　　凄然相对，花底温存花欲泪。残月如弓，几剪灯花又晓钟。"遂去。而姗姗病益剧，医来，犹强起栉沐，然已骨立不支，似犹举首盼泥金也。既又闻云孙被放，愁容憔悴，捧心而泣。夫人再三慰谕曰："若何所言？但告我。"姗姗曰："妾命薄，辱夫人膝下，十六年于兹，无禄早世，不得长侍阿母，夫复何言！"夫人固问之曰："岂有思于云孙耶？"姗姗长吁瞪目,顾左右曰："扶我扶我。"起而顿首曰："郎君天下才,眷我厚,今试北,非战之罪,乃以妾故也。且妾夜者梦持檄召我,冉冉登云而去,意者在瑶池紫府之间。为我谢郎君,生死异路,从此辞矣。"抚枕泪落如雨,自后不复进药,数日竟死。

死之三日,云孙抵家,湘夫人泪光莹莹然犹在目也。云孙曰："将无妾面羞郎,来时未晚耶？"湘夫人曰："不然。坐定,吾语若。"叹曰："吁！姗姗死矣。"云孙既内伤姗姗,居平忽忽不乐,幽思隐恸,时结于怀。尝以一杯临风告于灵曰："吾将入海,乞不死药返魂香以起之。则三神山有大风,引舟不能到。欲得少君方士之术,上天入地求之遍,而七夕夜半,未及比肩,无誓可忆。佳人难再得,当复奈何！"然其后姗姗亦数入梦,是耶,非耶,不可向迩。

于鳞《李夫人歌》云："纷被被其徘徊,包红颜其弗明。"两语俱神似。或云：姗姗从夫人虔修彼法,先以净体化去,不效梁玉清累太白,理或有之。大要使白骨可起,则月下风前,呼之或出《牡丹亭》一书,不得尽谓汤若士寓言也。姗姗既死三阅月,同里墨庄书史为之传。

论曰：余闻姗姗遗事甚详,其吴娃、紫玉之流与？或曰：天下多美妇人,何必是？此负情侬之言,不足为云孙道也。云孙登堂乍近,未得再顾,而钟情特甚,岂冶色是溺,盖亦叹为才难者乎？史称阮嗣宗醉眠邻女垆侧,及其既死,又往哭之,可谓好色不淫,云孙近之矣。

张山来曰：才媛遭妒妇,吾甚恨之。今黄夫人贤德如是,而姗姗不克永年,岂彼苍亦妒之耶？

卷十五

记 同 梦

甲戌冬暮,刻《牡丹亭还魂记》成,儿子校雠讹字,献岁毕业。元夜月上,置净几于庭,装褫一册,供之上方。设杜小姐位,折红梅一枝,贮胆瓶中,然灯陈酒果为奠。夫子听然笑曰:"无乃大痴,观若士自题,则丽娘其假托之名也。且无其人,奚以奠为?"予曰:"虽然,大块之气寄于灵者,一石也物或冯之,一木也神或依之,屈歌湘君,宋赋巫女,其初未必非假托也,后成丛词。丽娘之有无,吾与子又安能定乎?"夫子曰:"汝言是也,吾过矣。"夜分就寝。未几,夫子闻予叹息声,披衣起,肘予曰:"醒醒。适梦与尔同至一园,仿佛如所谓红梅观者。亭前牡丹盛开,五色间错,无非异种。俄而一美人从亭后出,艳色眩人,花光尽为之夺。意中私揣,是得非杜丽娘乎?汝叩其名氏居处,皆不应,回身摘青梅一丸拈之。尔又问若果杜丽娘乎?亦不应,衔笑而已。须臾,大风起,吹牡丹花,满空飞搅,余无所见,汝浩叹不已,予遂惊寤。"所述梦盖与予梦同,因共诧为奇异。夫子曰:"昔阮瞻论无鬼而鬼见,然则丽娘之果有其人也,应汝言矣。"听丽谯纮如打五鼓,向壁停灯未灭,予亦起呼小婢,簌火瀹茗。梳扫讫,亟索楮笔纪其事。时灯影微红,朝暾已射东牖。夫子曰:"与汝同梦,是非无因。丽娘故见此貌,得无欲流传人世邪?汝从李小姑学,尤求白描法,盍想像图之?"予谓:"恐不神似,奈何?"夫子乃强促握管,写成,并次记中韵,系以诗。诗云:"暂遇天姿岂偶然,濡毫摹写当留仙。从今解识春风面,肠断罗浮晓梦边。"以示夫子。夫子曰:"似矣。"遂和诗云:"白描真色亦天然,欲问飞来何处仙。闲弄青梅无一语,恼人残梦落花边。"将属同志者咸和焉。

　　张山来曰:闺秀顾启姬评云:"丽娘见形于梦,疑是作者化身。”此语可云妙悟。至二人同梦，则尤奇之奇也。吴山吴子以三妇合评《牡丹亭》见寄于予，予爱其三评，无一不佳，直可与若士并传。姑录其记同梦以志异。

述 怪 记　　　　　缪 彤歌起

予同官蒋扶三言：工部郎中郑司直，寓中有物怪凭戾，居多不宁。司直始居之，不信。一日，从者病，司直亦不之信。又一日，其亲者病矣，司直不信如故。不数日，司直病作，倏见一物，头大如斗，在壁间，司直以手击之，随手入壁亦随手出。司直曰：“吾目眩也。”犹不之信。夜既半，司直呻吟不得卧。忽有两青衣登司直床曰：“王将至。”未几，闻户外传呼甚厉，云故御史某来，人马齐拥而入。二青衣始若惧，继作馈送状，某御史者倏然去。少顷，王至，司直伏枕上，见男女大小出迎驾，旌旗闪烁，骈从呼拥，从外而入。壁上若有阶级，人马层累而登。王金冠紫袍，轩轩而至。歌童舞女数十辈，次第奏乐，珍馐罗列，宾客酬酢，王亲自灌洗举觥。座中大半皆司直同官，既欲邀司直赴宴。司直正辞让间，忽传玉帝旨，敕王入临武闱。王受旨，拜跪如仪。左右拥王去，留二青衣，以二币馈司直曰：“吾王且去，以公长者，特以奉公。”司直欲受之，青衣跪而请曰：“愿拜君赐。”司直曰：“王之惠也，何故赐汝？”青衣请之再，又曰：“吾等居此已久，公何实逼处此，愿公早移他所。”司直曰：“诺。”又问曰：“汝王入武闱，我当为武闱同考，汝知否？”青衣曰：“君不得与。”遂谢去。司直大呼，左右皆熟睡。不数日，司直病愈。兵部题同考官列司直名，竟不得与。司直名端，己亥进士，北直枣强人，今为黔中学使者。予闻扶三言如此，异日质之司直，曰：“良然。”故记之。

　　张山来曰：王以二币奉司直，而青衣索之，岂鬼神亦不能禁需索陋规也耶？

哑孝子传　　　　　　　　　　王　洁汲公

崔长生,邳州人,生而喑,性至孝,人呼为哑孝子云。孝子既哑,手复挛,佣工养其父母,出入必面。岁己亥,淮徐大祲,孝子出,行丐于市,人怜之,予以糟糠糁糜,受而纳诸箪。自掘野草,剥木皮以食,归则扶其跛父病母于茅檐,尽倾箪中物欢然进,箪日不空,父母竟赖以不死。途见字迹必拾,朔望拜毁于先圣棂星门下,而敛其烬于黄河。一日,于故纸中得遗金,守待失者不得。匝月,乃易母虙饲之,茁壮蕃息,遂为父母治衣棺。先是,知州事孙侯贤,卒于官,归葬,交游一无至,孝子独拜灵輀,徒跣送百里乃返。及其父母殁,哭之恸,三日不食,舁柩葬于中野,遂不知所终。

洧盘外史曰:予闻诸幔坡老圃曰:孝子之生也,母梦舆盖者至门,而孝子终贫贱,喑复挛,人疑之,余固信其天爵之至贵而无复加矣。今士大夫日诵诗书,称说仁义,而晨昏内省,不知于哑孝子何如也? 呜呼! 可胜叹哉?

张山来曰:一赞深得史公遗法。

孝丐传　　　　　　　　　　　王　晫丹麓

丐不知其邑里,明孝宗时,尝行乞于吴市。凡丐所得食多不食,每分贮之筒筐中,见者以为异。久之,诘其故,曰:“吾有母在,将以遗之耳。”好事者欲穷其说,迹之行。行里许,至岸旁,竹树扶疏,一敝舟系柳阴下。舟故敝,颇洁,有老媪坐其中。丐坐地,出所贮饮食整理之,捧以登舟,陈食倾酒,跽奉母前。伺母举杯,乃起唱歌,为儿戏以娱母。观其母意,殊安之也。母食尽,然后他求。一日,乞道上,无所得,惫甚。有沈隐君孟渊者,哀而与之食,且少周之。丐宁忍饿,终不先母食也。如是者数年,母死,丐遂不知所终。丐自言沈姓,年可三十许,长洲祝允明纪其事。

论曰:世衰道微,人于所昵爱,宴饮务极华侈,尊贵在前,斗酒为寿,伛偻磬折,每伺其颜色以为喜惧。至于于父母,则泊然也。间有自谓能养,或亦等于犬马,且多不顾父母之养者,以视斯丐何如耶?

　　张山来曰:古之老莱子,以戏彩娱其亲,今观孝丐所为,知古今人不甚相远。

乩　仙　记　　　　洪若皋虞邻

　　乩或作卟,与稽同,卜以问疑也。后人以仙降为批乩,名之曰乩仙,亦谓箕仙,又谓之扶鸾云。凡乩仙,多自称吕祖。按吕祖名岩,字洞宾,沔州人,唐礼部侍郎渭之孙。会昌中,两举进士不第,去游庐山,遇异人,得长生诀,遂仙去。故乩仙最善赋诗,喜与读书子言科场事,甚验。予邑有诸生,姓张名报韩,字元振,善请吕祖,云传自金坛贵游子,而咒乃吕祖亲授。持咒极熟,随意写符请之,无不立应。同时有庠生朱日昌、董万宪、王人玉,暨予兄淶,咸传符咒,称大仙弟子。凡仙降,先赋诗,喜饮酒行令索句,输者罚巨觥,或罚跪。月三八,命题作文。郡城有白云山,文毕,仙命送置山中某岩穴处。次日往携,咸仙亲笔所评者。凡有所遗赠,悉批示取于某岩某穴中。仙弟子各赠以自写吕纯阳小像一幅,悬奉于家。

　　一日,于白云山书院楼中,批既久,咸未食。仙曰:"汝辈饿乎?"群曰:"然。"曰:"予为汝悲乞之。"停乩数刻,复批曰:"可于窗前取而分啖之。"视之,盖竹箸盘贮松花饼数十枚也。叩其由来,曰:"予适向天台国清寺僧处乞与之耳。"群食之,腹殊饱畅。复一日,各予以葫芦一,仙桃数枚。其葫芦皆五色彩绸拈成者,内衔赤城山朱砂数粒,桃亦不甚大,味与凡桃等。久之,请于予家楼上。凡请仙,必须楼,所谓"仙人好楼居"者也。予年方舞勺,登楼礼谒,批云:"此子可教。"随命予名若皋。凡为仙弟子者,其名咸仙所命云。因令予同会文,题"不忮不求"至"何足以臧"。艺完,命送置于白云山土地香炉下。次早往领,独取予文,圈点叠加,备极褒美。其朱紫色,其笔如悬针倒薤,字法绝似螳螂张膝,蜻蜓点水,不类人间所为。末注"三千六百九十日,予言始验"。予绝不之信。

先君极敬重之,每仙降,先君必登楼礼四拜,饮酒必令尽欢而散。是时先君年望六,次年偶往乡,染时疫归,发热三日,不汗,六日热甚发谵,医人咸却走,计无所施。或言祈之仙,符方发,扶乩,乩跃入地,再持起,纵横乱击,持者手破流血,沙盘皆碎裂。予辈俯伏哀求,方大批云:"尔父病亟,何不早请我?"予辈复俯伏谢过,随批云:"急取梯来。向楼檐某行瓦中,取予药方下。"即如言取下黄纸一卷,药方一道,灵符三道,皆紫朱所书,与前批评文章笔迹无异。其药件皆人所常服者,随令抄誊,赴坊取药。原方焚之,复命取水一碗,用桃仁七枚,捣碎和之,焚三灵符于其内,饮父。嘱饮后,手持木杵,向床中四旁击之。予辈捧水至床前,父素信仙,一吸而尽。复如言,持杵左右前后击。仙停乩以待曰:"汗乎?"视之,果大汗如雨。随命服汤药,既服,复停乩以待曰:"睡乎?"视之,果睡。即命取白米煮粥以俟。少顷,举乩曰:"睡觉乎?"视之,复曰:"睡已觉。"曰:"急进粥,尔父病瘳矣。"予退,命碧桃子守尔家,因供碧桃仙于家。碧桃嗜水,朝夕奉水一大碗,无他供也。未三日,而父服食如平时,一似未尝病者。他日设酒食酬谢仙,父伏地,感而且泣。未几,仙赠父小像,墨迹甚淡。视之如影,然酷肖父状。上书"九天紫府纯阳道人赠"。其词曰:"灵雨飘衣,清歌满谷。鹤之餐云,鹿之咽月。先生一蓬莱客,为人间谪仙耶?今少炙其貌,深测其衷,若难以形容,只谱片词,为君售也。"赞曰:"脸腜而衷腴,所举又若拘。其语言落华而务实,至接物宏以宽。温温安安,浑浑漫漫。继繁兰桂,鸿渐于磐。近天子之龙飞,庆上国光辉。其容舒舒,其象如愚。是武城墨士,弦歌片隅;抑西河先生,课古诗书。称泗杏之通儒,盛哉猗与。"父什袭之不轻袭。

迨沧桑之会,张生既物故,王生、董生亦相继亡,仙久不请。顺治戊子,予登贤书,壬辰会试,予兄复请。问予捷南宫与否?仙亦降,但不似向者之灵显也。但批"中阿"二字,再叩,并不答。是科,予落第。予邻何公纮度、陈公璜中式。盖析何与陈姓之半,而成"阿"字也。乙未会试,复问如前。批诗云:"大固崔巍正展旗,春光逗发远为期。君家福分非轻浅,先报琼林第一枝。"是科,予果隽南宫。兄辈又请问予殿试某甲,则批一"里"字。再问,则云:"二十二十又二里。"及闻报,则二甲四十二名也。盖"里"字移两画于上成二甲。更逆数是年三月某日揭晓之期,以验仙之所云"三千六百九十日"者,殆晷刻不爽云,诚足奇哉!

予思乩仙灵验者亦多矣,未有亲能以物相授受者也。夫葫芦、仙桃、小像之类,藏之岩穴中,无论已。若窗前松饼、檐上药方,有人挟之而至乎? 抑凌空而飞至乎? 且评阅文章,其笔墨奚自而来也? 岂天上亦有文房乎? 或曰:笔仙墨仙,类工于笔墨,有资于文章之用。其人咸仙去,则天上安得无笔墨? 况吕祖游湘潭鄂岳间,多卖纸墨于市以混迹。纸墨有,则他物可概知矣。予曰:"然则诚仙乎?"或曰:以子之大人病且踣,呼吸之间,能令立起,非仙而能若是乎? 或之言虽如此,然予闻食仙桃者,可百岁而上之。张生、王生、董生,咸食桃者也,均不能周甲子,则仙不仙又未可必也。是予终不能辨,姑记之以俟后之辨之者。

张山来曰:吕祖能诗,能书,能饮,能行觞政,皆所优为。独是八股一道,不识何以亦能评阅? 岂一能则无所不能耶?

中泠泉记　　　　　潘　介幼石

中泠,伯刍所谓第一泉也。昔人游金山,吸中泠,胸腋皆有仙气,其知味者乎? 庚辰春正月,予将有澄江之行。初四日,自真州抵润州。舟中望金山,波心一峰,突兀云表,飞阁流丹,夕阳映紫,踟蹰不肯舣岸,但不知中泠一勺,清澈何所耳。次日觅小舟,破浪登山,周石廊一匝,听涛声噌吰,激石哮吼,逦迤从石磴陟第二层,穿茶肆中数圻,得见世所谓中泠者。瓦亭覆井,石龙蟠井阑,鳞甲飞动,寺僧争汲井水入肆。是日也,吴人谓钱神诞,争诣寺中为寿。摩肩连袇,不下数万人。茶坊满,不纳客,凡三往,得伺便饮数瓯。细啜之,味与江水无异。予心窃疑之,默然起,履巉陟险,穷尽金山之胜。力疲小憩,仰观石上,苍苔剥蚀中,依稀数行,磨刷认之,乃知古人所品,别在郭璞墓间。其法于子午二辰,用铜瓶长绠入石窟中,寻若干尺,始得真泉。若浅深先后,少不如法,即非中泠正味,不禁爽然,汗下浃背。然亦无从得铜瓶长绠如古人法，而吸之而饮之也。郭公爪发，故在山足西南隅。洪涛巨浪中，乱石嶙峋，森森若奇鬼异兽，去金山数武，而徘徊踯躅，空复望洋，盖杳乎不可即矣。日暮归舟，悒怏若有所失。自恨不逮古人，佛印谈禅，坡公解带，尔时酒瓮茶铛，皆挟中泠香气，奈何不获亲见之也。

越数日，舟自澄江还，同舟憨道人者，有物藏破衲中，琅琅有声。索视之，则水葫芦也。朱中黄外，径五寸许，高不盈尺，傍三耳，铜纽连环，亘丈余，三分入环，耳中一缕，勾盖上铜圈，上下随绠机转动，铜丸一枚，系葫芦旁，其一绾盖上。怪问之，秘不告人。良久谓余曰："能从我乎？愿分中泠一斛。"予跃然起，拱手敬谢。遂别诸子，从道人上夜行船。两日抵润州，则谯鼓鸣矣。是夕上元节，雨后迟月出不见。然天光初霁，不甚晦冥。鼓三下，小舟直向郭墓。石峻水怒，舟不得泊。携手彳亍，蹑江心石五六步，石窍洞洞然。道人曰："此中泠泉窟也。"取葫芦沉石窟中，铜丸傍镇，葫芦横侧。下约丈许，道人发绠上机，则铜丸中镇，葫芦仰盛。又发第二机，则盖下覆之，笋阖若胶漆不可解，乃徐徐收铜绠。启视之，水盎然满。亟旋舟就岸，烹以瓦铛。须臾沸起，就道人癭瓢微吸之，但觉清香一片，从齿颊间沁入心胃。二三盏后，则薰风满两腋，顿觉尘襟涤净，乃喟然曰："水哉，水哉！古人诚不我欺也。"嗟乎！天地之灵秀，有所聚必有所藏，乃至拔而为山，穴而为泉。山不徒山，而峙于江心；泉不徒泉，而巽乎江水层叠之下。而顾令屠狗卖浆、菜佣伧父，皆得领兹山，味兹泉，则人人皆有仙气矣。今古以来，真才埋没，赝鼎争传，独中泠泉也乎哉？

次日辰刻，道人别去。予亦发棹渡江，而邻舟一贵介，方狐裘箕踞，命俊童敲火，煮井上中泠未熟也。道人姓张，其先盖闽人云。

张山来曰：吾乡赵桓夫先生，谓金山江心水，与郭璞墓无异。因以两巨舟相并，中离二尺许，以大木横絙其上，中亦空二尺许，如井状。以有盖锡罂一，上系大长绳，别一小长绳系其盖。绳之长，凡若干丈。缒于井，绳尽，先曳小绳起其盖，而水已满罂。徐曳大绳，则所汲皆江心水矣。想以郭璞墓不得其汲之之法耳，若遇此道人，效其制，当更佳也。

髯参军传

徐　瑶天璧

蒋翁性好酒，家贫无所得酒，辄过余索饮。闲说少时所见闻事，多新奇可喜，而髯参军尤奇，作《髯参军传》。

明思宗时，公子某，不著其姓氏云。公子之子与蒋翁友，因悉公子遇髯参军事。先是，公子奔走某相国门，从京师持三千金归。道遇一僧，状狰狞，所肩行李，铁扁拐，光黑甚重，伺公子信宿，公子初弗介意也。会抵一旅舍，公子先驱入，止右厢，僧继至，就右厢炕上卧。旅舍主人密呼公子告曰："客必从京师来，囊中必有金，不则，若奚俱至？"公子始心动，仓皇失措。主人劝公子勿恋金饮酒。坐甫定，忽一虬髯，身长八尺余，腰大十围，须尽赤，激张如猬，即座上掷弓刀，呼酒食甚急，叱叱作雷声。公子益惊怖，股栗欲仆。髯微顾曰："君神色俱殊，度有急，盍言之？"公子屏息若喑，主人乃为述持金遇僧状。髯曰："僧今安在？"则指右厢卧炕上者。顾公子无动，直提刀排闼入，骂曰："钝贼！胡不拾粪道上，而行劫耶？"因弄其铁扁拐，屈之成环，掷炕上曰："若直此，听若取客金；不直，则哑引项就刃。"僧僵卧不动。良久，始匍匐下地请死。顾视扁拐成环，泣下，请益哀。髯笑曰："故料若不能直此，聊为若直之。去，无污乃公刃。"公子主人皆咋舌从门外观，已复趋前罗拜，请姓名，髯笑不答。令俱就寝。旦日，请护公子行，公子大喜。至扬州，谓公子曰："君今但去无患，吾行矣。"公子叩头谢曰："某受客大恩，无以报，愿进三百金为寿。且从此抵某家，计四日耳，盍俱渡江而南？"髯笑曰："吾起家行阵，今只身来，为幕府标官。设贪金，岂止三百哉？吾凭限迫，不能从，或缘公事过江，则访君，幸为我具面十五斤，生鼋二口，酒一石。"公子不得已与别。

居数月而髯果至，呼公子曰："饥甚！"公子哑进面、生鼋、酒如前约。髯立饮酒至尽，即所佩刀，刺杀生鼋，而手自揉面作饼，且炙且啖，尽其半。公子曰："参军力可拔山，度举几百钧？"髯曰："吾亦不自料举几百钧。虽然，请试之。"乃站庭槛上，而令数十人撞之，屹立不少动。曰:"未尽也。"复竖二指,中开一寸,以绳绕一匜,数健儿迸力曳两头,倔强如铁,不能动半分。于是公子进曰:"今天下盗贼蜂起,朝廷亟用兵,以参军威武,杀贼中原,如拉朽耳。今首相某,吾师也,吾驰一纸书,旦夕且挂大将军印,乌用隶人麾下为?"髯仰天大笑,徐谓公子曰:"君顾某相国门下士耶? 吾行矣。"

论曰:蒋翁所称髯参军,殆真奇杰非常之士矣乎? 当思宗时,如参军者,自不乏人。诚得十数辈为大将,建义旗,进止自如,贼固不足平。乃当日握重兵者,率皆选软凡庸,退茸不前,何无一人类参军也。即有一二摧锋陷阵之士,而朝廷之上,顾束缚之,不克以功名终。坐使天下流离,辗转以至于亡。呜呼! 是谁之过欤? 是谁之过欤?

张山来曰:唐铸万先生评云:句句为髯写生,而着眼全在公子相国,此绝顶识力也。此评已尽此文之胜,予不必再措一辞矣。

李　丏　传　　毛际可鹤舫

李丏,江西人,邑里名字无可考。往来江汉三十载,常如五十许人。随身一瓢,外无长物。每乞牛肉齑膏,并捕鼠生啖之,余纳诸败袄中,盛暑色味不变。遇纸笔即书,语无伦次,或杂一二字如符箓,余间以意测之,始成诗。人与之语,皆不答。某郡丞使人渡江,强邀之署中,留数日,辞出。郡丞与以轻葛文舃,插花满头,徜徉过市,儿童竞夺之,辄抱头匿笑,不予。未几,葛敝,缕缕风雪中自若。或曰:李丏向为诸生有声,屡试不第,有所托而逃。然读其诗,似深山高衲,不与阳狂玩世者比。终不测其何如人也? 余于友人邸舍中,物色得之,为余书扇,相对竟日,卒无他语。

诗　附　录

瀑泉今古说庐台,顿向云居绝顶来。潭逼五龙时怒吼,势摧三峡更喧豗。横奔月窟千堆雪,倒泻银河万道雷。锁断鸥峰悬白练，遥看珠网挂层台。

激滟湖光数顷浮，谁知曲涌万峰头。豁开古殿当前月，散作空山不尽流。金璧影摇冰镜里，鱼龙深在广寒秋。一轮直接曹溪路，白浪家风遍大洲。

何年鞭石架长虹，碧落无门却许通。曾是御风人去后，故留鸟道碍虚空。

银台金殿影交加，处处晴光映宝华。家业现成归便得，才生疑虑隔天涯。

披云坐月太奢华，旋汲清泉吃苦茶。无事山行空眼底，草鞋跟断又归家。

罗列香花百宝台，台中泥塑佛如来。重重妙影随机现，都在众生心地开。

千崖雨湿松添老，一味秋声菊转新。莫谓山中无甲子，素珠粒粒纪时辰。

峻嶒高石寺门横，面面波光一派清。鳌背凿开罗汉寺，龙鳞幻出梵大城。

张山来曰：昔之异人，隐于屠钓；今之异人，隐于乞丐。自后遇若辈中有稍异者，便当物色之。李丐诗不止于此，今姑择其尤者录之。

书钿阁女子图章前　　　周亮工减斋

钿阁韩约素，梁千秋之侍姬，慧心女子也。初归千秋，即能识字。能擘阮度曲，兼知琴。尝见千秋作图章，初为治石，石经其手，辄莹如玉。次学篆，已遂能镌，颇得梁氏传。然自怜弱腕，不恒为人作。一章非历岁月，不能得。性惟喜镌佳冻，以石之小逊于冻者往，辄曰："欲侬凿山骨耶？生幸不顽，奈何作此恶谴？"又不喜作巨章，以巨者往，又曰："百八珠尚嫌压腕，儿家讵胜此耶？无已，有家公在。"然得钿阁小小章，觉它巨锾，徒障人双眸耳。余倩大年得其三数章，粉影脂香，犹缭绕小篆间，颇珍秘之。何次德得其一章，杜茶邨曾应千秋命，为钿阁题小照，钿阁喜，以一章报之，今并入谱，然终不满十也。优钵罗花，偶一示现足矣，夫何憾！与钿阁同时者，为王修微、杨宛叔、柳如是，皆以诗称。然实倚所归名流巨公，以取声闻。钿阁，弱女子耳，仅工图章，所归又老寒士，无足为重。而得钿阁小小图章者，至今尚宝如散金碎璧，则钿阁亦竟以此传矣。

嗟夫！一技之微，亦足传人如此哉！予旧藏晶、玉、犀、冻诸章，恒满数十函，时时翻动，惟亡姬某能一一归原所。命他人，竟日参差矣。后尽归之他氏，在长安，作忆图章诗："得款频相就，低崇惬所宜。微名空覆斗，小篆忆盘螭。冻老甜留雪，冰奇腻筑脂。红儿参错好，慧意足人思。"见钿阁诸章，痛亡姬如初没也。

　　张山来曰：我若为梁千秋，止令钿阁镌颠倒鸳鸯，不复为他篆矣。

书王安节王宓草印谱前　　周亮工减斋

王安节棨，其先槜李人，久占籍白下，与弟宓草薯，同受教于尊公左车先生。左车好奇，以丐名之，字曰东郭；以尸名其弟，字曰弟为。久之，乃改今名，字安节。幼癯弱，壮乃须眉如戟，负颖异质。诗古文词，及制举业，皆能孤行己意。避人居西郭外莫愁湖畔，罕与人接。然四方文酒跌宕之士至金陵者，无不多方就见之。安节以其诗文之余，旁及绘事，水石、人物、花草、羽毛之属，动笔辄有味外之味。曾为余两作《礼塔图》，两作《浴图佛》，状貌皆奇古，略无近人秀媚之态，真足嘉赏。画成，辄自题识。予每谓人："安节甫二十余，分其才艺，便可了数辈。使更十年，世人不说徐青藤矣。"图章直追秦汉人，亦肯为予作，今铨次于后。

予友方尔止，一女，不轻字人，觅婿于江南。久之奇安节，遂以女妻之。尔止负一代名，不妄许可，至一见安节，即以女妻之，安节可知矣。宓草亦作印章，古逸无近今余习，亦次于后。宓草不亚安节，绘事遂欲与兄并驱。同人咸曰："元方、季方，难为兄弟也。"安节王母与两尊人及安节,皆落地不任荤,独宓草微能食干鲑,人称其为一门佛子云。

张山来曰:安节兄弟三人,皆高士也。予仅识宓草,然阿兄阿弟,亦莫非神交,当不让端复专得之耳。

书姜次生印章前　　　　周亮工减斋

姜次生正学,浙兰溪人,性孤介,然于物无所忤,食饩于邑。甲申后,弃去,一纵于酒,酒外惟寄意图章。得酒辄醉,醉辄呜呜歌元人《会稽太守词》。又好于长桥上鼓腹歌,众环听,生目不见,向人声乃益高。每醉辄歌,歌文必《会稽太守词》,不屑他调也。方邵村侍御为丽水令,生来见,谓侍御曰:"公嗜图章,我制固佳,愿为公制数章。正学生平不知干谒,但嗜饮耳。公醉我,我为公制印。公意得,正学意得矣。"侍御乃与饮,醉即歌《会稽太守词》。于是侍御得生印最多。侍御署中酿,亦为生罄矣。一夕,漏下数十刻,署中尽熟寐。忽剥啄甚,侍御惊起,以为寇且发,不则御史台霹雳符也。惊起询,则报曰:"姜生见。"侍御遣人谢曰:"夜分矣,请以昧爽。"生匋匋曰:"事甚急!"侍御以生得他传闻意外也,急趋迎之,执手问故,曰:"我适为公成一印,殊自满志,不及旦,急欲令公见也。事孰有急于此者乎?"遂出掌中握视之,侍御乃大笑,复曰:"如此印,不直一醉耶?"于是痛饮,辨明而去,去又于桥上歌《会稽太守词》。桥侧饼师腐家起独早,竞来听之,谓此君起乃更早,遂已醉耶? 生意乃快甚。

生无妻,无子女,常自言曰:"曲蘗吾乡里,吾印必传,吾之嗣续也,吾何忧?"别侍御返里,年八十卒。辛亥秋,侍御以生所为印示余,予入之谱,复嘱栝楼冈太史述生事,录之于前。侍御曰:"每展玩生印,觉酒气拂拂从石间出,生歌《会稽太守词》声,犹恍惚吾耳根目际也。"

张山来曰:仆不识姜君,然读此传时,亦觉耳中如听歌《会稽太守词》,酒气拂拂从歌声中出也。

卷十六

因 树 屋 书 影 周亮工减斋

德州程正夫言：顺治癸巳正月十八日，夜风厉甚，恩县祁村陂中冰，卓立成山。广四丈，高二丈许，峰峦秀拔，溪壑回环，一磴委蛇相通。观者远近裹粮，至日千余人，祷祠焉。遍考诸书，古无此异，不知何祥也？余按正德中，文安县水忽僵立，是日天大寒，忽冻为冰柱。高五丈，围亦如之，中空而旁有穴。数日后，流贼过文安，民避入冰穴，赖以全活者甚众，正如此类。

小品中载有荐艺士于显贵者，其人固平易，显贵虽礼之，然未尝问其所长。濒行，其人曰："辱公爱，有小技，愿献于公。"乃索素纸，为围棋盘，信手界画，无毫发谬，显贵惊叹。正统间，周伯器，年九十，修《杭州志》。灯下书蝇头字，界画乌阑，不折纸为范，毫发不爽。章友直伯益，以篆名，官翰林待诏。同人闻其名，心未之服，咸求愿见笔法。伯益命粘纸各数张，作二图。其一纸纵横各作十九画，成一棋局；其一作十圆圈，成一射帖。其笔之粗细，间架疏密，无毫发之失。诸人叹服，再拜而去。古今绝技，亦有相同者如此。

张山来曰：皖城石天外，曾为余言：有某大僚，荐一人于某有司，数日未献一技。忽一日，辞去，主人饯之。此人曰："某有薄技，愿献于公，望公悉召幕中客共观之可乎？"主人始惊愕，随邀众宾客至。询客何技，客曰："吾善吃烟。"众大笑，因询："能吃几何？"曰："多多益善。"于是置烟一斤，客吸之尽，初无所吐，众已奇之矣。又问："仍可益乎？"曰："可。"又益以烟若干，客又吸之尽："请众客观吾技。"徐徐自口中喷前所吸烟，或为山水楼阁，或为人物，或为花木禽兽，如蜃楼海市，莫可名状。众客咸以为得未曾有，劝主人厚赠之。由此观之，诚未可轻量天下士也。

荆南居客麻城忠淳间，有一鹦鹉，见长老寿普来，忽鸣曰："望慈悲。"长老曰："小畜，谁教尔能言？"鹦鹉自后不复声。麻纵之，径赴僧侧，啾唧致谢。僧曰："宜高飞，免再堕。"又求指示，僧令诵佛经。八年，僧至桃源，一小儿来谢曰："吾麻氏鹦鹉也，荷方便，今在萧家作男子矣。"验之，胁下尚有翅毛。

有宦闽者，携双鹦鹉归江右，两禽晨夕相依如昆季。宦者以一赠陈子右繭，韩子人谷亦得其一。陈、韩固亲串，过从无间，鹦鹉时互相问"哥哥好"。未几，陈子斋中有异物搏鹦鹉死，陈子痛之甚。既除地以瘗之，又语人谷，赋诗吊之。诗成，人谷特告其家羽，辄腾踯架上曰："哥哥死，哥哥死！"伤恌不胜，遂不食，越日亦蜕去。二子广乞名词，为之志述。江右三吴诸词人皆有作，因汇为一集，颜曰《羽声合刻》。邓子左之为之序，序亦凄恻肆动，物固多情如此。又吾梁山货店市肆，养鹦鹉甚慧；东关口市肆，有料哥亦能言。两店携二鸟相较，鹦鹉歌一诗，料哥随和，音清越不相下。料哥再挑与言，不答一字。人问其故，曰："彼音劣我而黠胜我，开口便为所窃矣。"臬司有爱子病笃，购以娱之，贾人笼之以献，鹦鹉悲愁不食，自歌曰："我本山货店中鸟，不识台司衙内尊。最是伤心怀旧主，难将巧语博新恩。"留之五日，苦口求归，乃返之山货店，垂颈气尽。万历年间事也。

> 张山来曰：向闻有人供一高僧，其庭中鹦鹉于无人时向僧曰："西来意，你教我个出笼计。"僧应之云："出笼计，除非是两脚笔直，双眼紧闭。"少顷，鹦鹉足直目闭而死，主人悼惋，命解绦瘗之。解后，鹦鹉忽飞去，向僧谢曰："西来意，多谢你个出笼计。"附记于此。

剑侠见于古传纪中甚夥，近不但无其人，且未闻其事。惟闻宋辕文尊公幼清孝廉，素好奇术，曾遇异人于淮上，席间谈剑术。其人曰："世人胆怯，见鬼神辄惊悸欲死。魂魄尚不能定，安望授鬼神术？"宋曰："特未见耳，乌足畏？"其人忽指坐后曰："如此人，公那不畏？"回首顾之，座后辄有神，靛面赤髭，狰狞怪异，如世所塑灵官像。宋惊惧仆地，其人曰："得云不畏耶？"又予姻陈州宋镜予光禄尊人圌田公讳一韩，神庙时，在兵垣劾李宁远，疏至一二十上。宁远百计解之，卒不从。一夕，公独卧书室中，晨起，见室内几案盘盂、巾舄衣带，下至虎子之属，无不中分为二，痕无偏缺，有若生成，而户扃如故，夜中亦无少声息。公知宁远所为，即移疾归。光禄时侍养京邸，盖亲见之。乃知世不乏异术，特未之逢耳。蜀许寂好剑术，有二僧语之曰："此侠也，愿公无学。"神仙清净，事异于此。诸侠皆鬼，为阴物，妇人僧尼皆学之。此言近理，世之好异者当知之。

张山来曰：若我遇其人，当即恳髯面赤髭者为我泄愤矣，尚何所畏耶？

张瑶星语予：辛未秋，予觐先大夫于东牟，遇道人马绣头者，亦异人也。道人修髯伟干，黄发覆顶，舒之可长丈许，不栉不沐，而略无垢秽。自言生于正统甲子，至是约百八十余岁矣。行素女术，所至淫妪鸨姐，多从之游。时孙公元化开府于登，闻而恶之。呼至，将加责焉。道人曰："公秉钺一方，选士如林，乃不能容一野道人耶？"公厉声曰："予选士以备用耳，若拥肿何所用？"道人曰："万有一备指使，可乎？"时方大旱，公曰："若能致雨乎？"曰："易易耳。"问所须，曰："须桌数百张，结坛于郊，公等竭诚，惟我命是从。稍龃龉者，不效矣。"公曰："姑试之，不效，乃公不尔恕也！"命治坛如其式。凌晨，率僚吏往。道人至，则索烧酒一斗，并犬一器，啖之尽，乃登坛。命公等长跪坛下，时方溽暑，万里无纤云。道人东向而嘘，则有片云从其嘘处起；复东向而呼，则微风应之。少焉，浓云四布，雷电交作，雨下如注。道人高卧坛上，齁声与雷声响答互应。地上水可二尺，诸公长跪泥淖中不敢动。历三时许，道人乃寤曰："雨足乎？"众欢呼曰："足矣。"道人挥手一喝，而雨止云散，烈日如故。孙公踉跄起，扶掖而下，以所乘八座乘之，而骑从以归，归即送入先大夫署中。先大夫故好士，署中客约廿余人，每夕必列席共饮，饮必招道人与俱。道人言笑不倦，而多不食。或劝之食，则命取大罍，尽投诸肴核其中，以水沃之，一举而尽。复劝之食，则命取他席上肴核投罍中，尽之如初。乃至尽庖厨中数十人之馔，悉投悉尽。或戏曰："能复食乎？"曰："可。"则取席上诸桦盂碗盏之类，十五累之，举而大嚼，如嚼冰雪，齿声楚楚可听也。先大夫治兵庙岛，拉与俱，宿署楼上，楼滨海。时严冬，海上无日不雪，雪即数尺，人争塞向墐户，以避寒威。而道人夜必敞北窗，以首枕窗而卧。早起，雪覆身上如堆絮，道人拂袖而起，额上汗犹津津然。或投身海中，盘薄游泳，如弄潮儿。及登岸，遍身热气如蒸，而衣不少濡湿也。既而往游东江，东江帅为刘兴治，道人至，则聚诸淫姬，如在登时。兴治闻之怒，呼而责之，将绳以法。道人曰："公尸居余气，乃相吓耶？公何能杀我，人将杀公耳。"兴治益怒，道人指其左右曰："此皆杀公者也，俟城石转身，则其时矣。"兴治命责之，鞭扑交下，道人鼾睡自若，兴治无如何也。道人出，语其徒曰："辱我甚，不可居矣。"乃往海中浴，浴竟，见有一木，大数围，知是土人物，从求得之。自持斧，略加剜凿，才可容足，辄坐其中，乱流浮海而去，不知所终。其后兴治以贪残失士心，改筑岛城，城石尽转，而兴治为其下所刺。方道人之在署中也，每酒后，辄抚膺痛哭，先大夫叩其故，则指予曰："郎君有仙才，而年不永。使从我游，不死可致也。"先大夫曰："年几何？"曰："尽明岁之正月。"次年壬申，春王四日，道人方与岛中诸将士轰饮次，忽西向而恸曰："可惜张公，今日死矣。"盖登州城陷之日也。乃知向日酒后之言，盖托讽耳。予尝谓道人啸命风雷如反掌，预识休咎如列眉，傲慢公卿如观变场，绝寒暑饥饱如化人，而独不避秽行，与淫姬游。且比及顽童，曰："中有真阴，可采补也。"此大悖谬，岂世上自有此一种，如《楞严》所称十种仙，或唐人所称通天狐属耶？抑天上群仙，亦如人间显宦，不尽皆立品行，纫荪荃者耶？吾又安得叩九阍而问之？

曲周陈公令桐，言其邑富翁子妇，自父家还，明日偕卧不复起。家人呼之不应，抉户而入，烟扑鼻如硫黄。就床视之，衾半焦，火烁之，有孔，二体俱焚，惟一足在。火之焚人，理殊不可解。王虚舟曰：焚砂石为龙火，焚金铁为佛火，焚人之火，是为欲火。佛言淫习交接，发于相磨，研磨不休，如是故有大猛火光，于中发动。意其研磨之极，欲火炽煽，煽而忽焰，遂以自焚。其不焚床笫庐舍者，火生于欲，异于常火，亦如龙火止焚砂石、佛火止焚金铁耳。（陈公讳于阶。）

张山来曰：旧小说中，已有吞绣鞋、焚祆庙事矣。

某道人坐功久，忽然火发，焚其须及帷，主人救之始熄。可见火无邪正，皆足为害也。此道人余曾见之。

亳州孙骨碌者,人像其形,故以骨碌称。生时有首有身,身上具肩,无臂手;身下具尻,无腿足,如截瓜然。其父无子,以其男体,姑育之。长而家益富。坐卧启处,饮食男女,一切需人为用。见宾客,皆人抱以出,立则竖而倚之门屏间,失倚则仆地。衣具袖为观美,领不绷缀,则前后转徙无定在。裙、袜、履,生平未曾设。生三子,长公登进士,次幼为诸生,今且貤封矣。此等世虽生不育,育亦贫且贱,而孙君独富贵,造化固不可测欤?

张山来曰:此君之父,因无子而育之,可也;但不识何等女子,居然肯嫁之乎?

海盐有优者金凤,少以色幸于严东楼。东楼昼非金不食,夜非金不寝也。严败,金亦衰老,食贫里中。比有所谓《鸣凤记》,金复涂粉墨,身扮东楼矣。近阮怀宁自为剧,命家优演之。怀宁死,优儿散于他室。李优者,但有客命为怀宁所撰诸剧,辄辞不能,复约其同辈勿复演。询其故,曰:"阿翁姓字,不触起,尚免不得人说。每一演其撰剧,座客笑骂百端,使人懊恼竟日,不如辞以不能为善也。"此优胜金优远矣。不知怀宁地下何以见此优?

闽人李春明者,为人长厚,闻有谈人暧昧事,辄塞耳走,人以"李塞耳"呼之。一日,耳内奇痒,召工取之,内黄金二分,易银一钱四分,市谷一斛,内有大珠二颗,最圆美,市诸富室,得六百金。其年谷甚贱,夜就寝,梦有人提其耳曰:"邦有道谷。"寤而省曰:"神意得无使我积谷乎?"乃出金市谷,入三千石。次年,谷价腾贵,发粜得四千余金,家日起,至十数万,人以为厚德之报。大抵谈人闺阃,原非盛德事。使其事诚有之,与我何与? 无而言之,则为诬善矣。斯事有无不必论,后生固当以为法矣。

江州黎媿曾为余言:广州民有以善射声名者,常挟毒矢入山中。值雷雨卒至,惊避入野祠,雷随入,礚碏绕身者三匝,然终不为害。民跪而祈曰:"民诚罪,遽击何所逃,奈何格格悷人耶?"雷声渐引去。已复至,复出,如是者再,若将导之去者,终不害民。民忽悟曰:"神将用我矣。"遂不霆,逐雷声行。抵山下,见雷方吐火施鞭,奋击巨树。一朱衣女子,突从树中出,雷遽远树数舍。红衣下,雷复至;红衣出,则雷又远去。格斗久之,终不成击。民乃引毒矢伺红衣出,贯之,霹雳大作,遽拔其树。民归,入其室,家人竞言:"雷方入屋,震人几死,幸家无恙,惟釜翻,露朱书数字于底,不可识。"有黄冠通雷文者,云是"助神威力,延寿一纪"八字也。山中人言,树平时无他异,亦终不知女子为何妖。按唐小说中,亦有神追朱衣女子,自树中出,久之渐上,有数点绯雨飞下,云是帝命诛飞天夜叉,此女子得非其类耶?

　　张山来曰:减斋先生与先君子为莫逆交,予少时获睹《书影》。甲寅之变,书皆不存,今燕客先生来扬佐郡,余复恳得是书,不啻与父执相对也。

记 桃 核 念 珠　　　　　高士奇澹人

得念珠一百八枚,以山桃核为之,圆如小樱桃。一枚之中,刻罗汉三四尊,或五六尊。立者,坐者,课经者,荷杖者,入定于龛中者,荫树趺坐而说法者,环坐指画论议者,袒跣曲拳,和南而前趋,而后侍者,合计之为数五百。蒲团、竹笠、茶盒、荷策、瓶钵、经卷毕具,又有云龙风虎、狮象鸟兽、狨猊猿猱错杂其间。初视之,不甚了了;明窗净几,息心谛观,所刻罗汉,仅如一粟,梵相奇古。或衣文织绮绣,或衣袈裟水田绨褐,而神情风致,各萧散于松柏岩石,可谓艺之至矣。

向见崔铣郎中有《王氏笔管记》云:唐德州刺史王倚家,有笔一管,稍粗于常用。中刻《从军行》一铺,人马毛发、亭台远水,无不精绝。每事复刻《从军行》诗二句,如"庭前琪树已堪攀,塞外征人殊未还"之语。又《辍耕录》载宋高宗朝,巧匠詹成,雕刻精妙,所造鸟笼四面花版,皆于竹片上刻成宫室人物,山水花木禽鸟,其细若缕,而且玲珑活动,求之二百余年,无复此一人。今余所见念珠,雕镂之巧,若更胜于二物也。惜其姓名不可得而知。长洲周汝瑚言,吴中人业此者,研思殚精,积八九年,及其成,仅能易半岁之粟,八口之家,不可以饱,故习兹艺者亦渐少矣。噫!世之拙者,如荷担负锄、舆人御夫之流,惷然无知,惟以其力日役于人,既足养其父母妻子,复有余钱,夜聚徒侣,饮酒呼卢以为笑乐。今子所云巧者,尽其心神目力，历寒暑岁月，犹未免于饥馁。是其巧为甚拙，而拙者似反胜于巧也。因以珊瑚木难饰而囊诸古锦，更书答汝瑚之语，以戒后之恃其巧者。

　　张山来曰：末段议论，足醒巧人之梦。特恐此论一出，巧物不复可得见矣，奈何！

<h1 style="text-align:center">核　工　记　　　宋起凤紫庭</h1>

　　季弟获桃坠一枚，五分许，横广四分。全核向背皆山，山坳插一城雉，历历可数。城颠具层楼，楼门洞敞，中有人，类司更卒，执桴鼓，若寒冻不胜者。枕山麓一寺，老松隐蔽三章，松下凿双户，可开阖。户内一僧，侧首倾听，户虚掩如应门，洞开如延纳状。左右度之，无不宜。松外东来一衲，负卷帙踉跄行，若为佛事夜归者。对林一小陀，似闻足音仆仆前。核侧出浮屠七级，距滩半黍，近滩维一舟，蓬窗短舷间，有客凭几假寐，形若渐寤然。舟尾一小童，拥炉嘘火，盖供客茗饮也。舣舟处当寺阴，高阜钟阁踞焉。叩钟者貌爽爽自得，睡足徐兴乃尔。山顶月晦半规，杂疏星数点。下则波纹涨起，作潮来候，取诗"姑苏城外寒山寺，夜半钟声到客船"之句。计人凡七：僧四，客一，童一，卒一；宫室器具凡九：城一，楼一，招提一，浮屠一，舟一，阁一，炉灶一，钟鼓各一；景凡七：山水、林木、滩石四，星月灯火三。而人事如传更、报晓、候门、夜归、隐几、煎茶，统为六，各殊致殊意，且并其愁苦、寒惧、疑思诸态，俱一一肖之。语云：纳须弥于芥子，殆谓是与？然闻之，尺绡绣经而唐微，水戏荐酒而隋替，器之淫也，吾滋惧矣。先王著《考工》，盖早辨之焉。

　　张山来曰：宋人以象为楮叶，杂之真叶中，不能辨审。若是，则曷不摘真楮叶玩之乎？今之鬼工桃核，精巧绝伦，人皆以其核也而宝之，庶不虚负此巧耳。

张南邨先生传

先 著迁甫

张南邨，名惣，字僧持。父兴公先生琪，以名宿教授里中，多达材弟子。南邨幼为诗，出语每不犹人。父友纪竺远，一见其诗，称之曰"气清"，再则曰"骨清"，曰"神清"。已而目属之曰："子必将以诗名江左矣。"入应天学，用才名交游贤俊，治古文辞，专力于诗。家世奉佛，南邨胎性不纳荤血，初犹食蟹。年八岁，父将携之见博山禅师，前一夕，南邨方持蟹，父见之，警曰："儿将见博师，可食此乎？"南邨闻言，即置不食。自是蟹胥悉断除。杖人在天界，南邨亲近最久。东南古锥宿德，礼谒殆遍，以故生平多方外交。蘲盂粥钵，宛然头陀，踪迹恒在僧寺中，或经年累月不返。少学《易》于中丞集生余公。余公戍武林，从之武林。西泠其所熟游，故吴越往来尤数。而若雪间故人闻其至，每争延之。癖好山水，不惮险远，必往游。其游有章程要领，或独游。或携一童子，涂遇樵人禅客，即为伴侣。穷幽造深，饮泉摘果，即忘饥渴。于五岳则陟嵩、岱，犹以不能遍历衡、华为恨。若武夷、匡庐、九子、黄山、天台、雁荡诸山，所至削木枥为记，采树叶题诗，以为常。

南邨为人，坦夷近情，不为矫激之言，不为崖异之行，取受从心，否塞任运，尤不以礼数恩义责望人。与人处，尤能寡怨忘隙，乍见或轻忽之，稍久必亲而敬焉。有屋数椽，不蔽风雨，家人恒至乏食，垢衣敝襆，游士大夫间，举止迂野可爱。形体短小，虽老，精神可敌壮夫。遇良宴会，能通夜不眠，啸咏达旦。不择地而处，不择食而食，不择榻而寝，投足之所，即甚湫隘嚣杂，他人扫除未竟，视南邨已展卷矣。口腹之奉，不过盐豉菽乳，就枕即熟睡，无辗转不寐之时。盖胸无机事，不以美恶撄心，能致然耳。尝远游，遇胠箧者再，中途几不能成归。人或怪其无恨色，曰："失者偿之义也，又何问焉？"除夕自外返，去其家不远，止宿逆旅主人，次日日晡，始缓步而归，其性情安雅如此。

群居未尝与人争，至论诗辄相持不下。宋诗行，虽贵卿巨子前，亦厉词折之。其论诗，不逞才，不使事，不染叫号，不涉怨诽。其宗旨也，自以襄阳、摩诘为师，于古歌行换韵大篇，暨古体千数百言，铺陈开阖，局力宏富者，乃不谓善。自少至老，主此论不变。虽所见未尽然，亦可谓笃于自守者矣。南邨称诗五十年，远近之人，亦以诗归之。生乡名人王穆如、顾与治之后，与同时诸人并立可指数，终竟如纪叟之言。

岁甲戌，年七十有六，夏得脾疾，治之寻愈。至冬复作，遂不起。子二：元子筠，正子淳。元子亦受诗，可不坠其声。予自偢居郭南，望衡密迹，相得甚欢。酒阑灯烬，每有知己之言，欲以身后为托，今不可作矣。世复安得和易素心，风雅不倦，如斯人者乎？

赞曰：策杖而去，裹粮而游，遇少倦而且休，至佳处而辄留。把酒而歌，执卷而吟，悠悠乎王孟之音，有形神而无古今。不忤于世，不剽于天，可独可群，亦儒亦禅。束身止一棺，而遗文乃有千数百篇。称之为诗人，奚愧焉？

　　张山来曰：予慕南邨久，一旦迁甫为介，得以把臂入林，今读此，不胜人琴之感。

刘　酒　传　　周亮工_{减斋}

刘酒汴人，无名字，自呼曰酒，人称曰刘酒云。画人物，有清劲之致，酒后运笔，尤觉神来。人以为张平山后一人，酒不屑也。凡作画，皆书一"酒"字款，其似行书者次，似篆籀者，其得意笔也。尝为上雒郡王作画，王善之，曰："张平山后一人。"酒意嗔，急索画曰："尚未款。"乃卷入旁室，纵笔书百十大"酒"字于上下左右。王怒甚，裂其幅，驱之出，酒固怡然。酒于醉睡之外，惟解画，他一无所知。坡公云："予奉使西邸，见书此数句，爱而录之，云：人间有漏仙，兀兀三杯醉。世上无眼禅，昏昏一枕睡。虽然没交涉，其奈略相似。相似尚如此，何况真个是。"酒索予颜其草堂，予书曰"略似庵"，以坡公所录前四句，去醉睡字为联。酒得之，欣然意足也。酒与余交最久，无妻子，每谓予曰："死以累君。"一日，方持杯大饮，忽然脱去，开口而笑，杯犹在手。余感其宿昔之言，为买棺殓之。

　　张山来曰：刘酒自画之外，无非酒者。其名酒，其款酒，其
死亦酒，吾知其所画必醉仙也。

<h1 style="text-align:center">记古铁条　　　　詹钟玉去矜</h1>

　　京师穷市上，有古铁条，垂三尺许，阔二寸有奇，形若革带之半，
中虚而外绣涩，两面鼓钉隐起，不甚可辨，持此欲易钱数十文，人皆不
顾去。积年余，有高丽使客三四人，旁睨良久，问此铁价几何？鬻铁
者谬云："钱五百。"使客立解五百文授之。其人疑不决，即诡对曰：
"此固吾邻人物，俟吾询主者。"顷之，使客复来，鬻者曰："向几误，主
者言非五金不可。"使客即割五金，无难色。其人则又为大言曰："公
等误矣，吾曹市语，举大数以为言，五金盖五十金云。"使客曰："吾诚
不惜五十金，但不得更悔。"鬻铁者私念："一废铁夹条，增价五十金，
借令失此售主，并乞数十文钱，亦不可得。"因曰："吾以此博公多金，
保无后言。公幸告我，此为何名？"使客请先定要约，而后告子。

　　时观者渐众，使客乃举五十金畀鬻铁者，而以若带者付其徒乘马
疾驰去，度其去远，始告众曰："此名定水带。昔神禹治水时，得此带
九，以定九区，平水土，此乃九之一。若携归吾国，价累巨万，岂止五
十金而已哉？"又问："得此何所用？"使客曰："吾国航海，每苦海水咸，
不可饮。一投水带其中，虽咸滷立化甘泉，可无病汲，是以足珍耳。"
市有好事随至高丽馆，请试验之，遂命汲苦水数石，杂盐搅之，投以水
带，水沸作鱼眼数十。少顷，掬水饮之，甘冽乃胜山泉，遂各叹服而
去。鬻铁者言："闯陷京师时，得自老中贵。"盖先朝大内物也。

　　嗟嗟！自经变故以来，凡天府奇珍异宝，流散人间，泯泯无闻者，
何可胜数！独是带为高丽使所赏识，顿增声价百倍，不胫而走海外。
物之显晦，固自有时哉？

　　张山来曰：既是神禹时物，不识高丽使人何以知之？殆不
可解。

唐 仲 言 传　　　　周亮工减斋

　　唐仲言,名汝询,华亭人,世业儒。仲言生五岁而瞽,未瞽即能识字,读《孝经》成诵。及瞽,但默坐,听诸兄呫哔而暗识之,积久遂淹贯。婚冠既毕,益令昆弟辈取六经子史以及稗官野乘,皆以耳授,颠末原委,默自诠次,纯颣瑜瑕,剖别精核。盖从章句之粗,以冥搜微妙,心画心通,罔有遗堕矣。于是遂善属文,尤工于诗。海内人士,踵门造谒,仲言每一晋接,历久不忘。与之商榷今古,继以篇什,千言百首,成之俄顷。而音吐铿然,使听者忘疲。子侄门徒辈,从旁抄录,一字亥豕,辄自觉察,不可欺也。貌甚寝而心极灵,常解唐诗,其所掇拾古文,以为笺注者,自习见以及秘异,溯流从源,搜罗略尽。然必先经后史,不少紊淆。虽诗赋之属,所援引亦从年代次序之。如某字某句,秦汉并用,则必博采秦人,不以汉先。详赡致精,有若此也。所著有《编蓬集》、《姑篾集》及《唐诗解》,共若干卷行于世。钱虞山云:“唐较杜诗,时有新义。如解沟壑疏放句,云出于《向秀赋》,嵇志远而疏,吕心放而旷,亦前人所未及也。”

　　　张山来曰:古之瞽者,如师旷之徒,类多神解。或以为啬于目故专于心,想亦理当然耳。

　　　予向旅寓京师,居停主人双眸炯炯,同寓两人,其一为瞽者,其一眇一目,因号独眼龙。苟询以京师中昨日有何事,今日有何事,瞽者无不知,独眼龙知十之六七,居停主人仅识十之四五而已。附记于此,以供谈柄。

李 公 起 传　　　　周亮工减斋

　　李公起,名峻,鄞县人。父子静,官侍御,出按辽阳,卒于任。公起堕地而聋,虽聋,岐嶷孝弟。发及额,侍御公讣至,号恸无昼夜,咽枯而嘶。凡五日,水浆不入口,乃更哑。免丧,始尽取先世藏书纵读之,手自校雠。虽凌寒溽暑,弗倦也。既聋,而问难辨证之路永绝,凡有疑义,俱于经史中嘿自剖析,无有罔殆。性好客,邮筒走天下,四方学士大夫亦乐趋之。宾主以案,相通以笔。有问奇者,则载纸往。粗及农桑,微如佛老。迨国家所有旗常典故,户口边疆,叩之必应,咸尽精核。或既书与客,又自寻绎,幽奇毕呈,而终无遗佚,转更遒畅矣。晚年尤好种植,奇花异卉,常满阶庭。舍旁有斐园、竹波轩、青罗阁诸胜,咸与客游处。性既宁淡,好学之外,嗜欲益清,反觉口耳为烦也。行世有《盟鸥集》、《郢雪编》、《永誉录》、《研史》,凡若干卷。

　　张山来曰:以一人而兼聋哑二病,乃能淹博贯穿如此,那得不令人敬服!

　　使此君与唐仲言相遇,则两无所见其奇矣。

书郑仰田事　　　钱谦益牧斋

　　郑仰田者,泉之惠安人,忘其名。少椎鲁,不解治生,其父母贱恶之。逃之岭南,为寺僧种菜。寺僧饭僧及作务人,仰田面黧黑,补衣百结,居下坐,自顾跛踖无所容。有老僧长眉皓发,目光如水,呼仰田使上,指寺僧曰:"汝等皆不及也。"寺僧怒,噪而逐仰田,旬日无所归,号哭于野外。老僧迎谓曰:"吾迟子久矣。"偕入深山中,授以拆字歌诀,月余,遂能识字。因授以青囊、袖中、壬遁、射覆诸家之术,无所不通晓。其行于世,以观梅拆字为端,久而与之游,能知人心曲隐微,及人事世运之伏匿,亦不言其所以然也。

　　天启初,将卜相,南乐指"全"字为占。仰田曰:"全字从人从王,四画,当相四人。"问其姓名,曰:"全字省三画为土,当有姓带土者;省四画为丁,当有姓丁者;省两画纵横为木,当有名属木者;以所省之文全归之,当有名全者。"南乐曰:"木非林尚书乎?"曰:"独木不成林,名也,非姓也。"已而,拜莆田、贵池、元城、涿州四相,一如其言。晋江李焻,与奄党吴淳夫有郤,指"吞"字以问。仰田曰:"彼势能吞汝,非小敌也。从天从口,非其人吴姓乎?""然则何如?"曰:"吴以口为头,彼头已落地矣,汝何忧?"逾年而吴伏法。魏奄召仰田问数,仰田蓬头突鬓,跟跄而往。长揖就坐,奄指"囚"字以问,群奄列侍,皆愕眙失色。

仰田徐应曰："囚字国中一人也。"奄大喜。出谓人曰："囚则诚囚也，吾诡词以逃死耳。"之白门，奄势益炽，俞少卿密扣之。仰田昼奄卧屋梁下，梁上有断绠下垂，仰田指之曰："如此矣。"未几，奄果自缢。其射决奇中，不可悉数，宋谢石不足道也。

丙子冬，前知余有急征之难，自闽来视余。自清江浦徒步入长安，为余刺探狱缓急。余抵德州，复自长安徒步来报，年八十二矣。行及奔马，两壮士尾之不能及。至郑州，风霾大作，脱鞋袜系之两臂，赤脚走百里。上程氏东壁楼，日未下春，神色闲暇，鼻息呴呴然，谈笑大噱，至分夜而后寝。临行谓余："七月彼当去位，公之狱解矣。然必明年而后出，吾当以残腊过虞山，为太夫人庀窀穸之事，公毋忧也。"余归，数往招之。己卯春，将襆被访余，忽谓家人曰："明日有群僧扣门乞食，具数人餐以待，吾亦相随往矣。"

质明，沐浴更衣，若有所须。群僧至，饮毕，入室端坐，奄然而逝。

仰田遇人，无贤愚贵贱，一揖之外，箕踞啸傲，终日不知有人。人遗之钱帛即受，否亦不计。每见人深中多傲岸自好者，辄微言刺其隐，人亦不敢怨，惧其尽也。余尝谓仰田："公非术士，古之异人也。"仰田笑曰："吾行天下大矣，莫知我为异人。然则公亦异人也。"又尝语曰："吾重茧狂走，为公急难，侯嬴有言，七十老翁，何所求哉？士为知己者死，纵令斫吾头去，颈上只一穴耳。"临终，谓其子曰："三年后，往告虞山。更数年，寻我于虎丘寺之东。"仰田信人也，其言当不妄，书其语以俟之。

　　张山来曰：仰田以异人自负，惟牧斋知之，彼即有知己之感，然则异人亦好名乎？

记吴六奇将军事　　　　钮　琇玉樵

海宁查孝廉培继，字伊璜，才华丰艳，而风情潇洒。常谓"满眼悠悠，不堪酬对，海内奇杰，非从尘埃中物色，未可得也"。家居岁暮，命酒独酌。顷之，愁云四合，雪大如掌。因缓步至门，冀有乘兴佳客，相与赏玩。见一丐者，避雪庑下，强直而立。孝廉熟视良久，心窃异之。

因呼之入，坐而问曰："我闻街市间，有手不曳杖，口若衔枚，敝衣楇腹，而无饥寒之色，人皆称为铁丐者，是汝耶？"曰："是也。"问："能饮乎？"曰："能。"因令侍童以壶中余酒，倾瓯与饮，丐者举瓯立尽，孝廉大喜。复炽炭发醅，与之约曰："汝以瓯饮，我以卮酬，竭此醅乃止。"丐尽三十余瓯，无醉容，而孝廉颓卧胡床矣。侍童扶掖入内，丐逡巡出，仍宿庑下。达旦雪霁，孝廉酒醒，谓其家人曰："我昨与铁丐对饮甚欢，观其衣极蓝缕，何以御此严寒？亟以我絮袍与之。"丐披袍而去，亦不求见致谢。

明年，孝廉寄寓杭之长明寺。暮春之初，偕侣携觞，薄游湖上。忽遇前丐于放鹤亭侧，露肘跣足，昂首独行。复挈之归寺，询以旧袍何在？曰："时当春杪，安用此为？已质钱付酒家矣。"孝廉奇其言，因问曾读书识字否？丐曰："不读书识字，不至为丐也。"孝廉悚然心动，薰沐而衣履之。徐诇其姓氏里居，丐曰："仆系出延陵，心仪曲逆，家居粤海，名曰六奇。只以早失父兄，性好博弈，遂致落拓江湖，流转至此。因念叩门乞食，昔贤不免，仆何人斯，敢以为污？不谓获遭明公，赏于风尘之外，加以推解之恩，仆虽非淮阴少年，然一饭之惠，其敢忘乎？"孝廉亟起而捉其臂曰："吴生固海内奇杰也。我以酒友目吴生，失吴生矣。"仍命寺僧，沽梨花春一石，相与日夕痛饮，盘桓累月，赠以扉屦之资，遣归粤东。

六奇世居潮州，为吴观察道夫之后。略涉诗书，耽游卢雉，失业荡产，寄身邮卒。故于关河孔道，险阻形胜，无不谙熟。维时天下初定，王师由浙入广，舳舻相衔，旗旌钲鼓，喧耀数百里不绝。凡所过都邑，人民避匿村谷间，路无行者。六奇独贸贸然来，逻兵执送麾下，因请见主师，备陈："粤中形势，传檄可定。奇有义结兄弟三十人，素号雄武，只以四海无主，拥众据土，弄兵潢池。方今九五当阳，天旅南下，正蒸庶徯苏之会，豪杰效用之秋。苟假奇以游札三十道，先往驰谕，散给群豪，近者迎降，远者响应，不逾月而破竹之形成矣。"如其言行之，粤地悉平。由是六奇运箸之谋，所投必合，扛鼎之勇，无坚不破，征闽讨蜀，屡立奇功。数年之间，位至通省水陆提督。当六奇流落不偶时，自分以污贱终，一遇查孝廉，解袍衡门，赠金萧寺，且有海内奇杰之誉，遂心喜自负，获以奋迹行伍，进秩元戎。尝言："天下有一人知己，无若查孝廉者。"

康熙初，开府循州，即遣牙将持三千金，存其家，另奉书币，邀致孝廉来粤。供帐舟舆，俱极腆备。将度梅岭，吴公子已迎候道左，执礼甚恭。楼船箫鼓，由胥江顺流而南，凡辖下文武僚属，无不愿见查先生，争先馈赠，筐绮囊珠，不可胜纪。去州城二十里，吴躬自出迎，八骑前驰，千兵后拥，导从仪卫，上拟侯王。既迎孝廉至府，则蒲伏泥首，自称："昔年贱丐，非遇先生，何有今日？幸先生辱临，糜丐之身，未足酬德。"居一载，军事旁午，凡得查先生一言，无不立应。义取之赀，几至巨万。其归也，复以三千金赠行，曰："非敢云报，聊以志淮阴少年之感耳。"

先是，苕中有富人庄廷钺者，购得朱相国《史概》，博求三吴名士，增益修饰，刊行于世。前列参阅姓氏十余人，以孝廉夙负重名，亦借列焉。未几，私史祸发，凡有事于是书者，论置极典。吴力为孝廉奏辩得免。孝廉嗣后益放情诗酒，尽出其囊中装，买美鬟十二，教之歌舞，每于良宵开宴，垂帘张灯，珠声花貌，艳彻帘外，观者醉心。孝廉夫人亦妙解音律，亲为家伎拍板，正其曲误。以此查氏女乐，遂为浙中名部。昔孝廉之在幕府也，园林极胜，中有英石峰一座，高可二丈许，嵌空玲珑，若出鬼制。孝廉极所心赏，题曰"绉云"。阅旬往视，忽失此石，则已命载巨舰，送至孝廉家矣。涉江逾岭，费亦千缗。今孝廉既没，青蛾老去，林荒池涸，而英石峰岿然尚存。

　　张山来曰：闻吴将军乞食时，好以荻茎于地上判某日及草封字，英雄失意而志不馁如此。至其不忘查君之德，尤可谓跫然足音矣。

卷十七

纪袁枢遇仙始末　　　　　　毛际可会侯

　　康熙庚辰，正月廿六，钱塘庠生袁枢，字惠中，梦一长髯颁白者，自称崆峒道人，邀以入山，修炼三载，可证仙籍，且戒其弗泄。既寤，即与同人言及之。次夕复入梦云："再泄吾言，当令汝哑。"晨起，若有人促之行。至一亩田，果见所梦道人，拉之同往，倏忽已至关外。枢以亲老固辞，道人投药一丸，恍然入腹，遂不能言。遇友引归，举家惶怖。中丞张公廉得之，知为观风所拔士，询其始末，枢具以笔对。怜其贫，捐俸十金与之。遂下有司捕获，大索十日不得。其父具呈，乞移咨江西天师府。七月十七日，方得天师移覆，外给治哑符二道，并仰浙江杭州府城隍司公文，中丞公亟传枢，亲赍公文，诣庙焚之。归即先吞一符，觉遍体烦急，骨节有声。夜梦一人，手持城隍谕单，上书"廿六日子堂，传袁生员面谕"。至期，复梦其引入神署。烛光中，见神冠服危坐曰："已遣金甲神往请真人矣。"少顷，见道人偕金甲神至。城隍延之宾坐，道人向枢曰："因汝有厄，故罚哑一年。"城隍曰："天师文内令其能言，若仍哑，何以覆命？"道人曰："既天师传命，不满一年，亦宜半载为期。然此后仍当慎言耳。"遂命之归。至廿八日，又吞一符，以天师符内，嘱间七日再服故也。八月初一子时，梦人令其发声，即语言如常，屈指果及半载。赴戟门谢中丞，公曰："天师来札云，为汝建坛作法，炼一金甲神来，三日有验，今信然矣。"其事颇涉怪，为儒者所不道。然昔人谓城隍之神，与山川社稷坛等，岁时致祀，以示国家怀柔百神之意，不必实有其人也。乃袍服酬对，与人世达官无异。又世外仙人，惝恍难信，而枢亲见之于城市中，城隍目为真人，必非妖魅可托。至天师爵秩相承，数千年来，自洙泗外，鲜与比盛。今以其移覆中丞公书观之，则封号亦不为幸致也。然非中丞公重士恤灾，委曲救拔,亦安能使天师建醮遣神若是哉? 又枢语余云:"方哑时,友人母病,意中欲有所叩。忽信笔书云:丁丑、丁丑,二人相守。玉兔东升,大家撒手。"其母至丁丑日丑时而殁,至今不知其所以然也,尤足诧异云。

　　张山来曰:天师有如此法力,其世袭也固宜。

闵孝子传　　　　吴　晋介兹

　　闵孝子者,湖州之南镇人,年四十余,种田为业。少未尝读书,性粗戆,不惬于族里。屋数间,阡陌相望,晨夕率妻子奉若父唯谨。父为老诸生,年七十又二,寻病,医药不效,日益笃,孝子忧之。族里咸劝孝子急治具,不听;妻亦劝,不听。一日,父病霍然,又数日,受杖履矣。慰问者欲得其故,孝子作谩语笑谢之。人以孝子粗戆,莫之毕究,其妻亦谓得秘药活之耳。旬日,孝子如罹重疾,卧床笫,呻吟不止,状甚苦。妻曰:"若何为者? 翁前病,诚当忧;今病且起,忧何为者?"孝子唯唯,呻吟不止如故。妻复曰:"若亦病耶? 呻吟何为者?"孝子唯唯,复呻吟不止如故。妻以为真得疾,秘不以示,亦以乃翁病新愈,惧贻乃翁忧。

　　一日晨起,猝见其扪心难堪状。妻益疑,因伺其寐,发所扪处视之,见创大惊。促之曰:"若何为者?"孝子不能隐,徐曰:"予人子,不忍父病之不可救也。常闻人言,亲不可药救者,得子心片许,杂馔粥啖之,可救。某日因祷土神前,愿剖心活吾父。夜半,吾父呼饮时,予引刀刺胸,出心,割若许,纳饮中以进,不意吾父果霍然也。当刺胸时,不甚楚。割毕,创即敛好,如未刺时。今始不复忍,宜秘,若勿语。"其妻哀,且闻伤心,恐死,亟白之医。医错愕曰:"吁! 是顾安所得药?"妻长跽泣请,医不可却,妄出药涂之去,言必死,妻亦以为必死,泣相向。诘朝,药忽迸落,创痕俱失所在矣。妻喜出望外,促孝子诣医报谢。医复错愕曰:"吁! 是顾安所得活? 殆有异。"医即里中人,为遍闻之里中。里中人美其里有孝子也,具闻之郡邑大夫。郡邑大夫上其事大中丞,且为孝子旌门焉。旌门日,惟其父拱立闾左,郡邑大夫让孝子出，云先二日已逸去。或曰：孝子终粗戆人也，顾安从知接见郡邑大夫礼？甲辰春，予游姑苏，同舟人有从南镇来者，为予言若此，惜未详其名。

外史氏曰：割股疗亲，古不深许，矧割心者哉？然孝子故粗戆，能笃所亲，至不计其生。又旌门日，先期逸去，不欲以孝名，尚得谓粗戆哉？今世之不粗戆者，大率全躯保妻子，精于自为者也，拔一毛以利君亲，有所不为。若孝子者，可以风矣。

张山来曰：割肝割股，世多有之；今割心，尤奇孝也。子夏有言："虽曰未学，吾必谓之学矣。"其闵孝子之谓耶？

人觚

钮琇玉樵

熊公廷弼当督学江南时，试卷皆亲自批阅，阅则连长几于中堂，鳞摊诸卷于上。左右置酒一坛，剑一口，手操不律，一目数行。每得佳篇，辄浮大白，用志赏心之快；遇荒缪者则舞剑一回，以抒其郁。凡有隽才宿学，甄拔无遗。吾吴冯梦龙，亦其门下士也。梦龙文多游戏，《挂枝儿》小曲与《叶子新斗谱》，皆其所撰。浮薄子弟，靡然倾动，至有覆家破产者。其父兄群起讦之，事不可解。适熊公在告，梦龙泛舟西江，求解于熊。相见之顷，熊忽问曰："海内盛传冯生《挂枝儿》曲，曾携一二册以惠老夫乎？"冯跼蹐不敢置对，唯唯引咎，因致千里求援之意。熊曰："此易事，毋足虑也。我且饭子，徐为子筹之。"须臾，供枯鱼焦腐二簋，粟饭一盂。冯下箸有难色，熊曰："晨选嘉肴，夕谋精粲，吴下书生，大抵皆然。似此草具，当非所以待子。然丈夫处世，不应于饮食求工，能饱餐粗粝者，真英雄耳。"熊遂大恣咀啖，冯啜饭匕余而已。熊起入内，良久始出，曰："我有书一缄，便道可致我故人，毋忘也。"求援之事，并无所答。而手挟一冬瓜为赠，瓜重数十斤，冯伛偻祗受，然意甚怏怏，且力不能胜。未及舟，即委瓜于地，鼓棹而去。

行数日，泊一巨镇，熊故人之居在焉。书投未几，主人即躬谒冯，延至其家，华筵奇炙，妙妓清歌，咄嗟而办。席罢，主人揖冯曰："先生文章霞焕,才辨珠流,天下之士,莫不延颈企踵,愿言觐止。今幸亲降玉趾,是天假鄙人以纳履之缘也。但念吴头楚尾,云树为遥,荆柴陋宇,岂足羁长者车辙哉? 敬备不腆,以犒从者,先生其毋辞。"冯不解其故,婉谢以别,则白金三百,蚤昇致舟中矣。抵家后,熊飞书当路,而被讦之事已释。盖熊公固心爱犹龙子,惜其露才炫名,故示菲薄。而行李之穷,则假途以厚济之;怨谤之集,则移书以潜消之。英豪举动,其不令人易测如此。

　　张山来曰:使我为龙子犹,则竟作求解《挂枝儿》矣。

　　泉州府同安之厦门,前朝中左所地也。顺治初,为海寇郑锦所据。壬辰,我师进剿,郑寇大俘子女而还。有骑士挟一妇人于马上,过同安东关,妇见道旁有井,绐骑士下马小遗,即跃入井。骑士窥井大怒,连发三矢,中妇肩而去。越十日,有村民薛姓者,由村入城,行至半途,天甫向晓,忽于烟雾中,见一妇人,韶年丽容,身衣碧色短襦,腰系淡黄裙,双趾纤细,文履高扆,迎前泣告曰:"妾乃厦门难妇王氏也。夫死于兵,而妾被掠,矢志不辱,投身东关道旁之井。闻君夙有高义,幸出我于井,拔箭敛尸,埋棺井侧,妾当随事默祐,以报君德。"薛应曰:"诺。"妇忽不见。是日,薛适有事于县,如意而出,因于东关往求井,妇宛然在焉。偶遇博场,薛欲验妇语,遂入场下采,复获大胜。囊钱还家,与子弟话其事,即以钱买棺,约子弟同至井所,出妇尸,颜貌如生,为之拔箭,整衣履,殡而埋之。其地去井丈余,前临大道。又月余,薛梦妇拜谢而言曰:"妾荷君之义,幸获安葬。妾身虽朽,而妾心之感君者不朽也。阴府悯妾之节,命妾香火于此。君若为妾立尺五之庙,则妾之报君,当不止曩昔矣,惟君终始之。"薛觉而惊异。次日,舁运砖土,筑成小庙,并以瓣香酬赛,自后举家安顺,事事获济,远近竞相传说。不数年,绅士商民,各致钱镪,大起神宇,丹碧轮奂,而肖像于中,题其额曰"王义娘庙"。入庙庄诚,有祷辄应。遇衣冠不洁,或出秽亵语者,立致谴责。以是土人及往来之客,益加敬畏,焚叩骈集,至今不衰。

　　张山来曰:节烈止为一家之事耳,阴府犹重之若此,矧为臣而殉国者乎?

事觚　　　　钮琇玉樵

　　会稽东南,有山曰平水。康熙初,樵人经其下,见一大蛇如蟒,蜿蜒涧泥内。久之,涂附其身,樵人释担而观,涧旁有洞,蛇曳泥而入,樵以泥封洞口而归,遂不能言,与人酬对,唯张手作状而已。如是者三年,复过前遇蛇处,阴云乍合,雷雨骤至,霹雳一声,有龙从洞中出腾空而去,樵人不禁大呼曰:"向我卷舌不能出声者,正此物为之也!"于是能言如初。

　　张山来曰:白龙鱼服,自当致困。今此龙乃咎樵而哑之,殊非理也。

　　荆州马洋潭有黄姓者,朴老而鳏,独为乡塾师。一女名嗣姑,生有慧质,幼在塾随父读书。年十四,自绣白衣大士,悬之室中,礼供甚虔。一夕,忽梦大士呼而语之曰:"汝父固乡里善人,数宜有子,其奈年老何?我欲以汝子之。"因遍抚其体,唊以红丸。甫下咽,觉有热气如火,从胸臆下达两股间,迷眩者七日。欻然而起,则已化为男子矣。先是,翁以嗣姑许字同里谭姓,因往告以此异。谭怒,诧其妄,鸣于官,质验果真,乃解婚。四方观者云集。康熙丙辰初夏,渭川孙静庵适过其地,亦造门请见。嗣姑冠履出迎,黛粉之痕未消,瑱犹在耳也。孙有句云:"梦中变化真奇创,红颜忽作男儿相。卸却罗衫蝴蝶裙,博带宽衣相揖让。见人低首尚含羞,珠环小髻乌蛮样。"

　　张山来曰:男女幻化,史家谓之人妖。今观此,则正所以奖善也。

　　蒲州于孝廉,有爱姬曰红桃,美容止,善谈谑,尤擅名琵琶。北地闺闱,多娴此技,而红桃纤指娇喉,拢弦叶曲,其调与众绝异,故才一发声,闻者即知为于家琵琶也。崇祯末,闯寇所至蹂躏,河汾间罹祸尤酷。孝廉被执,闯帅将杀之。牛金星见其年韶质秀,且已登科,丐为子师而免。红桃亦于此散失,不知所往。孝廉从金星于军,数月后,馆之晋王府中。晋府初经兵燹,虽重楼叠阁,而栋折垣颓,金粉凋落,沼荒林败,竹柏倾欹。孝廉于最后之宫,置一榻焉。妖狐昼啸于

庭,奇鬼宵窥于牖,诡形怪响,百态千声。孝廉斯时虽偷息人间,实同
冥域,而心念红桃,如醉如痴,一切可憎可怖之境,翻置度外矣。又逾
一载,闯兵进逼京师,列营保定城北。序届残冬,云同霰集,孝廉与牛
子共一行帐。薄暮,雪下愈密。二鼓初报,孝廉启帐小遗,四望皎然,
隐隐闻琵琶声,触其夙好。遂跣足踏雪,潜行求之。越数十行帐,独
一帐有灯,声从帐出。俯而谛听,是耳所素熟者,大恸一声,身仆深雪
不能起。帐中人疑其奸细,捆缚入帐,识为金星西席,乃释而询其故。
孝廉曰:"家有小姬,素善琵琶,兵间散去,已逾二载,愿见之私,虽寐
不忘。今宵万籁俱寂,清调远闻,恍出吾姬之手,不胜悲痛。干触麾
下疏狂之咎,尚期宥之。"帐中人亦豪者,慨焉出姬相见,果红桃也。
乃复行酒列炙,俾孝廉与姬欢饮达旦。明日言于金星,以红桃归孝
廉,仍遣二骑送回蒲州。孝廉入本朝,以扬州通判终。

　　张山来曰:孝廉之念旧,帐中人之还姬,均足千古。

　　徐州李蟠,以文望雄于乡,跌宕自喜。其家去州城一二里,有赵
翁者,所居之村与李村相望,晨夕往来无间也。赵翁颇饶于赀,小筑
数十楹,外周以垣,中分两院,而空其半,栏槛曲折,花木幽深。忽一
日,有美髯老人从空屋中曳杖而出,自号豹仙,颜如童孺,衣冠甚古,
长揖赵翁。偕入其室,则屏帏之丽,几案之精,皆非素有。翁顾视骇
愕,豹仙曰:"老夫生无氏族,居无井里,所至之地,安即为乡。昨从天
目天台渡江而北,遍访幽栖,曾无惬意。适见君有闲馆,绝远嚣尘,暂
顿妾婢于此,当图留珠之报,用酬割宅之恩,幸无讶也。"言未既,美姬
渐次出见。焚香于炉,沦茗于碗,更侍递进,光艳照座。豹仙笑指诸
姬曰:"此皆老夫养生之具矣。"赵翁告退。念其礼意既殷,谈论复雅,
顿忘怪异,转与亲昵,暇则辄相过从。豹仙自言:"得道汉时,市朝屡
变,转瞬间不觉千有余岁。赖有狐氏八仙,从侍巾栉,红粉四班,命曰
阴猎。逾月则遣一班于三百里外,媚人取精,挹彼注兹。合同而化,
运之以气,葆之以神。延生之术,实由于此。"赵翁度其心能前知,因
叩以吉凶祸福,无不奇中,惊传乡曲,咸以真仙奉之,蟠独不信。

　　一夕,痛饮极醉,直造豹所,大呼"妖兽",数其惑众之罪。豹则蚤
已避去,其室阒如,而蟠仍毒詈不止也。赵翁隔院闻其声,亟往谆劝,

令仆夫乘月扶归。明日，豹仙复见，赵翁曰："吾友无状，深获罪于老仙，醉人当恕，幸无较焉。"豹仙曰："此君天禄甚高，老夫辈法当退逊。计其年满三十，当魁天下；四十六岁，位至三公。但其生平有二隐事，实伤隐德，致干天罚。且性近鬼躁，功名虽显，不免淹阻，或至迁谪。若老夫则迹本萍浮，呼当马应，既被遣驱，无庸留滞矣。"辞别出门。有顷，过觇其居，鸟语在檐，落红满地，依然一空院也。他日，赵以二隐事询李，李嘿而不悦，似有悔咎之色。康熙丁丑，蟠果状元及第，寻以事去官。

> 张山来曰：八狐媚人取精，则豹仙非豹，直老龟耳。李公有如许胆识，其大魁也固宜。

天津徐纬真，素嗜方技，纵酒落魄。康熙初，偶有江淮之行，道经山东古庙。忽闻庙中大呼"徐纬真救我！"乃解鞍小憩。又闻呼之如前，入庙遍视，并无一人，唯有一大铁钟覆地，语出钟内。徐问曰："汝是何怪，而作人语？且呼我望救耶？"钟内语曰："上古猿公，黄石老曾从学剑，我即其裔也。以剑术之疏，误伤良善，蒙上帝谴责，因此钟已百有余年。今限满当出，幸君开之。"徐曰："我无千钧之力，岂能独发此钟？"钟内语曰："不劳君手发也。君但去钟上十二字，我即出矣。"钟体泥封，篆文苔绣，取石敲磨，有顷立尽。钟内语曰："可矣。然须速走，稍迟半刻，不无与君有害。"徐遂跨驴疾行二三里，回望来处，云霾风暴，响若山崩。遥见大白猿，从空飞坠，叩首驴前，倏忽不见。

徐生南游半载，仍还都下。天街夜静，明月满户，闻剥啄声甚急。启户纳之，则年少书生，仪容妍雅，再拜称谢而曰："余济南之钟囚也。赖君拯拔之恩，得超沉沦之厄。上帝赦其夙愆，仍还仙秩。感君厚德，没齿弗谖。念君志切鼎炉，学求图纬，今于天府琼笈窃得道书三卷授君，以申环珠之报。必于一夕篝灯毕抄，慎毋缓也。"出书置几，匆匆辞别。徐生展阅第一卷，其文如《论语》《孝经》，曰："平平无奇耳。"展阅第二卷，其文如《阴符》《鸿烈》，曰："此亦不足习也。"展阅第三卷，其文皆言吐火吞刀之秘，征风召雨之奇，乃大喜曰："我所求者，正在于是。"遂亟录之。天甫向晓，而少年已至。窥徐意在末帙，色若不怿者，叹曰："我所以报公者，岂谓是乎？第一卷具帝王之略，

第二卷成将相之才,第三卷术数之书耳。用之而善,仅以修业;用而不善,适以戕生。然缘止于此,当可奈何!"言未既,人与书俱失矣。徐原籍山阴,自获书后,尝以其术试于故乡。或捉月于怀,悬之暗室;或捏雷于掌,放之晴霄,以法为戏,取薄酬而资旅食。一日,饮酒大醉,时值炎暑,袒而坐于门。适凉飙骤起,向空书符,招之入袖,良久不放。怒触风伯,于袖中大吼,破袖而出,雷火继之,肤发焦枯,随以致毙。

又康熙庚申,高州大旱,有琼山诸生黄宾臣者,自言得奇门真传,有司往请之。宾臣结坛观山寺,披发仗剑,以目视日,竟晷不下一睫,天果微雨。诘朝,烈日如故。有司诮其左道无验,宾臣于是由观山迁坛于发祥寺,登浮图第四层,上下左右,悉封以符,谓观者曰:"明午必雨,但从东南来则吉,否则当有性命之忧。"因作书与家人诀。明日未时,烈日中狂风大作。宾臣谓其仆曰:"雨从西北来,不祥,尔当速去。"其仆甫下塔,霹雳一声,雨如注,有老人见一麻鹰,口含火丸,从塔顶飞入。霹雳再震,宾臣颠仆塔外,右臂一孔如针,血涔涔流不已而死。此皆素无修道之真,妄习亵天之术,宜其干神怒,遭冥诛也。

　　张山来曰:猿公既言"用而不善,适以戕生",何徐君之不谨耶?

顺治十年三月,龙溪老农黄中,与其子小三,操一小船,往漳州东门买粪,泊船浦头。浦旁厕粪,黄所买也。父子饭毕,入厕担粪,见遗有腰袱一具,携以回船。解袱而观,内有白金六封。黄谓其子曰:"此必上厕人所失者。富贵之人,必不亲自腰缠;若贫困之人,则此银即性命所系,安可妄取?我当待其人而还之。"小三大以为迂,争之不听,悻悻径回龙溪。黄以袱藏船尾,约篙坐待。良久,遥见一人狂奔而来,入厕周视,彷徨号恸,情状惨迫。黄呼问故,其人曰:"我父为山贼妄指,现系州狱。昨造谒贵绅,达情州守,许以百二十金为酬。今鬻田宅,丐亲友,止得其半,待州守许父保释,然后拮据全馈,事乃得解,故以银袱缠腰入州。因急欲如厕,解袱置板,心焦意乱,结衣而出,竟失此银。我死不足惜,何以救我父之死乎?"言讫,泪如雨下。黄细询银数与袱色俱符,慰之曰:"银固在也,我待子久矣。"挈而授之,封完如故。其人惊喜过望,留一封谢黄,黄曰:"使我有贪心,宁肯辞六受一?"挥手使去。是时船粪将满,而子久不至,遂独自刺船归。

行至中途,风雨骤作,舣棹荒村之侧。村岸为雨所冲洗,轰然而崩,露见一瓮,锡灌其口。黄亦不知中有何物,但念取此可为储米器。然重不能胜,力举乃得至船。须臾,雨霁风和,月悬柳外,数声欸乃,夜半抵家。小三以前事告母,两相怨詈。黄归扣户,皆不肯应。黄因诳云:"我有宝瓮在船,汝可出共举之。"子母惊起趋船,月光射瓮头如雪,手舁而上,凿锡倾瓮,果皆白镪,约有千金。黄愕然,悟蕉鹿之非梦矣。黄之邻,止隔苇墙,卧听黄夫妇切切私语,甚悉。明日,以擅发私藏首于官。龙溪宰执黄庭讯,黄一无所讳,直陈还银获银之由。宰曰:"为善者食其报,此天赐也,岂他人所得而问乎?"笞邻释黄,由是迁家入城,遂终享焉。

张山来曰:先王父亦有还金事,事载《江南通志》中。先君亦阴行善事,愧我辈不能继述,日趋贫困,唯有义命自安而已。

物觚　　　　　钮　琇玉樵

岁当夏秋之交,上尝巡幸口外。康熙四十年七月,驾至索尔哈济,有喇里达番头人,进彩鹠一架,青翅蝴蝶一双。上问此二物产于何地? 头人回奏:"生穷谷山中。鹠能擒虎,蝶能捕鸟。"天颜大喜,赐以金而遣之。又驻跸郭哈密图七立,有索和诺蛇哈密,献麟草一方,奏云:"此草产于鸣鹿山雷风岭,自利用元年至今,止结数枚,必俟千月乃成,非遇圣朝,不易呈瑞。"

姑苏金老,貌甚朴,而有刻棘镂尘之功。其最异者,用桃核一枚,雕为东坡游舫。舫之形,上穹下坦,前舒后奋。中则方仓四围,左右各有花纹。短窗二,可能开阖。启窗而观,一几,三椅。巾袍而多髯者,为东坡。坐而倚窗外望,禅衣冠,坐对东坡,而俯于几者,为佛印师。几上纵横列三十二牌,若欲搜抹者然。少年隅坐,横洞箫而吹者,则相从之客也。舫首童子一,旁置茶铛,童子平头短襦,右手执扇,伛而飏火。舫尾老翁,椎髻芒鞋,邪立摇橹,外而柁篙篷缆之属,无不具也。舷槛檐幕之形，无不周也。细测其体，大不过两指甲耳。康熙三十七年春，江南巡抚宋公家藏一器，左侧窗败，无有能修治者。闻金老名，赠银十饼，使完之。金老曰："此亦我手制也。世间同我目力，同我心思，然思巧而气不静，气静而神不完，与无巧同。我有四子，唯行三者稍传我法，而未得其精，况他人乎？"

张山来曰：气静而神完，非深于庄子者不能道。

山东文登县，僻在海隅。其濒海之地，于康熙二十二年秋，有怪物出入其间，居民互相惊告，以为鬼至。每日向夕，辄闭门墐户，如是两月，不得已而闻于县。县宰之仆高忠，勇敢有大力，告其主曰："海怪扰民，家不贴席，此吾主之事，而亦即忠之事也。愿赐良马一匹，铦枪一枝，忠能除之。"宰如所请，忠即跨马挟枪，独至海滨。新月初升，平沙如雪。比至二鼓，见一蓝面鬼，身长一丈有余，耸角枝牙，毛肱鳞背，坐于沙上，列置熟鸡五只，浊酒十瓶，举觥独酌，运掌若扇。忠驰马直前，以枪拟其肉角，鬼惊窜入海。忠遂据其坐，裂鸡酾酒，神气益壮。少顷海水涌立，前鬼骑一怪兽，随波而出，舞刀迎斗。相持久之，忠乘间枪刺其腹，鬼遗刀而遁，忠拾刀还县。其上有"雁翎刀"三字，宰命收贮县库。于是濒海之怪遂绝。

东粤省城甜水巷旗人丁姓者，入市买一溺器，命童携归，置于卧床之侧。夜起小遗，而壶口闭塞，且举之颇重。就月视之，口内外皆黄蜡封固。丁以石碎之，忽见三寸小黑人，跳跃而出。顷刻间长八九尺，身衣墨色布袍，手持利刃，入室登床，将杀丁妇。丁随于床头拔剑格斗，至鸡鸣时，黑人倏然而隐。次夕更余，复见灯下，丁仍挥剑逐去。越十余日，其邻余秀士之妻，告丁妇曰："我闻五仙庙法师善治妖，盍往求焉？"是夜，黑人竟奔秀士家，大声詈曰："我与丁妇有三世夙仇，诉之冥界，其父母兄弟死亡无遗，唯此女在耳。将尽杀以雪我冤，何与汝事，而令遣妖道驱我为？"悉碎其日用器物，愤愤出门，遂不复见。丁妇自是无恙。

张山来曰：报仇而隐于溺器中，亦可谓破釜沉舟。而卒不能报，徒迁怒于其邻，何也？

康熙壬申、癸酉两岁，西安洊饥，斗米千钱，道殣相望。渭南县民赵午，鬻其子女已尽，家有一母一妻，无所得食，担其釜甑，就粟湖广。赵以其母老而善饭，常生厌弃之意。其妇王氏，事姑至孝，随侍益谨。癸酉四月，行至商州山中，午谓妇曰："老母步履艰难，汝负担先行，俟我挟之徐走。"妇是其言，遂于前途息肩以待。午狂奔追及，妇问姑何在？午曰："少顷即至矣。"妇怒曰："龙钟老人，何以令其独走？"以担授午，仍回旧路觅姑。午掌掴其妇数十，携担竟去。妇回至一僻所，见其姑面缚于树，以土塞口，气将绝矣。妇亟解姑缚，搤口出土，捧泉水灌之乃苏。伛偻负姑行二里许，其夫已为虎噬，投担委衣，残胔狼藉。妇视而啼曰："天乎！赵午大逆，遭此虎暴。非死于虎，死于神也。"道旁闻者，无不叹息称妇之贤而快午之毙。是时商州守戴良佐，散赈龙驹寨。妇负姑行久，色状馁疲。适经寨下，戴守召询，得其详，厚赐以金，令妇还渭南养姑，感泣而归。

英德县含洸司，有猎人负弓弩射于山。适雷雨骤至，隐身蓊翳。遥见数武外老树上盘绕巨蛇，长十余丈，首大如瓮。迅雷轰轰，将迫蛇，蛇仰首吐火上冲，红光如彗，雷渐引去。少顷，雷声甚怒，复迫蛇，蛇复吐火敌雷。猎人恶其猛毒，彀弓发弩，中其尾，蛇首顿缩，霹雳大震，蛇遂击死，而猎人亦惊仆矣。闻空中有语之者曰："无恐，当即苏也。"良久，清醒还家。家人见其背有朱书"代天除暴，延寿二纪"八字，浣之不去。此康熙辛酉四月间事。今距射蛇时，已二十余载。英德人言其雄健犹昔，盖天锡之龄，固未艾也。

余同学友王仔衡，言其亲某以红纸作筒，封银三钱，致贺婚家。婚家返银，拆筒展视，忽变为小虾蟆一头，眼若点朱，通体白如水精，莹洁空明，骨脏俱见。趯然从纸窝跃出，捕而藏之箧，晨夕玩弄，阅三日失去。广州陈弘泰，贷钱于人而征其息，其人将鬻虾蟆万头以偿，弘泰睹而心恻，命悉放之江中，遂与焚券。数月后，骑行夜归，路间有物，光焰闪烁，惊马不前。视之，乃尺许金虾蟆也，取以还家，自此益致饶裕。夫金银本无定质，变易不常，故其聚散，每因人心以为去留。天下之溺于富贵者，取之既非以义，守之又无其道，而欲据为子孙百世之业，不亦惧乎！

　　张山来曰：若虾蟆不复化去，则尤胜阿堵物也。

名　捕　传

姚□□伯祥

　　金坛王伯弢孝廉，自言丙午偕计至德州，见道旁有捕贼勾当，与州解相噪。问之，云放马贼昼劫上供银若干，追之则死贼手；不追，则死坐累，各相向呼天，泣数行下。然贼马尘起处，犹目力可望也。忽有夫妇两骑从他道来，诸捕咸惊相庆曰："保定名捕至矣，当无忧也。"诸捕控名捕马，问何从来？言夫妇泰山进香耳。然名捕病甚，俯首鞍上，其妻亦短小好妇人，以皂罗覆面，手抱一婴儿。诸捕告之故，哀乞相助。名捕曰："贼几人？"曰："五人。"曰："余病甚，吾妇往足矣。"妇摇手："我不耐烦。"名捕嗔骂曰："懒媳妇，今日不出手，只会火坑上搏老公乎？"妇面发红，便下马抱儿与夫，更束马肚，结缚裙靴，攘臂，袖一刀，长三尺许，光若镜也。夫言："将我箭去。"妻曰："吾弹固自胜。"言未讫，身已在马上，绝尘而去。诸捕皆奔马随之。须臾，追及贼骑，妇人发声清亮，顺风呼贼曰："我保定名捕某妻，为此官钱，故来相索。宜急置，毋尝我丸也。"贼言："丈夫平平，牝猪敢尔！"贼发五弓射妇，妇从马上以弹弓拨箭，箭悉落地，急发一弹杀一人，四人拔刀拟妇。妇接战，挥斥如意，复研杀一人。三人惧，少却，妇更言："急置银，异两尸去，俱死无益也。"三人下马乞命。置银，以二尸缚马上而逸。未几，诸捕至，异银而还。此妇犹旖旎寻常，善刀藏之，下马遍拜诸捕曰："妮子着力不健，纵此三寇，要是裙襦伎俩耳。"州守为治酒宴劳，五日而去。姚伯祥曰："此皆伯弢口授于予，予为之记，所谓舌端有写生手也。"

　　张山来曰：名捕捕贼，尚不足奇；妙在名捕之妇有此手段，真可敬也。

　　想见此妇火坑上搏老公时，必有异乎人者，一笑。

南　游　记

孙嘉淦锡公

游亦多术矣。昔禹乘四载，刊山通道以治水；孔子、孟子，周流列国以行其道；太史公览四海名山大川以奇其文。他如好大之君，东封西狩以荡心；山人羽客，穷幽极远以行怪；士人京宦之贫而无事者，投刺四方以射财，此游之大较也，余皆无当焉。盖余之少也，淡于名利，而中无所得，不能自适，每寄情于山水。既登第，授馆职，匏系都门，非所好也。已亥之夏，以母病告假归省。其秋，遂丁母艰，罔极未报，风木余悲，加以荆妻溘逝，稚子夭残，不能鼓缶，几致丧明。学不贞遇，为境所困，欲复寄踪山水之间，聊以不永怀而不永伤焉。《诗》云："驾言出游，以写我忧。"此之谓也。

庚子秋，束装策蹇，东抵晋阳，系舟石室之山，悬瓮难老之泉。柳溪、汾晋之水，圆通、白云之观，浮沉其中者累月。东出故关，道井陉，过真定，历清苑，观背水于获鹿，食麦饭于滹沱，望恒岳于曲阳，访金台于易水，仰伊祁于庆都，思轩辕于涿郡。已而北走军都，临居庸，登天寿，东浴汤泉，遂至渔阳。上崆峒，下玉田，涉卢龙，怀孤竹，浮沉其中者又累月。家世塞北，今到辽西，三过风景，约略相同。时值冬暮，层冰峨峨，飞雪千里，丛林如束，阴风怒号，不自知其悲从中来也。因而决计南行，返都中治装。适吾友李子景莲不得志于礼闱，遂与之偕。

辛丑二月二十四日出都，此则吾南游之始也。都中攘攘，缁尘如雾。出春明门，觉日白而天青。过卢沟桥，至琉璃河。卢沟者，桑干也；琉璃河者，圣水也。南有昭烈故居，又有郦道元宅，注《水经》之所也。南至白沟，昔宋辽分界之处。南至雄县有湖，一望烟水弥漫，极浦桅帆，云中隐现，亦河北巨观也。过任丘，有颛顼氏之故城。南至于河间，九河故道，漫灭不辨。滹沱易清，衡漳潞卫，高交淇濡，皆经其境以入海。府首曰献县，昔河间献王之都。南出阜城，至景州。景州，古条地，周亚夫封于此。有董家里，仲舒下帷之所也。东至德州，入山东境。州城临运河，船桅如麻。南至平原，昔博徒卖浆，毛公、薛公以及东方生、管公明皆奇士，今得毋有存焉者乎？平原君庙内有颜鲁公碑，惜匆匆过，未见也。

东南至齐河，自涿州背西山而南，七日走九百里。极目平畴，至齐河始见山。齐河水清，抱县城如碧玉环，石桥跨之，两岸桃柳，新绿嫣红,临水映发,为徘徊桥上者移时。南四十里曰开山,遂入山。途中矫首欲望东岳,而适微雨,云山历乱,时于云外见高峰,以为是矣。曾不数里,又有高者。午后见一峰甚高,怪古突起,烟岚拥护,谓必是矣。已而川势东开,山形北转,远而望之,更有高者。盖余从泰山之北来,午前见背,午后见臂,至泰安州始当其面。而又值云封,故终日望而未之见也。次早欲上,土人云:"不可。山顶有娘娘庙,领官票而后得入。"票银人二钱,曰口税。夫东岳自有神,所谓娘娘者,始于何代,功德何等,愚民引夫妇奔走求福,为民上者既不能禁,又因以为利。不得已,亦领票。得票欲上,人又云:"不可。山之高四十里,穷日乃至其巅。兹向午已迟,且天阴,下晴上犹阴,下阴上必雨。雨湿风冷,请以异日。"

因而观城中之庙,庙去城之南门二百步许,而以北城为后垣。一城之中,庙居大半焉。阶墀多古柏,云汉武东封时所植。阶墀有碑,其文曰:"磅礴东海之西,中国之东,参穹灵秀,生同天地,形势巍然。古者帝王登之,观沧海,察地利,以安民生。祝曰:泰山于敬则致,于礼则宜。自唐加神之封号,历代相沿至今。曩者元君失驭,海内鼎沸,生民涂炭。予起布衣,承上天后土之命,百神阴祐,削平暴乱,正位称职。奉天地,享鬼神,以依时统一人民,法当式古。今寰宇既清,特修祀仪。因神有历代之封号,予起寒微,畏不敢效。盖神与穹昊同始,灵镇一方,其来不知岁月几何。神之所以灵,人莫能测。其职受命于上天后土,为人君者,何敢与焉!惧不敢加号,特以东岳之神名其名。依时祭神,惟神鉴之。洪武三年六月二十日。"可谓辞严义正矣。

庙中望山顶如屏风,中挂白练,问之,人曰:"南天门也。"因与景莲约,起二更,奋力急趋,鸡鸣至其巅,可观沧海日出也。如约起,遥见火光明灭,高与星乱。至则皆贫民,男女数千,宿止道旁,然炬以丐钱,教养失而民鲜耻,可慨已。山足曰红门,红门以后,路皆石阶,时闻阶旁潺潺有水声。四更至回马岭,阶级愈峻,如行壁上。鸡鸣至玉皇庙,谓至顶矣。导者笑曰:"甫半耳。"因少憩。黎明,缘涧水,度石桥,见两峰对立,中有瀑布。时宿雨初晴,朝光澄澈,山岚护石,松翠浮空，瀑流飞响，清心韵耳。磴道从西峰上，有碑，题曰"五大夫松"。碑下仰望，见两峰之顶，高插烟霄，心中窃拟谓此山巅也。攀登久之，回首遐眺，见松山顶在我足下，昨所望见诸峰，在松山下；齐鲁数千里之山，又在诸峰下，盖已飘飘凌云矣。不意峰回路转，更见高峰。天门之峰，无点土，亦无寸草，石脉长而廉隅四出，骈植叠累，皱若莲菊，磴道直上十里，乃城中所望若白练者。盖吾从碑下望松山，似高于城中望天门。今于此地望天门，实高于碑下望松山。道旁石上刻四大字，曰"仰之弥高"，其信然矣。磴列铁柱，中贯铁索，授索而登，抱柱而息。比磴道尽，反无所见。盖下望天门，乃其绝顶。

　　既至其上，又有高峰拥蔽焉。纡回攀跻，见所谓娘娘庙者，在秦观峰下。正殿五间，而三门皆有铜栅。门内金钱，积深二三尺。堂上有三铜碑，明末大珰所铸，余无可观。束庑檐下，石柱中断，余坐其上而休焉。俯视有字，拂拭辨之，则李斯篆也。其文曰："盛德丞相臣斯、臣去疾、御史大夫臣德昧死言：臣请具刻诏书金石。"刻因明白矣。"臣昧死请，制曰：可。"笔法高古秀劲，非汉晋人所能及。庙后石壁高十余丈，唐摩崖碑在焉。崖西洞中，有泉甘冽。崖后上里许，登秦观峰，乃泰山之巅也。举头天外，俯视寰中，浩浩茫茫，四无涯际。东见青、营，负山阻海，北顾塞垣，横亘万里。河朔诸州，星罗棋布。循大行而西，中州之沃衍，咸阳之阻隘，皆可指数。黄河由华阴走兖徐，湾环若衣带。嵩山二室，如两卷石。淮扬之间，一望平芜。登泰山而小天下，果不诬也。峰巅有殿，庭中石崛起，意古者金泥玉检文，皆封于此。门前石表，始皇所建，高二丈余而无字。日观在东，月观在西，高皆与秦观等。古迹名胜，不可遍睹。薄暮遂下，至松山而少憩。回思三观，如在天上。又下见朝阳洞，石穴幽邃。又下见水帘洞，流水蔽岩。下至山麓，见一巨人，与之并立，翘足伸手，而不能摹其顶。古者长狄在齐鲁之间，岂其遗种与？

　　次早，由泰安趋曲阜。曩在山上，视泰安城如掌大，汶水一线，环于城外，徂徕若堵，蹲于汶上。出泰安城，不见水与山也。行五十里，见大河广阔，乃汶水也。又五十里，见崇山巍峨，乃徂徕也。相去百里，而俯视不过数武，其高可想矣。徂徕之西曰梁父，对峙若门。从门南出,平畴沃衍,泗水西流,孔林在泗水南,洙水在孔林南,曲阜在洙水南,沂水在曲阜南。孔林方千余里,其树蔽天,其草蔽地。至圣墓,有红墙环立。墙中草树愈密,修干丛薄,侧不容人。而景色开明,初无幽阴之气。至圣墓,产蓍草,碑曰"大成至圣文宣王墓"。西偏小屋三间,颜曰"子贡庐墓处"。东南有泗水侯墓,正南有沂国公墓。墙东南有枯木,石栏护之,子贡手植楷也。旁有楷亭,其北有驻跸亭,人君谒墓更衣之所。门外有洙水桥,桥南高阜一带,辟其东南为门,门距曲阜城可二里。道旁植柏,行列甚整,蔽日参天,皆数千年物也。入曲阜之北门,路东有复圣庙,庙前有陋巷,巷南折而西,则孔庙之东华门也。庙制如内廷宫殿,而柱以石为之。蛟龙盘旋,乃内廷所无。至圣与诸贤皆塑像,石刻至圣像有三。车服礼器,藏于衍圣公家,圣公入觐,不可得观。殿南有亭,颜曰"杏坛"。古杏数株,时值三月,杏花正开。坛南有先师手植桧,高三丈而无枝,文皆左纽。子贡之楷,虽不腐而色枯,此则生气勃发焉。大门内外丰碑无数,南有高楼,曰"奎文阁"。阁门内下,汉魏之碑十余,皆额尖而有圆孔。门外有水,上作五桥。桥南有门,门外有栅,自殿庭至栅内,苍松古柏,虬龙蟠屈,不可名状。泰安汉柏,又不足道矣。吾于是奋然兴也。夫孔子者,天所独生以教后世者也。考其生平,三岁丧父,七岁丧母,中年出妻,晚年丧子。夫哀死而伤离,宁独异于人哉?今观"志学"一章,七十年内,日进月益,不以遇之穷而少辍其功。盖其自待厚,而所见有大焉者矣。余乃戚戚欲以身殉,何其陋也!《诗》有之曰:"高山仰止,景行行止。"虽不能至,然心向往之。

曲阜东南有九龙山,其南曰马鞍山。两山之间,松楸茂密者,孟林也。林南为邹县,县南有孟庙。庙左有宣献夫人祠,夫人者,孟母也。滕县在邹南,地平旷,可以行井田。滕南有峄山,始皇刻石其上。峄东有陶河,过陶河至邳州,下邳乃子房击秦后潜匿之所。又项籍者,下相人也。下相在邳州,昔曹操决水灌吕布于下邳,今其城在山,不可灌。予尝徘徊其地,求下邳、下相之故城,及圮桥进履之所,而土人皆无知者。邳南落马湖,黄河所溢也。湖南曰宿迁,宋人迁宿于此。又南曰桃源,黄河之北岸也。河自出天门,走平陆,无高下阻激之所，而驰波跳沫，汹涌澎湃，其猛鸷迅疾，天性然也。南至清江浦，黄河南曲，运河北曲，两河之间，不能一里。而运低于黄数十丈，河性冲突，设有不虞，淮阳其为鱼矣。淮安城西，有韩侯钓台，当淮阴未遇时，忍饥钓鱼城下，谁过而问之？及其云蒸龙变，向之落魄，皆为美谈。英雄成败有时，若此类湮没而不称者，可胜道哉！淮安南曰宝应，宝应南曰高邮。地多湖，四望皆水，高邮以南，始见田畴。江北暮春，似河北之盛夏，草长成茵，麦秀成浪，花剩余红，树凝浓绿，风景固殊焉。

南至于扬州，扬州自古繁华地，当南北水陆之冲，舟车辐辏，士女游冶，兼以盐商聚处，僭拟无度，流俗相效，竞以奢靡，此其弊也。城内无可观。隋宫迷楼，二十四桥之胜迹，今皆不存。琼花观内，止余故址。城北有天宁寺，谢东山之别业也。其西偏曰杏园，余尝寓杏园之僧舍，竹树蓊郁，池台清幽，想见王谢风流。杏园东曰虹桥，园亭罗列水次，游人棹酒船于其中。虹桥之北，则蜀岗也，欧阳文忠公建平山堂于其上。堂右有大明寺井，昔张又新作《煎茶水记》，谓扬子江中泠泉第一，惠山石泉第二，虎丘石井第三，丹阳寺井第四，扬州大明寺井第五，即此是也。东至于泰州，昔韩魏公知泰州，梦以手捧日者再，今其州堂犹颜曰"捧日"。南至于瓜州，遂渡江。扬子江阔而清，含虚混碧，上下澄鲜，金、焦在中，如踞镜面。金山四面皆楼阁，环绕层累，靓妆刻节，远望焦山，林木青苍。土人云："焦山山裹寺，金山寺裹山。"惜余未上，于焦止见山，于金止见寺而已。

过江，由小河入山，至镇江府。镇江古京口，四面阻山，形格势禁，以临天堑，实南北必争之地。孙仲谋始都此，筑城名曰铁瓮，府城其遗也。南至于丹阳，闻有练湖而未见。东南至常州，古延陵地，吴季子之所居，俗在三吴为淳朴。至丹阳西，见山绵亘百余里，至无锡曰九龙山。其南峰曰惠山，惠山之东曰锡山，峰峦皆秀丽。登惠山，饮石泉，清冽而甘且厚。下视无锡，群山拱峙，众水环流，名酒嘉鱼菱藕之薮，乐土也，昔泰伯择居于此。惠山之南曰夫椒，夫差败越之所也。夫椒之南曰阳山，越败夫差之地也。阳山以南，群峰列峙，巍然而葱郁者，灵岩、穹隆、支硎、玄墓、上方诸山也。灵岩之东，树林阴翳，有秀出于树中者，虎丘也。虎丘南六七里，苏州城也。姑苏控三江、跨五湖而通海。阊门内外，居货山积，行人水流，列肆招牌，灿若云锦。语其繁华，都门不逮。然俗浮靡，人夸诈，百工士庶，殚智竭力，以为奇技淫巧，所谓作无益以害有益者与？虎丘小而奇，外望一土阜，而中有洞壑，路旁岩下，有泉曰憨泉。泉侧有石，中裂若劈，试剑石也。曲折而上，一大磐石，平铺数百步，千人坐也。四围奇峰，峭拔若削。北辟一壑，中有清池，剑池也。剑池之西，又辟一壑，窈窕幽奇，而亦有池，虎丘石井也。剑池之东有亭，可中亭也。亭下池上，大刻"虎丘剑池"，颜鲁公书也。又刻"生公讲堂"，李阳冰篆也。登虎丘而四望，竹树拥村，菱荷覆水，浓阴沉绿，天地皆青。然赋税重，民不堪命焉。灵岩秀而高，上有西施洞。山巅有寺，馆娃宫之故址也。门据横石，内辟清池，殿西有岩，流泉四出回廊曲槛，周于岩上。又有二池焉，其清爽幽奇，令人乐而忘反。绝顶石上，刻曰"琴台"。登琴台，临太湖，太湖周八百里，包众山于其中。水清色白，长风一吹，波与山同。七十二峰，乍隐乍现于银涛雪浪中，滴翠浮青，宇内奇观也。

　　南出吴江，由蓝溪至浙东。嘉杭之间，其俗善蚕，地皆种桑。家有塘以养鱼，村有港以通舟。麦禾蔚然，茂于桑下。静女提笼，儿童晒网，风致清幽，与三吴之繁华又别矣。出蓝溪至塘栖，夹河左右，远望皆山，西南一带，尤高大而青苍者，则西湖上之诸峰也。南至武林门，棹舟竟入城内。出候潮门，至江口，一望浩渺，大不减扬子，而色与黄河同，则钱塘江也。钱塘西湖之胜，自幼耳熟。既见江，急欲至湖上。居人曰："游西湖者，陆轿而水船。"余曰："不然。江山之观，一入轿船，则不能见其大。且异境多在人踪罕至之处，轿与船不能到也。"因步行，登万松山而望西湖。一片空明，千峰紫翠，冠山为寺，架木作亭，楼台烟雨，绮丽清幽。向观画图，恐西湖不如画，今乃知画不足以尽西湖也。过松岭，渡长桥，至南屏。南屏之山，怪石攒列，下有古寺，所谓"南屏晚钟"也。北曰雷峰，有塔高而色紫，所谓"雷峰夕照"也。西曰苏堤，从南抵北，作六桥以通舟，植梅柳于其上，所谓"苏堤春晓"也。堤西有园亭，引湖为沼以蓄鱼，所谓"花港观鱼"也。堤东有洲，旁有三塔，影入洲中，所谓"三潭印月"也。潭北有亭，翼然水面者,湖心亭也。亭北突起而韶秀者,孤山也。山有紫垣缭绕者,行宫也。其东直抵杭城者,白堤也。苏堤纵而白堤横,孤山介两堤之间焉。

其西有岳武穆庙,庙外铁铸秦桧夫妇,而其首为人击碎。尝读史至国家兴亡之际,不能无疑于天也。当武穆提兵北伐,山东河朔,豪杰响应,韩常内附,兀尤外奔,使其予秦桧以暴疾,假武穆以遐年,复神州而返二圣,至易易耳。而顾不然,待其人之云亡,邦国殄瘁,易代而后,乃复祀武穆而击桧,岂天心悔过,而假手于人以盖前愆耶?抑天终不悔,而人奋其力与天争耶?人之言曰:“善恶之报,不于其身,必于其子孙。”今闻秦氏盛而岳氏式微,此又何说焉?使天下好善而恶恶,人之好恶之心,何由而生也?天之好恶,既与人同,胡为误于其身,复误于其子孙,而终不悔耶?呜呼!此其故圣人知之矣。昔者圣人之作《易》也,君子长而小人消曰“泰”,小人长而君子消曰“否”。运之有否泰,数也,天之所不能违也。非小人得志而害君子,则运不成。故万世之人心,好君子而恶小人者,天之理之常。一时之气运,福小人而祸君子者,天之数之变。万物之于天,犹子之于父,臣之于君也。龙逢、比干,其君不以为忠;申生、伯奇,其父不以为孝。孝子不敢非其亲,忠臣不敢怼其君,而于天又何怨焉。

庙西有坟,内有二冢,武穆王与其子云也。坟南亭台,临湖结构,朱栏碧槛,与绿水红莲相掩映,所谓“曲院风荷”也。初在南屏望湖,路人指曰:高而顶有塔者,南高峰也;其遥与高同者,北高峰也。兹由岳坟而西,道出北高峰下,路旁皆山,苍松翠柏,蔽岫连云。林中徐步,忽见清溪,白石磷磷,落花沉涧,鸟语如簧,心中恍惚冀有所遇。沿山深入,见一村落,酒帘树间,茶棚竹下,路西有坊,题曰“飞来峰”。过坊而西,乃见奇峰特峙,流水环周,洞在山腹,桥当洞口。度桥入洞,岩壑空幻,石骨玲珑,乳泉滴沥,积而成池。洞顶怪石,如古树倒垂,云霞横出,孔穴贯串,八达四通,或巨或细,或暗或明。出洞西行,溪边岩下,石皆奇秀,卓立林间者,往往与松竹争长。山侧有放生池,池上有冷泉亭,高峰插天,修篁蔽日,流泉清池,环亭左右。盛夏正午,冷落深秋。亭北有寺,扁曰“云林”,未暇入也。过寺而西,小园别墅,布置佳胜,纵目流览,忘其路之远近。幽林密箐,曲折其中。有时仰望,不见天日,心中惊疑,不知误入何境。欲一借问,而深山无人。林间企望,见一僧度岭而去,因亦至其岭上。天风南来,微闻鼓乐之声,寻声觅路,忽见一片瓦砾,屋坏墙存,土焦石黑,路闻人语云:"天竺新遭回禄。"见此乃悟身在天竺峰也。当是时,日将暮,予见天竺寺既已烧残,又四围幽邃深林,不类人境,惧其为虎豹之窟穴,山魈木魅所往来。因返,复至飞来峰下,寻前所见村落而歇焉。次早,复至飞来峰,不入洞而登其巅,远望旭日出海,江潮涌金,晓雾成霞,山岚抹黛,景色变幻,林密怪奇,自疑此身或恐飞去。昔韩世忠忤秦桧,解官携酒,日游西湖,建翠微亭于飞来峰上,惟斯人也,而后称斯山也。下飞来峰,复至冷泉亭。问所谓灵隐,乃知扁"云林"者,即是也。

时值四月八日,寺于此日斋僧,远近僧来者甚众。本寺住持,披法衣,上堂讲经。其大和尚曰帝辉,年可九十余矣,巍然据高座。首坐二人,侍者八人,其下行列而拜跪者,可三百众。比丘与比丘尼咸在,其威仪俯仰皆娴谨,独惜所讲无所发明,即成书而诵之。其下不必尽闻,闻者不必尽解,徒听侍者拜云则拜,起云则起而已。呜呼!佛法入中国,千余年矣。愚民绝其父子之天性、饮食男女之大欲而为僧,自宜求成佛,而佛又必不可成,不成佛而徒自苦,奚取于为僧?且此堂上堂下说法听法诸众,非不自知照本讽诵,随人跪起之不可以成佛,然而必为此者,盖有所不得已也。贫无所养,不能力作,因削发而为僧。而天下之愚夫愚妇,非为殿宇庄严戒律威仪以耸动之,不能发其信心而得其布施。故此济济而楚楚者,名为学佛,实为救饥计也。井田久废,学校不兴,彼既无田可耕,又不闻圣人之道以为依归,穷而无所复入,其为僧,无足怪也。欧阳子曰:"佛法入中国,乘吾道之废缺而来。"韩子曰:"明先王之道以道之,鳏寡孤独废疾者有养也。"则亦庶乎其可也。

飞来峰之东南,有三天竺,再入有中天竺,再入有上天竺,乃昨所睹烧残者。男女杂糅,犹在瓦砾场中烧香也。出天竺而南,至于忠肃公之坟。阳明先生题其门曰:"赤手挽银河,君自大名垂宇宙;青山埋白骨,我来何处哭英雄。"于坟之南,南高峰也。峰南度一岭而西,石壁嵯峨，下有岩洞。陶复陶穴，曰石屋。西上里许，有水乐洞，两洞并列，一有水而一无。从无水者入，与有水者通。其水塞洞，砰磅訇礚，而至洞口即入地，从不流出洞外，亦一奇也。又西上烟霞岭，极目皆山，幽深奇伟，更过于灵隐、天竺之间。问之，人云："此中名山古刹甚多，屈指不能数其名，累月不能穷其境。"吾始知吾之足力不能遍至也，而遂还。

次日，同年苏耕余载酒船相邀，予以湖上之景未遍观也，与之出清波门。城下多柳，而白堤多桥，所谓"柳浪闻莺"、"断桥残雪"也。循白堤，复至孤山，入行宫。行宫之制甚奇，复阁重廊，周回相通，凿石为基，削岩成壁，引水成池，植花成幄。桥水磴山，至于后宫。殿在山上，含岩石于殿中，注清泉于座下。一室之中，而山水之观毕具。左右高楼，近挹湖光，远吞山色，如登玉霄金阙，而望十洲三岛之仙踪也。放鹤亭在行宫东北，古梅巨石，清雅不群。惜亭殊巨丽，不似当日处士风流。下亭，复登舟，绕孤山之背，至昭庆寺而还。于湖中之景，不能十一，而已暮矣。予益信轿与船之不能远到，而游西湖者未尽见西湖也。

留数日，遂渡江而东。钱塘江中，亦有两山，仿佛金、焦。遥望海门，屹然对峙。惜时非八月，不能观大潮。渡江至萧山，萧山有湘湖，产莼丝嘉鱼。旱则引湖水以溉田，潦泄于海。风景似西湖，而有用过之。萧山东则山阴道上矣。千岩万壑，大者奇伟，小者佳丽，山下皆水，大溪小港，经纬绣错。东至白鹤浦，有小山，舟人指曰："禹戮防风氏之所也。"泛舟入山阴城，登卧龙山。出城至于鉴湖，昔明皇赐贺知章鉴湖一曲，后遂指此一曲为鉴湖。其实萧山、会稽、山阴三县之水，皆鉴湖也。尝登山而望之，三县桑田，其平如砥，想皆沧海所变。水在其中，渟满不流，而色清若镜，故曰鉴湖也。自鉴湖欲游吼山，鉴湖之水无波，故舟多夜行。梦中不知泊于何处，但闻雨声彻夜不绝。天明起视，初无雨，舟在巨潭，四围皆山，并无来路，不知舟何以得至潭中。潭南岩上，乳泉乱滴如檐溜。东峰有洞，水满其中。西峰怪石超出，长垂下注。若巨象舒鼻以饮潭水。其北竹林茂密，楼阁清幽，晓梦初醒，疑非尘世。舟人语曰："此所谓曹溪。"东有洞者狮山，西如鼻者象山。有楼阁者,石匮先生之书院也。登楼四望,见楼后之山尤高峻,怪石森列,有如台者,如柱者,如首戴笠者,如巨人立者,所谓吼山也。下楼棹舟,由狮山之洞中,曲折行数百步而后出,如渔郎自桃源归也。吼山有空明庵,门前流水,门内清池,朱楼碧瓦,倒影池中。高岩峭壁,卓立楼后,瀑泉飞洒,常如骤雨,其奇不减曹溪也。吼山返棹,乃谒禹陵。禹陵之山,高圆若冢,众峰环拱,有如侍卫。陵侧有菲泉,泉东有庙,庙旁有窆石亭,相传葬禹时所用。石高五六尺,圆如柱,端有圆孔,似孔庙之汉碑。记曰:公室视丰碑,三家视桓楹,窆石似楹,盖葬碑也。由禹陵至南镇,南镇者,会稽山也。其最高者曰炉峰,其下有庙,为历代祭告之所。自南镇回舟,夜泊山阴城外,月几望矣。气霁云敛,月白江清,天水相涵,空明一片。人在舟中,身心朗彻,如琉璃合,恍然若有所悟。

黎明至于兰亭。今之兰亭,非昔之兰亭矣。择平地而建亭,中立大碑,御书右军序于其上。亭前为石成渠,以为曲水,崎岖踟蹰,初无远致,且不可以流觞。左右各凿一池,以为是鹅池与墨池也。亭西里许,曰天章寺,而亦非旧矣。然此皆人为之者,故有废兴。若所谓"崇山峻岭,清流激湍",则依然在。盖山阴之水不流,惟兰渚湍急,潺潺于茂林修竹之间,风致又别也。返城中,登蕺山,下有寺,乃右军之旧第。其南有题扇桥,山上有书院,刘念台讲学于此。予棹舟在山阴道上三日夜,有山皆秀,无水不清,回环往复,不辨西东。登蕺山乃了然,盖绍兴之西南皆山,而东北近海,吼山在东,兰亭在西,禹陵南镇在其南,北有梅山,下有梅市,梅福之所居也。远望南镇之西,有高于南镇者,曰秦望,始皇帝刻石于此。又禹穴非禹陵也,禹藏书于宛委之山,曰禹穴。又会稽有阳明洞,道书云第十一洞天,而余皆未至。游人惮于登陟,舟所可至者至之。若高远幽深,神圣仙灵之遗迹,则惧而不果去。抑吾在绍兴凡三望海,登下方山望海,登禹穴,登蕺山,皆望海,第见茫茫沙草而已,实未尝见水,吾犹怅然以山海之奇未尽探也。由绍兴复返杭州,登凤凰山,一名紫阳山,昔高宗南渡,广杭城,包此山于苑内,以为游观之所。左江右湖,登临彷徨,致足乐也。

自杭州溯浙江,至于富阳。富阳之山,雄壮似燕秦诸塞,而青翠过之。富阳以南，川势渐窄，两山对峙，一水中流，群山倒影，上下皆青。出橦梓关，势渐开，远近布列，山皆妍媚。桐君山陡立江岸，其南内拓，开一平原，石壁环峙，如天生城阙，则桐庐也。阻山临水，居民在山水之间，瓦青墙白，纤尘不染。其清华朗润，令人神怡。南至鸬鹚原，山势怪特，峰峦岔涌，密峙骈植，束江流如一线。入原口转而西，则富春也。南北皆山，其中皆水，不余寸土，两钓台在北山下，石峰直起而顶方，旁有子陵祠。凡钓台左右之山，其巅皆有流泉，锦峰缥缈，上入高青，怪石峥嵘，下临沉碧。瀑流喷薄，堕玉飞珠，涧水层波，调笙鼓瑟，高山流水之观止矣。尝忆陶隐君语云："高峰入云，清流见底，两峰石壁，五色交辉。青林翠竹，四时具备，晓雾将歇，猿鸟乱啼。夕日欲颓，沉鳞竞跃，实欲界之仙都。"惟此地足以当之。西至于严州，高山四塞，大水环周，可称天险。南入横溪，至于兰溪。自杭州至兰溪四百余里，冈峦绵亘，雄于富阳，清于桐庐，奇于富春，秀于兰溪。人在舟中，高视远眺，不能坐卧。偶值偃仰，两岸之山，次第从船窗中过，如画图徐展，舟行之乐，无逾于此。兰溪南曰金华，川势大开，极目平畴，远望崇山，烟云缭绕，摩天碍日。传闻其上有朝真、冰壶、双龙之洞，乃王方平叱石成羊之所也。西过龙游，至于衢州。凡西安道上之山，冈峦华簇，而滑瘦如削，烟岚高洁，刻露清秀。西南至常山，多枫桂，云眠树间，山横云上，高薄深林，令人有小山招隐之思。

西至玉山，复登舟，至于广信，为江西界。山形粗猛突兀，横亘直竖，缘河罗列者，皆一石特起，方圆平直，各自为象。西至弋阳，有龟峰山，众峰直起如笋，有青山头，峰顶皆圆，有如人首。或冠或冕，或蛴或顿，或光如僧，或鬟如妓。寺隐丛篁，泉出古洞，棕榈芭蕉，延满岩谷，奇险幽秀，兼而有之。西北至贵溪，见天然桥，一石横两峰之巅，下空若洞，亦奇境也。闻贵溪有鬼谷山，鬼谷子之所居。又有象山，陆子静读书其上。尝曰："云山谷石之奇，目所未睹。"问之人而不知，知有龙虎山张真人而已。西至安仁，地平旷，南至瑞洪，遂入鄱阳。自安仁以西，四望不见山。至瑞洪以南，四望并不见树，短草黄沙，烟水云天而已。湖水甚浊，波涛皆红。出湖入章江，至南昌，登滕王阁。章江南来，渺瀰极目，彭蠡北汇，烟波万顷。东望平畴，天垂野阔,连峰千里,西列屏嶂。所谓"西山暮雨,南浦朝云","霞骛齐飞,水天一色",盖实录也。南昌阻风,泊舟于生米渡。次蚤渡江,几至不测。语曰:"安不忘危。"又曰:"千金之子,坐不垂堂。"余自维扬登舟,过扬子,泛吴淞,涉钱塘,溯桐溪,经鄱阳,在舟数月,侥幸无恙,习而安焉。设非遭此,遂安其危而忘垂堂之戒也,岂可哉?南至于丰城,观剑池。西入清江,至临江府。城东有阁皂山,昔张道陵、丁令威、葛孝先皆居此。西过新喻,山尤多,分宜之山清而秀,袁州之山奇而雄。

至芦溪乃陆走,过萍乡,复登舟。经醴陵,出渌口,至湘江,入湖南境。右江风俗,胜于三吴、两浙。男事耕耘,兼以商贾,女皆纺织,所出麻枲、绵葛、松杉、鱼虾、米麦,不为奇技淫巧。其勤俭习事,有唐魏之风。独好诈而健讼,则楚俗也。湘江之水清而文,两岸之山秀而雅。草多茅菅,扶疏猗靡,皆有蕙薄、丛兰之致。每当五岭朝霞,三湘夜雨,或光风转蕙,皓月临枫,吟离骚《九歌》、《招魂》之句,如睹泽畔之憔悴也,如逢芰衣荷裳之芳泽也,如闻湘灵山鬼之吟啸悲啼也。南至衡州,谒南岳。凡岳镇,非独形伟,其气盛也。向登泰山,郁郁葱葱,灵光焕发。渡江以来,名山无数,神采少减焉。兹见南岳,乃复如睹泰山。连峰争出,高不可止,复岭互藏,厚不可穷。石壁插青,流泉界白,气勃如蒸,岚深似黛。顶在云中,有若神龙。其首不见,而爪舒鳞跃,光怪陆离,火维地荒。天假神柄,应不诬也。衡山七十二峰,其最大者五:芙蓉、紫盖、石廪、天柱、祝融。南岳庙在祝融峰下,谒庙后,望五峰,其顶皆在云中。登舟南行数日,无时不矫首。古语云:"帆随湘转,望衡九面。"予九面望而卒未尝见其顶,始叹衡山之云之难开也。西次祁阳,见唐亭,元次山之所建。西至于永州。自右江至衡阳,数千里间,土石多赤,一望红原绿草,碧树丹屋,烂若绘绚。至零陵,山黑而石白,天地之气一变。城下潇江,北合于湘。潇西之山皆幽奇,柳子厚多记之。西入湘口,水愈清,两岸之石,玲珑奇峭,不可指数。所谓少人而多石,其信然与?

西至于全州,为粤西形胜之地。湘山崔嵬,高踞俯视,众山环拱,诸水会同。山下有光孝寺,无量寿佛示寂之所。云肉身在塔内,予入而谛观之,不似也。南至于兴安,有阳海山。半山有分水岭,山脊流水,可以泛舟。至岭而分,其北流者为湘江,南流者为漓江。一水而相离,故曰湘、漓也。志云:临贺、始安、桂阳、揭阳、大庾为五岭。《水经注》云:湘水出零陵始安县。然则兴安者,始安也。予自长沙溯湘江至永、全,挽舟直上,如登峻坂,山腰回舟;转入漓江,下桂林如建瓴,源泉混混,咫尺分流,而北入北海,南入南海,其岭之高可知矣。漓江初分,屈曲山间,别凿一渠以通舟。秦伐南越,史录凿此。汉戈船将军出零陵,下漓水,于此置阧,阧犹关也。诸葛武侯续修之。渠上有武侯祠,祠后有伏龙山。山石多怪,玲珑槎枒,连峰叠嶂,皆如米颠袖中之物。伏龙以西,群峰乱峙,四布罗列,如平沙万幕,八门五花,江如游骑纵横其中。前有高峰曰马头山,卓立俯视,如大将秉巨纛以出令也。南过灵川,至于桂林。

　粤西高大中丞,予业师也。留署中过夏,时时跨马出游郊坰,负郭山水之胜皆见之。城中屹立者,曰独秀山。高数百丈,下有石室,顶通光耀。其东北曰伏波山,高峭与独秀等。岩中悬石,下垂如柱。其西有叠彩岩,石纹华丽,岩腹有洞,冷风日夜不休,曰风洞。迎风而入,曲折崎岖,渐觉光明。忽然高敞,身入楼阁,户牖轩豁,栏槛回环。开户一望,水天无际,山林窈冥。盖漓江从城北来,两岸之山,怪怪奇奇,向在舟中,未尽见也。兹入洞内,黑走山腹,忽睹世界,皆成异境。舟泛银河,人至天台,亦若是矣。城南有刘仙崖,石洞如屋,内刻张平叔《赠桂林白龙洞刘真人歌》,道铅汞术甚详。城西有七星岩,上有栖霞洞。石阶直下数百级,顶上水纹如波,中有鲤鱼,长丈余,头目鳞尾皆具。洞后深黑,秉炬进数百步,冷气迫人,同行者惧,遂偕出。闻土人道其中之景甚怪。王荆公云:世之奇伟瑰怪非常之观,常在于险远,而为人之所罕至,故非有志者不能至也。有志矣不随以止也,然力不足者,亦不能至也。有志与力而又不随以怠,至于幽暗昏忽,而无物以相之,亦不能至也。然力足以至焉,于人为可讥,而在己为有悔。尽吾志也而不能至者,可以无悔矣。吾甚悔吾之未尽吾志而随人以止也。其东有龙隐洞,清流从洞中出而入江。江中有山,轮囷若象鼻舒江中,舟行鼻内。江岸山上有洞,直透山背,以通天光,望之圆明如满月。志称滨江三洞,水月最佳者是也。

　　兹行也,在桂林之日为久。傜、苗、土、獞、蚺蛇、山羊、锦鸡、孔雀、黑白之猿,荔枝、佛手之树,黄皮、白蜡之林,芭蕉之心,长大如椽,天雨之花,其红射日,可谓见所未见。独其俗凶悍褊小,嗜利好杀。天地之灵,钟于物而不钟于人,何哉?予以六月初旬至桂林,七月暑退,登舟返棹。曩之至也,云峰吐火,稻穗涌波,荷蕊绽红,江流涨绿。署中偃仰,曾几何时,而稻禾全刈,木叶半黄,云白天晶,凉风萧瑟。回思江南暮春,莺飞草长,西湖梅雨,花落鸟啼,有如隔世。王右军云:“向之所欣,俯仰之间,已为陈迹。”亶其然矣。

　　过全州,复入湘山寺。有匾曰“再来人”,予嗒然而笑。夫佛再出世,犹吾再入寺也,而何怪焉?过衡州,登合江亭。湘水南来,蒸水北至,两江合处,一峰特起,曰石鼓山,上有武侯祠。向读韩诗注云:合江亭旁有朱陵洞。登其上而不见,返舟问榜人,云:“洞在亭下,当事者封其路,游人往往不得至焉。”在舟又望南岳,雾隐云封,终不能见其顶。江山之于人如友,或不期而遇,或千里相访而不值,何哉?北至于湘潭,有昭山,昭王南征至此。北至于长沙城。东有云母山,《列仙传》云:星沙云母,服之长生者也。城北曰罗洋山,城南曰妙高峰。湘江在城西,水西有岳麓山。志曰:衡山七十二峰,回雁为首,岳麓为足,是也。其颠有道乡台,昔邹志完谪长沙,守臣温益逐之,雨夜渡湘宿于此。后张敬夫为之筑台,朱子题曰“道乡”,道乡者,志完之别号也。闻志完初谪时,涕泣其友,怒曰:“使志完居京师,得寒疾不汗,五日死矣,独岭南能死人哉?”由今观之,向与志完同时在京师者,皆已湮没,而志完以谪特传,亦可以知所处矣。道乡台下有岳麓寺碑,李北海所书也。凡地之美恶,视乎其人,不择地而安之,皆可安也。予过五岭,泛三湘,望九嶷,历百越,皆古迁客骚人痛哭流涕之所,入而游焉。瘴花善红,蛮鸟能语,水清石怪,皆有会心。比及长沙,山林雅旷,水土平良,已如更始余民,复睹司隶雍容,贾太傅乃不自克,而抑郁以死。语云少不更事,太傅有焉。北过橘洲,昔范质夫南谪,夫人每骂章惇:“过橘洲舟覆。”公自负夫人以出,徐曰:“此亦章惇为之耶?”予性褊,服膺范公以自广。今过其地,想见其为人。

　　北至于湘阴,有黄陵庙,二妃之所溺也。其东有汨罗江,屈子之所沉也。过广陵，入洞庭，浩浩荡荡，四无涯涘。晚见红日落于水内，次早见炬火然灼水面，渐望渐高，乃明星也。吾游行天下，山吾皆以为卑，水吾皆以为狭。非果卑果狭也，目能穷其所至，则小之矣。物何大何小？因其所大而大之，则莫不大；因其所小而小之，则莫不小。苏子瞻曰：覆杯水于地，芥浮于水，蚁附于芥，茫然不知其所济。少焉水涸，蚁即径去，见其类出涕曰：几不复与子相见。岂知俯仰之间，有方轨八达之路乎？计四海之在天地之间也，犹杯水也，舟犹芥也，人犹蚁也。吾乌知蚁之附芥，不以为是乘桴浮海耶？其水涸而去，不以为是海变桑田耶？四海虽广，应亦有涯。目力不至，则望洋而叹，因所大而大之耳。今在洞庭，吾目力穷焉，即以洞庭为吾之海可也。

自湘阴泊于磊石，又泊于鹿角，又泊于井罔，皆在湖中。时近中秋，天朗气清，所谓"长烟一空，皓月千里，浮光耀金，静影沉璧"者，吾见之焉。北至巴陵，岳阳楼在巴城上，而今不存矣。予登其址而望焉，见君山秀出，其东曰扁山，又东曰九龟山，皆在湖中。城南曰白鹤山，其侧有天岳岭，上有吕仙亭，亭前有岳武穆庙。昔武穆克期八日，平杨么于洞庭，居人德而祀之。庙貌巍然，据湖山之胜。夫岳阳为纯阳三过之所，宋滕子京重修之，范文正公作记，苏子美书，邵辣篆额。当其盛时，仙灵之所往来，贤士大夫所歌咏，今皆为荒榛蔓草颓垣，文墨之士无论矣。纯阳有仙术，亦不能留其所爱。武穆蹇蹇，雄罹于罗，徒以忠义之性，结于人心，而遗迹独存。然则人之不死，固自有道矣。在巴陵阻风五日，所谓"阴风怒号，浊浪排空，薄暮冥冥，虎啸猿啼"者，吾又见之焉。

北出泾河口，入岷江。西北一望，荆襄、汉沔，沃野千里，似燕赵两河之间，洋洋乎大国之风也。江南岸为临湘、嘉鱼、蒲圻之境，连延皆山。赤壁在嘉鱼，雄峙江浒，其上有祭风台，昔苏子瞻赋赤壁于黄州，武昌之下游也。考之史云，刘备居樊口，进兵逆操，遇于赤壁，则当在武昌上游。又操败后走华容，今嘉鱼与华容近，而黄州绝远，然则周郎赤壁，断在嘉鱼无疑也。北至荆口，两山对峙，东曰惊矶，西曰大军。惊矶有达摩亭，乃折苇渡江之所。北曰沔口，沔水又名沧浪，灵均遇渔父于此。沔口之北,西曰汉口,汉阳府也。东曰夏口,武昌府也。墉山为城,堑江为池。武昌城内包三山,汉阳城内有两湖。黄鹤楼与晴川阁,距两城之上,相望也。汉阳城外有大别山,下有锁穴,乃孙吴锁江之处。予尝登大别之巅以望三楚,荆衡连镇,江汉朝宗,远水动蜀,高树浮秦,水陆之冲,舟车辐辏,百货所聚,商贾云屯。其山川之雄壮,民物之繁华,南北两京而外,无过于此。然沱、潜、汉、沔之间,潇、湘、沅、澧之际,江漂湖汇,民多水患。盗贼乘之,楚俗慓轻,鲜思积聚,山薮水洳,流民鸠处。其人率呰窳,庞杂而难治,亦可虑也。北入孝感应山,山接九宗,泽连云梦,峰高野阔,气势沉雄。北出武胜关,崇山峻岭,连延千里。右列方城,左拥穆陵,所谓“冥扼之塞”。《淮南子》云:山有九塞,此其一也。北至于信阳。信阳古申国,东邻息、申,息者,楚之北门也。又东邻蔡,昔桓公侵蔡,蔡溃,遂伐楚,非上策也。由蔡至郢,崇山大小,不可胜计。所谓“方城为城,汉水为池,无所用众”,非虚语也。能伐楚者莫如秦。出武关,下汉川,则撤荆襄之藩篱;出三峡,下夷陵,则扼鄂岳之要害。故秦并六国,亦地势然也。

　　北过确山,至遂平。有楂桠山。唐李观及吴元济战于此。北至西平,有潕水,昔光武败王寻于昆阳,多杀士卒,潕水不流,即此也。北至于叶县,为沈诸梁之封邑。其北有黄城山,下有沮溺故里,子路问津处也。北渡汝水,至襄城。其南有首山,汝、蔡、颍、许之际,平畴沃衍,而首山雄峙其中。史称天下名山八,三在夷狄,五在中国,皆黄帝所尝游,首山其一也。昔黄帝问道于崆峒,遂游襄城。登具次,访大隗,崆峒在郏鄏,而具茨在新郑,与首山相望也。襄城郑氾地,周襄王出居于此。西至禹州,大禹之封邑。北至告城,古阳城地也。临颍水,面箕山,负嵩岳,左成皋,右伊阙,崇山四塞,清流潆洄。其高平处,有周公测影台,巨石矼立,高可七尺,下方五尺,上方三尺,《周礼》大司徒以土圭之法测土,深正日影,以求地中,日南影短,日北影长,日至之影,尺有五寸,即此也。北至登封,介嵩山、太少二室之间。太室之巅,栉比若城垣;少室之峰,直起若台观。虽无岱宗、衡华之高奇,而气象雍容,神彩秀朗,有如王者宅居中正,端冕垂绅,以朝万国,不大声色,而德意自远。中岳庙在太室之南,少林寺在少室之北。群峰围绕,界隔尘寰,水石清幽,灵区独辟。时值深秋,白云红叶,翠柏黄花,点缀岩岫,天然图画。岳阳、黄鹤,极江湖之浩渺;灵隐、少林,尽山岳之奇丽。睡常入梦,醒犹在目,非笔舌所能传也。在寺中问达摩遗迹,僧云:"寺西四五里,深山之中,有古石洞,乃九年面壁之处。"至今洞中犹有达摩影,而予未之见也。出嵩山,渡洛水,至偃师,道中见田横、许远之墓。北有缑山,子晋升仙之所也。北上北邙,望见洛阳。昔孟坚《两都》、平子《二京》诸赋,道洛阳之形胜甚悉,而予未暇观,至今犹耿耿焉。由孟津渡河至孟县,孟县者,河阳也,周襄王狩于此。北渡沁水,上太行。太行之上,首起河内,尾抵蓟辽,碣石、恒山、析城、王屋,皆太行也。修坂造云,崇冈碍日,路皆青石,镜光油滑,实天下之至险。登太行而四望,九州之区,可以历指。秦晋蔽山,吴越阻水,青齐负海,燕赵沿边,中原平土,正在三河。周、鲁、宋、卫、陈、郑、蔡、许、邓、宿、杞、郏、沈、虞、邢、虢,《春秋》所书诸国,以及夏、殷、东汉、北宋、五代梁唐之故都,皆在于此。总挽九州,阃阈华夏,土田肥美,物产茂实,所谓天下之中也,地之腹也。阴阳之所会,风雨之所和也。过太行而北,则吾山西境矣。

总而计之,天下大势,水归二漕,山分三干。河出昆仑,江源岷蜀,始于西极,入于东溟。大河以北,水皆南流。大江以南,水皆北注。汉南入江,淮北入河。虽名四渎,犹之二也。太行九边,西接玉门,东抵朝鲜,是为北干;五岭衡巫,西接峨嵋,东抵会稽,是为南干;岷、嶓、华、嵩,是为中干。岱宗特起,不与嵩连,亦中干也。北方水位,故燕秦、三晋之山,色黑而陂陀若波。东方木也,故齐鲁、吴越之山,色青而森秀若林。楚南、闽粤,峰尖而土赤。粤西黔蜀,石白而形方。天有五行,五方应之。江性宽缓,河流湍急。焦白鄱红,洞庭澄清,其大较也。

斯行也,四海滨其三,九州历其七,五岳睹其四,四渎见其全。帝王之所都,圣贤之所处,通都大邑,民物之所聚,山川险塞,英雄之所争,古迹名胜,文人学士之所歌咏,多见之焉。独所谓魁奇磊落潜修独行之士,或伏处山巅水湄,溷迹渔樵负贩之中,而予概未之见,岂造物者未之生耶？抑吾未之遇耶？抑虽遇之而不识耶？吾憾焉。然苟吾心之善取，则于山见仁者之静，于水见知者之动。其突兀汹涌，如睹勇士之叱咤；其沦涟娟秀，如睹淑人君子之温文也。然则谓吾日遇其人焉可也。抑又思之，天地之化，阴阳而已。独阴不生，独阳不成。故大漠之北不毛，而交广以南多水。文明发生，独此震旦之区而已。北走胡而南走越，三月而可至；昆仑至东海，半年之程耳。由此言之，大块亦甚小也。吾以二月出都，河北之地，草芽未生。至吴而花开，至越而花落，入楚而栽秧，至粤而食稻。粤西返棹，秋老天高。至河南而木叶尽脱，归山右而雨雪载涂。转盼之间，四序还周。由此言之，古今亦甚暂也。心不自得，而求适于外，故风景胜而生乐；性不自定，而寄生于形，故时物过而生悲。乐宁有几，而悲无穷期焉，吾疑吾之自立于天地者无具也。宋景濂曰：古之人如曾参、原宪，终身陋室，蓬蒿没户，而志意充然，有若囊括于天地者。何也？毋亦有得于山水之外者乎？孟子曰："万物皆备于我矣。"老子曰："不出户，知天下。"非虚言也。为地所囿，斯山川有畛域；为形所拘，斯见闻有阻碍。果其心与物化，而性与天通，则天地之所以高深，人物之所以荣悴，山河之所以流峙，有若烛照而数计焉。生风云于胸臆，呈海岳于窗几，不必耳接之而后闻，目触之而后见也。然则自兹以往，吾可以不游矣。然而吾乃无时不游也已。

　　张山来曰：浩浩落落，万有一千余言，就其登涉所至，随笔点染铺叙，绮丽芊绵，亦复激昂慷慨，适足以囊括宇宙，开拓心胸。真千古奇文、至文、妙文，不得仅赏其模山范水已也。

卷十八

圣 师 录 　　　　王　言慎旃

子舆氏言：人之所以异于禽兽，以其存心。而禽兽之中，乃有麒麟、凤凰，不践生草，不食生虫，酋耳但食残暴之虎，獬豸惟触不直之人，乌能反哺，羊有跪乳，其存心皆可以为朝廷旌仁孝而扬德威。他如蟹至期而输稻，蜂轮值而卫王，唐明皇之象不肯为禄山作舞，昭宗之猿不肯为朱温起居，宋少帝之白鹇殉帝于海，是物知有君臣也；莺哀其子而肠断，猿抱母皮而死，是物知有父子也；平章之鸽死殉其雄，郡佐之鹅克和其配，汾水之旁有雁丘，盐城之湖有烈鸯，是物知有夫妇也；横空之鹳代鹊杀蛇，北平王氏之猫，能哺他子，是物知有同类也；陇山之鹦鹉思上皇，襄阳之燕殉王女，孙中舍之犬负米，姚生之马鸣冤，陈州之鹤伴老，鹤州之骡逸归，是物知忠于所事也；熊分果以饷堕坎之人，虎弭耳而舍抱哭之母，猓然性爱其类，杀其一而致百亡，鱼伤醫触之儿，身亦触石而死，是物知有仁义也；翁媪之猴，日守待葬，侯家之鹿，断角以殉，至放生之鳖，释命之鸡，俱能图报救死之德，是物知感恩也；洪店奔牛，悲鸣而诉王臻之诬杀，夹道蝌蚪，昂首而诉商仆之戕生，是物知贤守令也。然则物何异于人哉？微独无异，抑恐世之不若者众矣。家公向欲汇集一帙，为《圣师录》，本诸杨子"圣人师万物"句，因病不果，予小子闲阅往籍，窃取其义而识之，博物君子得无责其不备耶？

白　鹇

厓山之败，陆秀夫抱祥兴帝与俱赴水。时御舟一白鹇，奋击哀鸣，与笼坠水中死。

鹤

陈州倅卢某,蓄二鹤,甚驯。一创死,一哀鸣不食,卢勉饲之,乃就食。一旦,鸣绕卢侧,卢曰:"尔欲去,不尔羁也。"鹤振翮云际,数四徊翔乃去。卢老病无子,后三年,归卧黄蒲溪上。晚秋萧索,曳杖林间。忽有一鹤盘空,鸣声凄断,卢仰祝曰:"若非我陈州侣耶?果尔,即当下。"鹤竟投入怀中,以喙牵衣,旋舞不释,遂引之归。后卢殁,鹤亦不食死,家人瘗之墓左。

雁

元裕之好问,于金泰和乙丑,赴试并州。道逢捕雁者,捕得二雁,一死,一脱网去。其脱网者,空中盘旋哀鸣,亦投地死。裕之遂以金赎得二雁,瘗汾水旁,垒石为识,号曰"雁丘"。

顾敬亭稼圃旁,有罗者得一雁,铩其羽,絷其足,立之汀畔以为媒。每见云中飞者,必昂首仰视。一日,其偶者见而下之,特然如土委地,交颈哀鸣,血尽而死。

正德间有张姓者获一雁,置于中庭。明年,有雁自天鸣,庭雁和之。久而天雁自下,彼此以头绞死于楼前,因名楼曰"双雁楼"。

王一槐教谕铜陵,有民舍除夜燎烟,辟除不祥。一雁偶为烟触而下,其家以为不祥也,烹之。明日,一雁飞鸣屋顶,数日,亦堕而死。

燕

襄阳卫敬瑜早丧,其妻,霸陵王整妹也,年十六,父母舅姑咸欲嫁之,誓不许,截耳置盘中为誓,乃止。户有燕巢,常双来去,后忽孤飞,女感之,谓曰:"能如我乎?"因以缕志其足。明年复来,孤飞如故,犹带前缕。女作诗曰:"昔年无偶去,今春犹独归。故人恩既重,不忍复双飞。"自尔春来秋去,凡六七年。后复来,女已死,燕绕舍哀鸣。人告之葬处,即飞就墓,哀鸣不食而死。人因瘗之于旁,号曰"燕冢"。

元贞二年,燕人柳汤佐家,双燕巢梁。一夕,家人持火照蝎,其雄惊坠,猫食之,雌朝夕悲鸣,哺雏成翼而去。明年,雌独来,人视巢有二卵,疑其更偶。徐伺之,则二壳耳,春秋去来,凡六载皆然。

夏氏子见梁间双燕,戏弹之,其雄死,雌者悲鸣逾时,自投于河,亦死,时人作《烈燕歌》。

郁七家有燕将雏,巢久忽毁。邻燕成群衔泥,去来如织,顷刻巢复成。明日,遂育数雏巢中,乃知事急燕来助力者。

鹦鹉

宋高宗时,陇山人进能言鹦鹉,高宗养之宫中。一日,问曰:"尔思乡否?"曰:"岂不思尔,思之何益?"帝遣中贵送还陇山。数年之后,使过其地,鹦鹉问曰:"上皇安否?"曰:"崩矣。"鹦鹉悲鸣不已。

关中商人,得能言鹦鹉于陇山,爱而食之甚勤。偶事下狱,归时叹恨不已。鹦鹉曰:"郎在狱数日,已不堪;鹦鹉遭闭累年,奈何?"商感而放之。后商同辈有过陇山者,鹦鹉必于林间问曰:"郎无恙否?幸寄声,幸寄声。"

李迈庵自记,自滇游回,有仆染瘴而死,仆携有二鹦鹉,流泪三日不休,亦死。

鹊

高邮有鹊,双栖于南楼之上,或弋其雄,雌独孤栖。旬余,有鹊一班,偕一雄与共巢,若媒诱之者。然竟日弗偶,遂皆飞去,孤者哀鸣不已。忽钻嘴入巢隙,悬足而死。时游者群客见之,无不嗟讶,称为烈鹊,而竞为诗歌吊之,复有烈鹊碑。

卫衙梓巢,鹊父死于弩。顷之,众拥一雄来,匹其母,母哀鸣百拒之。雄却尽啄杀其四雏,母益哀顿以死,群凶乃挟其雄逸去。

某氏园亭中,有古树,鹊巢其上,伏卵将雏。一日,二鹊徊翔屋上,悲鸣不已。顷之,有数鹊相向鸣,渐益近,百首皆向巢。忽数鹊对喙鸣,若相语状,飚去。少顷,一鹳横空来,阁阁有声,鹊亦尾其后。群鹊向而噪,若有所诉。鹳复作声,若允所请。瞥而上,捣巢,衔一赤蛇吞之,群鹊喧舞,若庆且谢者。盖鹊招鹳搏蛇相救也。

华亭董氏,庭前有虬松一株,枝干扶疏,亭亭如盖,有双鹊结巢其颠。后雄被弹死,其雌孑然独处,日夕哀鸣,越数日,亦死。

泰州盐场僧寺,楼窗外树上,有鹳巢焉,雌鹳伏卵其间。村民伺雌觅食,潜以鹅卵易之,鹳不知也。久之,雏破卵出,则鹅也,雄鹳讶其不类,谓雌与他禽合,怒而噪之,雌者亦鸣不已。既而雄者飞去,少顷,诸鹳群集,视其雏,咸向雌而噪,雌者无以自明,以喙钻墙隙死。吴嘉纪野人作诗纪其事。

黄　莺

有人取黄莺雏养于竹笼中,其雌雄接翼晓夜哀鸣于笼外,则更来哺之。人或在前,略无所畏。积数日不放出笼,其雄雌缭绕飞鸣,无从而入,一投火中,一触笼而死,剖腹视之,其肠寸断。

鸳　鸯

成化六年十月间,盐城天纵湖渔父,见鸳鸯甚多。一日,弋其雄者烹之,其雌者随棹飞鸣不去。渔父方启釜,即投沸汤中死。

鹊

大慈山之阳,有拱木,上有二鹊,各巢而生子。其母一为鸷鸟所搏,二子失母,其鸣啁啁。其一方哺子,见而怜之,赴而救之,即衔置一处,哺之若其子然。

鸽

江浙平章嶾嶾家,养二鸽,其雄毙于狸奴,家人以他雄配之,遂斗而死。谢子兰作《义鸽诗》吊之。

鹅

天宝末,德清沈朝家有鹅,育卵而肠出以死。其雏悲鸣不复食,啄败荐覆之。又衔刍草母前,若祭奠状,长吁数声而死。沈氏异而埋之,后人呼为孝鹅冢云。

汤邻初焕,佐郡江右。在任生女,及周,郡人馈以鹅,颈为盒担压折,折成之字,怜而畜之。后罢郡归,亲党又馈以鹅,乃缺一掌者,亦怜而畜之。一雌一雄,遂成配偶。雄曰"乌郎",雌曰"苍女",呼其名,即应声至。行则让缺掌者先,食则让折颈者先。畜至三十余年,迨汤夫人殁,二鹅哀号数昼夜,绝食,偕死于枢下。

常州陈四,畜黑白二鹅,两窠相并,各哺数雏。一日黑者死,众雏失怙悲鸣。白者每晨至其窠,呼雏与己雏同啄,晚必先领归窠,始引己雏入宿,人皆见而义之。

鸡

衢州里胥至贫民家督赋,民只有一哺鸡,拟烹之。胥恍忽见桑林间,有黄衣女子乞命,里胥惊恻。少间,见民持刀取哺鸡,意疑之,止勿杀。后再至,见鸡率群雏向前踊跃,有似相感之状。胥行百步遇虎,忽见鸡飞扑虎眼,胥因奔免。

象

唐明皇尝教象拜舞。天宝之乱,禄山大宴其曹,出象给之曰:"此象自南海奔来,知吾有天命,虽异类必拜舞。"左右命之拜,象皆努目昂首不肯拜。命之舞,努目敛足不肯舞。禄山怒,尽杀之。

上元中,华容县有象入庄家中庭卧,其足下有槎,人为出之,象乃伏。令人骑入深山,以鼻掊土,得象牙数十以报之。

元有驾象,明太祖登极,不肯拜跪,竟死殳下。

明广西有象,封定南公。吴三桂入桂,欲将象解京,象昂首直触,象奴百计劝勉,终不服。三桂大怒,刀矢不能伤,以火炮攻毙之。

鹿

银台侯广成家,放一鹿于尧峰。且数年,侯死,鹿跳踯断角,累日不食,亦死。山僧怜而葬之,碣曰义鹿冢。

熊

晋升平中,有人入山射鹿,忽堕一坎内,见熊子数头。须臾,有大熊人,瞪视此人,人谓必害己。良久,大熊出果分与诸子,末后作一分着此人。此人饥久,冒死取啖之,既而转狎习。每旦,熊母觅食还,辄分果,此人赖以支命。后熊子大,其母一一负将出。子既出尽,此人自分死坎中。乃熊母复还,入坐人边,人解其意,便抱熊足,熊即跳出,遂得不死。

虎

后汉人都区宝者,居父丧。邻人格虎,走趋其庐中,即以蓑衣覆藏之。邻人寻迹问,宝曰:"虎岂可有念,而藏之乎?"后此虎送禽兽至,若助祭然,宝由是知名。

上虞杨威,少失父,事母至孝。常与母入山采薪,为虎所逼,自计不能御,于是抱母,且号且行。虎见其情,遂弭耳去。

猿　猴

唐昭宗有猿,随班起居,赐以绯袍。朱梁篡位,取此猿令殿下起居。猿见全忠,径趋其所,跳跃奋击,遂令杀之。

吉州有捕猿,杀其母,以皮并其子卖之龙泉萧氏。示以母皮,抱之跳踯,遂毙。萧氏子为作《孝猿传》。

邓芝射中猿母,见猿子为拔箭,以木叶塞疮口,悲哀不已,为母吮血。芝遂投弩而叹曰:"山兽犹哀母,人可不如猿?吾不猎矣。"

咸熙中,有翁媪弄猴于瑞昌门外。一日媪死,翁葬之。未几翁死,无人葬。猴守之日久,人怜而葬之,咸称为义猴。

正德辛巳,有夫妇以弄猴为衣食者,十年矣,寓于嘉州之白塔山。主者死,葬于塔之左,猴日夜号。其妇更招一丐者为夫,猴举首揶揄之。妇弄猴使作技,猴伏地不为,鞭之辄奋叫。入夜,走主者之墓,抱土悲号,七日而死。

汪学使可受初尹金华,有丐者行山中,见群儿缚一小猴而虐之,丐者买而教之戏,日乞于市,得钱甚多。他丐忌且羡,因酒醉丐者,诱至空窑,椎杀于窑中。异日绳其猴,复使作戏,而汪公呵导声遽至,猴即啮断绳,突走公之前,作冤诉状。公遣人随而往,得尸窑中,亟捕他丐鞫问，伏法。阖邑骇而悼之，买棺焚丐者尸。烈焰方发，猴哀叫跃入，死矣。

牛

齐河县洪店，有盗杀人于王臻户前，众执臻，已诬服久矣。知县赵清过洪店，一牛奔清前，跪而悲鸣，若有所诉。清曰："谁氏之牛？"众曰："王臻牛也。"清曰："臻其有冤乎？"抵邑，即辩释臻父子。后鞫大盗王山，得其杀人状，齐河人称神明，作《义牛记》。

天长县民戴某，朝出，其妻牧牛于野，平昔豢犬随之。俄入草芥不出，戴妻牵牛寻之，未百步，见虎据丛而食犬。虎见人至，弃犬趋人，戴已为虎搏矣。牛见主有难，忿然而前，虎又释人而应牛。二物交加哮吼，虎张爪牙，牛以二角奔击，逾时，牛竟胜虎，戴乃得免。

嘉靖乙卯，胡抚镇贤统兵御倭，至临山，少憩树下。见屠儿将解一牛，一犊尚随乳，将利刃衔至车沟内，以蹄蹈没泥中，屠儿遍索不获。

犬

孙吴时，襄阳纪信纯一犬名乌龙，行住相随。一日，城外大醉，归家不及，卧草中。太守邓瑕出猎，纵火爇草，犬以口衔纯衣，不动。有溪相去三五十步，犬入水湿身，来卧处周回，以身湿之，火至湿处即灭。犬困乏，致毙于侧，信纯获免。醒见犬死毛湿，观火踪迹，因而痛哭。闻于太守，命具棺衾葬之，今纪南有义犬冢，高十余丈。

晋泰兴二年，吴人华隆，好弋猎，畜一犬，号曰的尾，每将自随。隆后至江边，被一大蛇围绕周身，犬遂咋蛇死焉，而华隆僵仆无所知矣。犬彷徨嗥吠，往复路间。家人怪其如此，因随犬往，隆闷绝委地。载归，二日乃苏。隆未苏之际，犬终不食。

太和中，杨生养狗，甚爱之。后生醉酒，行大泽，草中眠。时冬月野火起，风又猛，狗号呼，生不觉。前有一坑水，狗便走往水中，还以身洒生左右，草沾水得着地，火寻过去。他日又暗行，堕于空井中，狗呻吟彻晓，有人过，怪之，往视，见生在井。生曰："君可出我，当厚报君。"人曰:"以此狗相与,便当相出。"生曰:"此狗曾活我于已死,不得相与,余即无惜。"人曰:"若尔,便不相出。"狗因下头向井,生知其意,乃语人,以狗相与,人乃出之,系狗而去。后五日,狗夜走归。

袁粲值萧道成将革命,自以身受顾托,谋起义,遂遇害。有儿方数岁,乳母携投粲门生狄灵庆,庆曰:"吾闻出郎君者厚赏。"乳母号呼曰:"公昔有恩于汝,故冒难归汝。若杀郎君以求利,神明有知,行见汝族灭也。"儿竟死。儿存时,尝骑一大牻狗戏。死后年余,忽有狗入庆家,遇庆入庭,啮杀之,并其妻,即向所骑狗也。

饶州乐平民章华,元和初,尝养一犬,每樵采入山,犬必随。三年冬,比舍有王华者,同上山采柴,犬亦随之。忽有一虎榛中跃出,搏王华,盘踞于地,然犹未伤。章华叫喝且走,虎遂舍王华,来趁章华。既获,复坐之。时犬潜在深草,见章被衔,突出跃上虎头,咋虎之鼻。虎不意其来,惊惧而走,二人皆僵仆如沉醉者。其犬以鼻袭章口取气,即吐出涎水,如此数次,章稍苏。犬乃复以口袭王华之口,亦如前状。良久,王华能行,相引而起。犬惫,伏不能起,一夕而毙。

唐禁军大校齐琼,家畜良犬四,常畋回广囿,辄饲以粱肉。其一独填茹咽喉齿牙间以出,如隐丛薄,然后食。食已,则复至,齐窃异之。一日,令仆伺其所往,则北垣枯窦,有母存焉。老瘠疥秽,吐哺以饲,齐奇叹久之,乃命篚牝犬归,以败茵席之,余饼饵饱之。犬则摇尾俯首,若怀知感,尔后擒奸逐狡,指顾如飞将,扈猎驾前,必获丰赏。逾年牝死,犬加勤效。后齐卒,犬日夜嗥吠。越月,将有事于丘陇,则留犬以御奸盗。及悬棺之夕,犬独来,足踣土成坳,首叩棺见血。掩土未毕,犬亦至毙。

会稽张然滞役,有少妇无子,惟与一奴守舍,奴遂与妇通焉。然素养一犬,名乌龙,常以自随。后归,奴欲谋杀然,盛作饮食,妇曰:"与君当大别离,君可强啖。"奴已张弓拨矢,须然食毕。然涕泣不能食,以肉及饭掷狗,祝曰:"养汝经年,吾当将死,汝能救我否?"犬得食,不啖,惟注眼视奴。然拍膝大呼曰:"乌龙!"犬应声伤奴,奴失刀遂倒。狗咋其阴,然因取刀杀奴,以妻付县杀之。

五代南唐时,江州陈氏,族七百口,畜犬百余,共一牢而食,一犬不至,诸犬不食。

上党人卢言,尝见一犬羸瘦将死,悯而收养。一日醉寝,而邻火发,犬忙迫,乃上床于言首嗥吠。又衔衣拽之。言惊起,火已蓺其屋柱,突烟而出,始得免。

扶风县西有大和寺,在高冈之上,其下有龛,豁若堂,中有贫者赵叟家焉。叟无妻儿,病足伛偻,常策杖行邑里中。人哀其老病,且穷无所归,率给以食。叟既得食,常先聚群犬以食之。后岁余,叟病寒,卧于龛中。时大雪无衣,裸形俯地,且战且呻。其群犬俱集于叟前,摇尾而嗥。已而,环其衽席,竞以身蔽叟体,由是寒少解。后旬余,竟以寒死其龛中。犬皆哀鸣,昼夜不歇,数日方去。

杨光远叛于青州,有孙中舍居围城中,族在西州别墅。城闭久,食尽,举家愁叹,犬彷徨其侧,似有忧思。中舍因嘱曰:“尔能为我至庄取米耶?”犬摇尾若应状。至夜,置一布囊,并简系犬背上,犬由水窦出。至庄鸣吠,居者开门,识其犬,取简视之,令负米还。如此数月,以至城开。孙氏阖门,赖以不馁,愈爱畜此犬。后数年毙,葬于别墅。至其孙彭年,语龙图赵师民,刻石表其墓,曰《灵犬志》。

淳熙中,王日就,字成德,分水县人。少负侠气,夜猎,从骑四出,有畜犬,呜呜衔衣,捶之不却,且道且前,怪之,亟随以归。明日,复视其处,虎迹纵横。叹曰:“犬,人畜也,犹知爱主,吾奉父母遗体,不自爱,可乎?”遂散其徒读书。

湖州颜氏,夫妇出佣,留五岁女守家,溺门前池内。家有畜犬,入水负至岸,复狂奔至佣主家作呼导状。颜惊骇归家,见女伏地,奄奄气息,急救乃苏。

滁州一寺僧,被盗杀死,徒往报官,畜犬尾其后。至一酒肆中,盗方群聚纵饮,犬忽奔噬盗足,众以为异,执之到官,讯服。

沈处士恒吉尝畜一金丝犬,长不过尺,甚驯,处士日宴客,犬必卧几下。后三载,处士病,犬即不食。数日,处士卒,殓于正寝,犬盘旋而号,竟夕方罢。停枢者期年,犬日夜卧其侧,将葬,遂一触而毙。

刘钊,铁岭卫人,畜一犬,出入必从。钊常以马负薪山中,犬亦从。一日,犬忽独归向钊子国勋鸣跃不已,勋异之,随其所往,见钊为盗所杀,弃尸石间,取其马去;勋为营葬毕,人皆罢归。犬独守冢不去,日夜悲泣,泪湿草土,数日抉土及棺,死棺旁。

淮安城中民家有母犬,烹而食之,其三子犬,各衔母骨抱土埋之,伏地悲鸣不绝。里人见而异之,共传为孝犬。

常州芮氏,家贫,日饲犬以糠秕。其邻为富室姚氏,犬多余食,所限仅一小竹篱。姚犬每向篱窦,低声摇尾,若招呼状。芮犬蟠曲卧地,惟昂首相应,绝不过食其余粒,如是以为常。

马

秦叔宝所乘马,号忽雷驳,常饮以酒。每于月明中试,能竖越三领黑毡。及胡公卒,嘶鸣不食而死。

伪蜀渠阳邻山,有富民王行思,尝养一马,甚爱之,饲秣甚于他马。一日,乘往本郡,遇夏潦暴涨,舟子先渡马,回舟以迎行思。至中流,风起船覆,其马自岸奔入骇浪接其主,苍茫之中,遽免沉溺。

毕再遇,兖州将家也。开禧中用兵,累有功,金人认其旗帜即避之。后居于雪,有战马号黑大虫,骏驵异常,独主翁能御之。再遇死,其家以铁缏羁之圈中。适遇岳祠迎神,闻金鼓声,意谓赴敌,马嘶,奋迅断缏而出。其家虑伤人,命健卒十人挽之而归。因好言戒之云:"将军已死,汝莫生事累我家。"马耸耳以听,汪然出涕,暗哑长鸣数声而毙。

龙泉县有白马墓,即开国勋臣胡公深所乘之桃花马也。公以征陈友定,遇害,其马驰归门外,悲嘶殒绝。夫人义之,因葬焉,号为白马墓。

天顺中,吴之嘉定姚生,素心险异,尝构怨于母弟陆某。陆充粮长,乘马自本都夜归,姚候至中途无人,操刀伏于桥下。马亦觉之,至桥,踯躅不进,陆加鞭楚,马始进,而已杀桥下矣。是夜,月暗更幽,寂无知者。马逸归,对陆妻惊嘶不已,若有诉状。妻知夫必死非命,持灯尾马后,至一旷野,夫果死焉。妻又谓马曰:"吾夫尸虽得,然正犯不得,何以雪冤?"马即前行,首撞姚门。见姚,啮之蹴之,其妻执以闻官,乃弃姚市。

孙办事家,有马生驹,甚奇。令牡交其母以传种,子母俱不肯,乃涂其身以泥而交焉。及洗出本色,母子皆跳躅以死,人号为烈马云。

流寇破河内,县尹丁运泰骂贼被磔。所乘马,贼骑以入县,至堂下,大嘶人立,狂逸不可制,竟触墙死。

和硕亲王有良马,曰"克勒",犹汉言"枣骝马"也。高七尺,自首至尾,长可丈有咫,耳际肉角寸许,腹下旋毛,若鳞甲然。翘骏倍常,识者谓是龙种,王甚爱之。王薨,马蹢躅哀鸣,未几随毙。

骡

明末张贼破蜀城,蜀藩率其子女宫人投井死。王所乘白骡,踯躅其旁,亦跳入殉焉。后樵苏者当阴雨瞑晦时,于蜀宫故址,往往见白骡出没蔓草间。

张行人鹤洲,讼系西曹,以常所乘骡抵逋于人,骡悲鸣不食。一日,堕其新主,自逸归。王西樵吏部与张同患难,目击其事,感之,作《义骡行》。

羊

邠州屠者安姓家,有牝羊并羔。一日欲刲其母,缚上架之次,其羔忽向安前双跪前膝,两目涕零。安惊异良久,遂致刀于地,去呼童稚,共事刲宰。及回,遽失刀,乃为羔子衔之,致墙根下,而卧其上。屠遍索方觉,遂并释之,放生焉。

猫

唐时北平王家猫,有生子同日者,其一死焉。有二子饮于死母,母且死,其鸣咿咿,其一方乳己子,若闻之。起而听,走而救,衔其一置于其栖。又往如之,反而乳之,若己子然。

姑苏齐门外陆墓,一小民负官租出避,家独一猫,催租者持去,卖之阊门铺商。忽小民过其地,跃入怀,为铺中所夺,辄悲鸣,顾视不已。至夜,衔一绫帨,内有金五两余,投之而去。

仁　鱼

海中有仁鱼,尝负一小儿登岸,偶以鬐触伤儿,儿死,鱼不胜悲痛,亦触石死。

鳖

宋傅庆中,家得一大鳖,其婢不忍杀,放之沟中。年余,后婢有病,将卒,夜有大鳖被泥登婢胸冰之,遂愈。

黄德璘家人烹鳖,将箸笠覆其釜。揭见鳖仰把其笠,背皆蒸烂,然头足犹能伸缩,家人愍之,潜放河泾间。后因患热,将殛,德璘徙于河边屋中将养。夜有一物,徐徐上身,觉其冷。及曙,能视,胸臆悉涂淤泥,其鳖在土间,三曳三顾而去,即日病瘥。

蟹

松江干山人沈宗正,每深秋设簖于塘,取蟹入馔。一日,见二三蟹相附而起,近视之,一蟹八腕皆脱,不能行,二蟹舁以过簖。沈叹其义,遂命折簖,终身不复食蟹。

蝌　蚪

绍兴郡丞张公佐治,擢金华守。去郡,至一处,见蝌蚪无数,夹道鸣噪,皆昂首若有诉。异之,下舆步视,而蝌蚪皆跳踯为前导,至田间,三尸叠焉。公有力,手挈二尸起,其下一尸微动,汤灌之,逡巡间复活,曰:"我商也,道见二人肩两筐适市,皆蝌蚪也,意伤之,购以放生。二人复曰:'此皆浅水,虽放,人必复获。前有清渊,乃放生池也。'我从之至此。不虞挥斧,遂被害。二仆随后尚远,有腰缠,必诱至此,并杀而夺金也。"丞命急捕之,人金皆得,以属其守石公昆玉,一讯皆吐实抵死,腰缠归商。

蜂

正德间,镇江北固山下,有群蜂拥王出游,遇鸷鸟攫杀之,群蜂环守不去，数日俱死。杨邃庵相公一清，令家伻瘗焉。表其上曰"义蜂"，亲作文祭之。

太仓张用良，素恶胡蜂螫人，见即扑杀之。尝见一飞虫，投于蛛网，蛛束缚之甚急。忽一蜂来螫蛛，蛛避，蜂数含水湿虫，久之得脱去。因感蜂义，自是不复杀蜂。

　　张山来曰：佛氏谓蠢动含灵，皆有佛性。今读此录，不其然欤？

海 天 行 记　　　　　　　钮 琇玉樵

海忠介公之孙述祖，倜傥负奇气。适逢中原多故，遂不屑事举子业，慨焉有乘桴之想。斥其千金家产，治一大舶。其舶首尾长二十八丈，以象宿；房分六十四口，以象卦；篷张二十四叶，以象气；桅高二十五丈，曰擎天柱，上为二斗，以象日月。治之三年乃成，自谓独出奇制，以此乘长风破万里浪，无难也。濒海贾客三十八人，赁其舟，载货互市海外诸国，以述祖主之。

崇祯壬午二月，扬帆出洋。行至薄暮，飓风陡作，雪浪粘天，蛟螭之属，腾绕左右。舵师失色，随风飘至一处，昏霾莫辨何地。须臾，云开风定，遥见六七官人，高冠大带，拱立水次；侍从百辈，状貌丑怪，皆鱼鳞银甲，拥巨鳌之剑，荷长须之戟，秉炬张灯，若有所伺。不觉舟忽抵岸，官人各喜，跃上舟环视曰："是可用已。"即问船主为谁，述祖不解其意，匆遽声诺。诘朝，呼述祖同入见王。约行三里许，夹道皎如玉山，无纤毫尘土。至一阙门，门有二黄龙守之。周遭垣墙，悉以水晶叠成，光明映彻，可鉴毛发。述祖私念曰："此殆龙宫也。"又逾门三重，方及大殿。其制与人间帝王之居相似，而辉煌巇嶪，广设千人之馔，高容十丈之旗，不足言矣。王甫升殿，首以红巾围两肉角，衣黄绣袍，髯长垂腹。众官进奏曰："前文下所司取二舟，久不见至。今有自来一舟，敢以闻。"王曰："旧例二舟陈设贡物，今少一，奈何？"众曰："贡期已迫，臣等细阅此舟，制度暗合浑仪，以达天衢，允宜利涉。且复宽大新洁，若将贡物摒挡，俟到王宫，以次陈设，似无不可。"王允奏曰："徙其凡货凡人，涤以符水，速行勿迟。"众唯唯下殿，仍回至舟，将人货尽押上岸，置之宫西琅玕池内。唯述祖不肯前，私问曰："贡将焉往?"众曰："贡上天耳。"述祖曰："述祖虽炎陬贱民，而志切云霄，常恨羽翼未生，九阊难叩。幸遘奇缘，亦愿随往。"众曰："汝浊世凡人也，去则恐犯天令，不可。"中有一官曰："汝可具所生年月日时来。"述祖亟书以进，官与众言："此人命有天禄，且系忠直之裔，姑许之。"

　　俄顷，异贡物者数百人，络绎而至。赍贡官先以符水遍洒舟中，然后奉金叶表文，供之中楼。次有押贡官二员，将诸宝物安顿。述祖私窥贡单，内开赤珊瑚林一座，大小共五十株；黄珊瑚林一座，大小共七十株，高者俱一丈四五尺；夜光珠一百颗，火齐珠二百颗，圆大一寸五分；鲛绡五百匹，灵梭锦五百匹；碧瑟瑟二十斛；红靺鞨二十斛；玻璃镜一百具，圆广三尺，各重四十斤；玉屑一千斗；金浆一百器；五色石一万方。其他殊名异品，不能悉记。安顿已毕，大伐鼍鼓三通，乃始启行。逆风而上，两巨鱼夹舟若飞，白波摇漾，练静镜平，路无坦险，时无昼夜。中途石壁千仞，截流而立，其上金书"天人河海分界"六大字。众指示述祖曰："昔张骞乘槎，未能过此。今汝得远泛银潢，岂非盛事。"述祖俯首称谢。食顷之间，咸云："南天关在望矣。"

　　既而及关，赍贡官、押贡官各整朝服，异宝诸役，俱易赭色长衣，亦令述祖衣之，登岸陈设。足之所履，皆软金地，间以瑶石嵌成异彩。仰视琼阙璇堂，绛楼碧阁，俱在飘渺之中，若近若远，不可测量。门下天卿四员，冕笏传旨：令赍贡官入昊天门，于神霄殿前进表行礼。述祖及众役叩首门外，惟闻乐音缭绕，香气氤氲，飘忽不断而已。随有星冠岳帔者二人，为接贡官，察收贡物，引押贡官亦入行礼毕。玉音宣问南方民事，北方兵象，语甚繁，不尽述。各赐宴于恬波馆，谢恩而出。

　　于是集众登舟，述祖假寐片时，恍忽不知几千万里，已还故处。因启领所押货物，与同行诸人。王下令曰："述祖一舟，曾入天界，不可复归人寰。众伴在池，宜令一见。"则三十八人，俱化为鱼，唯首未变。述祖大怵，前取舟官引至一室，慰谕之曰："汝同行人，命应皆葬鱼腹，其得身为鱼，幸也。汝以假舟之故，贷汝一死，尚何悲哉！候有

闽船过此，当俾汝归。"日给饮食如常。居久之，忽有报者曰："闽船已
到。"王召见，赐白黑珠一囊，曰："以此偿造舟之价。"命小艇送附闽
船，抵琼山还家，壬午之十二月也。

　　家人畚闻覆溺之信，设主发丧。乍见述祖，惊喜逾望。述祖亦不
言所以，但云狂风败舟，幸凭擎天柱遇救得免。次年入广州，出囊中
珠，鬻于番贾，获赀无算，买田终老。康熙丙子，粤僧方趾麟亲访述
祖，具得其详。时述祖年已九十六，貌如五十岁人。

　　张山来曰：若非有年月姓名，便如读《太平广记》矣。

　　先君尝疑李贺《白玉楼记》，谓九州万国语言文字，各不相
同。今观此，则上天果与中华同矣。余谓长吉事属荒唐，今读此
文，则是实有其事。但不识所谓"天人河海分界"六大字，以及贡
单所列，为篆乎？为楷乎？为中国文字乎？为各国文字乎？真
不可晓。

卷十九

七奇图说　　　　　　　　　南怀仁

上古制造弘工,纪载有七,所谓天下七奇者是也。巴必鸾城;铜人巨像;尖形高台;茅索禄王茔墓;供月祠庙;木星人形;法罗海岛高台。公乐场附;海舶附。

一、亚细亚洲巴必鸾城。瑟弥辣米德王后,创造京都城池。形势矩方,每方长五十里,周围计二百里。城门共一百处,门皆以净铜为之。城高十九丈,阔厚四丈八尺,以美石砌成。城楼上有园囿树木诸景,引接山水,涌流如小河然。造工者每日三十万人。

二、铜人巨像。乐德海岛铜铸一人,高三十丈,安置海口。其手指一人不能围抱,两足踏两石台,跨下高广,能容大舶经过。左手持灯,夜则点照,引海舶认识港口,以便丛泊。铜人内空,从足至手,有螺旋梯升上点灯,造工者每日千余人,凡十二年乃成。

三、利未亚洲厄日多国孟斐府尖形高台。多禄茂王所建。地基矩方,每方一里,周围四里。台高二百五十级,每级宽二丈八尺五寸,高二尺五寸,顶上宽容五十人。造工者每日三十六万人。

四、亚细亚洲嘉略省茅索禄王茔墓。亚尔德弥细亚王后,追念其夫王,建造茔墓。下层矩方,四面各有贵美石柱二十六株。穿廊圆拱,各宽七丈余。内有石梯至顶,顶上铜辇一乘,铜马二匹,茅索禄王像一尊。其奇异,一制度,二崇高,三精工,四质料纯细,白石筑造。将毕,王后忆念其夫王,怅闷而殂。

五、亚细亚洲厄佛俗府供月祠庙。宏丽奇巧,基址建在湖中,以免地震摧倒。高四十四丈,宽二十一丈。内有细白石柱,凡一百五十七株,各高约七丈。庙内多细石绝巧人像。庙外四面各有桥,以通四门。桥最宽阔,以细白石为之。正门前,安置美石精工神像。筑工者至二百二十年乃成。

六、欧逻巴洲亚嘉亚省供木星人形。斐第亚,天下名工。取山中一最坚大石,雕刻木星人形。身体弘大,工精细巧,安坐庙中。时有讥笑者语工师曰:"设此宏大之躯起立,宁不冲破庙宇乎?"工师答曰:"我已安置之,万不能起立。"

七、法罗海岛高台。厄日多国多禄茂王建造。崇隆无际,高台基址,起自丘山,以细白石筑成。顶上多置火炬,夜照海艘,以便认识港涯丛泊。

古时七奇之外,欧逻巴洲意大理亚国罗玛府营建公乐场一埏。体势椭圆,周围楼房异式四层,高二十二丈余,俱以美石筑成。空场之径,七十六丈。楼房下有畜养种种猛兽诸穴。于公乐之时,即出猛兽,在场相斗。观者坐,团圆台级,层层相接,高出数丈,能容八万七千人座位。其间各有行走道路,不相逼碍。此场自一千六百年来,至今现存。

海舶百种不止,约有三等。小者仅容数十人,用以传书信,不以载物。其腹空虚,自上达下,惟留一孔,四围点水不漏。下镇以石,一遇风涛,不习水者,尽入舟腹,密闭其孔,涂以沥青,使水不进。操舟者缚其身于樯桅,任水飘荡,其腹空虚,永不沉溺。船底有镇石,亦不翻覆。俟浪平,舟人自解缚,万无一失,一日可行千里。中者容数百人,自小西洋以达广东,则用此舶。其大者,上下八层,高约八丈。最下一层,镇以沙石千余石,使舶不倾侧震荡。二三层载货与食用之物。海中得淡水最艰,须装千余大桶,以足千人一年之用,他物称是。上近地平板一层,中下人居之,或装细软切用等物。地平板外,则虚百步,为扬帆习武游戏之地。前后各建屋四层,为尊贵者之居。中有甬道,可通头尾。尾建水阁,可纳凉,以待贵者游息。舶两旁列大铳数十门,其铁弹有三十余斤重者。上下前后,有风帆十余道。桅之大者,二十丈,周一丈二尺,帆阔八丈,约需白布二千四百丈为之。铁锚重六千三百五十余斤,其缆绳周二尺五寸,重一万四千三百余斤。水手二三百人,将卒铳士三四百人,客商数百。有舶总管贵官一员,是西国国王所命,以掌一舶之事,有赏罚生杀之权。又有舶师三人,通天文二士。舶师专掌候风使帆,整理器用,吹号头,指使夫役,探试浅水礁石,以定趋避。通天文士专掌窥测天文,昼测日,夜测星,用海图量取度数,以识险易,知里道。又有官医,主一舶疾病。有市肆贸易食物。大舶不畏风浪,独畏山礁浅沙,又畏火,舶上火禁极严,千人之命攸系。其起程但候风色,不选择日时,亦未尝有大失。若多舶同走,大者先行引路,舶后尾楼,夜点灯笼照视。灯笼周二丈四尺,高一丈二尺,皆玻璃板凑成。行海昼夜无停,有山岛可记者,指山岛行。至大洋中,万里无山岛,则用罗经以审方。审方之法,全在海图量取度数,即知舶行至某处,离某处若干里,了如指掌。

张山来曰:极西巧思独绝,然吾儒正以中庸为佳,无事矜奇斗巧也。

讱庵偶笔　　　　新安　汪□□□

孝感县一妇,不孝于姑,雷下击之,妇急以血裤蒙头,雷为所厌,欻然坠地,形如鹰而稍大。其家以香汤沐浴之,奉于香火座上,雷仍自褫其翅羽。其家又为作法事,一旦,风雨飞腾而去。此妇自以为得计,每出入必挟血片自随。一日,河边漂衣,天无纤云,忽闻雷轰,妇已毙矣。

张山来曰:鬼神之属,类恶污秽,污秽之取恶固宜。但往往偶一相值,即不能运其威灵,诚不可解。我若为雷神,则以柳下惠尔焉浼我之度量,效皋陶执之而已之用法,并行不悖,亦何不可。

康熙癸丑,上海县有人以假银买猪三十六头,又有他人以钱四百托买一头,同载入舟。俄而疾雷揭篷轰击,三十六头一时皆毙,独一头无恙,则用钱所买者也。卖猪人以假银买货,为人所执,讼之于县。县官诘之,供云:“实系卖猪得来,非某假造。”官问:“汝识其人乎?”曰:“买猪人虽识其貌,不识其住处,而载猪之船,现在郎家桥。”于是押同舟子物色其人,果获之,县官痛责枷示焉。

　　张山来曰：雷所击者，不孝与用铜为多，而光棍不与焉，则何也？吾非谓不孝与用铜不当击，只以光棍为更当击耳。雷之不及光棍，殆亦畏之耶？抑多而不胜击耶？

　　高怀中，业鳝面于扬州小东门，日杀鳝数千。一婢悯之，每夜分，窃缸中鳝，从后窗抛入河，如是积年。一日，面店被焚，婢踉跄逃出，为火所伤，困卧河滨，夜深睡去。比醒而痛减，火疮尽愈。视之，有河中污泥堆于疮处，而地有鳝行迹，始知向者所放生来救之也。按医书，河底泥能涂汤火伤。高感其异，遂为罢业。及拆锅，下有洞穴，生鳝数石盘其中，尽举而纵之河。

　　上海朱锦，初投潘尚书为家人，后其子游泮，入谢于公。潘曰："汝子已系朝廷士子，可以门生礼见，勿复作主仆观也。"即检其靠身文书还之。朱不胜感激曰："荷洪恩，须当报效，庶慊微心耳。"潘曰："我富贵已足，何赖于汝？"朱恳请不已，潘沉吟再四，乃曰："现今文庙圮坏，汝能修葺，贤于报我远矣。"朱即独力营缮，颇称华焕。此事已过百余年，人亦无有忆及之者。顺治己亥科，会元朱锦，亦上海人，官翰苑，至康熙壬子殁。临卒时，文庙正梁年久朽坏，亦以是刻崩殒。视其建造之姓名，即朱锦也。始知会元乃其后身，事详《上海志》。又缙云郑赓唐，天启丁卯孝廉，亦以儒学为兵火所毁，躬自督造，晨夕不辍。其子惟飏、载飏，相继登进士。今人惟知崇饰寺观，以希冥福，而于幼所诵法之圣人，反秦越视之。抑知东家氏之灵爽，固若是其彰彰也乎！

　　张山来曰：此事若论功，当以潘为首，而朱次之，岂为潘已富贵耶？至于不报前之朱锦，而报于百余年后之同名者，则又何也？

　　仪真孔姓者，于荒年购得孔氏家谱，遂诣县冒陈圣裔。时值变乱之余，圣胄散落，县为申请，得补奉祀生，遂于家安设圣位。然其人无行，淫人之妻，夫死，遂娶为妾；而己妻亦有淫行，乡里薄之。邻有塾师，夜梦一儒者乘车，上竖一旗，题曰"司马牛"，弟子从者甚众，皆头带包角巾。罩于髻上，方顶有带者。语塾师曰："来日此处有事，汝当避之。"觉而骇甚，如言避去。至午后，火发，孔姓者从外奔归，见火势尚缓，亟入，欲攫其谱。甫进门内，火忽四合，遂夫妻焚死。

　　张山来曰：此事予犹及见之，然亦此人不肖，故遭此报耳。

柳 轩 丛 谈 失 名

婺源江君辅,幼工弈,称国手。年十七,忽一人扣户,称江北某家延请角技,君辅襆被随之往。月余,抵中州某宦宅。其人先入内,见某宦,诈云:"吾途穷,鬻吾子为归串。"既得金,立契,复涕泗曰:"父子情,不忍面别,请从后门去,免吾子牵衣惨状也。"宦信之,君辅方久坐堂上,讶无出肃客者。忽一髯头婢肩水桶,目江大声曰:"尔新来仆,速出汲!"江惊异,厉声争之。宦从内出,持券示曰:"尔父卖尔去,复何云?"江曰:"异哉!君数千里遣使迎我手谈,乃为此不经语乎? 谁为吾父?"出所著《弈谱》呈宦证之。宦大惊曰:"汝果能胜我,言即不谬。"甫对着,君辅连胜数局,宦爽然,深相礼貌。其地有国手,从无出其右,宦忽请对局,辅又连胜。宦大喜,待为上客。盘桓数月,作书叠荐好弈巨公处,获金数百归。

张山来曰:此当是某宦故作此狡狯耳。不然,卖子为仆,岂不睹面而遽成交耶?

啸 虹 笔 记 丘炜蒉菽园

篆学图书,多出于新安,为他郡所不及。如汪梦龙,休宁西门人,名涛,字山来,多膂力,人呼之梦龙将军。真草隶篆,以及诸家书法,无所不精。每写一家,从不致杂入一笔。大则一字方丈,小则径寸千言。铁笔之妙,包罗百家,前无古人。少时至楚中贩米,逆旅暇日,偶至一寺,见衣冠者十余辈,在佛殿以沙聚地,成字径丈,曰岳阳楼。山来笑谓曰:"是可以墨书也,何艰于八法乃尔耶?"众惊愕,因白之郡守。延入署,煮墨一缸,山来以碎布蘸墨,书于匾上,顷刻成。守叹赏久之,因嘱山来落款于后,曰"海阳汪涛书"。至今楼虽屡修,而此匾不能易也。其徒王言,字纶紫,北门人。纶紫篆书出宦光之上,隶书直追中郎,至于行楷,各尽其妙。

张山来曰:仆与汪君同字山来,彼于书法精妙乃尔,仆则十指如悬槌,深以为憾。岂灵秀之气,为彼所独得耶? 犹忆为童子时，得一图章，形扁而空其中，一面刻"月色江声共一楼"七字，一面刻"雪夜书千卷，花时酒一瓢"二句，俱朱文，其旁一刻"辛酉秋日篆"五字又"汪涛"二字，一刻"山来"二字。今此石尚存箧中，向亦不知山来为谁，由今观之，真足发一笑也。

燕　舠　　　　　　　钮　琇玉樵

宣城高检讨遗山，言其族兄某，于崇祯中训蒙村庙，暑夕散徒，纳凉庭间。忽见庙殿青灯影影，因从窗楞窥之，内有一人，危冠方袍，南面而坐，两旁童子以次侍立，约十余人。深目巨鼻，貌极狰狞。高拍窗惊呼，殿内人从容徐步出揖曰："吾亦师也，所训诸徒，皆三十年后公侯将相。上帝悯其目不识丁，欲使稍习文字，略知仁义。天下将乱，孑遗之民，不至被其卤莽唊噬也。吾身隐少微，适奉帝命来此，分方授业，暂假庙席，月余事毕矣。"语后入殿，息灯，寂无所见。

张山来曰：公侯将相中，尽有没字碑在，想未入村庙中读书耳。然皋、夔、稷、契所读何书？即不识字，未为不可，但徒为舞文辈地耳。

京城东偏，有民家生一女。能言之岁，忽曰："我工部郎中郑濂妇也，何以在此？我欲归我家矣。"迹郑之居，与女家相去二里许，某秘之，不以告。女甫能行，即出户觅郑居，或时趋出巷外，其家辄抱持之，防其逸。而女之求归益坚。不得已，以闻于郑。郑乃迎之，盖八龄矣。重堂邃室，皆若素游，直入踞床，南面而为妇言曰："我之子与媳安在，不速出见？"众方匿笑旁睨，濂适自外来，起而曰："我别夫子日久，岂遂不相识耶？"笼箧之庋，香履之存，靡不一一指点其处。郑郎中以事近怪，不逾宿而遣之。然闻者惊相传告，旋彻内庭。今上召询濂，濂不敢隐，因命续再世之婚。濂辞以"年齿甚悬，且臣之子已生孙矣，居室名言，恐有未顺"。上曰："天命之也。待十三岁而婚，谁曰不宜？"濂奉旨届期成礼，伉俪如初。

张山来曰：不识定情之夕，亦有所痛楚否？

豫觚

钮　琇　玉樵

　　永城有张生者，屡就童子试，不遇。读书芒砀山天齐寺，攻苦之暇，散步殿庑。见东帝座下判官，像貌伟丽，戏拊其背曰："人间安得如公者，吾与论心订交乎？"是夕，生篝灯禅堂，披简孤坐。忽闻扣门声，且曰："君所愿交者来矣。"启扃而迎，则昼所见判官也。始颇疑惧，继稍款洽。坐谈之顷，温语庄言，缅缅动听。生且喜得佳友，由是定更辄来，夜分乃去，率以为常。生久之与习，因自陈辘轲有年，莫测荣枯所诣，乞其搜示冥册。神蹙蹙曰："君无显秩，即一芹犹难撷也，奈何？"生不觉愤恸，坚请为之回斡。神徐曰："当为君图之。"阅数夕，至曰："已得之矣。山东某邑有与君同姓者，应于明年入泮，吾互易其籍，可暂得志。然事久必露，君其慎之。"嗣后神不复见，生亦归里。试果获售，悉如神言，浮沉黌宫十余载。忽梦神仓皇前诉曰："吾因与君一日之契，潜窜衿录，已蒙帝谴，法当远戍，兹行与君永别耳。"生觉而惘然，未几，亦以试劣被黜。

　　张山来曰：神虽因生被谴，而爱才若此，殊足千古。

　　李通判者，山西汾州人。其前世为乡学究，年逾五旬，闲居昼卧，梦二卒持帖到门云："吾府延君教授，请速往。"挟之上马，不移时，至一府第，如达官家。青衣者引之入，重闿焕丽，曲槛纡回，最后书室三楹。坐顷，两公子出拜，锦衣玉貌，皆执弟子礼，日夕讲课不辍。书室外院，地逼厅事，时闻传呼鞭笞之声，特不见主人为怪，且不晓是何官秩？请于二子，二子曰："家君即出见先生矣。"未几，主人果出，冠带殊伟。晤语间，礼意款洽，学究因言："晚辈承乏幕下，久且阅岁，不无故园之思。"主人微哂曰："君至此，已不可归。然自后当有佳处，幸勿复多言。"学究凄然不乐，竟不知身在冥府也。一日，主人开宴，邀学究共席，辞以寒素不宜与先辈抗礼，强之乃行。厅事设有四筵，扫径良久，一僧肩舆而至，极驺从之盛，曰"大和尚"。又一僧至，如前，曰"二和尚"。直据南面两筵，学究主人，依次列坐。主人与二僧语，学究皆不解，酒果亦并非人间物。酒半，忽见一梯悬于堂檐，二僧出，蹑之,冉冉而去。主人促学究从而上,攀援甚苦,倏然堕地,则已托生本州李氏矣。襁褓中,能语如成人,但冥府有勿言之约,不敢道前世事。生四岁,握笔为制义,评骘其父文,可否悉当。后登崇祯乙榜。顺治初,通判扬州,天兵南下,出迎裕王,王手掖之,如旧相识,曰:“当时事犹能记忆耶?”一笑驰去。潜窥裕王状貌,即所见二和尚也。而大和尚未知出世为何如人。

窦四者,沈丘槐店窦生之佃也。康熙庚午夏日,四妇将逼娩期,梦黑丈夫颀而髯,谓之曰:“我欲暂托汝家,幸勿加害,当有以报。”次日之晡,产一龙,蜿蜒逾尺,鳞角俱备,项间有黄鬃如马鬣,拂拂而动。妇极惊怖,意欲斫除。忽飞蟠屋梁,因忆前梦,姑置豢焉。不三日,骤长数丈,夭矫游行,就乳则体仍缩小,如初生时。熟习日久,饲以鸡卵,亦能啖也。沈丘范令,亲往其家视之。

张山来曰:不知此龙何以报母?

秦　觚　　　　钮　琇玉樵

崇祯末,蒲城人屈曼者,为县隶,性嗜酒。一日,持檄下乡,中途醉卧,夜半乃醒。时朗月如昼,见古槐树间有年少书生,乌巾绒袍,仰月呼吸。俄而口吐一珠,色赤于火,以手承弄。曼踉跄而前,遽向生手夺取吞咽,生怒争不已。既而曰:“假汝经年,仍当归我耳。”随失所在。曼吞珠后,觉体甚飘忽,举念即至其所。旋有黠者雇曼入省会投文,距西安二百余里。食顷已到,并不见其跋涉之迹。试之他事皆然。众咸谓其得隐形术。适御史巡蒲,录诸讼牒,怨家重赂曼,径入堂掣牒,左右无见者。御史微觉阶前有半体人,案牒翻翻自动,心甚骇异。急以所佩印重按之,忽得人手,其全体亦遂现,立命棰毙。曼埋逾夕,其地坟起,成一小穴,若有物出入状,盖书生取珠为之。

张山来曰:屈曼得珠,反以自毙,想亦书生启御史之衷耳。

<h1 style="text-align:center">吴　舥　　　钮　琇玉樵</h1>

嘉兴东门外,有史痴者,娶妇甚美,遣之别嫁,佯狂行乞于市。所乞之家,货必倍售,以是遇其来,辄施以钱;或有过门不入者,虽招与之,掉头不顾也。蓬首,发如乱丝。沍寒时身衣草衫,以破絮缠两足,日至河中濯之,曳冰而走,玎琮有声,以为乐。乞钱沽酒,饮辄醉,余钱置道旁墙隙中,云"有缘者任得之"。间与人言祸福,多奇验。有老妪素相识,忽诣之曰:"诘朝当有少钱助汝。"是夜,即于妪门端坐而逝。人闻其死,争致赙钱,妪果大获。既举棺,轻若无人,盖尸解矣。

余所交海内三髯,一为慈溪姜西溟,一为郃阳康孟谋,其一则阳羡生陈其年也。其年未遇时,游于广陵,冒巢民爱其才,延致梅花别墅。有童名紫云者,儇丽善歌,令其执役书堂。生一见神移,赠以佳句,并图其像,装为卷帙,题曰"云郎小照"。适墅梅盛开,生偕紫云徘徊于暗香疏影间。巢民偶登内阁,遥望见之,忽佯怒,呼二健仆缚紫云去,将加以杖。生营救无策,意极彷徨,计唯得冒母片言,方解此厄。时已薄暮,乃趋赴母宅前,长跪门外,启门者曰:"陈某有急,求太夫人发一玉音,非蒙许诺,某不起也。"因备言紫云事。顷之,青衣媪出曰:"先生休矣,巢民遵奉母命,已不罪云郎,然必得先生《咏梅》绝句百首,成于今夕,仍送云郎侍左右也。"生大喜,摄衣而回,篝灯濡墨,苦吟达曙。百咏既就,亟书送巢民。巢民读之击节,笑遣云郎。其后紫云配妇,合卺有期矣,生惘惘如失,赋《贺新郎》赠之云:"小酌茶蘼酿,喜今朝钗光钿影,灯前滉漾。隔着屏风喧笑语,报道雀翘初上。又悄把檀奴偷相。扑朔雌雄浑不辨,但临风私取春弓量。送尔去,揭鸳帐。　　六年孤馆相依傍。最难忘红萐枕畔,泪花轻飏。了尔一生花烛事,宛转妇随夫唱。努力做药砧模样。只我罗衾浑似铁,拥桃笙难得纱窗亮。休为我,再惆怅。"此词竟传人口,闻者无不绝倒。

张山来曰:闻髯在水绘园,每年索俸三百余金,辟疆讶其多。髯曰:"我不须金,但以某郎伴我,一夕一金可耳。"然不知为紫云为杨枝也。

合肥宗伯所宠顾夫人，名媚，性爱貍奴。有字乌员者，日于花栏绣榻间，徘徊抚玩，珍重之意，逾于掌珠。饲以精粲嘉鱼，过餍而毙。夫人恍惚累日，至为辍膳。宗伯特以沉香斫棺瘗之，延十二女僧，建道场三昼夜。

　　张山来曰：此猫享用太过，但不识工于捕鼠否？

卷二十

三侬赘人广自序　　　　　　　　　　　　　汪　价三侬

余小时读书西圃，以林鸟为里舍。每展卷，自首讫尾，方理他册。不抽阅，不中辍，坐必竟夜，不停晷，不知寒饿，不栉发颒面。一夕，正拈枯管作时论，忽闻棂外呦呦鬼声，自思不敢为孽，伯有、彭生，断不我厉，我岂畏俱头恶刹者耶？燃火迹之，声出竹畦中。见一败叶为蛛丝所罥，风入窍中鸣，余始悟曰："向以为鬼而噪者，即此是也。"又一夕，疑耳室有偷儿在焉，持杖逐之，见顾然而立者，人也。以杖横击偷之衣，纷然而坠，但无声息。遽以灯照，乃老苍头浣其故衣，悬之室中。因思天下事原无实相，皆是人以其意造之。嗣是无疑惧心。余尝为牧猪奴戏，凡宴集诹为豪举，辄得大采。又尝事狭斜游，每遇名姝，无乞介人缠头者，或反以囊金佽助膏火。二者皆有利焉，宜其溺矣。忽思轻侠亡赖，非大雅所乐闻，正当一尝恶趣，即解脱耳。一意敕断，更不复为。向应京兆试，数见刖于有司，友人同斥者，多惝怳悲惶，泪籁籁雨下。余则廓落宴笑，犹故吾也。甲申当国变，天地崩裂，邑令修故事，群士大夫临于县庭，口呼大行，含辛以为泪，余独号踊，几不欲生。平日泪不轻挥，谓其近于妇人也。自丧二亲以来，中心抽割，惟此一恸。

余鲜兄弟，止仲子一人，早游芹水，会逢世乱，乃隐于市，端木货殖，亦何所讥。壶以内，妻妾二人，雍容井臼，各生二男，共保抱之，无异视。四子友爱，一如同产。二氏皆先我化去，奉倩哀殒，蒙庄鼓歌，俱失物情之正。余惟顺天委运，礼以制哀而已。诸子善承吾教，亦喜诵古人书，亦竞为歌诗，亦嗜杯酌，亦精于弈，亦涉书林画苑，亦好作四方游。余尝戏语曰："诸如类我，不忝所生。颓老不遇，幸无克肖。"今皆得成遂，皆有妻孥，皆服章缝为圣门弟子，骎骎乎有进取之意。

得者自得，失者自失，不以萦老人之怀。

至若朋友，吾性命也。愿言结契，莫非俊人；率尔相遭，便如夙昔。脱口披肝膈之言，对面领诗书之气。有若志迹乖离，判若行路者，即其人可知矣。鼎新以后，同学吾友，仕粤东者死兵，合浦令陈宝臣、大埔令蒋文若、化州守曹董孟。粤西者死疾，兴安令王菲台。宰峄者死罣误，峄县令吴丕能。帅河北者死颠连，河北左营游击沈元培。贡大廷者死于鬼于盗，侯公羊病而死祟，张正起为盗劫杀。仕兖仕茗仕汾者，皆以真朴不能突梯上官，并见黜落。兖州通判项莘友、武康令吴定远、平遥令朱兼两。以进士为吏部选人，沉废数十年，不得沾一命者，多有嗟嗟。士人着进贤冠，为南面贵人，可谓荣矣。乃累累遭挫辱，终其身困踣不聊，以至死。余虽不幸，犹得优游林水，泰然以韦布老，酒国诗城，长为三依汤沐邑，此非天纵之耇民哉？

余一生遭罹，大抵平乐，间有奇厄，冥冥之中，默为提救。壬申，随先君宦楚。道经彭泽，江岸忽崩，樯柁尽折，舟压其下，料无生理。食顷，有声阔然，舟浮水面。是岁家中不戒于火，藏书数万卷，悉成灰烬，归而典衣赁屋，复集数千卷。乙酉城陷，为乱兵所掠，仅存零帙，遍从书肆配合，其粗有头讫者，又得数百卷。辛卯，被一穷戚胠窃殆尽，于三四年中，节汤糜之费，又聚得数十卷。丁酉遇祸，皂隶入吾室，枵然乌有也，见几上书，捆之以去。因忆往昔平阳书乘，珍护甚严，惟恐饱蟫鼠之腹。乃于二十余年之内，一灾于火，二灾于兵，三灾于盗，四灾于皂隶，可胜叹哉！乙酉，江左鼎沸，海上帅纵兵劫民舍，口呼缚儒冠者，破我闼而入，剿掠靡遗，余几被絷，越墙而仅免。己亥，入豫州，过老儿庄，群盗截劫，一魁曰："彼书生者，行李可怜，不足供东道。"大笑扬鞭而去。

余于行路，凡三遇虎。壬申，先君命余至荆州谒贺惠藩。道经玉泉山，有虎踞崖，仆夫骇走。虎跃入田，攫一鸡，掠余马尾越涧去。庚子，游密之超化砦，饮于张鉴空山斋。红蕊侑酒，不觉狂醉，扶置马上，鼾然据鞍而行。闻从人欢噪声，次日始知有虎引二子饮涧中，都无动色。甲辰，游富春山，登子陵钓处，因访桐君。见山凹绝巘，一白额虎坐晌溪流。余与众客方侧行岩下，虎张爪竖尾，欲来扑人。众客嗫战俯地,余拱手语之曰:"山君,山君,闻声久矣。今日得瞻神采,幸无妨我去路。仆所携三寸弱管耳,当挥斥成长律奉献。"虎点首者三,一啸跳入丛莽。与众客越宿樵子之庐,燃灯疾书五排六十韵。天方曙,以诗焚故处,祝之曰:"一言相赠,余不爽约。君有英神,能无印可乎?"是夜,梦虎头人来谢教,持鹿酒共酌。兴正酣,为役夫催起,乃惊失之。

余短于目,穷睫之力,不及寻丈。道途拱揖,不辨为谁。迨老而视不加眊,昏暮能审文字点画。灯下书红笺,能作细楷,以光常内敛也。相传文人目多眚,归咎读书,焚膏继晷,以致损明。此言近诬,殆由天分。宋学士作《咨目瞳文》,罪其失职,冤矣。余诎于目,而耳倍聪。嘤嘤私语,虽远必闻。睡梦之中,有声即觉。四足者无羽翼,予之角者去其齿,殆是之谓乎?贱目眶大而睛露,有议其"蜂目不祥,鹰目为暴"者,此世俗之惑也。古有兽其形而人其心者,羲农之牛首而蛇身是也;有人其形而兽其心者,桀纣之长巨姣美而筋骨越劲是也。而又何法相之足云乎?余足不健于行,然亦曾走百里,不见苦趼。至如登山觅胜,扪萝跻险,命且不惜。不能守齿刚舌柔之说,好齮龁刚物,未六十而龈然落其二。时逞舌锋,以言语抵忤人,人以不堪。初时不省,后乃悔之。吾年既迈,有客相见,必减我以年数,誉我以红颜,则其为衰惫,亦可知也。

余在蓉江,受异人术,能炼臂为铁,听力士仡如虎者,张拳击之,余臂无恙。至十数击,而彼拳痿苶,不能举矣。海昌查伊璜尝言有豪客者,铁臂与余无二,客本武林娄人也。伊璜宴客湖心亭,客舣破舟亭畔索酒,伊璜拉与同饮,酣叫尽欢。饮毕,悉以余馔赠之。后客仗剑从军,底定闽粤,以功帅于交广之间,锡有封爵。伊璜以《明史》事挂累,客感酒食之惠,阴为营救,冤乃白。同一臂术耳,客以娄而侯,余特用之以戏,犹是屠书生也,可哂也。庚子,擢得白发,为文以骂之。白发对臆曰:"鹿,仙畜也,千年而苍,又千年而白;龟,四灵之一也,五百年而紫,又五百年而白。然则白也者,物老而圣,斯足以当之。"余由是得老而娱,得白而喜。吾愿天下学道人,共闻斯语。

余南土弱夫,素倚舟楫,与鞍鞯不相谋。随李御史渡河,撤舆而马。御史振策逐余马而驰，余身若骞霄堮之外，目迷阴瞳，耳轰怒涛。始而惊，既而爽，终而安焉。后此群骑并出，余马必先骛。崇祯末，习射于石冈之汝南书墅，弓张矢落，同学者以为笑。余愤欲胜之，味射义"志正体直，持而审固"之语，悬的者三匝月，心柔手熟，忽焉大进。以是知人不贵自然，贵勉然，性不可恃，而习有可通，大抵然矣。

余善饮而不善啖，饭可二缶，常食不能啖大脔，客之饕者，喜并余餐。侨朔方者数年，日食蒸饼、不托之属，生姜、鲜葱有同嗜焉。归而馔且兼人，反觉稻粱之寡味。五岁时，私闯酒室，垂首盘面，吸取浮醴，遂至沉顿。家人遍索，乃酣卧于瓶罍之侧。长而僭称大户，常时列宴，众客支离，狂花病叶，独沛国朱抡生，搴旗对垒，终夕不言散，时有"朱鸡啼、汪天亮"之目。主人悦，间亦取憎侍者。计余一生，曾有二醉。壬寅，与合肥龚伯通饮于怀庆之高台寺。同饮者，王蜀隐、沈云门；所饮者，五香柿酒，此朔方烧醴之最俊者。四人籥灯细酌，自酉达卯，倾二罂无剩沥。饮时但觉甜美可人，无著芳意。从者报曰："日高春矣。"四人启户而视，触受风色，心目迷眩，一时俱倒。余睡至日晡而复，三公者，相对噭咯，病不起者累日。是年在邺之旅舍，候李御史行斾，痴坐无憀。闻西郊演剧，观者甚众，趁步一往。台之旁，列肆酤酒，士商聚饮，不觉流涎。因选席而坐，傲然独酌。已而兴发，拉客中之豪者并醲，拇战不已，遂蔓及他席。大众轰饮，余玉山颓矣。彼此造次，未及叙姓氏，亦未识余邸舍，群起而掖余，畀之野庙神幔之前。迨晓，怪笑而回。名教中自有乐地，昔贤所云，时复戢之。

余不习钌杓，而洞于茶理。友人戴惕庵，为邑之陆羽，余时过领日铸，以消七碗之兴。及至杷子国，有马布庵者，又卢野之后劲也。一枪一旗，居然独步。尝戏语之："若与吾乡惕庵共品泉源，正未知谁当北面？"余于甲辰，偶然禁酒，有句云："我当上奏天帝庭，酒星谪去补茶星。"此亦老侬漫言，非实尔也。性好食醋，失此则诸味不调。又好秋末蟹，夏初蚕豆，二物充庖，不想他味。人以注生所嗜，不殊屈到之芰，姬文之昌歜。近日俗尚食烟，余每语人："奈何以火烧五脏？请观筒中垢腻，将何以堪？"其人猛省，誓不再食，少焉忆之，便渝戒矣。病酒之夫，狂饮不待明朝；难产之妇，好合何须满月。嗜烟之酷，乃至同于酒色,何惑溺也?

余家常乏,独衣冠必鲜整。人目之,若雄于财者。然少而惜福,茧丝不以附内体。服之矜重,不轻为尘涴。即至褛裂,亦不轻掷。记曰:"敝帷不弃,为埋马也。"尝记先大夫于余入泮时,制一西洋布袍,凡遇佳节良宴,则衣之几三十年,不之澡濯。有劝余改作亵衣者,贾子曰:"冠虽敝,弗以苴履。先人所赐,吾不忍也。"先人之敝庐,不过数楹,团聚家人,三世不易其旧。余日坐卧者,止于半舫,围塞书卷,栉比鳞次,容我头足一席地耳。俯仰之余,不见其窄。出而翔步王公之第,崇构超峣,霞垂云耸,余处之落落然,了无与也。公自见其朱门,贫道如游蓬户,大智之言,岂欺我哉!余爱楼居,及庋板之房,不耐卑庳下湿。又爱短檐净几,其窗四辟,晨起披襟,爽受风日。如入暗室幽暧,便闷欲绝。又爱舟行,放桨芦洲蓼渚之间,率其宿往,有会心处,嗒尔忘归。余向不喜浴,虽夏月,亦止以巾拭汗,老始习之,乃觉除淹消痕,体气荣畅。即沍寒,且乐就澡室焉。

余得天强固,不婴重疴,偶尔违和,亦不用药,医之以至清之酒,医之以至快之书。辛巳午月,贱体忽惫,头岑岑然作楚一日夕,不思汤饵,若染时疠者。适有饷余佳酿,呼至床头开看,芬香拉鼻,急命温之,取太史公《荆轲传》,连饮连读,瞬息之间,拍案而起。古书难信,切不可以身试方。吾友贾静子,睢阳才人也。体有不适,欲行倒仓之法,余净之曰:"奈何于腹中演戏法?"不听。一服之后,下泄不止而毙。岂惟药石,即平时饮膳,皆可伤人。余尝于醉后饮养花宿水,不死;于相国寺僧舍误中鲜菌毒,不死,此小人幸免也。子美死于白酒牛脯,太白纵饮采石,捉月而亡。李、杜诗人之魁也,皆以轻率自殒其生,可不慎哉!

壮时不免房帷之好,后乃以渐而淡。至为汗漫游,遂与色远。即燕赵歌姬,充列侑饮,从无一人沾昵者。北妓入席,见客即拜,立而执役,主人加之诃叱,余命之入坐,诸执事悉令隶人司之,北人且谓介人坏其乡俗体貌。知命之年,便绝婉娈,友人俱消其假,席间每引为笑资。李剩斋至谓五十断欲,不如捐馆作泉下人。彼长余四龄,竟以啖牛炙淫一妖妪而殂。夫精、气、神,人之三宝,而丹药之王也。先祖遇一异人授以龙虎吐纳之法,习练四十年。道成,夏月盖重衾卧炽日中,无纤汗。冬以大桶满贮凉水,没顶而坐,竟日不知寒。余以骨顽无仙分,不之向学。然于玄牝要诀,颇熟闻之,大要以宝神啬精为主。世之愚伧,纵情雕伐,以致阳弱不起,乃求助于禽虫之末。蛤蚧,偶虫也,采之以为媚药;山獭,淫毒之兽,取其势以壮阳道。海狗以一牡管百牝,鬻之助房中之术。何其戕真败道,贵兽而贱人也!且方士挟采阴之说,谓御女可得长生。则吾未见蛤蚧成丹,山獭尸解,海狗之白日冲举也。

记诵之外,无时不亲操诸务。盥漱泛扫,不以烦厮役。花则手灌之,草则手薅之,鱼鸟则手饲之。或杂伍渔樵,或混同佣乞,或时与童稚相嬲,掷弄觿觽以嬉。故年虽近髦,人以为有童心,举步轻趣,容色亦不衰,不似龙钟齿豁人。年来游兴不减,梦想时在湖湄岳麓,诸子惜余筋力,柅余车不得远行。在家闲极,有花即看,有酒即饮,有对弈者,即终日。老友相值,即解杖头以釂。缁流之上者,乐共余谈,余亦乐坐梅檀之室,谓之"清时小太平"。适与红裙会,方袍骨董,不至以唐突取厌。赠邗水桂姬,有"休将量大欺红袖,但得情痴恕白头"之句,非乞怜语,佳人会生怜耳。孙子数人,与长者点定文字,粗为疏解。群小则牵绕衣裾,分枣栗与之,各餍所欲而往。分之必均,偶有参差,聚而向老人计较,尤可爱也。

余行李半天下,所至以客为家。客两河者,前后十数年。始于察荒李御史幕,怀孟薛宗伯知之,呼至其家,与仲蒉二兄读书翕园。后为贾大中丞召修省志,别去。越三年,会吊宗伯之丧,黄门卫公先生正在读《礼》,留与岬山草堂,商榷今古。又为洛阳太守朱灿煌邀阅试卷,别去。介人之久于兹土者,实以宗伯父子,恩分滋深,故依刘御李,马首不能他指耳。时沈宫詹绎堂先生,分巡大梁,清慈明允,为海内岳牧表。余驱车八郡,历收河岳之英,倦则以钧阳清署为归焉。其他逆旅主人,无不款昵如戚属。水行则戒榜人无妨缓棹,河上逍遥;陆行则常与执辔者试走,舍舆马而徒,恣其流览。余之所为通,余之所为介也。

余殚精音律,于古今离合之义,无不博综。吾邑陆君扬,弦索化工手也。从余考订音声，字有讹舛，悉为厘正。遂使八风二十四气，相为嘘吸，海内名公卿，以及文章之士，皆与之游。其名直达禁掖，擘阮传人，乃以介人为导师，亦可异也。余尝作一想，取尼父《猗兰操》，桓子野《挽歌》，孔明《梁父吟》，谢安《洛生咏》，嵇康《广陵散》，袁山松《行路难》，李太白《乌夜啼》，令相如鼓琴，桓伊吹玉笛，高渐离击筑，祢衡挝《渔阳》鼓，君阳出而欹冠短袖，为之提掇其间，左顾右盼，意气激昂，拨清弦，发哀弄，人声天籁，云委雪飞，一洗梨园法曲之陋，顾不乐哉！

博塞之事，盛于魏晋。近日士大夫，皆以奉十斋、打叶子，为名流雅尚，相煽成风，浸淫海内，余不之效。只是黑白二子，比势覆局，木野狐之诮，恐亦在所不免。当余少贱，颇耽戏术。射覆藏钩，与夫顷刻花、逡巡酒之类，种种幻化，皆所熟谙。至于召请乩仙，尤极灵响。即非真仙，当亦才鬼。己卯应试失利，情怀惝怳，舞仙童以释闷。令其搬演杂剧，穷姿尽态，有老梨园所不到者。一时传播，男妇聚观，拥塞堂庑，终日哄笑，匝月而不散，窗几悉遭挤毁。余深悔其贱，因逃匿于外以谢之。世俗无聊，动拈骰子以卜。乙亥试玉峰，同寓友人，竞卜休咎，余一呼而六子皆赤，果于是年入泮。先君六旬时，遘疾弥月，医药不能疗。余心焚灼，抱骰盆跽于中庭，祝曰："大人病果无患，幸赐吉征。"一掷而五子各色，独一子旋转不定，余默恳之，一跃而成顺色，病亦旋瘳。昔寄奴喝子成卢，明皇叱子成四，慈圣之侧立不仆，光献之盘旋三日，精诚所注，符应立呈。樗蒲有神，岂虚也哉！余与汉阳李云田偶过汴市，见有争钱而相搏者。云田曰："古人名钱曰刀，以其铦利能杀人也；执两戈以求金，谓之钱，亦以示凶害也。"余曰："执两戈以求金谓之钱，执两戈以求贝谓之贱，执十戈以求贝则谓之贼而已矣。"云田曰："两戈一金，当更有精义，子试说之。"余曰："两戈不敌一金，钱真神物也。"云田曰："得一金而来两戈，岂不可危？"余曰："操两戈以求一金，亦复何畏？"有一老父笑而前曰："此贪者之必济以酷也。敬领两公高论，老夫快极，惜王介甫不得一证斯言。"

乙巳，从三衢假道至汾水，开化道中，资斧告匮，帐帐乎靡所骋。适遇一蒙馆，其馆师教读"心广体胖"，胖音为伴，余入语之曰："先生误矣，胖蒲官切，当读如盘。"馆师曰："门下精于翻切乎？愿受台教。"
因教以上字母，下韵脚，中间过脉，如经坚丁颠诸诀，一一指授，呼调
数四，令其师弟同余念诵，一堂之中，齐声唱和。初如小儿喤喤学语，
舌本都强；少焉渐觉柔利；至数百遍，而趁口以出，自然通协。主人闻
之狂喜，出揖余曰："等字切法，里俗罕传。村塾蠢儿，肉橐衣楎，何幸
得公提诲。请问公姓氏，今将何往？何为停车于此？"余实告以前往
江右，行李空乏之故。主人曰："是不难。"命家僮立取青钱文绮见饷，
余拜受之，得以即时就道。余于字学，童而习之，音义略无讹舛，不谓
浪游乃受其益，以《解字》而得酒食，以《切韵》而得钱财，是亦学圃之
美谈也。

　　二氏皆视世人为蠢俗，故一以冲举歆之，一以轮回惧之。余明于
死生之故，不溺其说。然其标旨清微，振辞高妙，有足豁憒人之阃塞
者。故夫道家之六甲秘文，万毕神术；释氏之三车要义，四谛真言，罔
不洞究。我若静地修玄，不在采芝咽液；高座说法，不在竖拂拈槌。
将使上清羽客，鳌守丹垆，大善知识，都向篱门外瞌睡也。余不信星
相家言，李虚中、唐举，世无其人，二家推余限度，按余部位，皆云至贵
之格。公卿将相，早于年三四十内得之，人多以此佞余。余初亦喜闻
其佞，迨至后来，往往不验。今阅七十甲子矣，黄粱熟矣，痴梦不复作
矣。虽欲信之，又乌得而信之？又不信师巫之术。吾乡多有女巫，召
人先灵与人叙语。余幼随家人往，果于隔户隐隐有声。家人白日见
鬼，哭而问讯，余恶之。从后闯密侦，见一人垂首瓮中作语，遂发其
奸。余在河南，与李御史同谒嵩岳，见有所谓马子者，托神附体，俨坐
堂檐，执绳棍者，森列左右。愚民朝山者，有不谒神座，竟拜马子酬愿
而去。忽而恫喝逻索，众皆惊窜，财如阜积。余恶之，令御史皆缚之
至，众神叩头哀乞免死，声色移人。

　　余性亦有殊焉者，喜泉声，喜丝竹声，喜小儿㜊㜊诵书声，喜夜半
舟人欸乃声。恶群鸦声，恶骂人喝道声，恶贾客筹算声，恶妇人詈声，
恶男子呷嚅声，恶盲妇弹词声，恶刮锅底声。喜残夜月色，喜晓天雪
色，喜正午花色，喜女人淡妆真色，喜三白酒色。恶花柳败残色，恶热
熟媚人色，恶贵人假面乔妆色。至余平日，有喜色，无愁苦色；有笑

声，无嗟叹声。窃谓屈原之《九叹》，梁鸿之《九噫》，卢照邻之"四愁六恨"，贾谊之"长太息"，扬雄之"畔牢愁"，殷深源之"咄咄怪事"，皆其方寸逼仄，动与世忤。惜不与介人同时，为作旷荡无涯之语以广之。

余不识金钱之数，不知方物之值，不闻营殖之方，不设会计之籍。倘然而来者，倘然而去。室中忽盈忽虚，若与阿家翁无与焉。年七岁时，族伯亡，应余承祧，有宗人出而争嗣。郡司马某当谳，得宗人赇，祖之，余起告曰："争为人后者，利其产耳。儿不愿如俗情奉人宗祀。"遽辞以出。司马谓先君曰："有是佳儿，宜不赖此。"其为志大财疏，自童龀已然矣。倾余行箧，从无十金之积。白镪青蚨，亦数来数往，但不恋清寒吾辈人。余曾坐皋比，收诸生脩脯。亦曾心织笔耕，卖文字作生活；亦曾以文应采风之使，得受前茅上赏。不以事生产，不以食屠屠八口，床头阿堵，不知何故咄嗟而散。

余最僻古器，幸而购得，宝玩不已。倘或失去，经时怏怏，如忆故人。向在东都，所得当道之赆，悉置三代尊彝，真赝各半。囊负抵舍，家人意其赀重，启视之，确确然皆邙土中物也。余夸而家人笑，不久即星失。假使余囊金以归，要亦垂手尽，不能作临沮守钱翁。人言介人痴，不痴也。

向有三畏：畏盗，畏猘犬，畏笑面多机智人。不幸旋触党人怒，卒吹蜮沙，兴文字狱，执余而囚之。余日事著述，若不知有猰犴者。客谯余曰："子才之不戢以至于斯，今犹是放宕其辞以自骋乎？"余曰："马迁腐刑，居蚕室而著《史记》；陆平原临刑曰：'古人立言以垂不朽，吾所恨者，予书未成耳。'蔡中郎被收，请黥首刖足，继成《汉史》。此三贤者，介人之师也。子乌足以知之？"或又引善恶报应之说曰："子有何恶而遭此刑狱？"余曰："盗跖为暴，肝人之肉而食之，卒得上寿；柳下惠操行修洁，以黜辱没其年；崇侯虎进炮烙以痛百姓，国灭不与其难；西伯修德行仁，囚于羑里；司马魋欲杀圣人，终柄宋国；仲尼贤过尧、舜，拘于匡，围于蒲，微服于宋。信如报应之语，则是盗跖、崇侯、司马之善报为不爽，而柳下、西伯、仲尼之恶报为断如也。有是理乎？"

知己之恩，侔于生我。古人云："士为知己者用。"又云："士屈于不知己，而伸于知己。"又云："感恩则有之，知己则未也。"又云："天下有一人知己，可以不恨。"甚矣，知己之难也！而余之生也，凡得知己者十。发未燥，应童子试，甬东谢象三先生目之曰："渥洼之神驹也，困以盐车，恐未得千里腾逸。"此一知己。楚黄曹石霞先生令嵺，月两课士，余辄冠一军。迨解官，放浪西子湖与白门诸山水间，连手吟唱，狂叫绝倒。此一知己。光州唐雪灵先生，选邑士廿人，时校艺于衙斋，文必面阅，必戒诸少隽者，奉余为经师。辛卯之役，谓余必抢元。及报罢，仰天嚘嗼，至于流涕。此一知己。湘潭沈旭轮先生李吴，三简首诸士，曰："时文中古文，盲腐二史，其鼻祖也，终恐不利时官之目。"此一知己。之莱李琳枝先生，以省方试士，拔余罪隶之中，弁冕都人士。序余文曰："介人之文，能令人悲，能令人怒，能令人喜，能令人下酒，能令人已疾。是介人以文生天下，而群伧乃欲报之以杀，忍乎哉？"此一知己。河阳薛行屋先生，人伦渊薮，坐余澹友轩，相与订千秋业。余断梗，又折角如意也；而先生折官位辈行以交，诧为珠采玉英，希世之宝。此一知己。七闽黄石斋先生，讲学湖上，弟子数千人，蚁升虎下，《易正》一书，筌蹄爻象，妙契图先，独以授余曰："沧桑而变，惟此子不刊其书。谯周之得文立，藩卫门墙，吾何恨矣。"此一知己。吾乡之文，久没云雾中，潜壶许子，与余力刷之，并草松陵，分题汉上，他无可与语者。尝曰："有志三代，同心二人。"此一知己。上洋妓王翾仙，姿才无辈，颇不近贵人。得余文，必焚檀拜读，读已又拜。相对清谈，无一语堕人间粉泽者。此一知己。有授伪秩官人，偕邑中雕面少年，密谋倾余。事且露，主者曰："斯人制作，胚胎大家，必将羽仪天下，必务杀之。"再击不中，叹曰："才士固不可杀。"爱我之口，无可准的。若辈方欲刳我以刃，而肯称为大家，呼为才士。此亦一知己。

李献吉，前朝之文人也，葬于崆峒山，冢已崩陁，几出狸首，颍人无过而问焉者。余语禹州史太守："张良洞旁黄石冢，聂政墓侧姊嫠坟，大抵荒唐，为士人耳食语。独明诗人李献吉墓，埋骨不过百年，没于丰草，碑识无存焉。为太守者，所当急为表治，以培风雅。"守即鸠工往葺。余亲为舆土而封，出故碑而重渺之，曰"明诗人李梦阳之墓"。云间彭燕又,当代之文人也。以五十年老孝廉,授汝宁司李,才华震荡,不屑以肺石绳人。或议其有文才,无吏干。一日,来谒李御史于汴署,余从屏后觇之,见其内衷红褶,心为窃骇。御史甚加礼遇,肃之坐,谈论甚洽。茶凡三点,燕又渐忘分位,以足加膝,哆口横议,旁若无人,御史微哂无憎意。入而呼余曰:"子见夫狂司李乎?"余曰:"见之,才不检制,幸夫子怜而恕之。"御史曰:"我无责乎尔,天下岂皆爱才者,恐终以是祸。"未几,巡方使者会稿至,御史谓余曰:"彭司李挂弹章矣。款迹累累,罪且不测。"余切恳御史转旋,为文人留一生地。御史难之曰:"直指驻节彰德,汴之去邺也远,疏发,追无及矣。"余为跽请,乃删其重大者数条,遣一干役,策飞骑诣直指所,追还原疏,更为改缮,燕又得从薄谴以归,余初不令燕又知也。

余方童卯,尝梦一人,纤细娟好,自称金銮否人,以绿沉笔一矢授余曰:"乾德初,蒙公见借,今以奉还。"由是文思大进,放骋词涂,不可捉搦。患难后,于资善僧寮,曾昼梦作文,有朱衣人裂而掷之地,余启之曰:"岂以文受祸,不当更费隃糜耶?今后但为蹄涔杯水之文,不复为惊涛怒壑之文;但为软面滑口之文,不复为聱牙棘齿之文;但为依篱傍闼之文,不复为开疆凿嶂之文;但为女子镜奁娇昵之文,不复为丈夫棨戟森峨之文。如是可乎?"朱衣人色霁而去。及余提笔,匠心独诣,其为砰奇如故也。又梦朱衣人怒诃曰:"违吾意旨,由汝虎视文林,但无望龙门烧尾。"余乃绝意金闺,日与曲生者为友。上追风人,下逮三唐吟老,遥相鼓吹。余壮盛时,力为时文,若科目可旦暮掇焉者。甲午,同考官某,与余有神契,欲收之夹袋,密相招,授以关节。余惊,覆之曰:"科名为何物,可以暗汝获之?且余命多蹇剥,恐非桂籍中人。文之售不售,无所逃命。若使一日诡遇,是与命拗也。人祸天谴,均有之矣。"当事怪恨,便与余绝。

老而力为古文。岁戊午,薛黄门卫公先生,谋之要津,欲以博学宏词荐,余上札启谢曰:"价凤遭屯难,沉痼书城,雕虫琐事,不足名家。实乏史材,无容忝窃,宏博之称,非所据也。且也山麋野性,不乐冠裳,岂其濛汜余年,顿忘丘首。孝然窜河渚,仲蔚没蓬蒿。匹夫有志,不可回也。"固辞而后已。刑部伴阮刘公,结三十年中州缟纻,近为侍从亲臣，出督芜关税，迎余栾江之署，饮酒赋诗。公于署前方池之上，构一新亭，镌御赐"松风水月"字为之额，朝夕瞻对，题曰"敬亭"，志不忘君也。余为之颂，系之以诗。复命日，拟以余才缓颊左右，余恳止之曰："草泽寒蜩，久甘喋伏，岂可以不祥名字，上干帝座？"公为默然，退语幕客曰："此公老钝，命与才违。"余之古今文，洵非逢年之物。天下巨公，谬以富贵相贻，此世人诩为奇遇，蠖屈鼠拱感涕以受者，而余顾麾而去之，若将浼焉。然则介人七尺，其为不鬻之末翎、早飘之败叶也审矣。

向集自少至老所为诗古文辞，删九而存一。客见之，问余曰："其中所称最快意之作，可得闻乎？"余曰："流落散人，实多笔墨之乐，试为足下略言一二。"

李御史察荒两河，时驻节归德，余入谒，御史手授《丙申诗刻》一册，凡百有余首。余回寓，命从者焠灯釄酒，依韵和之，漏五下而卒业。黎明投入宪府，御史立邀进署，大呼曰："君以一夕敌我一年，才之相去，奚但百倍而已。"遂留幕内。可为大快者，此其一。

河阳妓小红儿，性豪善饮，常倚其量以压人。一日，余取大觥容数升者奉之，红儿不辞，曰："我善酒，尔善诗，尔成一诗，我尽一爵。今日试以诗酒一决楚汉。"余吟红饮，酬对数巡，红儿微有醺态。余乃一连叠咏，红不能支，跽而乞降。余纵之睡，自吟自饮，坐客各举杯称贺。可为大快者，此其二。

缪侍读念斋先生过嶅，有青楼何媛，以诗晋谒，备陈堕落苦状。侍讲心恻，呼其嬷尽偿所值，听其择人而字，无他染也。余作《种德记》以赠之。一夕，余病不能饮，而为酒纠，为之约法曰："苟有犯，不能饮者，罚以酒。能饮者，罚以诗。"即以缪侍讲捐金与何媛落籍为题。众闻以诗赠缪，皆应曰："诺。"一客曰："奈何能饮而不罚之酒？"余曰："若以酒罚能饮者，则是赏也，非罚也。"余乃随罚随吟，令小童录之。计所为诗，竟得免罚酒三十二瓯。侍讲笑曰："昔人宴集，诗不成者，罚依金谷酒数，未闻有不与饮而罚之诗者。有之，自介人始矣。"余私喜曰："不意于风雅林中，而得逃酒法。"余素负酒人之名，每罚即俯首受之，无可解免。此番乃得以诗硬抵，公然强项不饮，众不敢哗。可为大快者,此其三。

　　戊子入乡闱,号舍中啾然有声,其鸣甚哀,余信为场屋文鬼,大声诵余向日《秋啸诗》曰:"三年龌龊逢逻卒,七义光芒吓主翁。"其声遂灭。有顾香王者,邑之才士,以不得青其衿而死。余为立传,人阅之,喜其描情绘意,有若写生,无不颐解。己酉,客上箬僧伽舍,邻寓有二生,披而读之,忽相抱痛哭,至于失声。余惊问之,彼亦负奇侘傺,而不得一遇者。其为此态也,盖重有所伤也。我之诗,可以妥鬼精灵;我之文,可以役人情性。可为大快者,此其四。

　　周少司农柝园先生,被蜚语中以闽事,穷极栲讯,终无赇证。时臬司李官以谳决失轻,比次逮问,与司农同系刑部,死者数人,滞于狱者八载。世祖忽念无辜,有贷死意,廷议改流宁古,将为散戍征人。升遐之日,特谕放令还乡。辛丑,偕王过客司李束橐南归,道经云苑,留宿宋公牧仲家。余适邂逅,宋出上赐先相国古画同观,司农一一赏鉴毕,列坐开宴。余曰:"姑缓之,请再观今画。"取余所著《火山客谯》阅之,诸公叫读不已,都忘杯箸,鼓掌而笑,巾帻尽欹。主人劝且饮,诸公曰:"得此奇文,愈读愈快,正如身入龙藏,争看宝贝,惟恐其尽,谁肯撤而去之?"竟阅达旦,不备宾礼。可为大快者,此其五。

　　覃怀沈云门,嵚崎异人,与余订金石交。艰得子嗣,颇制于内,不容置妾媵,秘一人于外宅,产一男,聪颖明俊,且八龄矣。托为里人儿,携至家,夫人见而惊异曰:"阿渠家生此九苞凤?"云门进启曰:"此即夫人子。"讯得其实,夫人大喜逾望,涓日为育麟之宴。亲朋制锦称庆,文皆属余捉刀。一为中书段玉美,一为给谏薛卫公,一为河北大将军鲍济宇,一为大总戎鲁璧山,一为怀庆太守彭悟山,一为张乾雅诸同学兄弟。一日之内,横笔挥霍,悉副其请,无一雷同门面语。可为大快者,此其六。

　　庚子修《豫志》,午日,贾大中丞邀饮开府,谈次论及诸葛孔明、王景略二人优劣,互有异同。适襄城余令献襄酒三百器,陈列阶前,诸同事并启分觊。中丞笑曰:"请诸公各草《葛王优劣论》一篇,佳者悉持去,不须分也。"诸同事闻言贾勇,各就席构思。余伸纸摇笔,不加点窜,俄顷而稿毕。中丞令余口诵,余音辞郎邕铿戛,中丞为之击节

叹赏,诸同事皆撤笔长嘘,自坏己作。余进揖谢赐,督军校四人儋酒
于前,余拥之徐步而出。可为大快者,此其七。

尝见馆孩村腐,妄为诗文,多有口自吟诵,抃手点头,自鸣其得意
者。若稍知痛痒,则不然矣。韩愈曰:"小称意则人小怪,大称意则人
大怪。"刘蜕曰:"十为文不得十如意。"则求余所为最快意之作,当又
绝少也。有议余文多游戏者,余曰:"方朔之《客难》,假难以征辞;崔
寔之《答讥》,因讥以寓兴;崔骃之《达旨》,寄旨以纬思;韩愈之《释
言》,凭言以摅志;扬雄之《解嘲》,托嘲以放意;班固之《宾戏》,随戏以
逞怀也。"客曰:"子云拟经之徒,孟坚述史之士,奈何鼓其舌颖,以笔
墨为游戏乎?"余曰:"昔孔子目冉父为犁牛,斥宰予为朽木,睹仲由之
好勇,取暴虎以示规,闻言偃之弦歌,举割鸡以志喜。游戏之语,虽圣
人有所不废,而况为圣人之徒者哉?"

少辨方言,作《侬雅》四卷。蒙难时,作《火山客谯》十五卷,《广禅
喜》一卷。会有感喟,作《鼠吓》五卷。豫游最久,作《中州杂俎》二十
四卷。同人问讯,作《千里面目》六卷。老闲半舫,作《化化书》十二
卷,《人林题目》八卷,《蟹春秋》一卷。《三侬赘人诗文全集》,未定卷
数。今虽衰截,踵门而乞文者,必应之,如偿凤逋,不以为疲。后有作
者,得吾书而秘之中郎之帐,听之;如李汉序韩文以行,寿之百世,听
之。即不然,如张伯松不喜《法言》,叱覆酱瓿,亦听之。

　　张山来曰:文近万言,读之不厌其长,惟恐其尽,允称妙构。

　　予素不识三侬,而令嗣柱东曾通缟纻,因索种种奇书,尚未
惠读,不知何日方慰予怀也。

板桥杂记　　　　　余　怀澹心

金陵为帝王建都之地,公侯戚畹,甲第连云,宗室王孙,翩翩裘
马,以及乌衣子弟,湖海宾游,靡不挟弹吹箫。经过赵李,每开筵宴,
则传呼乐籍,罗绮芬芳,行酒纠觞,留髡送客。酒阑棋罢,堕珥遗簪,
真欲界之仙都,升平之乐国也。

旧院人称曲中,前门对武定桥,后门在钞库街。妓家鳞次,比屋

而居,屋宇精洁,花木萧疏,迥非尘境。到门则铜环半启,珠箔低垂;升阶则猧儿吠客,鹦哥唤茶;登堂则假母肃迎,分宾抗礼;进轩则丫鬟毕妆,捧艳而出;坐久则水陆备至,丝肉竞陈;定情则目挑心招,绸缪宛转。纨绔少年,绣肠才子,无不魂迷色阵,气尽雌风矣。妓家仆婢称之曰"娘",外人呼之曰"小娘",假母称之曰"娘儿",有客称客曰"姐夫",客称假母曰"外婆"。

乐户统于教坊司,司有一官以主之。有衙署,有公座,有人役刑杖签牌之类。有冠有带,但见客则不敢拱揖耳。

妓家各分门户,争妍献媚,斗胜夸奇。凌晨则卯饮淫淫,兰汤滟滟,衣香满室;停午乃兰花茉莉,沉水甲煎,馨闻数里;入夜而抚笛挡筝,梨园搬演,声彻九霄。李、卞为首,沙、顾次之,郑、顿、崔、马,又其次也。

长板桥在院墙外数十步,旷远芊绵,水烟凝碧。回光、鹫峰两寺夹之,中山东花园亘其前,秦淮朱雀桁绕其后,洵可娱目赏心,漱涤尘襟。每当夜凉人定,风清月朗,名士倾城,簪花约鬓,携手闲行,凭栏徙倚。忽遇彼姝,笑言宴宴,此吹洞箫,彼度妙曲,万籁皆寂,游鱼出听,洵太平盛事也。

秦淮灯船之盛,天下所无。两岸河房,雕栏画槛,绮窗丝障,十里珠帘。客称既醉,主曰未归。游楫往来,指目曰:"某名姬在某河房。"以得魁首者为胜。薄暮须臾,灯船毕集,火龙蜿蜒,光耀天地,扬捶击鼓,蹋顿波心。自聚宝门水关至通济门水关,喧阗达旦。桃叶渡口,争渡者喧声不绝。余作《秦淮灯船曲》,中有云:"遥指钟山树色开,六朝芳草向琼台。一园灯火从天降,万片珊瑚驾海来。"又云:"梦里春红十丈长,隔帘偷袭海南香。西霞飞出铜龙馆,几队蛾眉一样妆。"又云:"神弦仙管玻璃杯,火龙蜿蜒波崔嵬。云连金阙天门迥,鹤舞银城雪窖开。"皆实录也。嗟乎!可复见乎?

教坊梨园,单传法部,乃威武南巡所遗也。然名妓仙娃,深以登场演剧为耻,若知音密席,推奖再三,强而后可。歌喉扇影,一座尽倾。主之者大增气色,缠头助采,遽加十倍。至顿老琵琶,妥娘词曲,则只应天上,难得人间矣。

　　裙屐少年，油头半臂，至日亭午，则提篮挈榼，高声唱卖逼汗草、茉莉花，娇婢掩帘，摊钱争买，捉腕捺胸，纷纭笑谑。顷之，乌云拥雪，竟体芳香矣。盖此花苞于日中，开于枕上，真媚夜之淫葩，殢人之妖草也。建兰则大雅不群，宜于纱厨文榭，与佛手、木瓜，同其静好。酒兵茗战之余，微闻香泽，所谓"王者之香"、"湘君之佩"，岂淫葩妖草所可比缀乎？

　　南曲衣裳妆束，四方取以为式。大约以淡雅朴素为主，不以鲜华绮丽为工也。初破瓜者，谓之"梳栊"；已成人者，谓之"上头"。衣衫皆客为之措办，巧样新裁，出于假母。以其余物，自取用之。故假母虽年高，亦盛妆艳服，光彩动人。衫之短长，袖之大小，随时变易，见者谓是时世妆也。

　　曲中女郎，多亲生之女，故怜惜倍至。遇有佳客，任其留连，不计钱钞。其伧父大贾，拒绝勿与通，亦不顾也。从良落籍，属于祠部，亲母则取费不多，假母则勒索高价。谚所谓"娘儿爱俏，鸨儿爱钞"者，盖为假母言之也。旧院与贡院遥对，仅隔一河，原为才子佳人而设。逢秋风桂子之年，四方应试者毕集，结驷连骑，选色征歌。转车子之喉，接阳阿之舞，院本之笙歌合奏，回舟之一水皆香。或邀旬日之欢，或订百年之约。蒲桃架下，戏掷金钱；芍药栏边，闲抛玉马。此平康之盛事，乃文战之外篇。迨夫士也色荒，女兮情倦，忽裘敝而金尽，亦遂欢寡而愁殷，虽设阱者之恒情，实冶游者所深戒也。青楼薄幸，彼何人哉！

　　曲中市肆，精洁殊常。香囊云舄，名酒佳茶，饧糖小菜，箫管瑟琴，并皆上品。外间人买者，不惜贵价，女郎赠遗，都无俗物。正李仙源《十六楼集句》诗中所云"市声春浩浩，树色晚苍苍。饮伴更要送，归轩锦绣香"者是也。

　　虞山钱牧斋《金陵杂题绝句》中，有数首云："淡粉轻烟佳丽名，开天营建记都城。而今也入烟花部，灯火樊楼似汴京。""一夜红笺许定情，十年南部早知名。旧时小院湘帘下，犹托鹦歌唤客声。"旧院马二娘，字晃采。"惜别留欢恨马蹄，勾阑月白夜乌啼。不知何与汪三事，趣我欢娱伴我归。""别样风怀另酒肠，伴他薄幸耐他狂。天公要断烟花种，醉杀扬州萧伯梁。”“顿老琵琶旧典型，檀槽生涩响零丁。南巡法曲谁人问，头白周郎掩泪听。”绍兴周禹锡，喜顿老琵琶。“旧曲新诗压教坊，缕衣垂白感湖湘。闲开闺集教孙女，身是前朝郑妥娘。”郑女英，小名妥娘，载《列朝诗选·闺集》诗中。新城王阮亭《秦淮杂诗》中有二首云：“旧院风流数顿杨，梨园往事泪沾裳。樽前白发谈天宝，零落人间脱十娘。”“旧事南朝剧可怜，至今风俗斗婵娟。秦淮丝肉中宵发，玉律抛残作笛钿。”以上皆伤今吊古，感慨流连之作，可佐南曲谈资者，录之以当哀丝急管。黄涪翁云：“解作江南断肠句，世间惟有贺方回。”倘遇旗亭歌者，不能不画壁也。以上纪雅游。

八琼逸客曰：此记须用冷金笺，画乌丝栏，写《洛神赋》小楷，装以云鸾缥带，贮之蛟龙箧中，薰以沉水、迷迭，于风清月白，红豆花间，开看之可也。

余生万历末年，其与四方宾客交游，及入范大司马莲花幕中，为平安书记者，乃在崇祯庚辛以后。曲中名妓，如朱斗儿、徐翩翩、马湘兰者，皆不得而见之矣。则据余所见而编次之，或品藻其色艺，或仅记其姓名，亦足以征江左之风流，存六朝之金粉也。昔宋徽宗在五国城，犹为李师师立传，盖恐佳人之湮没不传，作此情痴狡狯耳。“风乍起，吹绉一池春水”，干卿何事？“彼美人兮，巧笑倩兮，美目盼兮”，“中心藏之，何日忘之”。

尹春，字子春，姿态不甚丽，而举止风韵，绰似大家。性格温和，谈词爽雅，无抹脂鄣袖习气。专工戏剧排场，兼擅生、旦。余遇之迟暮之年，延之至家，演《荆钗记》，扮王十朋。至《见娘》、《祭江》二出，悲壮淋漓，声泪俱迸，一座尽倾，老梨园自叹弗及。余曰：“此许和子《永新歌》也，谁为韦青将军者乎？”因赠之以诗曰：“红红记曲采春歌，我亦闻歌唤奈何。谁唱江南断肠句，青衫白发影婆娑。”春亦得诗而泣，后不知其所终。嗣有尹文者，色丰而姣，荡逸飞扬，顾盼自喜，颇超于流辈。太守张维则昵宠之，惟其所欲，甚欢。欲置为侧室，文未之许。属友人强之，文笑曰：“是不难，嫁彼三年，断送之矣。”卒归张，未几文死。张后十数年乃亡，仕至监司，负才华任侠，轻财结客，磊落人也。

李十娘,名湘真,字雪衣。在母腹中,闻琴歌声,则勃勃欲动。生而娉婷娟好,肌肤玉雪。既含睇兮又宜笑,殆《闲情赋》所云"独旷世而秀群"者也。性嗜洁,能鼓琴清歌。略涉文墨,爱文人才士。所居曲房密室,帷帐尊彝,楚楚有致。中构长轩,轩左种老梅一树,花时香雪霏拂几榻。轩右种梧桐二株,巨竹十数竿,晨夕洗桐拭竹,翠色可餐。入其室者,疑非尘境。余每有同人诗文之会,必至其家。每客用一精婢,侍砚席,磨隃麋,爇都梁,供茗果。暮则合乐酒宴,尽欢而散。然宾主秩然,不及于乱。于时流寇讧江北,名士渡江,侨金陵者甚众,莫不艳羡李十娘也。十娘愈自闭匿,称善病,不妆饰,谢宾客。阿母怜惜之,顺适其意,婉语逊词,概勿与通。惟二三知己,则欢情自接,嬉怡忘倦矣。后易名贞美,刻一印章,曰"李十贞美之印"。余戏之曰:"美则有之,贞则未也。"十娘泣曰:"君知儿者,何出此言!儿虽风尘贱质,然非好淫荡检者流,如夏姬、河间妇也。苟儿心之所好,虽相庄如宾,情与之洽也。非儿心之所好,恐勉同枕席,不与之合也。儿之不贞,命也如何!"言已泣下沾襟。余敛容谢之曰:"吾失言,吾过矣。"十娘有兄女曰媚姐,十三才有余,白皙发覆额,眉目如画,余心爱之。媚亦知余爱,娇啼婉转,作掌中舞。十娘曰:"吾当为汝媒。"岁壬午,入棘闱,媚日以金钱投琼,卜余中否。及榜发落第,余乃愤郁成疾,避栖霞山寺,经年不相闻矣。鼎革后,秦州刺史陈澹仙,寓蓁桂园,拥一姬,曰姓李,余披帏见之,媚也。各黯然掩袂,问十娘,曰:"从良矣。"问其居,曰:"在秦淮水阁。"问其家,曰:"已废为菜圃。"问其老梅与梧竹无恙乎?曰:"已摧为薪矣。"问阿母尚存乎?曰:"死矣。"因赠以诗曰:"流落江湖已十年,云鬟犹卜旧金钱。雪衣飞去仙哥老,休抱琵琶过别船。"

葛嫩,字蕊芳,余与桐城孙克咸交最善。克咸名临,负文武才略,倚马千言立就,能开五石弓,善左右射,短小精悍,自号飞将军。欲投笔磨盾,封狼居胥,又别字曰武公。然好狭邪游,纵酒高歌,其天性也。先昵珠市妓王月,月为势家夺去,抑郁不自聊。与余闲坐李十娘家,十娘盛称葛嫩才艺无双,即往访之。阑入卧室,值嫩梳头,长发委地,双腕如藕,面色微黄,眉如远山,瞳人点漆。叫"请坐",克咸曰:

"此温柔乡也,吾老是乡矣。"是夕定情,一月不出,后竟纳之闲房。江上之变,移家云间。间道入闽,授监中丞杨文聪军事。兵败被执,并缚嫩。主将欲犯之,嫩不从,嚼舌碎,含血喷其面,将手刃之。克咸见嫩抗节死,乃大笑曰:"孙三今日登仙矣。"亦被杀。中丞父子三人,同日殉难。

李大娘,一名小大,字宛君。性豪侈,女子也,而有须眉丈夫之气。所居台榭庭室,极其华丽,侍儿曳罗绮者十余人。置酒高会,则合弹琵琶筝瑟,或狎客沈元、张卯、张奎数辈,吹洞箫,唱时曲。酒半,打十番鼓,曜灵西匿,继以华灯。罗帏从风,不知喔喔鸡鸣,东方既白矣。大娘曰:"世有游闲公子,聪俊儿郎,至吾家者,未有不荡志迷魂,没溺不返者也。然吾亦自逞豪奢,岂效龊龊倚门市娼,与人较钱帛哉!"以此得"侠妓"声于莫愁、桃叶间。后归新安吴天行。天行巨富,赀产百万,体羸,素善病,后房丽姝甚众,疲于奔命,大娘郁郁不乐。曩所欢胥生者,赂仆婢通音耗。渐托疾,荐胥生能医,生得入见大娘。大娘以金珠银贝纳药笼中以出,与生订终身约。后天行死,卒归胥生。胥生本贫士,家徒四壁立,获吴氏资,渐殷富。与大娘饮酒食肉相娱乐,教女妓数人歌舞。生复以乐死,大娘老矣,流落阛阓,仍以教女娃歌舞为活。余犹及见之,徐娘虽老,尚有风情,话念旧游,潸焉出涕,真如华清宫女说开元天宝遗事也。昔杜牧之于洛阳城东,重睹张好好,感旧论怀,题诗以赠,有云:"朋游今在否,落拓更能无。门馆恸哭后,水云秋景初。斜日挂衰柳,凉风出座隅。酒尽满襟泪,短歌聊一书。"正为今日而说。余即出素扇以贻之,大娘捧扇而泣,或据床以哦,哀动邻壁。

顾媚,字眉生,又名眉。庄妍靓雅,风度超群。鬓发如云,桃花满面,弓弯纤小,腰支轻亚。通文史,善画兰,追步马守真,而姿容胜之,时人推为南曲第一。家有眉楼,绮窗绣帘,牙签玉轴,堆列几案,瑶琴锦瑟,陈设左右,香烟缭绕,橝马丁当。余常戏之曰:"此非眉楼,乃迷楼也。"人遂以"迷楼"称之。当是时,江南侈靡,文酒之宴,红妆与乌巾紫裘相间,座无眉娘不乐。而尤艳顾家厨食品,差拟郇公、李太尉,以故设筵眉楼者无虚日。然艳之者虽多,妒之者亦不少。适浙来一伧父,与一词客争宠,合江右某孝廉互谋,使酒骂座,讼之仪司,诬以盗匿金犀酒器,意在逮辱眉娘也。余时义愤填膺,作檄讨罪,有云"某某本非风流佳客,谬称浪子端王。以文鸳彩凤之区,排封豕长蛇之阵;用诱秦诓楚之计,作摧兰折玉之谋。种夙世之孽冤,煞一时之风景"云云。伧父之叔为南少司马,见檄,斥伧父东归,讼乃解。眉娘甚德余,于桐城方瞿庵堂中,愿登场演剧为余寿。从此摧幢息机,矢脱风尘矣。未几,归合肥龚尚书芝麓。尚书雄豪盖代,视金玉如泥沙粪土,得眉娘佐之,益轻财好客,怜才下士,名誉盛于往时。客有求尚书诗文,及乞画兰者,缣笺动盈箧笥,画款所书"横波夫人"者也。岁丁酉,尚书挈夫人重游金陵,寓市隐园中林堂。值夫人生辰,张灯开宴,请召宾客数十百辈,命老梨园郭长春等演剧。酒客丁继之、张燕筑及二王郎中翰王式之,水部王恒之。串《王母瑶池宴》。夫人垂珠帘,召旧日同居南曲、呼姊妹行者与燕。李大娘、十娘、王节娘皆在焉。时尚书门人楚严某,赴浙监司任,逗遛居樽下,褰帘长跪,捧卮称"贱子上寿"。坐者皆离席伏,夫人欣然为罄三爵,尚书意甚得也。余与吴园次、邓孝威作长歌纪其事。嗣后还京师,以病死。敛时现老僧相,吊者车数百乘,备极哀荣。改姓徐氏,世又称徐夫人。尚书有《白门柳》传奇行于世。

董白,字小宛,一字青莲。天姿巧慧,容貌娟妍。七八岁时,阿母教以书翰,辄了了。少长,顾影自怜,针神曲圣,食谱茶经,莫不精晓。性爱闲静,遇幽林远涧,片石孤云,则恋恋不忍舍去。至男女杂坐,歌吹喧阗,心厌色沮,意弗屑也。慕吴门山水,徙居半塘,小筑河滨,竹篱茅舍。经其户者,则时闻咏诗声,或鼓琴声,皆曰"此中有人"。已而,扁舟游西子湖,登黄山,礼白岳,仍归吴门。丧母抱病,赁居以栖。随如皋冒辟疆,过惠山,历澄江荆溪。抵京口,陟金山绝顶,观大江竞渡以归。后卒为辟疆侧室,事辟疆九年,年二十七,以劳瘵死。辟疆作《影梅庵忆语》二千四百言哭之。同人哀辞甚多,惟吴梅村宫尹十绝,可传小宛也。其四首云:"珍珠无价玉无瑕,小字贪看问妾家。寻到白堤呼出见,月明残雪映梅花。"又云:"念家山破定风波,郎按新词妾按歌。恨杀南朝阮司马,累侬夫婿病愁多。"又云:"乱梳云髻下妆楼,尽室苍黄过渡头。钿盒金钗浑抛却,高家兵马在扬州。"又云:"江城细雨碧桃村,寒食东风杜宇魂。欲吊薛涛怜梦断,墓门深更阻侯门。"

卞赛,一曰赛赛,后为女道士,自号玉京道人。知书,工小楷,善画兰,鼓琴,喜作风枝袅娜,一落笔,画十余纸。年十八,游吴门,居虎丘。湘帘棐几,地无纤尘。见客初不甚酬对,若遇佳宾,则谐谑间作,谈词如云,一座倾倒。寻归秦淮,遇乱,复游吴门,吴梅村学士作《听女道士卞玉京弹琴歌》赠之。中所云"昨夜城头吹筚篥,教坊也被传呼急。碧玉班中怕点留,乐营门外卢家泣。私更妆束出江边,恰遇丹阳下渚船。剪就黄绡贪入道,携来绿绮诉婵娟"者,正此时也。在吴作道人装,然亦间有所主。侍儿柔柔,承奉砚席如弟子,指挥如意,亦静好女子也。逾两年,渡浙江,归于东中一诸侯。不满意,进柔柔当夕,乞身下发。后归吴,依良医郑保御,筑别馆以居。长斋绣佛,持戒律甚严。刺舌血书《法华经》,以报保御。又十余年而卒,葬于惠山祇陀庵锦树林。

玉京有妹曰敏,颀而白,如玉肪,风情绰约,人见之,如立水晶屏也。亦善画兰鼓琴,对客为鼓一再行,即推琴敛手,面发赪。乞画兰,亦止写箨竹枝兰草二三朵,不似玉京之纵横枝叶,淋漓墨渖也。然一以多见长,一以少为贵,各极其妙,识者并珍之。携来吴门,一时争艳,户外屦恒满,乃心厌市嚣,归申进士维久。维久宰相孙,性豪举,好宾客,诗文名海内,海内贤豪,多与之游。得敏益自喜,为闺中良友。亡何,维久病且殁,家中替。后嫁一贵官颍川氏,三年病死。

范珏,字双玉,廉静,寡所嗜好,一切衣饰歌管、艳靡纷华之物,皆屏弃之。惟阖户焚香瀹茗,相对药炉经卷而已。性喜画山水,摹仿大痴、顾宝幢,槎枒老树,远山绝壁,笔墨间有天然气韵,妇人中范华原也。

顿文,字小文,琵琶顿老孙女也。性聪慧,略识字义,唐诗皆能上口。授以琵琶,布指蘦索,然意弗屑,不肯竟学。学鼓琴,雅歌《三叠》,清泠泠然,神与之浃,故又字曰"琴心"云。琴心生于乱世,顿老赖以存活,不能早脱乐籍。赁屋青溪里,荜门圭窦,风月凄凉,屡为健儿伧父所厄。最后为李姓者挟持，牵连入狱，虽缘情得保，犹守以牛头阿旁也。客有王生者，挽余居间营救，偕往访之。风鬟雾鬓，憔悴可怜，犹援琴而鼓，弹别凤离鸾之曲，如猿吟鹃啼，不忍闻也。余说内卿许公，属其门生直指使者纵之。后还故居，吴郡王子其长，主张燕筑家，与琴心比邻，两相慕悦。王子故轻侠，倾金钱，赈其贫悴，将携归，置别室。突遭奇祸，收者至，见琴心诧曰："此真祸水也。"悯其非辜，驱之去。独捕王子，王子被戮，琴心逸，后终归匪人。嗟乎！佳人命薄，若琴心者，其尤哉，其尤哉！

沙才，美而艳，丰而逸，骨体皆媚，天生尤物也。善弈棋、吹箫、度曲。长面修容，留仙裙，石华广袖，衣被灿然。后携其妹曰嫩者，游吴郡，卜居半塘。一时名噪，人皆以"二赵"、"二乔"目之。惜也才以疮发，剜其半面，嫩归吒利，郁郁死。

马娇，字婉容，姿首清丽，濯濯如春月柳，滟滟如出水芙蓉，真不愧"娇"之一字也。知音识曲，妙合宫商，老技师推为独步，然终以误堕烟花为恨。思择人而事，不敢以身许人，卒归贵阳杨龙友。龙友名文骢，以诗画擅名，华亭董文敏亟赏之。先是，闽中郭圣仆有二姜，一曰李陀那，一曰珠玉耶。圣仆殁，龙友得玉耶，并得其所蓄书画，瓶研几杖，诸玩好古器。复拥婉容，终日摩挲笑语为乐。甲申之变，贵阳马士英册立福王，自为首辅，援引怀宁阮大铖，构党煽权，挠乱天下，以致五月出奔。都城百姓，焚烧两家居第，以龙友乡戚有连，亦被烈炬，顷刻灰烬。时龙友巡抚苏松，尽室以行，玉耶亦殉，婉容莫知所终。龙友父子殉难闽峤，母丐归金陵，依家仆以终天年。婉容有妹曰嫩，亦著名。又有小马嫩者，轻盈飘逸，自命风流。真州盐贾用千金购得，奉溧阳陈公子，公子昵之。未久，并衾具赠豫章陈伯玑，生一子一女，如王子敬之有桃根也。

顾喜，一名小喜，性情豪爽，体态丰华，跌不纤妍，人称为"顾大脚"，又谓之"肉屏风"。然其迈往不屑之韵，凌霄拔俗之姿，则非篱壁间物也。当之者似李陵提步卒三千人抵鞬汗山入狭谷，往往败北生降矣。汉武帝《悼李夫人》赋有云："佳侠含光。"余题四字颜其室。乱后不知从何人以去。或曰：归一公侯子弟云。

米小大,颇著美名,余未之见,然闻其纤妍俏洁,涉猎文艺,粉掏墨痕,纵横缥帙,是李易安之流也。归昭阳李太仆,太仆遇祸家灭。

王小大,生而韶秀,为人圆滑便捷,善周旋,广筵长席,人劝一觞,皆膝席欢受。又工于酒,纠觥录事,无毫发谬误。能为酒客解纷释怨,时人谓之"和气汤"。扬州顾尔迈,字不盈,镇远侯介弟也。挟戚里之富,往来平康,悦小大,贮之河庭,时时召客大饮,效陈孟公、高季式,授女将军酒正印。左右指麾,客皆极饮沾醉。有醉而逸者,锁门脱履,卧地上,至日中乃醒。时吴桥范文贞公,官南大司马,不盈为揖客,出入辕戟,有古任侠风。书画与郑超宗齐名。

张元,清瘦轻佻,临风飘举。齿少长,在少年场中,纤腰蹜步,亦自楚楚,人呼之为"张小脚"。

刘元,齿亦不少,而佻达轻盈,目睛闪闪,注射四筵。曾有一过江名士,与之同寝,元转面向里帷,不与之接。拍其肩曰:"汝不知我为名士耶?"元转面曰:"名士是何物,值几文钱耶?"相传以为笑。

崔科,后起之秀,目未见前辈典型,然有一种天然韶令之致。科亦顾影自怜,矜其容色,高其声价,不屑一切,卒为一词林所窘辱。

董年,秦淮绝色,与小宛姐妹行,艳冶之名,亦相颉颃。钟山张紫淀,作《悼小宛》诗,中一首曰:"美人在南国,余见两双成。春与年同艳,花推月主盟。蛾眉无后辈,蝶梦是前生。寂寂皆黄土,香风付管城。"

李香,身躯短小,肤理玉色,慧俊婉转,调笑无双,人名之为"香扇坠"。余有诗赠之曰:"生小倾城是李香,怀中婀娜袖中藏。何缘十二巫峰女,梦里偏来见楚王。"武塘魏子一为书于粉壁,贵阳杨龙友写崇兰诡石于左偏,时人称为"三绝"。由是香之名盛于南曲,四方才士,争一识面以为荣。

珠市在内桥旁,曲巷逶迤,屋宇湫隘。然其中有丽人,惜限于地,不敢与旧院颉颃。以余所见王月诸姬,并着迷香、神鸡之胜,又何羡红红、举举之名乎?恐遂湮没无闻,使媚骨芳魂,与草木同腐,故附书于卷尾,以备金陵轶史云。

王月,字微波,母胞生三女,长即月,次节,次满,并有殊色。月尤慧妍,善言修饰,颀身玉立,皓齿明眸,异常妖冶,名动公卿。桐城孙武公昵之,拥致栖霞山下雪洞中,经月不出。于牛女渡河之夕,大集诸姬于方密之侨居水阁。四方贤豪,车骑盈闉巷,梨园子弟,三班骈演。水阁外环列舟航如堵墙,品藻花案,设立层台以坐状元。二十余人中,考微波第一,登台奏乐,进金屈卮,南曲诸姬,皆色沮,渐逸去。天明,始罢酒。次日,各赋诗纪其事,余诗所云“月中仙子花中王,第一嫦娥第一香”者是也。微波绣之于帨巾不去手。武公益眷恋,欲置为侧室。会有贵阳蔡香君名如蘅,强有力,以三千金啖其父,夺以归。武公悒悒,遂娶葛嫩也。香君后为安庐兵备道,携月赴任,宠专房。崇祯十五年五月,大盗张献忠破庐州府,知府郑履祥死节,香君被擒。搜其家得月,留营中,宠压一寨。偶以事忤献忠,断其头,函置于盘,以享群贼。嗟乎!等死也,月不及嫩矣。悲夫!

王节,有姿色,先归顾不盈,后归王恒之。甘淡泊,怡然自得。虽为姬侍,有荆钗裙布风。妹满,幼小好戏弄,窈窕轻盈,作娇娃之态。保国公买置后房,与寇白门不合,复还秦淮。

寇湄,字白门,钱牧斋诗云:“寇家姊妹总芳菲,十八年来花信迷。今日秦淮恐相值,防他红泪一沾衣。”则寇家多佳丽,白门其一也。白门娟娟静美,跌宕风流,能度曲,善画兰,粗知拈韵,能吟诗,然滑易不能竟学。十八九时,为保国公购之,贮以金屋,如李掌武之谢秋娘也。甲申三月,京师陷,保国公生降,家口没入官。白门以千金予保国赎身,匹马短衣,从一婢而归。归为女侠,筑园亭,结宾客,日与文人骚客相往还。酒酣耳热,或歌或哭,亦自叹美人之迟暮,嗟红豆之飘零也。既从扬州某孝廉,不得志,复还金陵。老矣,犹日与诸少年伍,卧病时,召所欢韩生来,绸缪悲泣,欲留之同寝。韩生以他故辞,执手不忍别。至夜,闻韩生在婢房笑语,奋身起唤婢,自棰数十,呶呶骂韩生负心禽兽,行欲啮其肉。病甚剧,医药罔效,遂死。蒙叟《金陵杂题》有云:“丛残红粉念君恩,女侠谁知寇白门。黄土盖棺心未死,香丸一缕是芳魂。”(以上纪丽品。)

金陵都会之地,南曲靡丽之乡。纨茵浪子,潇洒词人,往来游戏,马如游龙,车相接也。其间风月楼台,尊罍丝管,以及娈童狎客,杂伎名优,献媚争妍,络绎奔赴。垂杨影外,片玉壶中,秋笛频吹,春莺乍啭。虽宋广平铁石心肠,不能不为梅花作赋也。一声《河满》,人何以堪?归见梨涡,谁能遣此?然而流连忘返,醉饱无时,卿卿虽爱卿卿,一误岂容再误。遂尔丧失平生之守,见斥礼法之士。岂非黑风之飘堕,碧海之迷津乎?余之编辑斯编,虽曰传芳,实为垂戒。王右军云"后之览者,亦将有感于斯文"也。

瓜州萧伯梁,豪华任侠,倾财结客,好游狭斜。久住曲中,投辖轰饮,俾昼作夜,多拥名姬,簪花击鼓为乐,钱宗伯诗所云"天公要断烟花种,醉杀扬州萧伯梁"者是也。

嘉兴姚壮若,用十二楼船于秦淮,招集四方应试知名之士百有余人,每船邀名妓四人侑酒,梨园一部,灯火笙歌,为一时之盛事。先是,嘉兴沈雨若费千金定花案,江南艳称之。

曲中狎客,有张卯官笛,张魁官箫,管五官管子,吴章甫弦索,盛仲文打十番鼓,丁继之、张燕筑、沈元甫、王公远、宋维章串戏,柳敬亭说书。或集于二李家,或集于眉楼,每集必费百金,此亦销金之窟也。张卯尤滑稽婉腻,善伺美人喜怒。一日偶忤李大娘,大娘手破其头上鬃帽,掷之于地,卯徐徐拾取,笑而戴之以去。

张魁,字修我,吴郡人,少美姿首,与徐公子有断袖之好。公子官南都府佐,魁来访之,阍者拒,口出亵语,且诟厉,公子闻而仆之,然卒留之署中,欢好无似。移家桃叶渡口,与旧院为邻,诸名妓家,往来相熟。笼中鹦鹉见之,叫曰:"张魁官来,阿弥陀佛。"魁善吹箫度曲,打马投壶,往往胜其曹耦。每晨朝即到楼馆,插瓶花,爇炉香,洗芥片,拂拭琴几,位置衣桁,不令主人知也。以此仆婢皆感之,猫狗亦不厌焉。后魁面生白点风,眉楼客戏榜于门曰:"革出花面笺片一名张魁,不许复入。"魁惭恨,遍求奇方洒削,得芙蓉露治之良已。整衣帽,复至眉楼,曰:"花面定何如?"乱后还吴,吴新进少年,搔头弄姿,持箫揿管,以柔曼悦人者。见魁辄揶揄之,肆为诋诃,以此重穷困。龚宗伯奉使粤东,怜而赈之,厚予之金,使往山中贩芥茶,得息颇厚,家稍稍丰矣。然魁性僻,常自言曰:"我大贱相,茶非惠泉水,不可沾唇;饭非四糙冬舂米,不可入口;夜非孙春阳家通宵橡烛,不可开眼。钱财到手辄尽,坐此不名一钱。"时人共非笑之,弗顾也。年过六十,以贩茶卖芙蓉露为业。庚寅辛卯之际,余游吴,寓周氏水阁,魁犹清晨来插瓶花,蓺炉香,洗芥片,拂拭琴几,位置衣桁如曩时。酒酣烛跋,说青溪旧事,不觉流涕。丁酉,再过金陵,歌台舞榭,化为瓦砾之场。犹于破板桥边,一吹洞箫,矮屋中一老妪启户出曰:"此张魁官箫声也。"为呜咽久之。及数年,卒以穷死。

岁丙子,金沙张公亮、吕霖生,盐官陈则梁,漳浦刘渔仲,雄皋冒辟疆,盟于眉楼。则梁作盟文甚奇,末云:"姓盟不如臂盟,臂盟不如心盟。"

中山公子徐青君,魏国介弟也。家赀巨万,性豪侈,自奉甚丰。广蓄姬妾,造园大功坊侧,树石亭台,拟于平泉、金谷。每当夏月,置宴河房,选名妓四五人,邀宾侑酒。木瓜佛手,堆积如山;茉莉珠兰,芳香似雪。夜以继日,把酒酣歌,纶巾鹤氅,真神仙中人也。福王时,加中府都督,前驱班列,呵导入朝,愈荣显矣。乙酉鼎革,籍没田产,遂无立足。群姬雨散,一身孑然,与佣丐为伍。乃至为人代杖,其居第易为兵道衙门。一日,与当刑人约定杖数,计偿若干。受杖时,其数过倍,青君大呼曰:"我徐青君也。"兵宪林公骇问左右,有哀王孙者,跪而对曰:"此魏国公之公子徐青君也。穷苦为人代杖,此堂乃其家厅,不觉伤心呼号耳。"林公怜而释之,慰藉甚至,且曰:"君尚有非钦产可清还者,本道当为查给,以终余生。"青君跪谢曰:"花园是某自造,非钦产也。"林公唯唯,厚赠遗之,查还其园,卖花石货柱础以自活。吾观《南史》所记,东昏宫妃,卖蜡烛为业,杜少陵诗云:"问之不肯道姓名,但道困苦乞为奴。"呜呼,岂虚也哉!

同人社集松风阁,雪衣、眉生皆在。饮罢,联骑入城,红妆翠袖,跃马扬鞭,观者塞途,太平景象,恍然心目。

丁继之扮张驴儿娘,张燕筑扮宾头卢,朱维章扮武大郎,皆妙绝一世。丁、张二老,亦寿九十余。钱虞山《题三老图》诗,末句云:"秦淮烟月经游处,华表归来白鹤知。"不胜黄公酒垆之叹。

无锡邹公履游平康,头戴红纱巾,身着纸衣,齿高跟履,佯狂沉湎,挥斥千黄金不顾。初场毕,击大司马门鼓,送试卷,大合乐于妓家,高声自诵其文,妓皆称快。或时阑入梨园,氍毹上为参军鹘也。

柳敬亭,泰州人,本姓曹,避仇流落江湖,休于树下,乃姓柳。善说书,游于金陵,吴桥范司马、桐城何相国,引为上客。常往来南曲,与张燕筑、沈公宪俱。张、沈以歌曲,敬亭以弹词。酒酣以往,击节悲吟,倾靡四座。盖优孟、东方曼倩之流也。后入左宁南幕府,出入兵间。宁南亡败,又游松江马提督军中。郁郁不得志,年已八十余矣。间遇余侨寓宜睡轩,犹说《秦叔宝见姑娘》也。

莱阳姜如须,游于李十娘家,渔于色,匿不出户。方密之、孙克咸,并能屏风上行。漏下三刻,星河皎然,连袂间行,经过赵李。垂帘闭户,夜入定矣。两君一跃登屋,直至卧房,排闼哄张,势如贼盗。如须下床,跪称“大王乞命,毋伤十娘”。两君掷刀大笑曰:“三郎郎当,三郎郎当。”复呼酒极饮,尽醉而散。盖如须行三。如须高才旷代,偶效樊川,略同谢傅。秋风团扇,寄兴扫眉,非沉溺烟花之比。聊记一则,以存流风余韵云尔。

陈则梁,人奇文奇,举体皆奇。尝致书眉楼,劝其早脱风尘,速寻道伴。言词切至,眉楼遂择主而事。诚以惊弓之鸟,遽为透网之鳞也。扫眉才子,慧业文人,时节因缘,不得不为延津之合矣。

十七八女郎,歌“杨柳岸晓风残月”,若在曲中,则处处有之,时时有之。予作《忆江南》词云:“江南好景本无多,只在晓风残月下。”思之只益伤神,见之不堪回首矣。沈公宪以串戏擅长,同时推为第一。王式之中翰、王恒之水部,异曲同工,游戏三昧。江总持、柳耆卿,依稀再见,非如吕敬迁、李仙鹤也。

乐户有妻有妾,防闲最严,谨守贞洁,不与人客交语。人客强见之,一揖之外,翻身入帘也。乱后,有旧院大街顾三之妻李三娘者,流落江湖,遂为名妓。忽为匪类所持,暴系吴郡狱中。余与刘海门梦锡兄弟,及姚翼侯、张鞠存极力拯之,致书司李李蠡庵,仅而得免。然亦如严幼芳、刘婆惜,备受笞楚决杖矣。三娘长身玉色,倭堕如云,量洪善饮,饮至百觥不醉。时辛丑中秋之际,庭兰盛开,置酒高会。黄兰丛及玉峰女士冯静容偕来,居停主人金叔侃,尽倾家酿,分曹角胜,轰饮如雷,如项羽、章邯巨鹿之战,诸侯皆作壁上观。饮至天明,诸君皆大吐,静容亦吐,髻鬟委地,或横卧地上,衣履狼藉。惟三娘醒,然犹不眠倚桂树也。兰丛贾其余勇,尚与翼侯豁拳,各尽三四大斗而别。嗟乎!俯仰岁月之间,诸君皆埋骨青山,美人亦栖身黄土,河山邈矣,能不悲哉!

李贞丽者,李香之假母,有豪侠气,尝一夜博输,千金立尽。与阳羡陈定生善。香年十三,亦侠而慧,从吴人周如松受歌,玉茗堂四梦,皆能妙其音节。尤工琵琶,与雪苑侯朝宗善。阉党阮大铖欲纳交于朝宗,香力谏止,不与通。朝宗去后,有故开府田仰以重金邀致香,香辞曰:"妾不敢负侯公子也。"卒不往。盖前此大铖恨朝宗,罗致欲杀之,朝宗逃而免,并欲杀定生也。定生大为锦衣冯可宗所辱,云间才子夏灵胥作《青相篇》寄武塘钱漱广,末段云:"二十年来事已非,不开画阁锁芳菲。那堪两院无人到,独对三春有燕飞。风弦不动新歌扇,露井横飘旧舞衣。花草朱门空后阁,琵琶青冢恨明妃。独有青楼旧相识,蛾眉零落头新白。梦断何年行雨踪,情深一调留云迹。院本伤心正德词,乐府销魂教坊籍。为唱当时《乌夜啼》,青衫泪满江南客。"观此可以尽曲中之变矣。悲夫!(以上纪轶事。)

附录盒子会

沈周作《盒子会辞》,其序云:南京旧院,有色艺俱优者,或二十三十姓,结为手帕姊妹。每上灯节,以春檠、巧具、肴核相赛,名"盒子会"。凡得奇品为胜,输者罚酒酌胜者。中有所私,亦来挟金助会。厌厌夜饮,弥月而止。席间设灯张乐,各出其技能,赋此以识京城乐事也。辞云:平乐灯宵闹如沸,灯火烘春笑声内。盒奁来往斗芳邻,手帕绸缪通姊妹。东家西家百络盛,装肴饤核春满檠。豹胎间挟鲟冰脆,乌榄分槟椰玉生。不论多同较奇有,品里输无例陪酒。呈丝逞竹会心欢,褒钞稗金走情友。哄堂一月自春风,酒香人语百花中。一般桃李三千户,亦有愁人隔墙住。

总　跋

　　予辑是书竟，不禁喟然而叹也，曰：嗟乎！古人有言，非穷愁不能著书以自见于后世。夫人以穷愁而著书，则其书之所蕴，必多抑郁无聊之意以寓乎其间，读者亦何乐闻此如怨如慕如泣如诉之音乎？予不幸，于己卯岁误堕坑阱中，而肺腑中山，不以其困也而贳之，犹时时相嗫嚅。既无有有道丈人相助举手，又不获遇聂隐娘辈一泣诉之，惟暂学羼提波罗蜜，俟之身后而已。于斯时也，苟非得一二奇书，消磨岁月，其殆将何以处此乎？然则予第假读书一途以度此穷愁，非敢曰惟穷愁始能从事于铅椠也。夫穷愁之际，尚欲借书而释，况乎居安处顺，心有余闲，几净窗明，焚香静读，其乐为何如乎！因附记于此，俾世之读我书者，兼有以知我之境遇而悯之。世不乏有心人，然非予之所敢望也。康熙庚辰初夏，三在道人张潮识。

历代笔记小说大观总目

汉魏六朝

西京杂记(外五种) 〔汉〕刘歆 等撰 王根林 校点

博物志(外七种) 〔晋〕张华 等撰 王根林 等校点

拾遗记(外三种) 〔前秦〕王嘉 等撰 王根林 等校点

搜神记·搜神后记 〔晋〕干宝 陶潜 撰 曹光甫 王根林 校点

世说新语 〔南朝宋〕刘义庆 撰 〔梁〕刘孝标 注 王根林 标点

唐五代

朝野佥载·云溪友议 〔唐〕张鷟 范摅 撰 恒鹤 阳羡生 校点

教坊记(外七种) 〔唐〕崔令钦 等撰 曹中孚 等校点

大唐新语(外五种) 〔唐〕刘肃 等撰 恒鹤 等校点

玄怪录·续玄怪录 〔唐〕牛僧孺 李复言 撰 田松青 校点

次柳氏旧闻(外七种) 〔唐〕李德裕 等撰 丁如明 等校点

酉阳杂俎 〔唐〕段成式 撰 曹中孚 校点

宣室志·裴铏传奇 〔唐〕张读 裴铏 撰 萧逸 田松青 校点

唐摭言 〔五代〕王定保 撰 阳羡生 校点

开元天宝遗事(外七种) 〔五代〕王仁裕 等撰 丁如明 等校点

北梦琐言 〔五代〕孙光宪 撰 林艾园 校点

宋元

清异录·江淮异人录 〔宋〕陶毂 吴淑 撰 孔一 校点

稽神录·睽车志 〔宋〕徐铉 郭彖 撰 傅成 李梦生 校点

贾氏谭录·涑水记闻 [宋]张洎 司马光 撰 孔一 王根林 校点

南部新书·茅亭客话 [宋]钱易 黄休复 撰 尚成 李梦生 校点

杨文公谈苑·后山谈丛 [宋]杨亿口述、黄鉴笔录、宋庠整理 陈师道 撰 李裕民 李伟国 校点

归田录(外五种) [宋]欧阳修 等撰 韩谷 等校点

春明退朝录(外四种) [宋]宋敏求 等撰 尚成 等校点

青琐高议 [宋]刘斧 撰 施林良 校点

渑水燕谈录·西塘集耆旧续闻 [宋]王辟之 陈鹄 撰 韩谷 郑世刚 校点

梦溪笔谈 [宋]沈括 撰 施适 校点

麈史·侯鲭录 [宋]王得臣 赵令畤 撰 俞宗宪 傅成 校点

湘山野录 续录·玉壶清话 [宋]文莹 撰 黄益元 校点

青箱杂记·春渚纪闻 [宋]吴处厚 何薳 撰 尚成 钟振振 校点

邵氏闻见录·邵氏闻见后录 [宋]邵伯温 邵博 撰 王根林 校点

冷斋夜话·梁溪漫志 [宋]惠洪 费衮 撰 李保民 金圆 校点

容斋随笔 [宋]洪迈 撰 穆公 校点

萍洲可谈·老学庵笔记 [宋]朱彧 陆游 撰 李伟国 高克勤 校点

石林燕语·避暑录话 [宋]叶梦得 撰 田松青 徐时仪 校点

东轩笔录·嬾真子录 [宋]魏泰 马永卿 撰 田松青 校点

中吴纪闻·曲洧旧闻 [宋]龚明之 朱弁 撰 孙菊园 王根林 校点

铁围山丛谈·独醒杂志 [宋]蔡絛 曾敏行 撰 李梦生 朱杰人 校点

挥麈录 [宋]王明清 撰 田松青 校点

投辖录·玉照新志 [宋]王明清 撰 朱菊如 汪新森 校点

鸡肋编·贵耳集 [宋]庄绰 张端义 撰 李保民 校点

宾退录·却扫编 [宋]赵与时 徐度 撰 傅成 尚成 校点

桯史·默记 [宋]岳珂 王铚 撰 黄益元 孔一 校点

燕翼诒谋录·墨庄漫录 [宋]王栐 张邦基 撰 孔一 丁如明 校点

枫窗小牍·清波杂志 [宋]袁褧 周辉 撰 尚成 秦克 校点

四朝闻见录·随隐漫录 [宋]叶少翁 陈世崇 撰 尚成 郭明道 校点

鹤林玉露 [宋]罗大经 撰 孙雪霄 校点

困学纪闻 ［宋］王应麟 撰 栾保群 田松青 校点

齐东野语 ［宋］周密 撰 黄益元 校点

癸辛杂识 ［宋］周密 撰 王根林 校点

归潜志·乐郊私语 ［金］刘祁 ［元］姚桐寿 撰 黄益元 李梦生
　　校点

山居新语·至正直记 ［元］杨瑀 孔齐 撰 李梦生 庄葳 郭群一
　　校点

南村辍耕录 ［元］陶宗仪 撰 李梦生 校点

明代

草木子(外三种) ［明］叶子奇 等撰 吴东昆 等校点

双槐岁钞 ［明］黄瑜 撰 王岚 校点

菽园杂记 ［明］陆容 撰 李健莉 校点

庚巳编·今言类编 ［明］陆粲 郑晓 撰 马镛 杨晓波 校点

四友斋丛说 ［明］何良俊 撰 李剑雄 校点

客座赘语 ［明］顾起元 撰 孔一 校点

五杂组 ［明］谢肇淛 撰 傅成 校点

万历野获编 ［明］沈德符 撰 杨万里 校点

涌幢小品 ［明］朱国祯 撰 王根林 校点

清代

筠廊偶笔 二笔·在园杂志 ［清］宋荦 刘廷玑 撰 蒋文仙 吴法源
　　校点

虞初新志 ［清］张潮 辑 王根林 校点

坚瓠集 ［清］褚人获 辑撰 李梦生 校点

柳南随笔 续笔 ［清］王应奎 撰 以柔 校点

子不语 ［清］袁枚 撰 申孟 甘林 校点

阅微草堂笔记 ［清］纪昀 撰 汪贤度 校点

茶余客话 ［清］阮葵生 撰 李保民 校点